당신들의 대한민국 01

한국학 교수 박노자가 말하는 '일그러진 대한민국'

당신들의 대한민국 01

박노자 지음

한겨레출판

아직도 감옥에 있는
모든 양심적 병역 거부자들에게
이 책을 바친다.

차례

2부 │ 대학, 한국사회의 축소판

'진보' 꺼풀 속에 숨은 전근대성

3부 │ 민족주의인가 국가주의인가

4부 │ 인종주의와 대한민국

서울의 이방인

일그러진 증오와 멸시의 논리

짧고도 긴 한국과의 만남…

'코레야'와의 첫만남

러시아의 서북부 레닌그라드(지금의 상트페테르부르크)에서 태어나 '티호노프 블라디미르'라는 이름으로 자란 내가 '코레야(한국)'라는 국호를 처음 들은 것은 고등학교 시절이었다. 물론 그 전에도 신문 읽기에 일찍부터 관심을 기울인 탓에 '형제와 같은 조선민주주의 인민공화국' 이야기나 '남조선 전두환 파쇼 도당의 인민 학살과 탄압 망발'에 대한 이야기를 꽤 많이 읽었을 것이다.

그러나 이상하게도 나는 신문에서 본 정치적인 이야기를 신뢰할 수 없었다. 망해가는 1980년대 소련의 제도권 언론이 이미 상당수 국민의 신뢰를 잃은 탓이었으리라. 비록 어느 정도 현실을 반영한 정보라 해도, 제도권 신문에서 정치적인 판단을 덧붙여 다루면 일단 회의부터 하던 그 당시 우리의 심리를, 같은 1980년대를 한국에서 산 사람들이라면 잘 이해하리라 믿는다.

어쨌든 본격적으로 '코레야'를 처음 만난 것은 고등학교 시절에 〈춘향전〉이라는 이북 영화를 소련 텔레비전에서 본 것이었다. 그때 내가 운좋게 본 그 영화를 언제 누가 만들었는지는 지금 전혀 기억나지 않는다. 지금 생각으로는 아마 1980년대에 유원준 감독이 만든 〈춘향전〉이었을 것이다.

당시 사춘기 소년이던 나에게 가장 깊은 인상을 심어준 것은 배경으로 나오는 조선의 아기자기하고 나지막한 산들이었을까, 아니면 춘향(배우 김영숙)의 사랑스러운 모습이었을까? 확실히 기억이 나는 것은 이몽룡 집안의 종들이 일제히 상전 부부에게 크게 절하는 장면이 너무나 이질적으로 느껴졌다는 것이다. 농노제 시절이던 제정 러시아를 배경으로 하는 러시아 영화에서도 이와 같은 '복종'을 테마로 하는 장면이 없지 않지만, 종들이 일제히 '복종'을 나타내는 〈춘향전〉의 그 장면이 무언가 너무나 다른 사회에 대해서 이야기해 주는 것만 같았다.

그러나 전체적으로 그 영화에서 받은 인상은 그야말로 환상적이었다. 그때부터 나는 러시아에서 구할 수 있는 한국 고전소설 번역판을 닥치는 대로 구해서 탐독하기 시작했다. 그때 〈춘향전〉이라는 아름다운 명화(名畵)를 만들어 사춘기 소년이던 나에게 '코레야'에 대한 관심을 심어준, 그 당시 우리 모두의 정치적 '형제'이던——그리고 지금도 정치와 무관하게 형제로 생각하는——이북의 영화인들은 지금 과연 안녕하신지? 그들에게 내 감사의 뜻이 전해졌으면 좋겠다.

여담이지만, 이북 영화와 나의 인연은 〈춘향전〉으로 끝나지 않았다. 나중에, 그러니까 1990년대 초에 레닌그라드의 한 영화관에서 〈명령——027〉이라는, 1986년에 제작한 이북의 액션물을 우연히 보게 됐다. 본 뒤의 느낌은, 한마디로 이루 형언할 수 없는 실망이었다. 6·25 동족상잔의 비극을 배경으로 이남군 점령지역에 침투한 이북군 특수부대의 군사시설 파괴, 초소병 살해 등 '영웅적 업적'을 주제로 다룬 이 영화는 그야말로 '폭력을 기리는 서사시' 그 자체였다. 그 영화의 하이라이트는, 평소 폭력을 멀리하는 나로서는 차마 보기조차 힘든, 이북 특수부대원들이 태권도 실력을 살려 이남 군인들을 때려죽이는 장면이었다. 동족을 잘 때려죽이는 것을 '명예'와 '업적'으로 아는 사회는 과연 어떤 역사적인 상황에서 만들어졌는지, 그 저변의 대중심리는 과연 무엇인지에 대해서 〈명령—027〉을 본 뒤에 많이 고심하게 됐다.

〈춘향전〉이 계기가 되어서 '코레야'에 흥미를 느끼게 되었지만, 나는 레닌그라드 대학교 동방학부의 인도학과나 티베트학과에 들어가서 산스크리트어(梵語)와 불교를 전문적으로 공부할 계획을 바꾸지 않았다. 그 당시 나를 포함하여 수많은 소련 청년이 불교에 심취하여 '평화와 참선, 무소유의 인생'을 꿈꾸고 있었는데, 그렇게 된 주된 이유는 무엇이었을까? 고급 서구 물품에 맛을 들여 극단적인 물질주의에 빠진 부패한 관료층과 중산층 상부에 대한 청년다운 저항심리였을까? 1980년대에 아프가니스탄에 침공하여 백만 명이 넘는 아프가니스탄 양민을 죽인 소련 군대와 군국주의에 대한 혐오 탓이었을까? 유태계에 속한 탓에, 이스라엘이라는 인종주의적 국가의 건설을 막지 못하고 오히려 시오니스트(유태인 민족주의자)에게 이용당한 유태교에 극도로 실망하여 더 평화적이며 보편적인 종교를 모색한 결과였을까?

불교를 '전통 종교'로 여기는 많은 한국 불자와는 '입교 계기'가 많이 달랐으리라. 어쨌든 대학교 입학 신청이라는 '미래의 선택'(소련 시절에는 한 번 선택한 학과를 옮기거나 다른 대학에 편입하는 것이 극히 어려웠으므로 입학 신청 때의 학과 선택은 그야말로 운명적이었다)을 앞두고 고민하던 때였지만, 내 눈에는 불교 관련 과목 이외에 공부하고 싶은 것이 별로 보이지 않았다.

그러나 그 시점에서 '운명의 손'은 내 의지를 생각하지도 못한 쪽으로 돌려버렸다. 불교 관련 학과(인도, 티베트)들이 경쟁률이 높은데다,

"뇌물 없이는 입학을 생각하지도 말라"는 소문까지 들렸다. 관료층의 부패가 이미 극에 달한 소련 말기의 분위기에서는 충분히 믿을 만한 소문이었다. 학생은 병역이 면제되는 반면, 나머지 청년들은 거의 예외없이 군대에 끌려가던 시절이라 입학에 실패하면 불교 대신 군영에서 탱크와 대포를 '공부'해야만 한다고 생각한 나는, 결국 용기를 잃고 '상황과 타협'해서 경쟁률이 비교적 낮은 한국(그 당시의 명칭으로 조선) 역사학과에 입학 신청서를 내고 시험을 보았다.

남한과 국교가 없던 그 당시 북한을 소련보다 더 가난한 나라로 생각하던 소련 관료들은 자녀를 북한 전문가로 만들고 싶어하지 않았다. 그것이 조선학과의 경쟁률이 비교적 낮은 주된 이유였을 것이다. 그때에는 조선학과에 입학하는 것이 실망스럽게 느껴지기도 했지만, 지금은 묘연(妙緣)이자 가연(佳緣)으로 생각한다.

대학에 들어간 뒤에 내가 한국어와 한국사 못지않게 많이 배운 것이 한국사 전공자들의 필수과목인 한문학이었다. 형식적인 차원에서 '한문학 과목을 이수했다'고 해야 하지만, 내면적으로 나는 중국과 한국의 한문 문장 세계에서 빠져나오지 못한다고 할 정도로 한시의 시마(詩魔)에 시달렸다. 부운(浮雲, 떠다니는 구름), 고봉(孤蓬, 외롭게 떠다니는 다북쑥), 공담(空潭, 인기척이 없는 못) 같은, 세상의 무의미함과 변화무쌍함과 고적(孤寂)을 찾으려는 일종의 귀소본능을 담은 한시의 술어들이 내 머리를 떠난 적이 없었다.

이남과는 아직 관계가 없었고, 이북에도 가기가 그리 쉽지 않던 그 시절, 나는 "샘물 소리 높은 바위 틈에서 흐느끼고, 햇빛이 푸른 솔에 차갑기만 한(泉聲咽危石 日色冷靑松)" 명시(名詩) 속 산수의 실제 풍경을 내 눈으로 직접 감상할 날이 오리라고는 감히 상상도 못했다. 그래서였을까. 나중에 관악산과 도봉산에 오르면서 나는 말로 표현할 수 없을 만큼 벅찬 감격을 느꼈다. 샘물이 흐느끼는 계곡을 볼 때마다, 구름이 낀 봉우리를 볼 때마다 내가 외우던 그 시 속의 정경이 선연하게 떠올랐기 때문이다.

한문학에 눈을 뜨기 전에는 나도 대다수 서양인처럼 알게 모르게 서양 문물을 세상을 판단하는 기준으로 생각했겠지만, 한시의 세계를 알고 난 뒤에는 그 서양 중심주의라는 병을 유쾌하게 치료할 수 있었다. 이백(李白)이나 왕유(王維), 이퇴계의 시에 담긴 그 명랑한 흥취와 아담한 고적(孤寂), 무욕(無慾)과 지족(知足)을 서구의 시구에서는 찾을 수 없었기 때문이다.

그 당시 나에게 '조선' 언어와 한문을 가르쳐주신 은사는 동방학부의 임수(林秀) 교수로, 이미 칠순이 넘은 고려인(재소 교포)이었다. 홍범도(洪範圖, 1868~1943)가 이끄는 항일유격대의 부대원으로서 러시아로 옮겨온 1세 교포의 아들인 임수는, 1937년에 중앙아시아로 강제 이주하는 과정에서 고려족이 겪은 무수한 풍랑을 함께 겪었으면서도 홍범도와 그 동지들의 신념인 사회주의에 대한 굳건한 믿음을 끝까지 지켰다. 소련 정권의 고려족 탄압을 몸으로 겪은 그가 '현실 사회주의'의 추악한 일면들을 모를 리 없었을 테지만, 빈농의 아들인 자신이 조상들이 꿈도 못 꾼 한문학을 할 수 있게 해준 제도만은 궁극적으로 긍정의 대상이었기 때문이다.

임수는 소수 민족에 대한 보이지 않는 차별과 부정부패가 없는 이상적인 사회주의를 갈망했다. 그러나 이미 몰락과 자본화의 길로 가고 있던 말기의 소련에서는 수포로 돌아갈 수밖에 없는 꿈이었다. 그는 제자들에게 절대로 권위를 내세우지 않고 어려움을 겪는 학생들을 음으로 양으로 도와주는 등 신념뿐만 아니라 일상에서도 말 그대로 인간의 평등과 상조(相助)를 실천한 사회주의자였다. 능력이 모자라는 학생들에게도 절대로 화를 내지 않는, 학생의 성공을 자신의 성공으로 아는 그의 모습을 지켜보면서, 나는 고생의 길이 마음공부에 얼마나 도움이 되는지 새삼 느꼈다.

이미 팔순 가까이 됐는데도 활기차게 강의활동을 계속하는 임수 교수는 평생 집안의 고향인 이북에 가보지 못했다. 그뿐만 아니라 이남과 교류를 튼 지 10년째인 지금까지 이남에도 한 번 가보지 못했다고 한다. 한국에 살면서도 은사를 고국에 모시지 못했다는 생각을 하면 제자로서 죄송스럽기 그지없다.

내가 장자, 왕유와 함께 노닐며 살던(?) 1988년부터 1991년 사이에 세계는 급변하고 있었다. 동구의 '현실 사회주의'가 몰락하면서 세계 제2 초강대국으로서의 야심을 잃은 소련은 차차 대한반도 정책의 초점을 이북 대신 이남에 맞추기 시작했다. 김영삼 전 대통령을 비롯한 이남의 '거물'들이 그렇지 않아도 부패한 모스크바의 관료들을 속속 찾아가 선물(?) 공세를 폄으로써 그들을 더욱더 부패하게 만드는 불명예스러운 시기가 온 것이다.

한편 소 · 남 관계가 공식화하자 이미 경직되어 가던 소 · 북 관계가 더욱더 악화되어 학생 교류 프로그램 등이 하나둘씩 취소되기에 이르렀다. 결국 애당초 평양의 김일성 종합대학에 가기로 되어 있던 나는 그 대신 1991년 9월에 서울에 있는 고려대학교로 가게 됐다. 3개월밖에 안 되는 매우 짧은 유학이었지만, 그 유학은 〈춘향전〉이나 한문 수업 못지않게 내 인생을 바꾸는 계기가 되었다.

고려대에서 사귄 친구들

내가 처음 한국 땅에 발을 내디딘 그 해 초가을 어느 날, 나는 어머니품처럼 포근하고 따스한 공기에 여지없이 반하고 말았다. 추운 지방 출신으로서 당연한 느낌이었을까? 그리고 첫날 산책 나간 안암골 골목에서 풍겨오던 갖가지 냄새——특히 난생 처음 맡은 매운 김치와 고추장, 된장 냄새들——가 이상하게도 오래간만에 다시 돌아온 고향집의 냄새처럼 느껴졌다. 내 머릿속에서 '인연'이라는 말이 떠오르기도 전에 촉각과 후각이 '인연'임을 말없이 말해준 셈이다.

또, 내 마음에 든 것은 새로 급우가 된 고대생들이었다. 그들은 러시아 학우와는 여러 방면에서 대조적이었다. 무엇보다 크게 다른 점은 냉소주의로 가득 찬 레닌그라드 학생들에게서는 볼 수 없던, 아직 식지 않은 사회 참여 열기와 정의감이었다. 이 점에서 독자가 유념해야 할 점은, 그때가 '반미자주(反美自主)'라는 커다란 플래카드가 학생회관에 걸려 있던, 종속이론과 신식민지 이론이 아직 학습 서클의 주요 테마이던 1991년이었다는 것이다.

물론 서구에 석유를 수출하여 부풀려진 국가 예산을 유지하던 소련을 '자본주의 세계체제에 속하지 않은 주체적 국가'로, 서구 사업가의 뇌물과 하급 관료의 상납으로 치부하던 소련 공산당의 중앙 관료들을 '공산주의자'로 각각 인식했던 일부 '학생 이념가'들의 순진한 '소망적 사고(wishful thinking)'에 대해 나는 회의적이지 않을 수 없었다. 그러나 그 사고에 뚜렷한 한계가 있었다 해도, 미국 패권주의에 힘없이 끌려다니고, 계급계층 간의 불평등이 날로 고질화되어 가는 조국의 비뚤어진 '발전'에 대해서 반성하고 고민하면서 나름대로 문제 해결책을 모색해 보려는 그들의 열기 뜨거운 자세는 매우 바람직해 보였다.

이와 대조적으로 1990년대 초기에 소련 '명문' 대학교에 다니던 상당수 학생에게는 급변해 가는 현실 속에서 자기만의 '틈새'를 찾아 현실적인 부와 신분을 얻는——지극히 자본주의적이면서도 주변부 자본주의답게 소시민적인——것이 최고의 목표였다. 고급 교육의 수혜자라는 이점을 살려 새롭게 부상하던 외국계 기업에 자리를 잡거나, 아예 '천당'으로 여겨지던 서구 '선진국'으로 이민 가는 것이 그 당시 내 주변에 있던 소련 급우들의 보편적인 소망이었다.

자기가 매판자본에 기생하는 조건으로 조국의 반식민지화와 주변화를 반긴 레닌그라드 대학교의 많은 학생보다, 자기 몸을 바쳐서라도 종속과 분단의 구렁텅이에서 나라를 구하려는 이른바 운동권 고대생들이 남을 위해서 자신의 성불(成佛)을 유보하는 '보살'의 모습에 훨씬 더 가까워 보였다. '거대 담론'에 사로잡혀 개인의 인권과 자율성을 무시했다는 요즘의 비판에 쓰라린 진리가 없는 것은 아니지만, 그들의 마음 자세가 지닌 가치를 이해하기 위해서는 한 가지 사실, 즉 지극히 개인주의적인 레닌그라드의 학생들이 갈망해 마지않던 '외국계 회사가 제공하는 안정된 생활'이 세계 자본주의라는 불평등하고 폭력적인 거대 담론을 전제로 했다는 사실만은 꼭 기억해야 한다. 해방을 위한 복종과 폭력이라는 운동권의 의식구조를 비판하려면, 1년에 주변부 국가의 아이들을 몇십만 명씩 굶어죽게 만드는, 현재의 세계체제라는 상상을 초월하는 제도적 폭력부터 비판적으로 보는 것이 전제가 되어야 하지 않을까.

또, 1980년대 후반에서 1990년대 초반에 걸쳐 대학교육을 받은, '소련의 마지막 세대'에 속하는 나는 우리 시대의 근시안과 무책임성, 무력함을 생각할 때 무한한 죄책감을 느낄 뿐이다.

국민투표라는 최소한의 민주적 절차도 없이 옐친 등 몇몇 부패한 고급 관료가 소련의 붕괴를 선언했을 때, 우리는 예컨대 우즈베키스탄을 비롯한 중앙아시아 국가들에서 극히 반인권적인 독재정권이 권력을 잡게 되리란 것을 과연 예측하지 못했을까? 수천만 명에 이르는 중앙아시아의 구소련 동포들을 독재와 인권 유린의 수렁으로 빠뜨릴 '소련 붕괴'라는 조치를 반대하지 않은 이유가 과연 머나먼(종교와 문화, 인종이 다른) 그들까지 관심사로 삼지 않으려는, 인종주의적 색깔이 짙은 집단 이기심은 아니었을까? 북한에 제공하던 원조를 갑자기 끊어버린 옐친 정권의 배신적인 행각이 결국 수백만 명의 희생자를 낸 대량 아사 사태의 원인이 되리라는 사실을 우리는 과연 짐작하지 못했을까? 짐작했다면, 왜 방관했는가? 정치제도와 인종이 다른 북한 주민의 생명을 가볍게 봐서 그런 것은 아닐까? 초과 인플레이션을 촉발해 수천만 러시아 서민의 은행통장과 쌈짓돈을 무가치한 종이로 만든 1992년의 망국적인 '경제개혁'에 대해서 학생들(특히 명문대 학생들)이 과연 왜 행동으로 반대하지 않았을까? 서민들이, 의지할 것 없는 연금생활자들이 길거리의 술장수로 담배장수로 전락해도, '엘리트'로 커나가는 자신들이 외국 자본에게 쓸모가 있으리라는 극히 귀족주의적이며 이기적인 계산 때문에 그런 것은 아닌가?

한마디로 러시아와 우크라이나의 윤락녀들이 한국을 포함한 세계의 주요 '인신매매 시장'에서 매춘계의 '일등 상품'으로 대량 '출시'되는, 불명예스럽기 짝이 없는 지금의 상황은 우리 세대의 놀랄 만한 이기심과 자본주의 체제에 순응하려고만 한 결과이기도 하다. 우리는 서구의 인권 존중이나 준법정신을 제대로 배우지 못한 채 서구 중산층 젊은이 대부분의 현실 순응적인 생활태도를 그야말로 '모범'으로 생각하고 익혔다. 그러한 배경까지 고려한다면, 체포와 고문의 위험을 무릅쓰고 자신들의 이념을 실천하려 한 고려대학교 친구들을 내가 매우 존경한 이유를 충분히 이해할 수 있을 것이다.

그러나 이념적인 구도(求道)에 열을 올리는 그들의 모습에서 나로서는 이해하기도 받아들이기도 어려운 면들이 눈에 띄기도 했다. 아주 종합적으로 이야기하자면, 그들에게는 우리의 '자유'를 구성하는 주요 요소인 개인적 공간과 개인적 시간 등이 그다지 중요하지 않은 것처럼 보였다. 우리에게는 당연하게 느껴지는 '일상적 자유 확립' 차원의 행동들, 예컨대 술을 권하거나 노래를 시키거나 회식에 초대받았을 때 본인의 취향이나 사정에 따라 거부권을 행사하는 것 등이 그들에게는 이기주의로밖에 보이지 않았다. "우리 모두 다 같이"(그들이 가장 잘 쓰는 표현 중 하나)가 술에 취해 음담패설을 주고받고 폭소하거나 노래를 불러대는 데에도 그대로 통용되었다. 그런 자리에서 다른 말이나 행동을 한다는 것은 그들의 사회에서는 거의 볼 수 없는 일이었다. 크게 봐서는, '자본주의'와 '세계적 종속'의 거대 담론을 거부하고자 했던 그들이 '식구들'의 '일심단결'을 우선시하는 가족주의적 종속의 미시 담론을 절대화한 셈이었다.

흥미로운 것은, 자본주의·국가·폭력의 '삼위일체' 타도를 외치던 1960년대의 구미 학생운동가와 달리, 그들이 '국가와 폭력'의 문제를 상대적으로 부각하지 않으면서 '세계 자본주의/제국주의'──즉, '우리'에 대한 '남'의 폭력──를 '타도의 목표'로 생각했다는 것이다. 일종의 '대가족'으로 생각하던 '우리'의 국가와 그 국가의 제도적 폭력을 담당하는 기구인 '국군'은 그들에게는 애증이 엇갈리는, 훨씬 더 복잡한 존재였다. 그들은 수구적 통치배들을 통렬히 비판했지만, 이것이 국가와 일정한 거리를 두거나 국가를 아예 필요악 내지 절대악으로 보는 것을 의미하지는 않았다. 그들은 '애국애족의 전사'를 자칭하면서 '주체적인 국가전략'의 탐구에 몰두하곤 했다.

국가 폭력을 거부하는 데서 가장 근본적인 행동인 병역의 양심적 거부도 그들에게는 고려의 대상이 아니었다. '제국주의에 종속된' 국군이긴 해도 그 '국군'에서 복무하는 것을 '우리' 대가족의 남성 어른이 되기 위한 통과의례로 인식하는 듯했다. 물론 국가와 군대를 '우리'의 기구로 인정한 이상, 그들이 1960년대의 구미 운동권이 목표로 한 폭력의 전면적인 거부와 근절을 생각하기는 어려웠을 것이다. 그러한 문맥에서, 그들이 내무반에서 벌어지는 폭력 전통을 획기적으로 근절하지 못한 것이 과연 놀라운 일일까? (물론, 그들 중 개인적으로 삼갈 수 있을 때까지 폭력적 행위를 삼간 예외적인 인물도 있었다.) 한마디로, 1960년대에 서구와 미국의 무정부주의자들이 갈망하던 '모든 국가와 제도로부터의 인간성 해방'과 달리, 그들은 근본적으로 '남'(제국주의, 세계 자본주의)으로부터 '우리'(국가)의 주체성을 회복하고 해방하려 한 '재야형 애국자'였다.

물론 나는 그때나 지금이나 유교적 유산을 물려받은 데다 미 제국주의로 인한 분단과 학살로 쑥밭이 된 나라에서 사는 그들을 '비판'할 생각이 추호도 없다. 그들의 집요한 '국가 정신'에 의문이 생길 때면 나는 언제나 '역지사지'를 시도한다. 만약 나도 남의 군대가 주둔하고 수백억 달러 어치나 되는 무기를 거의 강제로 '사주어야' 하는 분단국가에서 살았다면, 과연 국가와 민족을 우선시하지 않았겠느냐고 스스로 묻는 것이다.

그래도 그들의 아름다운 반란이 결국 중도에 그치고 만 것은 안타깝기 그지없다. '부르주아 사회'를 그토록 예리하게 꿰뚫어보던 그들이 그 사회에 정통성을 부여하는 보수적인 교수들까지 '교수님'으로서 깍듯이 대접해 주는 모습을 보면서, 나는 집단주의적·기회주의적 '인연'의 논리, 가족주의적인 '웃어른의 숭배'가 반란의 열성을 깎은 듯해서 못내 안타까웠다. 왜 하필이면 그들 중 상당수가 '민중을 기만하는 기관'이라고 비판하던 보수신문이나 '민중을 탄압하는 기관'이라고 비판하던 국정원 같은 조직에 입사해야만 했는가? '국가와 민족에 봉사'

해야 한다는 '대가족적' 논리가 결국 제도와 타협하는 것까지도 정당화한 것이 아닌가 싶다.

물론 그들의 재야·진보형 민족주의나 애국주의와 국가의 보수적 어용 이데올로기를 동일시해서는 안 된다. 그들이 제도와 궁극적인 타협을 한 데에는 그들이 지닌 진보적 민족주의 이데올로기의 한계 외에도 숱한 사회경제적 요인들이 있었다. 그렇다 해도, 그들이 대가족(국가나 선후배 집단 등의 의제 가족 등)의 논리보다 개인의 자유와 인권을 더 중시했다면 그들의 반란이 훨씬 더 철저하고 강한 '해방의 효과'를 가져왔으리라는 안타까운 생각을 떨쳐낼 수 없다. 양심적 병역 거부권 같은 기본적인 인권마저도 아직 국가와 사회로부터 제대로 인정받지 못한, 부산과 울산의 노동자마저도 최악의 집단주의인 '지역감정'에 휩쓸려 선거 때마다 한나라당에 표를 던져주는 한국의 현실을 보면, 이와 같은 안타까움을 이해할 수 있지 않은가?

인간의 몸에 값을 매기는 사회

1991년 9월 초에 소련을 떠나 한국으로 출발한 나는, 1991년 12월에 소련이 아닌 신생 국가 러시아로 돌아왔다. 바뀐 것은 이름만이 아니었다. 러시아의 '건국'을 주도한 옐친 등 소련의 부패 관료집단은 극단적인 신자유주의 입장에 따라 국가의 사회보장 의무를 냉소적으로 팽개쳤다. 1992년에 단행한 망국적인 '경제개혁'의 결과, 내가 학생으로서 받던 국가 장학금은 무가치한 종이조각으로 변해버렸다. 그 당시의 대다수 러시아 젊은이처럼, 나는 호구지책으로 '돈이 되는' 부업을 찾아나서지 않을 수 없었다. 한국어 구사 능력을 주요 '생존수단'으로 삼고 있던 나는 그 분야에서 해보지 않은 일이 거의 없었다.

김영삼 전 대통령의 『신한국 2000』을 러시아어로 옮긴 번역자, 사람을 거의 '하인'처럼 부리던 한국 여행객들(주요 '귀하신' 사장님들)의 가이드, 러시아 '보따리 장수' 관광객을 데리고 동대문 시장을 누비던 여행사 직원, 러시아에서 명예 학위를 구입한 한국의 대학 총장과 원로 교수들의 통역……. 그것은 내가 학생·대학원생 시절에 굶지 않기 위해서 해야 했던 일들의 극히 일부다.

이와 같은 '생존을 위한 투쟁' 속에서 '똘마니'가 '보스'를 섬기는 한국 사회의 '일상의 사회학'을 회사 사무실이나 관광버스 안에서 배운 일은, 결과적으로 평소의 반(反)자본주의적 신념을 더욱더 다지는 계기가 되었다. 신자유주의자들이 숭배하는 '보이지 않는 시장의 손'은 나에게는 숨을 쉬지 못하게 목을 졸라대는—— 귀중한 인생을 술에 취한 '사장님'과 '총장님'과 '교수님'들을 '시중' 드는 데 허비하게 만드는—— 마수(魔手)였다. 솔직하게 이야기하자면, 나는 지난밤에 돈으로 산 러시아 아가씨들의 음부를 주요 화젯거리로 삼던 '귀하신' 사장님들에게 거의 혐오증에 가까운 감정을 느꼈다. 불교적으로 그러면 안 된다는 것을 뻔히 알면서도 그랬던 것이다.

그러나 그것은 돈에 몸을 파는 동족의 수모에 대한, '상처받은 민족주의'에 따른 민족적 감정이 결코 아니었다. 인간의 몸에 값을 매기는 사회에서 살고 싶지 않았던 것이고, 그 사회에서 누릴 것을 두루 누리는 '귀족'들의 '단세포성'에 대한 혐오증일 뿐이었다. 당시 나는 우리의 시간, 우리의 신체가 일회용 상품이 된 지옥에서 "어떻게 해야 남에게 짓밟히고 남을 짓밟는 우리를 다시 한 번 인간으로 복원할 수 있을까?" 하는 화두를 부여안고 살아야 했다.

1996년에 모스크바 대학교에서 학위를 받고 경희대 러시아어과 전임강사로 발령을 받은 것은, 나에게는 자본주의 지옥을 또다른 각도에서 통찰할 수 있는 좋은 기회이기도 했다. 3년 동안 한국에서 교직 생활을 하면서 내가 가장 강하게 느낀 것은 일종의 '전문가로서의 만성적인 불만족'이었다. 학생들의 등록금으로 '녹'을 먹으면서도 학생들이 내는 등록금에 값하는 양질의 러시아어 교육을 제공할 수 없다는 것을 뼈저리게 느꼈다. 전공이 러시아어와 인연이 없는데도 단지 한국에서 '배고프지 않은' 연구자로 생활하기 위해서 러시아어과에 취직한 내 능력의 한계도 문제였겠지만, 교육의 장인 한국 대학의 한계도 뚜렷하게 느껴졌다.

자신의 의도와 거의 무관하게 일단 '지체 높은' 수도권 대학의 '간판'을 따기 위해 수능 성적순으로 특별히 관심도 없는 러시아어과에 들어온 학생이 열심히 공부할 수 있겠는가? 더군다나 바늘구멍보다 더 좁은 '취직의 문'을 어떻게든 통과하기 위해서 해외 영어연수와 각종 자격증 취득에 거의 1학년부터 열을 올려야만 하는 그들이 여유를 가지고 러시아의 문학이나 문화 같은 '비현실적인' 과목의 탐구에 몰두하리라고 기대할 수는 없는 노릇이었다.

경희대 학생들이 돈벌이와 취업 준비로 정신없이 바쁜 나날을 보내는 것을 지켜보고 나서야, 나는 생계나 미래에 대한 별다른 걱정 없이 한시와, 유교와 불교의 경전을 탐구하며 지낼 수 있었던 소련 시절 말기의 나날들이 얼마나 행복했는지 알 수 있었다. 천민 자본주의가 학생의 학습 동기를 박탈하는 것말고도 군에서의 구타와 비인간적인 환경 때문에 학습 능력이 현저히 떨어진 일부 남학생의 문제, 강의를 대부분 담당하는 '상아탑의 노예' 시간강사들의 고달픈 생활까지 떠올리면, 아직 개발독재의 구각(舊殼)을 벗지 못한 후진 자본주의 사회와 진정한 의미의 교육은 공존이 불가능한 천적이라는 평소의 신념을 거듭 확인하지 않을 수 없다. 신자유주의적 시장의 마수에 목이 졸린 채 은연중에 군대의 상사와 동일시하던 '교수님' 앞에서 벌벌 떠는 학생이 자유로운 진리 탐구자가 될 수 없다는 것은 자명하다.

세계적 자본주의 지옥에 떨어진 러시아에서 나의 후배들도 지금 이백(李白)이나 왕유(王維)보다 선망의 대상인 외국계 회사에 입사하기 위해서 영어회화 공부에 더 열을 올리고 있을 걸 생각하면 가슴이 무거워진다. 우리 후배들이 "花笑檻前聲未聽(꽃들이 난간 앞에서 웃어도 그 소리가 들리지 않는다)"와 같은 문장의 아담한 맛을 감상할 줄 모른다면, 그것 또한 인간답게 살아갈 수 있는 사회를 지켜나가지 못한 우리의 책임이기 때문이다.

한국인이 되기 위한 조건

한국에서 생활하며 나는 귀화를 결심했다. 귀화과정에 대해서는 국제민주연대에서 발간하는 격월간 『사람이 사람에게』(2001년 10~11월호, 통권 11호)에 기고한 「국적 취득기」의 일부를 인용한다.

한국에서 직장을 얻고 2년 동안 한국에서 살아온, 이미 1995년에 한국 여성과 결혼한 나는 1999년 2월부터 한국 국적을 취득할 수 있는 자격을 얻었다. 현행 귀화 관련 법률에 따르면, 배우자가 한국인인 외국인은 직장과 주소를 가지고 2년 이상 한국에서 살면 한국인이 될 자격을 부여받는다.

그러나 자격을 얻었다고 해서 한국인 배우자와 함께 한국에서 2년 이상 산 외국인이 모두 한국인이 되려고 귀화 신청을 하는 것도 아니지 않은가? 더군다나 나는 귀화 신청을 하기 전부터 한국의 이중 국적 절대 불허 방침에 대해서 충분히 알고 있었다. 한국 국적을 얻기 위해서는 부득이하게 러시아 국적을 포기해야 한다는 것을 미리 각오해야 하는 것이다. 아무리 세계주의·인류 보편주의 사상을 신봉한다 해도, 태어나서 자란 나라의 국적을 자기 손으로 버린다는 것은 심리적으로 고역이 아닐 수 없었다. 원래 국적에 대한 국가주의적인 애착이 없다 해도, 러시아에 계시는 부모님을 뵈러 갈 때마다 비자 수속을 밟아야 한다는 생각에 얼마간 착잡한 심정에 사로잡힌 것도 사실이다.

그러나 이렇듯 복잡한 감정에도 불구하고, 2년쯤 걸리는 귀화과정의 길로 간 것은 무엇 때문일까? 귀화신청서를 내밀 당시 의식적으로 몇 가지 동기를 생각했던 것으로 기억난다. 하나는, 한국학을 한다는 사람으로서 한국인과 운명을 같이하는 것이 바람직하다는 생각이었다. 그리고 또 하나는, 아직까지도 국적과 혈통을 대개 동일시하는 많은 한국인에게 '화두'를 하나 던져보고 싶은 생각이었다. 한국과 혈통적으로 전혀 관계없는 사람이 의식적으로 한국인이 되고 싶어하고 될 수도 있다면, 과연 한국인이라는 것이 '핏줄'로만 결정지어지는 것이냐는 질문을 던져보고 싶었던 것이다.

주저함을 떨쳐버리고 출입국 관리사무소의 국적 상담소에 귀화신청서를 내던 날은 아직도 기억에 생생하다. 그때 내가 제출해야 할 서류 중에 나와 아내의 은행통장과 전세계약서 사본도 들어 있었다. 재산이 일정 금액(지금의 기억으로 3천만 원) 이상 되어야 귀화가 가능하다는 것이 현행 법률의 특징 중 하나다. 전문직에 있으며 배우자 가족의 도움을 받을 수 있었던 나는 이 '좁은 문'을 다행히 통과할 수 있었지만, 외국인 노동자들은 대부분 귀화를 단념할 수밖에 없겠구나 하는 생각이 들기도 했다. 아무리 극단적으로 자본의 논리를 따르는 국가라 해도, 노동자 등 약자를 걸러내는 국적 취득 조건을 노골적으로 설정한다는 것은 너무 지나친 행위라는 생각이 오랫동안 내 머리를 떠나지 않았다.

몇 개월이 지난 뒤에, 나는 드디어 마지막 '관문'인 귀화 시험장에 들어갔다. 한국학을 전공한 내가 보기에도 그 시험은 상당히 까다로웠다. 예를 들어서 문제에 정확하게 답하려면 '노동법', '판사', '재판' 등 어려운 한자 계통 어휘를 구사할 줄 알아야 했다. 그것도 모자란 듯이, 〈산유화〉의 저자가 누구냐는 질문까지 덧붙여져 있었다. 김소월을 모르는 자는 한국인이 될 자격이 없다는 논리인 셈이다.

결국 이 시험을 무사히 볼 수 있었던 사람은 나처럼 한국학을 전공한 구미지역 출신이나 한국에서 오래 산 한자문화권 출신(예컨대, 화교나 일본인) 정도였을 것이다. 내가 보는 바로 앞에서 시험에서 떨어진 파키스탄이나 나이지리아 계통 노동자들이 실망을 금치 못하는 표정으로 시험장을 떠났다. 이와 같은 시험을 실시하는 의도 중에 학력이 낮은 비구미·비극동 출신 귀화신청자를 걸러내는 것도 포함되어 있지 않은가 하는 의문이 생길 수밖에 없었다.

시험을 통과한 며칠 뒤에, 나는 과천 종합청사에서 국적 취득 증명서와 함께 태극기 한 개를 받았다. 예측할 수 있듯이, 엄숙하게 진행되는 국적 취득 의식에서 아시아·아프리카 노동자들의 거무스름한 얼굴은 별로 찾아볼 수 없었다. 파키스탄 출신이 몇 사람 있었지만, 국적 취득자들은 대부분 평생 한국에서 살아온, 상당 수준의 재산과 완벽한 한국어 실력을 갖춘 화교들이었다. 귀화신청자가 통과해야 하는 갖가지 '조건'들——특히 일정액 이상의 재산 보유 기준과 한국어 시험——이 사회의 약자들을 걸러내는 데 상당히 주효한 셈이다. 자본주의 국가가 계급적 차별과 억압을 위한 기계에 지나지 않는다는 마르크스의 말을 믿지 않는 순진한 사람이라도, 위와 같은 귀화

과정을 거치고 나면 마르크시즘에 타당한 부분이 많다는 사실을 분명히 인정했을 것이다.

이제 한국에 대해서 '우리'라고 말할 수 있게 된, 한국 현실의 문제점을 이야기할 때 '나'를 포함한 '우리'의 문제로 취급할 수 있게 된 나는, 우여곡절 끝에 한국 국적을 얻은 일이 매우 기쁘기도 하지만, 까다로운 재산 규정과 귀화 시험 때문에 '한국인이 되는 꿈'을 버려야만 하는 많은 이를 생각하면 마음이 아프다. 한국도, 지금 살고 있는 노르웨이처럼, 일정 기간 거주한 외국인에게 별다른 시험이나 재산·신원 조사 없이 국적 취득의 혜택을 부여하면 좋을 듯하다. 이렇게 해서 귀화한 아시아·아프리카 출신으로 인해서 한국 사회와 문화가 다양해지면, 사회의 전체적 진보에 큰 기여가 될 것이다.

다양성의 나라, 평등한 나라를 위하여

경희대와 계약한 기간(3년)을 채운 뒤에 '귀화인'의 몸으로 노르웨이에 가서 오슬로 대학의 한국어 및 동아시아 역사 담당 부교수가 된(2000년 3월) 나는, 이제 한국의 현실을 새로운 눈으로 보게 됐다. 노조의 지원을 받는 좌익 정당들이 국회 의석의 절반 정도를 차지하고, 공산당의 기관지까지도 국고 보조금을 받아 발간하는 다양성의 나라, 입사 때 여성이나 장애인이 '정상적인 남성'보다 더 유리한 평등의 나라에서 살면서, 노동운동가들이 감옥에 잡혀가고 여성들이 손님의 냉면을 잘라주는 '음식집 아줌마' 정도의 역할밖에 맡지 못하는 고국 한국의 현실을 생각하기가 가슴이 아프다.

그러나 가슴이 아픈 만큼 할 일이 정말 많다는 생각이 절실해지기도 한다. 학생들이 교수를 만날 때 노르웨이처럼 동등한 인간으로서 웃으면서 악수할 수 있는 나라, 매매춘을 한 여성이 스웨덴처럼 국가의 보호를 받는 반면에 그들의 성(性)을 돈으로 산 남성 '고객'들은 잡혀가서 심판을 받는 나라, 아직 끝나지 않은 제국주의의 침략으로 완전히 폐허가 된 아프가니스탄에 각종 원조를 제공하는 일이 덴마크처럼 지성계의 가장 중대한 관심사가 될 수 있는 나라, 그런 나라를 만들기 위해서할 일이 많다는 이야기다.

> 自己想吃人 又怕被別人吃了 都用看疑心極深的眼光 面面相覷
> 자기가 남을 잡아먹고 싶으면서도, 남에게 잡아먹히기를 겁내며…… 다들 의심 깊은 눈으로 서로서로 쳐다보면서……
>
> —노신(魯迅), 『광인일기(狂人日記)』 중에서

이 말보다 우리의 초상화를 정확하게 그려낸 말은 없을 것이다. "서로 잡아먹기를 탐내는 사회"가 어떻게 형성됐는지, 구체적으로 어떤 병들을 앓고 있는지, 어떻게 치료할 수 있는지 논해보고, 나아가서 '치료과정'에 미력이나마 보태고 싶은 마음으로 이 책을 내놓았다. '편안한' 노르웨이에서 사는 몸으로, 갖은 고생을 다 당하면서 사회 진보를 위해 투쟁하고 있는 한국 동지들에게 이 정도밖에 도와주지 못한 것을 늘 미안하게 생각하고 있다.

이 책을 편집하느라 수고하신 한겨레신문사 출판부에 고마운 마음을 전하고 싶다.

2001년 11월 23일 오슬로에서
박노자 씀.

1부

—

한국사회의 초상

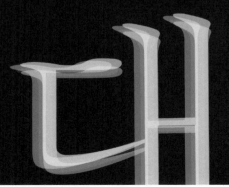

전근대적이고 극단적인 '우상숭배'

독재자에게 후한 한국인

그 동안 나는 한국 젊은이들과 한국 역사를 논할 때마다 한 가지 이상한 점을 느껴왔다. 대체로 해방 이후 지배계층에 아주 비판적이고, 현재 정치에는 아예 무관심하거나 상당히 냉소적인 그들이 역대 통치자 중 유독 한 사람에게만 예외적으로 많은 관심과 정서적인 공감을 보여주기 때문이다. 짐작하다시피 이 사람은 바로 박정희 전 대통령이다.

내가 상대한 젊은이들은 대부분 그를 '핵무기를 개발하려다 미국인에게 살해당한 진정한 민족주의자', '후대 정권이 망가뜨리고 말았지만 나라경제를 바로 세운 위대한 경세가', '도덕적이고 용맹한 정치인'으로 인식하고 있다. 기형적이고 안타까운 현상이다. 물론 박정희 숭배 분위기를 조장하는 극우파 언론과, 경제·사회적 실책으로 이반한 지역 민심을 박정희 숭배와 복잡하게 얽혀 있는 지역감정을 이용하여 무마하려는 집권층의 책임도 만만찮지만, 지배층의 권모술수에 그 정도로 쉽게 넘어가는 젊은이들에게도 안타까움을 표하지 않을 수 없다.

물론 피상적이고 감정적인 관점에서 볼 때, 후대 정권의 끝없는 무능에 비해서야 박정희의 단호한 정책이 좀더 매력적으로 보일 수도 있을 테지만, 1990년대 후반에 접어들어 밀어닥친 전반적인 국가·사회 위기의 원인이 박정희 집권기에 뿌리를 두고 있다는 것을 어떻게 간과할 수 있는가.

첫째, '미국인들에게 본때를 보여주려 한 민족주의자 박정희'에 대한 신화는 민족주의의 진정한 의미를 왜곡하게 되므로 위험하다.

물론 요즘같이 '세계화'라는 미명하에 '영어공용화' 같은 기형적인 프로젝트들을 추진하고, 알짜배기 기업의 해외 매각을 성공으로 보도하는 마당에, 미국과 몇 번 충돌을 일으킨 박정희에게 민족주의자라는 후광을 씌워주기는 어렵지 않다. 그리고 일제 때 모범적인 사무라이로 평가받은 다카기 마사오 중위(창씨개명한 박정희의 일본 이름)가 일본 사관학교에서 배운 대로 '미·영 귀신'을 충심으로 혐오했을지도 모른다.

그런데 현실적으로 박정희가 취한 외자·기술 도입, 소비재 수출 위주의 경제정책은 중단기적으로는 고속 성장을 초래했지만 장기적으로는 금융·기술·무역 따위 분야에서 대미·대일 의존성을 절대화·영구화해 버리기도 하였다. 무제한적으로 외채에 의존해도 된다는 고속 성장 시대의 관행이 결국 한국을 'IMF'라는 수렁으로 몰아넣은 것이 아닌가.

그리고 1970년대 중후반의 '자주국방'은, 박정희의 부국강병론과도 관계가 있지만, 어디까지나 베트남에서 참패한 미국이 자국 내 여론을 의식해 채택한 '아시아 반공전선의 현지화' 계획에 따른 것이었다. 미국을 긴장시켜 암살을 부른 이유가 되었다는 핵개발 계획은, 만약 성공했더라도 북한을 극도로 자극해 북한의 핵개발이라는 맞대응을 초래함으로써 결국 한반도의 대치상황만 한층 더 첨예화하고 말았을 것이다.

둘째, '민족문화 창달을 도모한 전통 옹호자 박정희'에 대한 보편적인 의식은 허구성이 짙다.

그는 '전통 가치'를 들먹이기는 했지만, 다양한 가치를 아우른 조선의 철학적인 유교를 일본 사무라이식 '충효사상'으로 왜곡해 정권유지 이데올로기로 이용했다. 『논어』를 한 구절도 안 읽는 요즘 젊은이들이 유교란 말을 꺼내기만 하면 '권위주의'라고 과민반응을 보이는 이유가 어쩌면 그 끔찍한 왜곡에 있지 않을까? 메이지의 '교육칙어'(1890)를 상당 부분 모방한 '국민교육헌장'(1968)을 만들어 전국 어린이의 마음을 일본식 '맹종'과 '충성심'의 개념으로 더럽힌 것이 과연 민족문화를 위한 것이었을까?

초기에는 종교적 의례를 담당하고 후기에는 유교적 교육에 전념한 신라 화랑의 정신을 마치 일본 사무라이의 무사도와 같은 것으로 오해하는 사람들을 만날 때마다, 나는 박정희 시대의 민족문화 왜곡이 어느 정도 극심했는지 절감하곤 한다. 경주에 가본 사람이면 다 알겠지만, 당시 국민의 혈세로 지은 '통일전'이나 '화랑교육원' 같은 박정희의 대형 어용 이데올로기 상징물이 아기자기한 남산의 산세와는 전혀 어울리지 않는 것처럼, '민족 전통'으로 가장한 사무라이식 '충효사상'은 진정한 민족문화와 아무런 관계도 없다.

셋째, '도덕적이고 깨끗한 정치인 박정희'라는 의식은 보수언론의 역사 왜곡이 일상화한 사회에서만 생길 수 있다.

박정희 정책의 궁극적인 목적은 장기 내지 종신 집권이었다. 경제적 '실적 올리기'도 이를 위한 것이었다. 심지어 그들은 이를 위해 국내외에서 납치·고문·암살·매수 등 모든 수단을 총동원하였다. 그런데 그것보다 더 무서운 것은, 일제시대식으로 '반공과 권력을 향한 충성심'을 내세운 어용 이데올로기가 도덕과 윤리 없는 경제적 '실리'를 절대화했다는 것이다. 정권에 맹종하면서 수단과 방법을 가리지 않고 경쟁자를 밟아가며 나만 잘살려 하는 것이 그 시대의 '고귀한 이상'이 됐다.

"잘살아 보세"라는 이상의 구체적인 구현 중 하나가 바로 한국 사상 최초의 '외화벌이 전쟁'인 베트남 파병이었다. '베트남 특수'로 한진과 현대를 비롯한 거대 재벌과 정부는 10억 달러 정도를 벌어들여 대내외적으로 '경제성장의 성공'을 선포할 수 있었지만, 외화와 현대적 군장비, 미국의 독재권력 인정 등을 얻기 위해서 수천 명이나 되는 젊은이를 죽음으로 내몰아도 된다는 발상을 도덕적이라고 할 수 있을까? 착하고 정이 많은 시골 청년들이 미군을 본떠 똑같이 생긴 동양인을 무자비하게 고문하고 죽였다는 사실은 두렵기조차 하다. 동양인을 '열등인종'으로 보편적으로 인식하고, 흑인 등을 상대로 이미 '가혹성 훈련'을 받은 미군들로서는 베트남 시골을 소탕하는 것이 별것 아니었겠지만, 독립 만세를 외치던 사람들의 후손이 베트남에 가서 백인 압제자들 편에 서서 또다른 유색 약소민족의 독립투쟁을 '돈을 벌기 위해서' 진압했다는 것은 너무나도 역설적이다.

지금 한국 사회는 광주학살의 아픔을 뼈저리게 절감하고 있다. 하지만 그것과 더불어 광주 비극의 서곡이라고 볼 수도 있는, 한국군이 이름 모를 베트남 사람들을 학살한 사실도 반드시 기억해야 한다.

최근 들어 박정희 기념관을 건설하기도 하고, 보수 정객을 위시한 지배층의 '순례자'들이 박정희 생가를 계속 찾기도 한다. 독재정권 덕에 돈과 권력을 얻었거나 박정희를 팔아 지역감정을 이용하려는 자로서는 당연한 발상이리라. 하지만 이에 앞서 한국군의 총칼에 학살당한 베트남 여자와 아기들, 용역깡패나 경찰에게 맞아 불구자가 된 노동운동가들, 군대에 가서 흔적 없이 증발돼 버린 '데모 학생'들——즉 독재권력에 희생당한 모든 이——을 위해서 기념관부터 지어야 하지 않을까?

일그러진 현대성

관립 요정의 수라상이 돌연 아수라장이 돼버리고, 한 수족이 또다른 수족과 원수(元首)를 향해서 총부리를 들이댄 지 어언 20여 년이 지났다. 그런데도 '박정희'는 여전히 '현대적 한국'의 동의어로 남아 있고, 그에 대한 각계의 재조명 욕구도 어떤 의미에서든, 어떤 관점에서든 오히려 계속 늘어나는 것 같다.

그러나 지금의 남한 현실을 생각해 보면, 이와 같은 관심을 현실 도피적인 것으로 치부할 수만은 없을 듯하다. 죽은 폭군의 '공주'와 그의 초기 '개국 공신'이 현재에도 정치판의 실세로 행세하고 있고, 폭군의 극악무도를 비판하여 국내외에서 명성을 얻은 지금의 대통령이 이제 거꾸로 폭군을 현군으로 변모시키려는 '선양사업'의 선봉에 섬으로써 국내외를 경악게 하고 있기 때문이다. 그것뿐인가? 죽은 폭군의 어용 시전(市廛) 격인 거대 재벌이 하나둘씩 무너지거나 외국인 투자가의 손에 들어가는 등 크게 흔들리면서 '박정희식 개발 모델'이 부단히 도마 위에 오르고 있고, 더 나아가 최근에야 한국 국민에게 알려진, 깊은 애증의 대상이던 종주국 미국의 인정과 지원을 얻기 위해 '베트남 정벌' 전장에 보낸 폭군의 군대가 종주국 군대 못지않은——오히려 어떤 면에서 종주국의 수준을 뛰어넘는——만행을 저질렀다는 사실이 이를 잘 말해준다.

박정희의 몸은 사라졌지만, 우리는 여전히 그의 유산에 둘러싸여 있다. 그리고 시간이 갈수록 오히려 이 유산을 더욱더 자주 인식하게 되는 셈이다.

보통 박정희를 변호하려는 사람들은 두 가지 논거를 이용한다. 하나는 '조국 근대화 또는 현대화의 성공'이고, 다른 하나는 '체제의 경제적 우월성의 획득'이다. 더 쉽게 이야기하자면, 외화벌이를 위해 베트남 전쟁에서 4~5천 명에 이르는 한국 젊은이가 죽었다 해도, 경부고속도로와 같은 대형 프로젝트 건설장에서 노동자 100여 명이 사고와 과로로 고통을 받아 죽었다 해도, 1년에 근로자 몇백 명이 과로사한다 해도, 일단 우리가 지금 북한보다 배불리 현대적으로 살지 않느냐는 식의 논리다.

물론 고통을 받아 죽은 희생자의 유족을 비롯한 '고통 담당층'이 지금 현대적으로 잘살 확률보다 계속 고통을 당할 확률이 훨씬 높다는 점에서 이 논리는 치명적인 허점을 드러내고 있지만, 이 문제는 여기에서 논외로 한다. 다만, 이 논리의 두 가지 재미있는 특징을 지적하고 싶다.

하나는, 이 논리가 1970년대 초반 북한 정권이 체제를 변호하던 논리와 너무나 유사하다는 점이다. 천리마 운동 등 고통스러운 대중동원 운동을 통해서 초기 공업화와 강군(強軍) 건설에 성공했다고 생각한 김일성은, 고통을 대가로 '남쪽의 파쇼 괴뢰도당'을 앞질러 조국의 현대화를 이루었다고 빈번히 자부했다.

그리고 또 하나는, 마치 전근대 사상가들이 그들의 유토피아인 요순(堯舜)시대를 지선무구(至善無垢)한 것으로 생각했듯이, '현대, 현대화'를 모든 고통과 희생을 합리화할 만한 절대선으로 생각하는 점이다. 바로 '현대'의 합리성과 가치 중립주의, 철저한 기술관료 정신이 유태인 대학살과 같은 대량 범죄의 토양을 제공했다고 주장하는 지그문트 바우만(Zygmund Bauman)류의 냉정한 '현대 해체주의'는 남한 지성계 일부의 주목을 끌기는 했지만, 전근대에서 근·현대로의 이행을 아직까지——국사 교과서의 내용대로——개화(開化), 즉 개물화인(開物化人)으로 대충 긍정하거나 적어도 필연시하는 대다수 국민 사이에 뿌리를 내리지 못했다.

그러나 절대선으로 인식하는 '조국 현대화'의 이름으로 박정희에게 면죄부뿐만 아니라 기념관이라는 형태의 '포상'까지 주려는 사람들은 두 가지 측면에서 너무나 단순한 이분법에 걸려든다.

　　하나는, 박정희 자신의 민족적인(?) 궤변 탓인지 모르지만, 한 민족의 범위를 훨씬 뛰어넘는——직접적으로는 일제의 동아시아형 총동원 사회 모델, 간접적으로는 독일과 소련식의 유럽적 전체주의와 연결된——그의 이데올로기와 모델의 '계보'를 무시하는 오류다. '한국적 민주주의'를 만들어낸 박정희 자신이야 '우리식 사회주의'의 창안자인 김일성처럼 '우리 민족'과 '남'을 철저히 분리·대립시켰지만, 개화기 이전의 한국 전통사상에서는 전혀 찾아볼 수 없는 이와 같은 극단적 국수주의는 오히려 그의 국제적인 '계보'를 잘 시사해 주기도 한다. 〔여기에서 지적해야 할 점은, 내가 일본 만주군 출신인 박정희의 이념과 이상을 단순히 일제 어용 이데올로기의 '아류'나 '복제물'로 보지 않는다는 것이다. 푸코가 제시한 '계보'의 개념은 위계질서적인 의미의 '베끼기·재현'이 아니다. 푸코는 차후의 또다른 변형과 잠재적 재생 가능성을 보유한 '원형'의 독자적인 '화현(化現)'을 현실 변화의 주요 원칙으로 본다. 예를 들어서 전통시대의 오가작통(五家作統)과 일제시대의 애국반(愛國班)이라는 '계보'를 지닌 북한의 인민반과 남한의 반상회의 다양한 변천을 보면 '아류' 개념의 지나친 단순성을 절감할 수 있다.〕

　　그리고 또 하나는 전근대와 근·현대라는 이분법의 함정에 빠져 박정희의 근·현대화 모델이 얼마나 많은 전근대적인 요소를 유기적으로 내포하는지, 또 전근대적인 요소와의 상호작용이나 전근대적 요소의 재해석과 의미 재부여·재확인에 얼마나 의존하는지 망각하는 오류다. 몇 년 전만 해도 북한에서 '충성의 편지'를 들고 달리는 모습을 전근대적인 것으로 쉽게 진단하곤 했으나, 이와 별로 다르지 않은 남한의 '충성 서약서' 문화에 대한 비판적인 자각은 극히 최근의 일이다.

박정희 모델의 시공적(時空的) 관계들——한국의 전근대적 과거와, 외국의 전체주의적 현대문화와 맺고 있는 '계보적(genealogical)' 관계——을 더 미시적인 차원에서 이해하기 위해서 그가 내세운 현대화라는 이상을 나름대로 상징하는, '한국적인 현대' 전반과 매우 깊은 의미론적 연관을 지닌 서울 도심의 이데올로기적 대형 조각들을 다시 한 번 생각해 보도록 하자. 이들 이데올로기적 대형 조각품 중에서 가장 대표적인 것으로는 1968년에 건립한, 세종로에 있는 이순신 동상을 꼽을수 있다.

중세의 갑옷을 입은 군국주의

이순신 동상을 '대표적인' 것으로 만드는 것은 무엇보다 그 위치다. 과거의 권력(경복궁, 덕수궁, 육조)과 현재의 권력(청와대, 정부종합청사), 외세의 권력(미국 대사관, 미국 외교관 주택단지)과 언론권력(조선일보, 동아일보, 한국일보 사옥)이 집중되어 있는 세종로와 경복궁 근처는 권력 담론 차원에서 명실상부한 '한국의 중심'을 대표하기 때문이다. 이 중심에 서 있는, 청와대와 정부 청사의 '벽사신(辟邪神)'이자 '수호신', '장승' 격인 이순신 동상인만큼 권력의 이데올로기를 그대로 내포한다고 해도 과언이 아닐 것이다. 그리고 박정희 자신의 헌납으로, '공신' 김종필의 주관으로, '지식 권력'을 대표하는 서울대 김세중 교수의 손으로 만든 동상인만큼 '박정희주의'도 관련이 깊지 않을 수 없다. 박정희 권력에 의해서, 그 권력을 위해서 만들어진 이 동상은 '박정희주의' 패러다임의 '계보'에 대해 무엇을 이야기해 줄 수 있을까?

첫째, 박정희 · 김종필 · 김세중의 손으로 세운 이순신 동상은 국제적 · 시대적 '계보'의 관점에서 박정희식 군국주의가 유럽 · 일본 군국주의 전통으로 '편입'했음을 의미한다.

'이순신'이라는 이름이 '전통'과 '과거'의 이미지를 풍기기는 하지만, 사실 한국에는 공공연한 장소에 무장의 동상을 건립하는 전통이 없었다. 무덕(武德)을 기리는 방법은, 잘 알려진 대로 주로 사당이나 비문(碑文)의 건립이었다.

그러나 서양에서는 19세기 초 나폴레옹 전쟁 이후에 국민개병 제도의 보편화, 제국주의 전쟁의 격화, 지배층의 상무적(尙武的) 분위기 조장 등을 이유로 군국주의적 · 국수주의적 색채를 띠는 무장 동상의 건립이 유행했다. 특히 영국의 적극적인 식민지 팽창, 독일의 통일과 군사대국화, 프랑스와 독일의 전쟁 등을 특징으로 하는 1860~1880년대에는 군사적인 민족주의의 영향으로 런던, 파리, 베를린을 비롯하여 유럽의 주요 도시에 각종 대규모 장군 동상이 들어섰다. 런던의 넬슨 제독 동상(1830년 건립), 파리의 수많은 나폴레옹 동상과 장군들의 동상, 상트페테르부르크의 수보로프(Suvorov) 장군 동상 등은 그 시대의 상무주의 조장 풍토를 잘 대변해 준다.

박정희가 가장 철저하게 배운 일본은 메이지(明治) 시대부터 유럽 열강의 제국주의 · 군국주의를 이식 · 재현하는 과정에서 1890년대부터 '장군 동상' 문화까지 소화했다. 1893년에 일본 군국주의의 상징인 야스쿠니(靖國) 신사 입구에 세운, 현대적 병부(兵部)의 실질적인 창립자이자 서양 병법의 도입자인 오무라 마스지로(大村益次郎)의 동상[일본의 서양 조각가 1세대의 대표자 오쿠마 우지히로(大熊氏廣, 1856~1934)가 제작]은 장군 동상 건립의 효시가 됐다. 대중적 전쟁 열풍을 조장하는 이들 장군 동상의 건립이 일제의 파쇼화 시대인 1930년대에 가장 많았다는

야스쿠니 신사 앞에 있는 오무라 동상(왼쪽)과
박정희주의를 대표하는 이순신 동상(오른쪽)

것도 잘 알려진 일이다.

　일본 체류 시절에 야스쿠니 신사의 각종 의례에 참석한 적이 있는 박
정희가 오무라 동상을 보고 받은 인상을 기억해서 상당히 비슷한 이순
신 동상의 건립을 지시한 것은 아닐까? 직접적인 관련은 없다 해도, 유
럽 열강과 같이 부국강병을 이루겠다는 '탈아입구(脫亞入歐)' 욕망, 곧
장군 동상 도입의 동기만은 메이지 일본과 박정희가 별로 다르지 않은
것 같다. 더구나 유럽 제국주의의 전성기인 1893년에 건립한 오무라
동상과 달리, 군국주의를 반대하는 평화주의 운동의 해로 기억되는
1968년에 건립한 이순신 동상은 (적어도 진보적 구미인의 관점에서는) '시
대역행'으로 보이지 않을 수 없었다. 그러나 한국군의 베트남 파병에
착수하던 박정희 정권으로서는 오히려 유럽과 일본 군국주의의 장식문
화를 도입할 적기였을 것이다.

둘째, 이순신 동상의 주요 의미론적(semantical) 특징은 전체주의적 정권들이 즐겨 쓰는 '역사적 연상(聯想)의 이용(exploitation of historical associations)'이 지닌 함축성이다.

초등학교부터 국정 국사교과서의 '국방사관(史觀)'을 철저하게 익힌 박정희 시절의 아동과 청년들에게는 이순신과 임진왜란이 바로 '국가 위기', '국민 총동원의 필요성'으로 이어지지 않을 수 없었다. 그리고 '지금이 바로 북괴의 적화 야욕으로 인한 국가 위기, 국민 총동원의 시기'라는 것이, 어떻게든 정권의 불법 찬탈과 노동자 · 농민의 일방적인 희생을 합리화하려는 박정희의 핵심적인 체제 유지 이데올로기였다. 새로 건립한 이순신 동상을 우러러보면서 신문이 말하는 대로 지금이야말로 국가 존망의 위기라고 생각한 청년이라면 별다른 반발이나 내면적인 갈등 없이 베트남이라는 전쟁터로 쉽게 갈 수 있었을 것이다.

그리고 교과서에 실린 임진왜란 이야기는 '그때' 명군(明軍)이 주둔한 전례를 통해 '지금'의 미군 주둔을 합리화하는 효과가 있었다. 또, 더 깊은 연상의 차원에서 동족인 '지금'의 '빨갱이'들이 이민족인 '그때'의 왜군 못지않게 '우리'에게는 '남'이라는 생각까지 자아내는 측면도 있을 수 있었다.

전체주의적 정권이 예술적 · 미술적 인유(引喩, allusion)를 이용한 전례는 수없이 많다. 대표적인 예가 소련의 저명한 감독 에이젠슈테인이 1938년에 스탈린의 지시로 만든 〈알렉산드르 네브스키(Alexander Nevskii)〉라는 영화다. 소련의 발틱 공화국 무력 점령(1939~1940), 독일과의 전쟁 발발(1941)을 앞두고 만든 이 명화의 주제는 13세기에 발틱 지역을 점령한 뒤 러시아까지 침범하다 패퇴한 독일을 상대로 네브스키 공(公)이 지휘하는 러시아 군대가 벌인 '의로운 싸움'이다. 13세기의 방어적 전쟁이 지닌 정당성을 통해 사실상 히틀러와의 야합을 배경으로 하는——아무런 정당성도 없는——발틱 삼국의 불법 점령을 합리화한 것이다. 스탈린의 도움으로 탄생한 김일성 정권을 주적(主敵)으로 삼아 '총동원 사회'를 만들어가던 박정희가, 스탈린의 5개년 경제발전계획 모델과 함께 선전수법을 사실상 답습했다는 것은 역사의 아이러니 중 아이러니다.

셋째, 자명한 이야기이기도 하지만, 민주적인(현대적) 정통성도, 문치주의 국가인 한국의 역사적(전통적) 정통성도 전무한 박정희 정권은 이순신 동상의 건립을 통해 과거 무인과 군부가 차지한 위치를 강조함으로써 넌지시 군부독재의 정통성을 주장했다.

사실 일본군 장교 출신인 박정희 개인으로서도 항일의 상징 이순신에 대한 존경의 표현은 '과거를 씻어주는' '민족주의자로서의 자격의 주장'이라는 의미를 가지지 않을 수 없었다. 그리고 합법적인 장면 정권을 불법적으로 타도한 역신(逆臣) 박정희와 김종필이 자신의 '백성'들에게 이제 반대로 충무공의 충(忠)을 부각하고 강조하는 것은, 이순신 장군 동상이 함축하는 의미들 중에서 가장 아이러니한 것인지도 모른다. 그러나 보는 사람을 압도하는 커다란 동상이 내포하는 이러한 의미는 대화와 상대의 존중을 전제로 하는 현대적인 주장이라기보다는 오히려 일방적인 요구이자 원칙적인 당위성을 강조하는 전근대적 선포에 가깝다.

이상에서 본 바와 같이, 이순신 동상 건립의 심층적 의미는 대외적으로는 '열강에의 편입'과 '군국주의 역사에의 편입', 대내적으로는 '정통성 주장'과 '충성 덕목 강조'로 읽을 수 있다.

이와 같은 것은 박정희 정권이 만든 또다른 무장 동상에서도 읽어낼 수 있다. 예를 들어 이순신 동상을 이미 건립한 김종필의 '애국선열 조상 건립 위원회'가 이듬해인 1969년에 남산공원에 건립한 김유신 장군

기마 동상이 그것이다. 세종로가 옛날부터 현재까지 '속세 권력의 중심'이라면, 남산도 그 못지않게 '성(聖) 권력의 중심'이었다. 조선시대의 국무(國巫)들이 사제로 있던 '국사당'도, 일제시대의 '조선 신궁'도 다 남산에 있었다는 것은 잘 알려진 사실이다.

동상과 관련해서도 '남산'은 의미심장하다. 1957년 8월, 이승만의 여든번째 생일을 기하여 바로 여기에 25미터짜리 대형 이승만 동상이 건립되었다(1960년 4·19의거 때 철거). 어떤 의미에서는 박정희와 김종필의 김유신 동상이 이미 철거된 이승만 동상을 대체하는 의미도 없지 않은 듯하다.

인유적 차원에서는 김유신 동상이 박정희의 숙원인 '무력통일'——그것도 외세의 '도움'에 힘입은 무력통일——을 신라 통일이라는 역사적 전례를 통해 합리화하고, 재야지식인들이 즐겨 읽던 단재 신채호의 부정적인 김유신관(觀)과 일종의 정면 대결을 벌이는 것은 물론, 나아가 인상적인 군신관계의 전형인 김춘추(태종무열왕)와 김유신의 관계와, 박정희와 김종필(김유신을 중흥조로 하는 김해 김씨의 후손)의 관계를 은근히 동일시하는 측면도 없지 않은 듯하다. 그리고 19세기 유럽 열강에서 유행한 무장·제왕 동상의 전형적 형태인 기마 동상, 그것도 전형적인 유럽식 제스처로 큰칼을 내밀고 있는 기마 동상을 한국에 도입·이식한 것은, 이순신 동상과 마찬가지로 박정희 정권의 '세계사'(사실 서구 군국주의·제국주의 역사) 편입 욕망을 그대로 나타내는 셈이다.

위에서 살펴본 바와 같이, 수도 서울의 성지(聖地)를 지키는 박정희 정권의 두 '수호신'——이순신과 김유신 장군의 동상——은 거시적인 문맥으로 봐서는 전통 계승의 탈을 쓴 탈아입구(脫亞入歐)와 국민 총동원 욕망의 표현·확인·강요라는 의미를 지닌다. 그러면서도 이 욕망을 '백성'들로 하여금 자기화·내면화하게 하는 방법에서는 전통적인 것, 곧 우리 것의 이용이라는 측면이 두드러지게 나타난다. '과거와 역사'를 무엇보다 중시하는 조상·가족·집단 내력 중심의 한국 사회에서 '무장 동상/기마 동상'이라는 극히 현대적·서구적 욕망의 상징은 '과거와 역사'의 상징인 고대·중세적 갑옷을 입음으로써 독특한 무소불위의 위력을 얻는다. 이순신과 김유신 동상의 갑옷 차림은 그런 면에서 권위를 부여하고 의미를 전달하는 데 핵심적인 역할을 하기도 한다.

그리고 역사 속의 김유신이 신채호에게 비판을 받아도 이순신과 김유신이 상징하는 추상적인 충신이 비판을 받을 수는 없는, 각종 집단이 '충(忠)'으로 묶여 있는 충성 중심의 한국 사회에서 서구적인 군국주의 메시지를 전달하는 도구로 중세의 '충신'을 선택한 것도 결코 우연한 일이 아니다. 대형 기념비들을 통해서 '충'과 국수주의, 군국주의를 하나로 연결함으로써 극우독재는 집단에의 '충'을 중심으로 하는, 보수적이며 전근대적인 일상 윤리관을 지닌 한국인들의 가장 기본적이고 원초적인 정서까지 장악하려고 했다.

실제로 박정희가 그토록 기교 좋게 만들어놓은 전근대적 '충'과 근대적 군국주의의 연결은, 지금도 그 무서운 결과를 그대로 과시한다. 이미 세계적으로 준핵심부의 경제적인 수준에 도달한 사회 중에서 "군대 갔다오지 않은 친구는 조직에 충실하지 못하다"는 말을 그대로 받아들이고 철석같이 믿는 사회는 한국과, 비슷한 세뇌 메커니즘을 지닌 대만뿐이다.

또다른 세뇌 메커니즘

'충'의 힘을 빌려 무기를 '흉기'로 불러온 문치주의 사회를 군국주의

준(準)대국으로 만들어놓은 박정희가 '전근대적인 근대'를 창출했다면, 그가 주적으로 삼은 북한은 과연 비슷한 세뇌기술을 쓰지 않았을까? 북한이 그토록 자랑하는 대형 기념비들에서도 비슷한 욕망을 읽어낼 수 있지 않을까?

물론, 우리가 익히 알고 있는 대로 친일화·친미화 과정을 거친 전근대적 양반관료 지배층 출신이 정치계·관료사회·학계 등에 많이 포진한 남한과 달리, 북한은 과거와 훨씬 더 철저하게 결별했다. 사상적인 측면에서도 『삼국사기』와 『이조실록』의 인물평을 대부분 그대로 따르는 남한의 주류 사관(史觀)과 달리, 북한 사학은 '외세 앞잡이' 김유신은 물론 '양반관료로서 착취자 노릇을 한' 이순신까지도 적어도 무조건 '충신'으로 치켜세우지는 않는다. 이와 마찬가지로, 평양이 자랑하는 주요 기념비 중에서 중세의 갑옷을 입고 있는 '충성스러운' 무장의 상을 발견하기는 어렵다. 그러나 '과학'과 '혁명'의 외피가 가리고 있는 것은, 북한의 경우에도 역시 전통의 권위를 통한 지배층 욕망의 내면화 강요다.

예를 들어 1995년 만수거리에 건립한 이른바 '당 창건 기념탑'을 보자. 노동당 창건 50주년을 기념하기 위해서 만든 이 50미터 높이의 대형 기념비는 각각 노동자, 농민, 지식인을 상징하는 망치, 낫, 붓으로 구성돼 있다. 망치와 낫의 상징성은 구소련에서 형성된 볼셰비즘의 보편적 상징체계의 일부임이 틀림없다. 그러나 흥미로운 것은, 이 '국제적인 기호체계'에 속하는 망치와 낫이 주변적인 자리에 서 있는 반면, 지식인(주로 노동당 자체에 속하는 고학력 간부집단)을 상징하는 '전통적인' 상징인 붓은 맨 중심에 서 있다는 점이다. '전통적'이며 권위적인 상징, 사대부들의 문방사우 중 하나인 붓이 '현대적·국제적' 상징들을 거느리는 셈이다. 이와 같은 기념비의 구조를 보면, 사대부 집단을 철

사대부들의 권위주의를
그대로 이어받은 당 창건 기념탑

저하게 해체한 노동당 간부집단이 사대부들의 전통적인 관존민비(官尊民卑)의 집단심리, '우리 전통'의 권위에 기반을 두는 권위주의를 그대로 이어받았다고 보는 미 국회도서관 북한 관련 개설서의 내용을 그대로 신뢰해야 된다는 생각이 든다.

평양의 기념비 중에서 가장 신성시되는 것은 두말할 것도 없이 김일성의 환갑에 즈음하여 1972년에 건립한 만수대의 김일성 대형 동상이다. 관중을 완전히 압도하는, 23미터에 달하는 웅장한 동상의 포즈와 제스처——연설하면서 청중에게 강하게 호소하는 듯 앞으로 내민 오른손——가 스탈린·레닌 동상의 전형적인 형태에서 크게 벗어나지 않은 만큼 '국제적·현대적' 의미층(意味層, layer of meaning)에 속한다고 말할 수 있다. 그러나 '조선의 땅', '우리 것들'의 불변성·초시공적 신성성을 상징하는 '혁명의 성산' 백두산을 그린 초대형 벽화가 이 동상의 배경을 이루고 있다는 것은 과연 우연인가? 조선인들이 강제로 절해야 했던 일본의 어용 신궁이 있던 자리에 내국인과 외국인이 다 같이 절해야 하는 김일성의 동상을 세웠다는 사실은, 사대부 집단에서 노동당 간부집단으로 이어지는 계승 라인에 일제 관료집단이라는 매개체가 나름대로 역할을 하였다는 것을, 서로 적대적인 그 세 집단이 다 같이 '절'로 표현되는

가부장적 사회의 위계질서, 복
종의 논리를 배경으로 하고 있
다는 것을 이야기해 준다.

또, '환갑의 동상'인 만수대
대형 동상에 이어서 건립한 '생
일 기념비'가 김일성의 70회 생
일인 1982년 4월 15일에 완성
해 그에게 '바친' 높이 170미터
의 '주체사상탑'이다. 표면적으
로 이 탑의 주된 의미는 탑신
위에 얹혀 있는 봉화에서 드러
난다. 혁명과 혁명사상을 '횃
불'이나 '불씨'로 상징하는 서
구적—— 현재로서는 사실상 세
계적—— 전통의 문맥 속에서

김일성의 환갑에 즈음하여 건립한
만수대의 김일성 대형 동상

봉화가 주체사상을 상징한다는 것은 '국제적 관례'에서 크게 벗어나지
않는다.

그러나 이 탑이 지닌 매우 독특한 면은, 평양의 안내원과 안내서들이
늘 강조하는 숫자상의 상징성이다. 70번째 생일에 '바친' 탑은 모두 70
단으로 구성돼 있고, 그 건설에 김일성이 그때까지 살아온 날의 수(70
×365=25550)와 똑같은 모두 2만 5550개의 화강석을 사용했다. 말하
자면, 이 탑은 주체사상뿐만 아니라 그 창시자를 표방하는 김일성이 살
아온 시간, 즉 김일성 개인 그 자체를 공간 속에서 대표한다. 그러나
한 집단의 우두머리, 즉 '높은 사람'에게 집단의 구성원으로서 '충성'을
바쳐야 하는 사회에서, 지도자를 상징하고 대표하는 탑이 거시적 집단

(국가)의 중심지(수도)에서 물리적으로 가장 높다는 것은 과연 우연인가? 탑의 물리적인 높이는 하나의 기호로서 한 나라——나아가서 전세계——의 '높은 사람'인 지도자와 그 '높음'이 요구하는 '충성'에 대한 관객의 '적절한' 의식을 조장한다. 그리고 탑 내부를 장식한 세계 70여 나라에서 보내온 230여 개의 대리석과 옥돌은 현대적·국제적 의미의 '체제 우월성'뿐만 아니라 더 오래된 개념인 '소중화(小中華)', '외국 사신의 내공(來貢)'을 연상시킨다. 결국, 추상적인 '사상'과 함께 이 탑의 더 구체적인 주제로서 '충'과 '내공'의 대상, '우리'와 '모두'의 '높은 사람'이 떠오른다. '추상적 현대성과 구체적 전근대성의 동반 관계'라는 표현이 적절하지 않을까.

충무로의 도시 서울과 충성의 다리의 도시 평양……. 이 두 도시에 있는 대형 기념비들의 겉모습은 매우 달라도, 전근대적 가치와 상징에 호소하는 미시적 세뇌 메커니즘은 상당히 유사하다. 대량 아사 사태를 초래한 일련의 실책에 대해 적어도 도덕적 차원의 책망을 받아야 할 '김씨 왕조'를 향한, 세뇌된 '백성'의 무조건적 '충성'이 세계의 빈축을 많이 샀음은 잘 알려진 일이다. 그러나 상(像)의 건립과 상(賞)의 제정 등으로 장발(張勃), 김활란(金活蘭), 김성수(金性洙)를 비롯해 친일 행적이 뚜렷한 '높은 사람'들을 기리고 있거나 기리고자 하는 그들의 '충성스러운' 추종자들이 벌이는 선양사업의 경위와 시말이 똑같이 세계적으로 알려졌으면 비슷한 반응을 자아냈으리라.

유교적 도덕인 전근대적인 충성이——적어도 그 당시의 사회통념상——'님'의 도덕성에 대한 확신을 바탕으로 했음에 반해서, 현대적 처세술인 충성은 남에서도 북에서도 도덕성 유무 여부와 무관하다. 남한 친일파의 충신에게는 높은 사람과 맺은 각종 인연(집단 관계)과 현실적 이득이 도덕성을 대체하는 것처럼, 북한에서는 현대판 '님'의 모든 행동을 도덕성 그 자체로 간주한다. 현대의 일그러진 '세계적' 욕망은 전통을 이용하면서도 그것을 철저하게 일그러뜨린다.

북한의 대형 김일성묘에 담긴 개인 숭배를 비판하면서도 국가적인 사업으로 박정희 기념관을 짓는 남한의 자기 모순(남한 사람들은 대부분 잘 보지도 못하는), 홍경래와 같은 혁명가를 영웅시하는 북한을 못마땅히 여기면서도 충신 이순신과 김유신 동상의 존재를 당연시하는 남한 현실의 아이러니가 언제까지 지속될 것인가. 분명한 것은 '집단에 대한 충성'에서 '개인의 자유·책임'으로 가치 중심이 이동하지 않는 한, 주연(酒宴)에서 쓰러진 폭군에 대한 '사모'와 그 '사모'의 정치적·상업적 이용이라는 희비극은 끝나지 않을 것이다.

다른 체제, 같은 기만

옛부터 지적되어 왔지만, 극단적으로 대립하는 극우와 극좌의 집단의식 저변에는 흡사한 점이 많이 깔려 있다. 집단을 위해서라면 개인의 생명과 행복쯤은 희생되어도 좋다는 야만적인 집단주의, 남성적인 폭력으로 집단의 목적을 달성할 수 있다는 저질스러운 폭력 숭배, 인간의 존엄성을 위시한 보편적인 인권들을 비웃고 부정하는 현대적 보편주의와 관대성의 부재, 무엇보다 가시적인 특징이라 할 수 있는 특유의 집단 광기는 바로 극좌와 극우의 공통점이다.

이 두 집단이 상대방의 타도를 열심히 외치고 있지만, '위대한 수령'이 행한 반대파의 무자비한 숙청을 '역사적 필요성'으로 합리화하는 '주사파'나 5·16쿠데타의 원흉을 중심으로 똘똘 뭉쳐 지금도 대량 학살자 박정희를 열심히 기리고 있는 극우집단은 근본적 세계의식에서 별다른 차이를 발견할 수 없다. 그래서 한때 한 유명 대학교에서 '주사파' 조직에 관여했던 사람들이 나중에 극우언론사 기자로 입사했거나 국정원에 들어가려고 했다는 이야기를 들을 때, 나는 전혀 놀라지 않았다. 그림의 색깔이 달라도 그림의 윤곽은 처음부터 똑같음을 알았기 때문이다.

그러나 1990년대에 접어들어 북한의 권력자와 남한의 극우 국수주의자들 간에 또 하나의 '징검다리'가 보이기 시작했다. 이는 바로 전근대적 왕조국가들의 지배층이 국가 기원의 상징으로 삼은 단군에 대한 태도다. 한때 단군을 주로 고대의 하늘 숭배 및 토템 신앙과 연결시키는 등 과학적인 태도를 보이던 북한이 1990년에 들어와서 갑자기 '위대한 수령'의 유시에 따라 단군 숭배 분위기를 조작하기 시작했다. '수령님'의 지시에 따라 여태까지 없던 단군묘가 '돌연히' 발견·발굴되었다는 것도, 유물론 국가에서 일종의 성전인 '단군의 피라미드'를 갑자기 지었다는 것도, '노동해방'을 부르짖던 정권이 전근대적 왕조의 상징물을 그대로 이어받았다는 것도 세계 각처에서 비아냥을 사기에 충분했다. '수령님'의 명령에 복종하듯이 '단군의 유해'가 갑자기 나타났을 때, 북한이 이제 사회주의 진영의 몰락으로 실추된 '계급혁명적' 정통성을 신화적 국수주의로 대체하려 한다는 분석과 김일성 정권의 전근대적인 기본틀이 드디어 노정되었다는 의견이 세계 한국학계의 공론이었다.

그러나 '단군묘 발굴' 당시 발굴 자체보다 더 놀라운 일은, 여태까지 북한을 '북괴'로 불러온 남한의 몇몇 저명한 국수주의자들이 북한에 가서 성급히 만들어진 '단군' 앞에서 참배할 뜻을 밝혔다는 소식이었다. 그리고 그 후에 북한의 집권자들과 '선의의 경쟁'을 벌이듯이, 남한의 국수적 극우파도 단군 숭배 분위기를 조성하는 데 박차를 가하기 시작했다. 이러한 노력의 결과, 몇 년 전 각급 학교에 단군상을 보내는 운동이 시작되어 단군 숭배가 마치 새로운 국교로 등장하는 듯한 인상을 주기도 하였다. 그러다가 일부 기독교 광신도의 손에 단군상이 파손되는 등 단군 숭배 캠페인은 종교적 저항에 부딪혀 사회적 문제로 떠오르기에 이르렀다.

단군상 보급 운동을 어떻게 보든 간에, 단군상을 참수하는 식의 폭력적인 저항에 동의할 수 없다. 광신적인 국수주의에 광신적인 폭력으로 맞서는 것보다는, 왜 하필이면 이 시점에서 북한의 극좌정권과 남한의 극우운동가들이 일제히 봉건왕조의 '국조(國祖)'에 호소하게 됐는지 사회과학적으로 분석하는 것이 훨씬 더 유익할 것이다.

북한의 경우에는 내우외환으로 미증유의 난관에 봉착한 정권의 정통성을 강화해 남한과의 '정통성 경쟁'에서 우세를 차지하려는 움직임임이 틀림없고, 권력 세습을 합리화하기 위해서 봉건왕조들과의 계승성을 강조하려는 의도가 보인다는 의견도 있다. 그리고 무엇보다도 이 시점에서 우려되는 정권에 대한 국민의 실망을 극단적인 민족주의에 호소하여 원천 봉쇄하려는 계획임이 자명하다.

한편 남한에서 국수주의자들이 '단군 숭배 국교화 운동'에 나선 구체적인 이유는 매우 다양하고 복잡하지만, 전체적인 배경은 놀랍게도 북한과 상당히 비슷한 듯하다. 북한 주민들이 최근 들어 정권에 대해서 좀더 비판적이고 합리적인 태도를 취하려는 움직임을 보이는 것처럼, 남한에서도 오랫동안 '위에서부터' 주민들에게 강요하던 파쇼적 국가주의와 관제 민족주의가 더 이상 먹혀 들어가지 않는다는 조짐이 보인다. 과거 군사정권의 이데올로기이던 거시적인 국가주의적 파시즘과 미시적인 사이비 봉건적 권위주의는 젊은 세대에게 거부와 증오의 대상이 되었다.

최근에 체벌이라는 미명하에 학생들에게 폭력을 휘두르던 교사가 학생에게 고발당한 것은, 학생들이 드디어 교실 안의 파쇼적 '규율' 대신 인간 존엄성의 원칙에 의거하여 교사와의 적법한 관계를 강력하게 요구하기 시작했다는 것을 보여준다. 이는 학생들의 정신세계가 이미 상당히 현대화되었다는 것을 의미하고, 군대의 훈련소를 방불케 하던 학교가 이제 현대적 기틀을 잡으리라는 기대를 안겨준다. '386' 이하의 신세대들이 군대에 가서도 폭력을 덜 휘두른다는 희소식은, 이제는 '규율'과 '전통'이라는 권위주의의 거대 담론보다 개인의 신체적 자유라는 현대적 인권 개념이 우선시된다는 것을 보여준다. 많은 학생이 국민의례와 같은 파쇼적 의식들을 '일제의 유산'으로 정확하게 파악하여 더 이상 중요시하지 않는다는 것과 경찰의 불심검문이나 성희롱에 피해 학생들이 이제 과감히 소송을 제기한다는 것은, 무소불위의 위력을 떨치던 국가권력이 더 이상 신성시되지 않는다는 현실을 직시케 한다.

진보적 언론의 노력으로 미제의 용병이던 한국 파월군에게 학살당한 베트남인들과 한국 자본가에게 부단히 학대당하고 있는 외국 노동자들이 이제 국민적 관심과 동감의 대상이 된 것을 보면, 이제는 국지적인 '국가'와 '민족'보다 보편적인 인권과 양심의 비중이 얼마나 커졌는지 느낄 수 있다.

한마디로, 현재 국민의 정신적 성숙으로 국가가 더는 주민들을 전근대적인 방법으로 움직일 수 없는 세상이 되어갈 전망이다. 이 역사적 진화를 '교실의 붕괴'나 '사기 저하', '국가관의 위기'로 보는 파쇼적 국수주의자 일부는, 학생들에게 단군 숭배를 강요함으로써 어린 뇌리에 '국가'와 그 권력에 대한 공포와 무조건적 존경을 주입하려 한다. 학생들의 의식이 성숙하는 것을 필사적으로 저지하려는 한국형 파시스트들은 원색적인 민족주의 감정을 자극함으로써 빛이 바랬던 국가의 신성함(?)을 다시 회복하려 한다. 그들에게는 민족과 단군 자체가 중요한 것이 아니고, 민족과 단군의 이름으로 어린이들에게 국가, 즉 국가의 지배층에 맹종하도록 가르치는 것이 중요한 것이 아닐까? 고대 게르만족의 신들에 대한 숭배를 부활시킴으로써 게르만족의 우월성과 파쇼 권력의 정당성을 과시했던 독일 나치나 조선인에게까지 신사 숭배를 강요한 일제의 선례를 생각하면, 오늘날 '단군 숭배'의 진면목이 무엇인지 다시 생각해 볼 수 있게 된다. 히틀러의 '오딘신'(고대 독일의 전쟁신) 숭배나 '민족정신회복시민운동연합'의 단군 숭배조차도 역사의 진보를 막지는 못할 것이다.

사대주의와 멸시가 공존하는 사회

거래하는 '친구'

문명 역사의 초기부터 수직적 상하관계인 사제관계와 수평적 평등관계인 친구관계는 인간 조직의 골격을 이루는 주요 기둥이었다. 예수의 사도들, 석가모니나 공자의 제자들을 비롯하여 인류 역사에 획기적인 전환을 가져다준 종교·지식 집단은 사제관계뿐만 아니라 친구관계로도 이루어졌다. 한국 고대사에도 교육, 종교 의례 등의 다양한 목적을 지닌——무사단체로 잘못 알려진——화랑도 같은 청소년 친교단체들이 전체 사회에 '교우유신'(친구를 사귀는 데 서로 믿음이 있어야 한다)의 이상에 기초를 둔 도덕적 모범을 보여주었으며, 후대 중세·근대의 불교·유교 문화에서도 '도반(道伴)'이나 '교유(交遊)'의 개념이 상당히 중요한 자리를 차지하고 있었다. '도반'은 불가 용어로 깨달음을 향해 같은 길을 가는 구도자로서 정신적 친구를 뜻하고, '교유'는 도덕이 있는 선비를 사귐으로써 자기 몸도 아울러 닦는다는 뜻의 유가 용어다.

사실 18세기 말에 천주교가 조선에 처음으로 유입되었을 때도 유포를 담당한 주체세력은 이익 선생의 일부 제자를 중심으로 한 친구집단이었다. 무자비한 박해 앞에서 그들이 대부분 굴복보다 순교를 택할 수 있었던 배경에는 신앙열뿐만 아니라 '교우'관계의 힘도 작용하였을 것이다.

친교, 교유 개념의 내면적 논리는 어디까지나 친구에게서 본받을 것을 본받아 자신의 인격을 높여야 한다는 원칙을 중심으로 성립하였다. 공통의 윤리적 이상을 같이 지향하며 몸으로 실천하는 과정에서 서로 이끌어주고 편달해 주는 것이 전통 사회에서 바라본 친구의 이상형이었다. 불가의 도반들이 주고받은 '도담'이나 유가의 선비들이 서로 한시로 화답하던 아름다운 풍속은 상대방의 재량과 그릇을 시험해 보는 '통과의례적' 의미도 있었지만, 상대방 인격의 장단점을 알아내어 고쳐야 할 것은 고쳐주고 본받을 것은 본받는다는 뜻도 있었다. 한마디로, 친구들과의 관계에서 인격 도야를 목표로 하는 사람은 스승이면서 동시에 제자였고, 친교는 교육의 일종으로 기능했다.

물론 실제 생활에서는 갖가지 친분으로 얽힌 파벌과 당파의 폐단도 적지 않았고, 친교를 가장한 세력가에 대한 아첨과 영합은 통상 출세의 수단이 되기도 했다. 그렇다 해도 친교와 교유의 숭고한 이상이 엄연히 있었기에 아부와 기회주의에 대한 사회적 여론은 부정적이었고, 각종 파벌도 현재와 같이 순수한 이익단체가 아니라 사상적 단체라는 면모를 아울러 띠고 있었다.

그러면 요즘 한국 사회에서 '친구'라는 말은 무엇을 뜻하는가? 무엇보다 이 말은 원래 의미를 완전히 잃어버린 '양반'이란 말과 같이 삼인칭 대명사로 쓰인다. 제대로 알지도 못하는 자기 또래나 나이 어린 사람들에게 "이 친구, 저 친구"라고 말하다 보면, 온 세상이 다 친구가 된 느낌이 들기도 한다. 또 하나는 자신과 같은 단체에 소속된 사람들을 자신과 멀든 가깝든 다 '친구'로 부르는 것이다.

언젠가 라디오에서 같은 반 친구에게 따돌림과 괴롭힘을 당하던 소녀가 참다못해 자살을 시도했다는 이야기를 듣고 크게 놀란 적이 있었다. 아니, 친구라면서 왜 친구를 자살 지경으로 몰았을까? 여기에서 '친구'가 우리가 통상 생각하는 '친한 사람'의 의미가 아니라, 단순히 '동급생'의 의미라는 사실을 나는 뒤늦게 깨달았다. 하여튼 음담패설과 술 강권으로 후배들을 괴롭히는 직장 선배도 '직장 친구'고, 약한 죄밖에 다른 죄가 없는 여학생에게 정신이상을 초래한 청소년 범죄자도 '학교 친구'다. 언어학적으로 보면 한 단어의 의미가 확대·전이한 좋은 예가 된다. 그런데 한 단어의 의미가 자연스럽게 변한 것보다 더 중요한 것은 '친교'와 '친분'의 개념도 본질적으로 변했다는 사실이다.

내가 한국에 있을 때 자주 당하던 일인데, 한번은 지하철에서 나를 미국인으로 오인한 학생이 크게 용기를 내서 나에게 접근한 뒤 영어로 "친구가 되자"고 더듬더듬 제안한 일이 있었다. 당신은 도대체 친구를 무엇이라고 생각하느냐는 질문에, "영어회화 실습을 도와준다면 나도 당신을 도와주겠다"는 대답이 나왔다. 별로 나이 들어 보이지도 않는 그 학생의 투철한 비즈니스 정신에 놀란 내가 내 영어 솜씨로 누굴 크게 도와줄 수 없을 거라고 한국어로(!) 고백하자, 그 학생은 괜히 시간만 낭비했다는 실망스러운 표정을 짓고는 당장 어디론가 가버렸다.

그 학생으로서는 엉뚱한 놈을 잡았다는 안타까운 생각이 들었겠지만, 나에게 이 일은 사실 커다란 발견이었다. '잘 먹고 잘살겠다'는 드높은 이상을 과감히 지향하는 이 패기 찬 젊은이들에게는 옛 선조들이 신성하게 여기던 친교와 친분이 일종의 'give-and-take(도움 주고받기)'나 동업관계로 변해버렸다는 사실을 나는 그제서야 감지했다. 선조들이 친분이 있는 사람으로부터 인격적이고 도덕적인 모범을 보고자 했던 것처럼, 우리 현대인들은 대부분 그 수없이 많은 '친구'로부터 단순한 물질적인 도움을 받고 싶어할 뿐이다. 물론 그 '도움'의 범위는 좁은 것이 아니다. 영어 발음을 교정해 주는 것도, 잡담 상대가 되어주는 것도, 술자리를 같이해 주는 것도 그 '친구'들이 주고받는 '도움'의 범위에 속한다. 지하철에서 나에게 잘못 접근한 그 학생에게는 미국인이 영화관에 같이 가주어 질투에 가득 찬 주위 신세대들의 시선 속에서 영어를 실컷 지껄이게 해주는 것도 일종의 큰 '도움'이 되었을 것이다.

물론 상부상조의 관계는 옛 '교유' 개념의 유기적 요소이기도 했으리라. 그러나 본인에게 일단 현실적인 '도움'을 줄 것으로 보이는 '하얀 얼굴'이면 인격이나 성격, 도덕성 등을 불문하고 무조건 친구가 되자는 것을 선조들이 보셨다면 좀 경솔한 행동으로 보지 않았을까? 친구에게서 영적인 동질성과 도덕적인 지도를 요구하던 사회적 풍토가 '네가 나를 밀어주면 나도 보답하겠다'는 식의 새로운 '친구'관계로 전락하는 것을 '문화의 진보'로 볼 수 있겠는가? 조선 말기의 선비들이 소인과 군자를 절대적으로 구분하여 교조주의와 당파싸움을 불러일으켰다는 비판도 있지만, 이러한 이분법적 세계관이 도움을 줄 만한 사람이면 모두 다 친구라는 요즘의 보편적인 분위기에 비해서는 오히려 나은 면도 있지 않겠는가 싶기도 하다.

"친구 따라 강남 간다"던 시대가 끝나고 친구도 아닌 '친구'와 함께 명동이나 압구정동에 가서 옛날 아이들이 박물관을 구경하던 그 심정으로 최신 서양 유행품을 동경 어린 눈빛으로 구경하면서 즐겁게 피자와 미국 영화에 대한 잡담을 나누는 '편한' 시대가 왔다. 옛날에 풍류의 맛을 즐기면서 친구의 한마디 말에 깨달음도 얻고 인생에 중요한 가르침도 얻었다는 것을 이 사람들은 상상도 하기 어려울 것이다. 왜냐하면 남에게 정신적인 가르침을 줄 수 있으려면 그 남과 일단 생각의 범위가 달라야 하고, 자신만의 독보적인 정신생활이 있어야 하기 때문이다. 그런데 '개성'과 '개인주의'를 표어로 내세우는 그들의 생각은 사실 놀랍게도 천편일률적이다.

새롭고 멋지고 편한 것은 추구하고, 오래되고 못생기고 어려운 것은 피해야 한다는 본능적인 안락주의가 이념 없는 사회의 새로운 이념으로 등장한 지 오래다. 유배의 고통을 학문에 대한 열정으로 승화시킨 다산 선생과 그의 진정한 친구인 혜장 연파스님이 밤을 새가며 『주역』이 설파한 우주의 원리를 토론하였다는 이야기를 요즘 신세대에게 해준다 해도, 그들이 '고생을 일부러 골라서 하는 약지 못한' 옛날 사람을 이해하기는 어려울 것이다.

우리가 일제시대에 일제와 타협해 가면서 산 유산층을 비판하는 것처럼, 어쩌면 물질적인 안락함과 잘사는 데만 매달려 살아가는 우리 역시 정직한 후손들에게 비판의 대상이 될 수도 있지 않을까.

테러가 지배하는 사회인가

2000년 6월은 한국으로서는 그야말로 희비가 교차하는 한 달이었다. 드디어 우리 민족이 평화와 자존을 바탕으로 한민족답게 되지 않을까 하는 기대를 심어준 역사적인 남북 정상회담 직후에, 역시 폭력주의와 사대주의가 이 나라를 계속 다스리고 있구나 하는 서글픈 생각을 갖게 한 롯데호텔 노동자 탄압사태가 일어났다.

"귀한 외빈들이 오니 소음공해를 줄여야 한다"며 자기 나라 노동자를 탄압하는 정부와 경찰 당국의 추태를 지켜보면서 맨 먼저 생각난 것은, 외화벌이와 종주국의 눈치를 자기 민족의 피보다 훨씬 더 중시하는 베트남 파병 당시의 사고방식이 조금 변형된 형태로 아직까지 한국 정부의 '행동강령'으로 남아 있다는 것이었다.

그러나 그 다음 생각은 좀더 흥미로웠다. 정부의 무차별한 폭력이 한국 사회의 어떤 구조적인 특성을 그대로 반영했다는 생각이었다.

세계체제론 학파를 통해 잘 알려져 있듯이, 자본주의 세계는 정치 · 경제적으로 고급 과학 집약적 상품의 수출국이며 금융자본의 중심인 이른바 '중심부 국가'(유럽, 북아메리카 지역과 일본), 비교적 높은 부가가치 소비재의 수출국이면서 자본 · 기술 수입국인 이른바 '준주변부'(한국, 멕시코, 터키 등), 낮은 부가가치 소비재와 자원의 수출국이면서 외국자본 투자와 기술 전수에 거의 전적으로 의존하는 이른바 '주변부'로 구성된다. 그리고 이 세 가지 '거시 지대'는 경제적 차이 외에도 정치 · 사회 · 문화의 전반적인 구성이 서로 완전히 다르다.

여기에서 강조하고 싶은 것은 사회의 폭력구조나 폭력에 대한 의식도 이 세 가지 거시지대가 서로 완전히 다른 모습을 보인다는 것이다. 주변부에서는 보통 사유와 행동양식상 조직폭력배와 별다른 차이를 보이지 않는 위정자 집단이 온 국민을 상대로 무력과 기만을 통한 '테러적 지배'를 실시한다.

반면에 이러한 주변부 국가들을 간접적으로 지배하는 중심부 국가에서는 외부를 향해서 대형 폭력을 행사할 수는 있어도 내부적으로는 가시적 폭력을 회피한다. 즉, 미국이 수십만 이라크인들의 생명을 무자비하게 빼앗는 방식으로 이라크의 '반란'을 폭력 진압하는 것은 사회적으로 별다른 문제가 안 된다. 하지만 흑인이나 중남미 계통의 소외층에 대한 미국 경찰의 과도한 폭력은 최근에도 전국을 소란스럽게 만들 만큼 커다란 문제가 된다.

그러면 현재 한국을 포함한 준주변부 국가의 폭력구조는 어떤가. 누구나 체감적으로 알 수 있듯이, 한국처럼 단일민족임을 표방하는 사회

에서는 '대학 못 가고, 정규 직장 못 갖고, 재산 못 모은' 이른바 '삼무'
계층이 주변층의 뼈대를 이루는데, 이러한 주변층에 대한 국가와 주류
사회의 태도는 극히 폭력적이며 멸시적이다. 미화원, 수위, 대학교 시
간강사 등 비정규직 노동자에 대한 무시와 착취는 극에 달한 상태고,
철거민 등 주변층 하부에 대한 공권력의 폭력은 일상적이다.

학위와 정규 직장, 재산을 가진 '삼유'계층인 의사들의 폐업에는 몹
시 신사적이며 신중한 태도를 보인 정부가 삼무계층의 권리 주장에 곤
봉과 기만으로 맞서는 것은, 역시 준주변부 사회인 한국의 한 단면을
잘 보여준다.

현재 한국 최고의 국가적 과제는 궁극적으로 중심부 대열에 들어가
는 것이다. 그러기 위해서는 경제·정치적으로 기술·금융 분야의 대
외의존성, 재벌구조의 비합리성, 정당·의회 정치의 후진성 등에서 벗
어나야 하지만, 먼저 주변층을 대하는 국가의 태도부터 확연히 달라져
야 한다.

영어공용화론의 망상

한때 수그러들었던 영어공용화론이 최근 다시 머리를 들었다. 내가
보기에는 영어를 국가 차원에서 '제2국어'로 삼자는 말 자체가 논박할
가치도 없는 망상일 뿐이다. 그러나 최근 실시한 여론조사 결과를 그대
로 믿는다면, 대학생 상당수가 이 '영어 국어화론'을 지지한다고 한다.
따라서 말할 가치도 없는 문제지만, 몇 가지 원칙론적인 이야기를 해야
할 것 같다.

현대의 자유민주 사회에서는 언어도 이념, 종교, 대중문화 같은 정신

적 사회현상들과 마찬가지로 일종의 시장성을 가지지 않을 수 없다. 즉, 언어는 그 원산지(또는 사용지역)인 특정 국가가 국제사회에서 차지하는 사회·경제적 위치에 따라 상품적 가치가 저절로 매겨진다. 한반도에 대한 영어권의 제반 영향이 많아짐에 따라 국내에서 영어 공부 열풍이 일어난 것과 같이, 앞으로 가령 중국어권의 비중이 부각된다면 어릴 때에 '천자문'부터 글을 배우는 옛 풍습이 부활하는지도 모른다. 즉, 이런 경향은 순수하게 시장논리에 속하는 것이므로 국가가 영어나 중국어를 '공용화'할 하등의 필요성도 없다. 국가가 특정 종교에 특혜를 주는 것과 마찬가지로, 특정 외국어를 공식화하는 것은 자유시장과 민주주의 원칙을 전면 부정하는 행정일 뿐이다.

영어공용화론자들은 영어 구사력이 바로 국력이라고 주장함으로써 국민의 애국심을 이용하려고 한다. 그러나 사실 언어란 영어 구사 수준과 관계없이 오히려 한 나라의 국력 향상과 정비례하여 세계적으로 유포되는 것이 원칙이다. 일본은 영어를 제2국어로 삼지 않았지만, 일본어는 이미 구미인들이 가장 선호하는 외국어 가운데 하나가 되었다.

아직은 환상처럼 느껴질 테지만, 멀리 내다본다면 앞으로 한글의 세계화도 비현실적인 것만은 아니다. 그리고 일반인들의 영어 구사력이 나라의 대외경쟁력에 과연 그만한 영향을 미치는지 의문스럽다. 대외접촉을 업무로 하는 사람이면 어차피 영어나 다른 필요한 외국어를 잘 배울 것이고, 현장 근로자들까지 높으신 영어권 손님을 자주 대접하지는 않을 것이다. 영어의 공용화는 엄청난 예산 낭비(일체 공문의 영역 등)를 의미하는데, 이 자금을 차라리 교육에 투자하여 사립대학 예산의 학생 등록금 의존율을 낮출 수 있다면 국력 신장과 나라의 미래에 좀더 보탬이 될 것 같다.

영어공용화론자들은 보통 한국의 '선진화'와 '영어화'를 동일시하려고 한다. 서구의 비영어권 국가 주민들이 영어 구사력 분야에서 표준적으로 한국인들을 어느 정도 능가한다는 것은 부정할 수 없는 사실이다. 그러나 이 점에서 영어공용화론자들은 원인과 결과를 혼동한다. 유럽인들의 영어 실력은 높은 경제적 수준과 여가문화의 발전에 따른 심화된 외국어 교육의 산물이지, 경제적 발전의 원인이나 원동력은 전혀 아니었다. 서구의 복지국가에서처럼 여기에서도 교사가 국비로 현지 어학연수를 정기적으로 다녀올 수 있고 한 반의 학생수가 15~20명에 불과하면, 영어의 공용화 없이도 졸업자의 외국어 실력은 당연히 지금보다 나을 것이다.

오히려 서구 국가들은 대부분 영어의 실제적인 확산을 고려하여 프랑스처럼 국가적인 차원에서 자국 언어와 문화를 보호하는 정책을 적극적으로 쓸 뿐이지 '영어공용화'를 꿈꾸지는 않는다. 오히려 내 경험과 유럽을 다녀온 사람들의 말을 들어보면, 그들은 자국어에 대한 자부심이 대단하여 영어를 할 줄 알면서도 대답은 자국어로 하는 경우마저 허다하다.

결론적으로 이야기해서 국민이 각자 경제적인 차원에서 결정해야 할 외국어 습득 문제까지 국가가 정책으로 결정한다면, 이는 '선진화'가 아니라 중세적인 부역제도를 국민에게 강요하는 것에 지나지 않는다. 즉, 사대주의적인 충성심으로 가득 찬 '조공국'이 '종주국' 언어 구사를 일체의 '신민'들에게 의무화하는 꼴이다. 종주국으로서야 기분 좋은 일일 수도 있겠지만, 부담을 하나 더 안게 된 '백성'들로서는 무거운 노역으로 보일 것이다.

이 '영어공화국'의 망상은 실천에 옮겨질 것 같지 않지만, 일단 옮겨진다면 몇 가지 심각한 결과를 낳을 게 뻔하다.

첫째, 통일을 앞두고 있는 시점에서 영어를 배울 형편이 안 되는 대다수 북한 주민들과 '국제화한' 남한인들 사이의 이질성이 더 심화될 것이다. 실제적인 남·북간의 소외도 그렇지만, 사회심리상으로도 북한 주민에게 '미제 식민지 남한론'이라는 주체사상의 주장이 사실임을 증명하는 꼴이 될 것이다. 결국, 역설적으로 영어공용화를 주장하는 남한의 친미파가 주체사상의 들러리 역할을 하게 되는 셈이다.

둘째, 국내인들마저 한글을 등지면 해외 한인들의 현지 동화 과정이 더 촉진될 것이고, 세계 한인 공동체의 이상은 완전히 파괴될 것이다. 그러나 세계 한인들의 연대야말로 한반도의 상대적인 고립을 극복할 수 있는 힘이 아니겠는가. 해외 한인의 동질성 유지는 한글 교육 장려를 통해서만 가능한데, 영어공용화론자들은 이를 무시한다.

셋째, 한국 공교육의 현주소를 고려하면, 영어의 '국어화'로 고비용의 영어학원 사교육과 현지 영어연수가 젊은층에게 사실상 의무화될 것이다. 한국 학원가와 미국 대학가는 호황을 구가하겠지만, 고비용을 부담하지 못할 빈곤층은 삼류시민으로 전락하고 말 것이다. 그렇지 않아도 외환위기 이후 한국 사회가 빠른 속도로 양분화되어 가는데, 나라의 미래를 위협하는 이 과정이 더 촉진될 것이다.

북한 주민과 빈민을 소외시키고, 모국과 해외동포 사이를 멀어지게 하는 이 '영어공용화'는 도대체 누구를 위한 것인가? 한국 사회를 주름잡고 있는 영어권 유학파가 이러한 방법으로 자신의 특권적 지위를 영구화하려는 것인가? 단기적인 이득에 눈이 먼 재벌들이 중세적인 사고방식을 버리지 못하여 사원의 영어교육에 국가권력까지 동원하려는 것인가? 어쨌든 이 '영어공용화' 논쟁은 한국 지배층의 의식상태를 매우 잘 보여준다고 하겠다.

비유를 하나 더 덧붙인다면, 사람은 누구나 어른이 되면 부모의 슬하를 떠나 사회생활을 하게 된다. 그러나 부모를 버리고 멸시하는 자보다 부모 봉양을 게을리하지 않는 자가 사회에서 더 나은 대접을 받게 되어 있다. 우리 모두의 부모인 선조의 언어도 마찬가지다. 물론 민족의 한 계를 뛰어넘어 세계인으로서 생활해야 하지만, 우리 뿌리를 스스로 존 중해야 남들도 우리를 존중할 것이다.

불명예스러운 '명예'

동아시아와 관련한 러시아의 각종 정책을 계획 · 검토 · 입안하는 '극 동연구소'라는 관영 대형 연구소가 모스크바에 있다. 그 연구소 한 층 에 가면 러시아 학자들 간에 이른바 '코리아 갤러리'로 통하는 독특한 곳을 발견할 수 있다. 이 '코리아 갤러리'가 한국의 고전 · 민속 미술을 전시한 '문화공간'이라고 속단하여 '국위 선양'이라고 기뻐하면 오산이 다. 이 '갤러리'는 바로 그 연구소에서 이른바 '명예 박사 학위'를 수여 받은 사람들의 사진과 초상화를 걸어놓은 곳이고, 그 중에서 한국 지배 층의 대표자들이 대다수를 차지하여 '코리아 갤러리'라는 속칭이 붙은 곳이다.

그러나 이러한 현상은 '국위 선양'이라기보다는 오히려 '국위 위축' 으로 봐야 마땅할 것이다. 왜냐하면 보직이 없는 진정한 석학들이 학술 적인 공로를 인정받아 명예 학위를 받는 매우 드문 경우와 정치 · 외교 적인 이유로 러시아 정부가 판단하여 한국의 대표적인 정치인에게 모 스크바 국립대의 명예 학위를 수여하는 특수한 경우를 제외하면 대부 분 국내 각급 '보스'들이 러시아의 탐관오리들에게 국내에서 부정부패 로 벌어들인 '검은 돈'을 건네주고 속칭 '명박'(명예 박사)을 사온 것이 기 때문이다. 한국 각계 지배자의 '외국제 명박 수입'은 국내에서 근로자들이 피땀을 흘려가며 벌어들인 외화를 국외로 반출하는 부정적인 경제적 효과를 초래하기도 하지만, 돈을 받고 학위를 주는 해외 관료로 하여금 한국을 종속적이고 대외의존적인 부정부패의 온상으로 인식케 하는 웃지 못할 외교적 결과를 초래하기도 한다.

위에서 말한 모스크바의 극동연구소가 한국에 초청받아 국내의 한 기관과 국내에서 공동 학술회의를 개최하고, 내가 거기에서 통역을 맡았을 때의 일이다. 회의가 거의 끝날 무렵, 휴식시간에 나를 극동연구소의 연구원으로 오인한 한 한국 남자가 갑자기 다가와서 인사를 청했다. 인사 몇 마디가 오간 뒤에 서울의 모 대학교 시간강사 명함을 내민 남자가 본론으로 들어갔다. 그 남자의 말은 자신이 영향력 있는 한 원로 교수를 평소에 모시고 있는데, 그 교수가 극동연구소의 '명박'을 땄으면 한다는 것이다. 그 남자가 알고 싶어한 것은 러시아 손님 중에서 누구에게 어떻게 해드려야 일이 성사될 수 있느냐는 것이었다.

아무렇지도 않은 듯 뇌물 수수 경위를 나에게 물어보는, 비교적 젊은 남자를 보고 있는 순간, 갑자기 나의 뇌리에 그림이 떠올랐다. 한 대학 한 학과의 박사과정생이나 시간강사들을 거의 하인처럼 부리는 터줏대감, 밥그릇을 빼앗길까 싶어 앞다투어 대감님을 벌벌 떨면서 모시는 수많은 가신들, 지식도 학술적 권위도 없는데 언젠가 학생이나 동료들에게 밀려서 물러나야 될까봐 불안해 하는 대감님…… 결국 '가난한 대국' 러시아에서 비교적 값싼 '명예'를 사와 자신의 권위를 과시해야 한다는 판단이 선 셈이다. 이 그림을 머릿속에 떠올린 순간, 나는 나도 모르게 그 남자에게 조금 거칠게 쏘아붙이고 말았다. 이 일에 대해 내가 변명할 수 있는 유일한 말은, 나도 그 순간 이 세상에서 사라져 버리고 싶은 좌절감을 느꼈기 때문이라는 것이다.

한국을 상대로 한 '명박 장사'로 잘 알려져 있는 또 하나의 기관이 상트페테르부르크 국립대학이다. 그쪽 관계자들의 말에 따르면, 그 대학의 '명박'을 받은 적지 않은 한국 국회의원과 대학 총장, 국영 공사 사장 중에서 영남의 한 사립대학 총장이 가장 기억에 남는다고 한다. 부정부패와 권위주의적 대학 운영 등으로 소문나 교수와 학생들에게 쫓겨날 뻔하고, 장기적인 학내 분규라는 명예스러운(?) 기록을 남긴 그 사람은 명색이 독일어문학자였다. 원래 명예 박사 수여식 때에는 수여자의 대표적인 전공 관련 논문과 저서를 나열해야 하는데, 문제는 이 독일어문학자에게 마침 독일어문에 관한 논문이 한 편도 없다는 것이었다. 결국 어쩔 수 없이 수여식에서 이 부분을 빼야 했는데, 이것이 관계자들의 기억에 하나의 웃지 못할 일화로 남아 있다는 것이다.

나는 그 이야기를 들으면서 역시 지배층의 부정부패가 다른 것보다 빨리 세계화(?)되었다는 생각이 들었다. 엊그제까지만 해도 냉전체제 속에서 상대를 열심히 비난하던 소련의 관료와 남한 지배층의 극우반공론자들이 이제 검은 돈과 명예 아닌 '명예'를 맞바꾸는 등 일종의 '권력과 부패'의 공동체를 이룬 것이다.

그러나 사회학적인 관점에서 볼 때, 러시아보다도 이른바 구미 지역의 '선진국'에서 수단과 방법을 가리지 않고 '명박'을 따면 국내에서의 과시 효과가 엄청나다는 이 기형적인 현상의 본질이 무엇인가?

고구려의 태학 설립으로 372년에 이미 고등 교육기관을 갖게 된 한국인들이 왜 하필이면 교육기관의 발전이 훨씬 늦은 미국이나 러시아산 '명예 박사'를 그토록 우러러봐야 하는가. 내가 보기에는 '명박'이라는 외국산 '위신 제품'에 대한 한국 지배층의 '뜨거운 열기'는 결국 구미 열강 위주의 전세계적인 억압체제에 대한 한국 지배층의 적극적인 긍정, 이 체제에서 더 우월한 위치를 상징적으로나마 획득하려는 국내 집권층의 열망을 그대로 반영한다.

한국 백성이 묵묵히 번 돈을 물 쓰듯이 쓰더라도, 한반도를 포함한 전 비구미권을 억압·약탈하는 열강들의 대학교 마당을 한 번이라도 '단단히' 밟아보고, 까만 가운을 입고 하얀 피부의 '세계 주인'들과 같이 사진 한 판이라도 찍어보고 싶은 한국 지배층의 마음가짐……. 이 사람들이 '임시정부 법통'을 들먹여봐야 믿을 이가 아무도 없을 것이다. 일제시절 독립운동을 벌인 진영이 한 번이라도 집권했다면, 현재 한국 집권자들이 일제 때 친일파의 추태를 그대로 답습하지는 못했을 것이다.

2년 전에 시민단체들이 마침내 낙천·낙선 운동으로 노골적인 강도, 도둑들을 일단 먼저 걸러내 퇴출하려 한 움직임은 대단히 고무적이었다. 그러나 여기에서 한 가지 더 바란다면, 문제 정치인 등 이른바 '사회 지도자'들을 검증할 때 병역 비리와 같은 국내에서의 부정행위에 국한하지 말고 문제 인물의 대외활동도 아울러 샅샅이 뒤졌으면 좋겠다. 만약 문제의 '선량'이 외국 대학의 '명예 박사'를 자랑한 적이 있다면, 그 사람이 명예 학위를 받을 만한 학술적 공로나 외국 정부와 대학이 정치적인 결정을 했을 만한 높은 인지도라도 지니고 있었는지, 없었으면 학위 수여 경로가 무엇이었는지, 학위 수여 과정에서 자금이 수수되었다면 그 자금을 어떻게 조성했는지 따위를 잘 추적해야 한다. 한 번이라도 한국 민중이 벌어들인 돈과 외국의 '명예'를 맞바꾸는 지도층의 망국적인 행각을 제대로 밝혀내지 못한다면, 앞으로 백성이 고통스럽게 벌어들인 돈이 계속 외국 탐관오리들의 손으로 들어갈 것이고, 세계 대학 곳곳에서 '코리아 갤러리'들이 현지인의 냉소를 살 것이다.

깡패적 차별과 일상적 차별——한국식 오리엔탈리즘

지금도 한국에서 꽤 오랫동안 한국학을 공부한 한 고려인(러시아 한인 교포) 여성과 나눈 대화가 자주 떠오른다. 한국의 명문대학에서 장학금을 받아 석사를 마친 그 여성은 박사과정까지 장학금이 계속 나오는데도 학위를 한국에서 따지 않겠다고 했다. 나는 놀라서 물었다.

"아니, 한국학을 하려면 종주국이자 당신의 고국인 한국에서 계속하는 게 순리가 아닙니까?"

그러나 그 여학생의 대답은 의외로 공격적이었다.

"나처럼 '고려인' 딱지를 달고 여기에서 살아보셨어요? 식당을 가도, 미장원을 가도 내 외국식 발음을 듣고 맨 먼저 물어보는 것이 '어디에서 왔느냐? 어느 나라에서 온 교포냐?'는 것이죠. '고려인'이라고 대답하면, 그 다음 반응이 뭔지 아세요? '아이고, 거기에서는 어렵지? 사는 게 어려워서 왔구먼.' 십중팔구는 그런 식이에요. 국어의 조사체계를 연구하러 왔다고 하면 믿기지 않는다는 듯 다들 실실 웃어 보이죠. 그들은 말로는 우리를 같은 민족, 같은 동포라고 부르지만, 각자의 의식을 들여다보면 같은 인권을 가진 같은 인간이라는 기본적인 생각조차 없는 것 같아요. 우리는 그들에게 단지 불쌍히 여겨 동냥해야 할 하층민들이죠. 물론 러시아로 귀국해서 공부하면 인종차별을 일삼는 모스크바 경찰들에게 신분증 검사를 당하고 가끔 모욕도 당하겠지만, 그래도 그들의 깡패적인 차별이 여기에서 벌어지는 일상적인 차별보다 덜 무서워요!"

세계 자본주의에 보편적인 경제적 차별을 설명해 가며 가지 말고 있으라고 설득했지만, 끝내 그 여성의 결심을 바꿀 수 없었다. 그 여성이나 내가 대화를 나누어본, 한국에 체류 중인 대다수 고려인과 조선족을 노하게 만드는 것은 경제적 우열에 따른 단순한 차별이라기보다는 한국 사회가 재러 · 재중 교포에게 적용하는 일종의 '한국식 오리엔탈리즘' 논리였다.

서구적 오리엔탈리즘은 비서구 지역의 주민과 문화의 가치를 부정하고 그들을 이질시 · 타자화하는 것과, 타율성과 소극성, 자기 구제 능력의 부재 등 무력과 무능을 강조하는 것을 의미한다. 침략의 대상이 된 비서구 지역 원주민들을 경제 · 사회적 혼란에 빠져 남의 도움 없이는 살아갈 수 없는 힘없고 불쌍한 존재로, 과거에 위대한 문명을 이룩했지만 이미 쇠퇴해서 자신들의 교화와 가르침, 선교 없이는 문명화 · 근대화할 수 없으므로 자신들의 도움이 꼭 필요한 대상으로 보려는 것은 침략자의 당연한 본능이다. 구한말에 조선에 체류한 미국과 서구 선교사들의 견문기를 읽어보면, 이와 같은 오리엔탈리즘의 고정관념들이 거의 다 그대로 나온다. 미국과 서구인의 교회 · 병원 · 기업만이 양반의 가렴주구에 시달리고, 아무 가치도 없는 불교와 유교라는 미신에 빠진 '불쌍한 조선 백성'을 구제해 줄 수 있는 유일한 길이라는 주장이 그 견문기들의 골자다.

그러면 유학을 중단키로 한 그 고려인 여성과 한국을 깊이 접해본 대다수 고려인과 조선족의 엄청난 거부감을 불러일으키는 '한국식 오리엔탈리즘'은 무엇인가?

중국과 러시아 교포의 상황을 직접 접해보지 못한 대다수 일반 한국인들이 유일하게 접하는, 한국 보수언론이 보여주는 북방지역 교포의 모습은 도움이 절실히 필요한 '못살고 불쌍한' 주변적인 인간이다. 한국의 각종 단체(교회, 병원, 기업)가 '어려운' 교포들에게 베풀어준 각종 '시혜'(선교와 교육활동, 의료 봉사, 경제 지원)와 '수혜자'들의 열렬한 반응에 대한 보도들은 재러 · 재중 교포 관련 신문 · 방송 보도의 대다수를 차지한다. 그들의 과거(항일 독립투쟁 등)가 위대하기는 하지만, 그들의 비참한 현실을 문명화·현대화할 수 있는 유일한 방도가 '우리의 종교, 우리의 의료, 우리의 산업'의 현지 확장이라는 것이 모든 북방 교포 관련 보도의 보이지 않는 심층적 의식이다. 한마디로, 적극적이고 선진적인 '우리'와 소극적이고 후진적인 '그들'이 대조된다는 것이다. 100년 전 서구와 조선의 관계를 바로 이런 식으로 설정한 영국의 탐험가 비숍(Bishop) 여사나 캐나다 선교사 게일(Gale) 등 조선 관련 견문기의 저자들이 저승에서 이 현상을 지켜보고 있다면, 좋은 제자가 많다며 손뼉을 치고 기뻐할지도 모른다.

그러나 모국의 은혜를 입은 '못사는 교포'들이 모국의 너무도 선진화한 오리엔탈리즘을 과연 받아들일까? 100년 전 미국과 서구의 '문명시설'에 많은 조선인이 실제로 교육적·의료적 혜택을 받았듯이, 현재 북방 교포들도 한국의 경제적·종교적 현지 진출로 나름대로 이득을 보는 것은 사실이다. 그러나 인간이 과연 밥만으로 사는가?

한국 보수언론이 별로 관심을 보이지 않는 일이지만, 북방 교포에게는 뿌리 깊은 문학적·교육적·학술적 전통도 있고, 조선족·고려인이라는 꿋꿋한 자존심도 만만찮다. 한국에 비해 훨씬 평등한 남녀관계나 상하관계, 가족관계 등 많은 분야에서 '근대화 실적'을 자부하는 그들이 '우리의' 큰 시혜에 "성은이 망극하옵니다" 외치고 있으리라고 생각하면 오산이다.

미국의 선교사·군인·외교관의 오만과 인종·문화적 차별주의가 식민지 조선과 남한의 많은 지식인에게 반미의식을 불러일으켰듯이, 현재와 같은 한국적 오리엔탈리즘은 많은 '수혜자'에게 심한 반한(反韓) 의식을 불러일으킨다. 앞에서 이야기한 고려인 여성도 그렇지만, 6년 전 참치잡이 어선 '페스카마'호에서 조선족 선원이 끔찍한 선상 반란을 일으킨 일이 그것을 잘 대변해 준다.

북방 교포와의 관계가 완전히 파탄에 이르는 것을 방지하기 위해 가장 시급하게 필요한 것은 진정한 근대적 정신, 즉 평등과 인권 의식이다. 경제적 우열과 국적, 심지어 '핏줄'과도 관계없이 모든 인류를 평등한 인권의 소유자로 인식할 줄 알아야만 부득이하게 '수혜자'가 된 사람의 자존심과 인권이 짓밟히지 않을 것이다.

우리 안의 '위대한 수령'

서울에 있는 한 사립대학교의 졸업생 축하행사 때 직접 목격한 일이다. 대학의 넓은 광장에서 학생과 교수들이 식사와 추억담에 한창 몰두하고 있을 때, 갑자기 광장 가장자리에 검정색 초호화 자동차 몇 대가 섰다. 앞에 선 자동차에서 한 중년 남자가 내리자마자 모든 행사 참석자가 일제히 자리에서 일어나 그 남자에 시선을 돌렸다. 열 명쯤 되는 남자가 뒤를 따르는 그 남자가 광장을 천천히 돌면서 참석자의 인사를 받기 시작했다. 깊이 절하면서 손을 내미는 초로의 교수들에게 동냥돈 던져주듯이 악수를 해주는 그 중년 남자의 입 언저리에 자족의 미소가 언뜻 보였다. 그가 자신의 권력과 '아랫사람'들의 충성심을 의례적으로 확인하는 만족스러운 순간이었을 것이다. 그 남자가 몇 마디 간단한 대화까지 '내려주신' 교수들에게 그렇지 못한 동료들이 나중에 부러워하는 듯한 시선을 보냈다. 악수와 간단한 대화를 '하사'해 가면서 광장을 한 바퀴 돌던 남자가 그 대학 '오너'의 가족이자 중요한 보직을 맡고 있는 '인물'이라는 사실을 나는 뒤늦게 귀띔으로 알았다.

이 독특한 '충성 확인식'을 지켜보던 나는 문득 학부 시절에 러시아에서 본 북한의 기록영화가 머릿속에 떠올랐다. '현지 지도'를 하면서 백성들의 '열렬한' 인사를 받으며 만족스러워하는 '위대한 수령'의 모습, '지도자'가 '내려주신' 한마디에 '무한한 행복감'을 느끼는 충복들……. 대학교수 위에 교만스럽게 군림하는 오너의 가족과, 한 나라를 '건국 군주'로부터 물려받아 철권으로 다스리는 '위대한 수령'이 표방하는 주의가 각각 다르겠지만, 이 두 '상전님'들을 뒷받침해 주는 권력구조와 권력심리, 절대권력을 중심으로 하는 거대 담론은 너무도 흡사하지 않은가.

80년대 세대 일부가 북한에 현실 이상의 기대를 건 것과 대조적으로 요즘 젊은이들은 보수언론 등의 영향으로 북한을 현실 이상으로 비하하는 것이 아닌가 싶다. 그들은 자기들을 일단 배부른 자유민주 국가의 시민으로 보고, 북한 주민들을 '배고픈 노예'로 생각한다. 그러나 다른 사람을 깔보는 것 자체가 매우 비도덕적인 것이라는 사실은 덮어두더라도, 현실적으로 이 천박한 '남한 체제 우월론'은 상당히 허구적이다.

물론 미국 중심의 세계경제 체제에 막 편입하려는 북한과 이미 그 체제 안에서 어느 정도 위치를 확보한 남한의 국제 지위가 다를 뿐 아니라 남한에서는 경제·정치 공간 내에서 집단간의 경쟁이 허용된다는 사실, 남한의 지식인 집단이 오랜 투쟁을 통해 어느 정도 표현의 자유를 획득하였다는 사실 등을 부인하지 않는다. 그리고 남한에서 끼니를 제대로 못 때우거나 악명 높은 '국보법'으로 옥고를 치르는 사람의 수가 북한의 기아민, 양심수의 수보다 적다는 것도 뻔한 일이다. 그러나 남한 자유민주주의의 외피를 벗겨놓고 국가의 관료제나 정당, 재벌이나 사립학교 등의 내부적 권력구조와 권력에 대한 의식을 살펴보면, 남한도 수천 명의 '작은 수령님'이 북한과 비슷한 전근대적인 방식으로 다스리고 있다는 결론을 내리지 않을 수 없다.

노동당 간부가 모두 '위대한 수령'을 섬기는 충신이 되어야 하는 것처럼, 남한의 재벌이나 정당, 사립대학도 결국 부하들이 어르신을 '모시는' 전근대적이고 수직적인 권력구조를 보여준다. 북한과 마찬가지로, 남한의 각 권력집단도 맹종에 가까운 충성심과 어르신의 '은혜'에 보답하기 위해 사력을 다하는 '의리' 따위를 중심으로 한, 중세적 가신관계를 뒷받침하는 케케묵은 가치관을 내세운다. 외국인들이 보기에는 놀라운 일이지만, 공천 후보자들이 당수에게 선물과 기부금을 바치며 충성심을 과시하여 '눈도장'을 받기 위해 노력하는 것을 남한의 보수언론은 큰 비판 없이 대수롭지 않은 일처럼 보도한다. 재벌 총수가 자사의 지방 공장을 순회하면서 충성을 다짐하는 임직원들에게 상벌을 내리기도 하고 중요한 결정을 혼자서 내리기도 하는 것이 전제 군주의 순행이나 이북의 '위대한 수령'이 행하는 '현지 지도'와 무엇이 다른가? 지도 교수의 저서를 인용하지 않고서는 결코 학위를 취득할 수 없는 남한 젊은 학자의 딱한 심정과 '수령님'의 '교시'를 인용하지 않고는 한 편의 논문도 낼 수 없는 북한 학자의 궁한 입장이 과연 그렇게 다른가?

수많은 '보스'가 각자 자기 집단을 이끌고 권력다툼을 벌이는 패거리식 사이비 민주주의와 한 '보스'가 만백성에 대한 생사여탈권을 쥐고 있는 병영식 사이비 사회주의의 차이일 뿐이다.

남한 보수언론이 보여주는, 이해할 수 없는 역설은 북한의 대권 세습을 열심히 비웃으면서도 남한의 거의 모든 재벌이 2세, 3세에게 소유와 경영을 세습한다는 사실을 당연한 일처럼 보도한다는 것이다. 사립학교에서 설립자나 오너의 자녀와 가족이 누리는 상상을 초월하는 권력은 아예 보수언론의 관심 밖이다. 한 재벌 총수와 형제인 전직 교육부 장관이 "사립학교에는 주인이 있어야 한다"고 말한 사실은 남한 보수세력의 세습적 소유·경영에 대한 인식을 잘 보여준다. 전직 대통령

때 '소통령'의 부정과 비리가 폭로된 뒤 사정이 달라졌지만, 그 전에 '황태자'의 위치에 대해 과연 얼마나 많은 비판이 있었는가. 이북의 '왕조'를 우습게 보기 전에 우리 곁에 있는, 우리를 부단히 억압하는 수많은 '왕조'의 현실을 직시하자.

남한의 현실을 유심히 들여다보면, 이외에도 북한과 구조적으로 흡사한 면을 수없이 발견할 수 있다. 남한 학교의 체벌과 북한 학교의 '자아비판'은, 외형은 달라도 아동의 자유지향적 본능을 원천적으로 말살하는 면에서는 유사하다. 그리고 일부 지도층 자식을 제외한 모든 '양민'의 아들이 군대에 끌려가서 반대쪽을 증오하도록 반인륜적인 세뇌교육을 받아야 한다는 것도 가장 마음 아픈 양쪽의 공통점이다.

이와 같은 남·북의 구조적 유사성은 역사적으로 쉽게 설명된다. 조금 단순화해서 이야기하자면, 일본의 식민화로 한민족은 주체적으로 근대화를 달성할 기회를 빼앗겼을 뿐만 아니라, 고차원적인 유교적 전통도 많이 잃어버렸다. 그 대신 정착한 것이 일제식 절대권력과 복종의 논리였다. 그 후에 한국전쟁으로 전통적 사회구조와 정신적 가치가 완전히 무너지고 남은 것이 바로 동족에 대한 증오를 통한 사회 결속과, 힘에 대한 굴종과 아부를 통한 경쟁적인 생존의 전략이었다. 그렇게 서로 다르게 보이려고 하는 남과 북은 사실 동병상련의 정을 느껴야 한다.

이렇듯 '오너'와 '보스'들에게 충성을 바치는 우리는 우리의 거울 속 모습인 북한을 내려다볼 아무 근거도 없다. 그리고 북한의 지배자와 사고방식이 구조적으로 비슷한 남한의 보수 권력집단이 생존전략의 일환으로 북한을 악마화하는 것을 감안하면, 극보수를 차차 제거하고 온건보수를 견제할 진보적 정치세력과 시민단체의 영향력 확산만이 평등하고 평화로운 통일의 기반을 구축할 수 있다는 사실을 쉽게 알 수 있다.

북한 멸시와 무절제한 우월의식

옛날에는 꿈만 꿀 수 있었던 통일이 최근 들어 실현 가능한 것으로 나타나자 통일과업에서 가장 큰 걸림돌이 무엇인지 자연스럽게 생각하게 된다. 보통 '통일의 걸림돌'을 거론할 때 주변 강국의 간섭과 남한의 극우세력 이야기가 많이 나오는데, 이들 문제가 단순하지만 않다는 것을 나도 잘 안다. 그러나 내 생각에는 우리 머리에 자주 떠오르지 않으면서도 매우 위험한 통일의 걸림돌이 한 가지 더 있다. 바로 많은 남한 사람, 특히 대다수 젊은 세대가 보여주는 북한 멸시 풍조와 북한에 대한 무절제한 우월의식이다.

내가 만나본 남한 젊은이들은 대부분 특별히 공부해 보거나 관심을 기울이지 않는 한, 북한을 '후진적인 봉건국가', '못살고 귀찮은 무용지물'로 알고 북한 사람들을 고작 해봐야 '불행한 인간', '불쌍한 사람'으로 여기고 있었다. 그리고 미국의 후광을 입어 자본주의 세계체제의 중진권까지 올라온 '우리'와 그 세계체제의 울타리 바깥에서 굶기만 하는 '그들'이 벌써 거의 동포도 아니라고 생각하는 '선진적 인사'도 없지 않다. 말하자면, 시간이 많이 흘렀는데도 사라지지 않고 남한 사회를 계속 지배하고 있는 자본주의 위주의 반공의식은, 이제 낡아버린 '안보 담론'에서 참신하고 멋져 보이는 '선진·후진성 담론' 쪽으로 중점을 옮겼다고 볼 수 있다.

북한 사회에 현재의 남한에 비해 전근대적 잔재들이 많다는 것도, 현재의 남한이 경제적으로 북한에 비해 풍족하다는 것도 인정한다. 그러나 경제·사회적 우열을 근거로 상대방을 처음부터 깔보는 자세는 미래에 커다란 재앙을 초래할 수도 있다. 그리고 더욱더 강조하고 싶은 것은, 이른바 현실 사회주의 국가인 소련에서도 살아보고 남한에서도 살아본 내 경험으로 봐서는, 상대적으로 가난하고 고립된 비자본주의 국가의 주민들이 실제로 꼭 '불행한 인간들'만은 아니라는 것이다. 오히려 상대적인 풍요를 누리는 남한 사람에 비해, 그들이 많은 면에서 훨씬 더 인생을 행복하게 느낄 수도 있다.

물론 1990년대에 북한을 덮친 미증유의 기아사태를 염두에 둘 때, 그들 역시 나름대로 행복하다는 생각을 하기란 쉽지 않다. 그러나 1990년대의 재앙들이 북한체제가 안고 있는 내재적 모순의 결과물이기 이전에, 동구권 몰락이라는 외부적 원인 때문에 일어났다는 사실을 기억해야 한다. 즉, 북한의 정상적인 모습을 떠올리려면 오히려 1990년대 이전의 북한을 생각해야 할 것이다.

물론 앞에서 언급한 남북한 사람의 '체감적 행복감' 비교에는 소련과 북한이 원래 많이 달랐다는 한계가 있다. 그러나 내가 소련 시절에 상대해 본 북한 사람의 언행으로 봐서는 북한과 소련이 한 가지 본격적인 공통점을 지니고 있었다. 이는 바로 인간을 '상품화'하지 않는다는 비자본주의 사회의 특징이었다. 그리고 바로 이 차이점이 비자본주의 지역의 주민들이 느끼는 상대적 행복감의 원천이다. 이것은 무엇을 뜻하는가. 여기에서 두 가지 예를 들어 자신의 값을 매길 필요가 없는 인간이 느끼는 행복을 이야기할까 한다.

소련의 학교에도 입당해서 입신양명하겠다는 '출세파'가 있기는 하지만, 이는 보통 극소수에 불과하다. 많은 학생이 남을 이기고 올라가야만 한다는 강박관념 없이 교우관계와 학교 밖의 다양한 활동을 마음 놓고 누릴 수 있다. 즉, 아이는 어릴 때부터 '상극'의 논리보다는 '상생'의 논리를 체득하여 나중에 커서 더 원만하고 이타적인 인격을 지닐 수 있게 된다. 그렇지 않다 하더라도, 적어도 남한의 아이처럼 성적부와 내신의 악몽에 시달리면서 어릴 때부터 '나'만(좀더 커서는 '우리 집안'만)을 위한 삶을 구하지는 않는다.

　남한에서는 '공부'라는 것이 성공의 '수단'에 불과하지만, 비자본주의 지역에서는 '공부를 위한 공부'라는, 남한 사람들은 좀처럼 믿기 어려운 일이 가능하다. 독자들이 믿을는지 모르겠지만, 사회주의 말기에 나와 같이 동양학부에 입학한 신입생 중 절반 이상이 '차후의 진로'보다 동방의 문화나 종교 자체에 관심이 있어 입학을 결심했다는 것을 나는 증언할 수 있다. '써먹을 수 있느냐'부터 따지고서야 학과를 선택하는 남한 학생으로서는 납득하기 어렵겠지만, 라마교와 티베트 문화에 매료되어 당시 전혀 활용가치가 없는 티베트·몽골 학과에 들어가려는 이들이 매우 많았다는 사실은 그것을 증언할 수 있는 하나의 실례다. 사실 순수한 마음으로 공부에 임하는 사람이 있었기에, 물자와 정보가 부족한 상황에서 소련의 과학이 미국과의 힘든 경쟁에서 어느 정도 성과를 거둘 수 있었던 것이다. 남한 학생에게서는 거의 찾아보지 못한, 공부를 위해 공부하는 태도를 나는 북한 사람에게서도 많이 느꼈다.

　한편 이른바 '현실 사회주의' 국가들은 주민들에게 상품화를 강요하지 않는 대신 체제 유지를 위해 수많은 정치적 제한을 가한다. '불순분자'로 낙인찍힌 사람은 그 죄목의 진위와 무관하게 사회생활 참여권, 심지어 인신의 자유를 쉽게 빼앗긴다. 더군다나 반체제 활동을 하는 사람이면, 처음부터 생명을 바치고 정상적인 인생을 포기할 각오를 해야 한다. 정권이 자주 바뀌는 남한에서는 학생운동가가 30~40대가 되어 보수야당의 국회의원이 되는 기적(?)도 일어나지만, 구소련의 인권운동가들은 수용소에서 이른바 '천천히 오는 죽음'을 기다리거나 국외 추방 정도밖에는 기대하지 못했다. 북한의 경우 '체제의 복수'가 소련에 비해서도 훨씬 가혹하다는 것은 주지의 사실이다. 그래서인지 '현실 사회주의' 지역의 반체제운동은 남한에 비해서 수적으로 월등히 약했다.

그러나 일단 운동에 한 번 가담한 사람은 보통 그 순수한 뜻을 평생 한결같이 지키면서 살아간다. 사실 소련 몰락 이전까지 인권운동에 몸담았던 인사들은 대부분 지금도 똑같이 푸틴 체제와 싸우고 있다. 그리고 남북 통치자가 합의하여 통일을 이룩한 뒤에도 지금 북한 수용소에서 고생하거나 만주벌판을 떠도는 북한의 반체제 투사들은 자본주의 사회의 하층민으로 전락할 북한 주민의 편에 서서 또다시 투쟁할 것이라고 나는 확신한다. 아이러니컬한 이야기지만, '현실 사회주의'와의 패할 수밖에 없는 투쟁에서 자신의 미래까지도 희생하는 바로 이러한 태도가 남한을 포함한 자본주의 사회에서는 찾아보기 힘든 가장 사회주의적인 태도다.

위에서 말한 것을 종합해 보면, 경제적 우열을 근거로 북한 출신을 멸시하는 작금의 풍토는 극히 어리석다. 그들은 남쪽에서는 찾아보기 어려운, '때묻지 않은 순수함'을 지닌 세상에서 보기 드문 한민족이다. 내가 예측할 수 있는 것은, 분단체제의 족쇄가 풀리기만 하면 그들의 힘을 빌려 통일 한반도가 예체능과 학술 분야에서 크게 두각을 나타내게 될 것이라는 점이다.

한국의 종교와 패거리문화

한국 교회의 선민의식과 배타주의

13년 동안 한국과 인연을 맺은 나는 기쁜 일도 많았지만 부끄러운 일도 자못 많았다. 일단 내 또래의 한국인 젊은 학자들이 대부분 시간강사로 심한 착취와 신분적 불평등에 시달리고 있는 마당에, '외국인 교수'로 비교적 고생을 덜 한 것이 부끄러웠다. 그리고 학생의 등록금으로 월급을 받으면서 학생을 '돈줄'이자 '아랫사람'으로 취급하며 비싼 돈에 저질 교육을 사실상 강매하는 대학제도의 개선에 전혀 노력하지 못한 것도 부끄러웠다. 어떨 때는 윗사람이 아랫사람을 함부로 부리는 사회에서 나도 무언가 '해먹고 있다'는 것 자체가 부끄럽게 느껴졌다. 사냥터에서 사냥꾼 쪽에 붙어서 약한 짐승을 함께 죽이고 있다는 느낌 또한 자주 들었다.

그러나 나에게 가장 부끄러운 일은 고려대학교에서 유학하던 시절인 9년 전에 일어났다. 그때 형편이 어려운 소련 학생으로서 무슨 부끄러운 일이 생길 수 있었을까? 당시 나는 그 대학 후문 뒤에 있는 한 성경 읽기 모임(개신교 성향을 띤 일종의 학생 교회)에 나가게 되었는데,

이 모임과 접촉하면서 일어난 일이 모두 마음속에 큰 부끄러움으로 남아 있다.

첫째, 그 모임이 나를 처음부터 놀라게 한 것은 내가 과거에 속했던 소련 콤소몰(공산주의 청년동맹) 뺨치는 철저한 출석·회원 관리였다. 결석은 거의 '죽을 죄'로 취급되었고, 일단 회원이 되고 나면 그 모임을 벗어나기가 쉽지 않았다. 왜냐하면 탈퇴를 '영적인 타락'으로 생각하는 그 모임의 지도자들은 거의 강요에 가까운 전화와 방문, 설득과 종용의 공세를 퍼부어 탈퇴를 결사적으로 저지하는 관습이 있었기 때문이다. 평소 화장실에서든 쓰레기 소각장에서든 신과 마음속으로 대화할 수 있으며, 교회나 사찰은 마음이 부르는 때에 가면 된다고 굳게 믿던 나는, '소속감과 출석을 통한 영혼 구원'의 논리에 경악하지 않을 수 없었다. 어느 집단이든 출석 관리를 통해 소속감을 확인하고 결속력을 강화하지 않을 수 없다는 것을 상식적으로 이해하면서도, 한편으로는 결석·탈퇴 인원이 많을수록 헌금 액수가 적어진다는 냉소적인 생각이 들기도 하였다. 그러나 집단주의와 돈이라는 속된 논리가 성스러워야 할 교회까지 침범한 것을 도저히 받아들일 수 없었다.

둘째, 그 모임에서는 기도를 비롯해 모든 신앙 행위를 공개적으로 남 앞에서 해야 했는데, 나로서는 도저히 납득이 안 되었다. 기도는 골방에 들어가서 남이 안 보는 데에서 하라는 예수의 말씀도 있지만, 나는 개인적으로 남 앞에서 '나의 신'과 이야기를 하지 못하는 성격이었다. 나에게는 남 앞에서 기도한다는 것이 남이 보는 데서 성행위를 하는 것과 같은 격이었다. 그러나 그 모임에서는 가장 내밀하고 개인적인 행위여야 할 기도를 '우리 다 같이' 식으로 할 뿐만 아니라, 기도의 성실성에 따라서 일종의 성적을 매기기까지 하였다. 그건 나에게는 이미 공개적 성행위의 차원을 넘어, 난교 파티에서 참석자의 정력을 누군가가 평가하는 수준에 가까웠다. 교회와 난교 파티를 비교한다는 것을 지나친 언사로 생각하는 사람도 있겠지만, 나에게는 내 마음속을 드러내는 기도를 남 앞에서 한다는 것이 그만큼 독신적(瀆神的) 행위였다.

셋째, 그 모임의 회원들은 개신교 신자가 아닌 인간들은 모두 지옥에 떨어질 것으로 믿었는데, 그것이 나에게는 더 무서운 독신 행위였다. 유태인 부친과 혼혈 계통의 모친 사이에서 태어난 나는, 유태교와 러시아 정교회의 신앙을 경험하기도 하고, 한때 러시아 침례교회에 나가기도 했으며, 결국 불교 교리에 심취하여 철학적으로 그 전통에 몸을 붙이는 등 '종교 편력'을 경험한 바 있다. 이 과정에서 잃은 것도 많지만, 얻은 것이 있다면 바로 종교와 민족, 문화와 무관하게 모든 인간이 영적으로 평등하다는 신념이었다. 즉, 믿음의 대상보다 믿음의 자세와 내면적인 진지성·성실성이 중요하며, 소속 종교와 관계없이 이 내면적인(질적인) 노력으로 절대자를 접해야만 기독교식 표현으로 '영혼의 구원'을 이룰 수 있다는 생각이다. '영혼의 구원'이 영혼에 있지 외부적인 '종교'에 있지 않다는 논리다. 9년 전에도 이미 이러한 생각을 막연하게 가지고 있던 나는, 불교인과 니체·마르크스 같은 자유사상가를 지옥으로 보내는 설교를 들으면서 이분들과 같이 지옥에 가서라도 이러한 목회자를 내생에서 더 이상 만나지 않겠다는 결심을 마음속으로 굳히고 있었다.

이야기가 이쯤에 왔으니, 읽는이가 나에게 왜 그 정도로 싫은 모임을 안 떠났느냐는 질문을 던질 수 있다. 그런데 바로 여기에서 내 짧은 인생에서 가장 부끄러운 부분이 시작된다. 속된 말로 나는 매수된 셈이었다. 그 사람들의 친절과 관심, 그 사람들이 베푸는 푸짐한 음식과 서울 견학, 재원이 풍부한 그 교회가 주는 선물에 마음이 팔린 셈이었다. 그들이 매일같이 주는 선물이 나로서는 평생 보지 못한 희귀한 물자였고,

나를 치켜세우고 칭찬해 주고 '모시는' 그들의 태도는 내가 평생 경험하지 못한 것이었다. 그리고 그들이 이렇게 '베풀어주는' 대신 나를 그만큼 이용하고 있다는 사실을 나도 이미 대충 눈치챌 수 있었다. 그들은 '살갗이 하얀' 젊은 친구를 다른 교회에 데려가 자신들의 '전과'를 과시했고, '외국인 개종 실적'으로 상부의 인정을 받기도 하였을 것이다. 마음을 판 이 부분에 대해서 나는 가난과 어려움을 들먹이며 해명할 생각은 없다. 죄는 죄다.

그런데 왜 부끄러움을 느껴가면서까지 이 글을 쓰는가? 왜냐하면 그러한 일이 다른 가난하고 어려운 외국인들에게 절대로 없기를 간절히 바라기 때문이다. 내가 다닌 모임이 개신교인 것은 틀림없지만, 주류인지 비주류인지는 나도 확실히 모른다. 그러나 내가 본 바로는, 많은 한국 교회가 이와 같은 선민의식과 배타주의를 특징으로 한다. 출석과 헌금에 중점을 두고, 자기 집단의 내부 결속에 사력을 다하면서 다른 종교 집단을 모두 악마화하는 것이 그 모임뿐인가? 그리고 외국인 개종을 '주요 성과'로 보는 많은 교회가 그 승리를 얻기 위해서 영적이지도 정신적이지도 못한 '물질적인 방편'을 널리 쓴다는 것은 공공연한 비밀이다. 국내 교회도 그렇지만, 밖에 나가 있는 한국 선교사들에게는 이러한 폐단이 더욱더 심각하다. 옛날에 몇몇 외국 선교사가 가난한 한국인에게 쓰던 선교방식을 한국의 일부 선교사가 거꾸로 가난한 외국인에게 쓴다는 것은 역사적으로 무엇을 의미하는가? 세계체제 주변부에 있던 한국이 이제 체제의 중심부 쪽으로 위치를 어느 정도 상향 조절한 만큼, 중심부의 열강들처럼 '종교적인 진출'을 포함한 신식민주의적 외부 공략을 하기 시작하였다는 것인가? 아니면 미국 모방의 유행병에 심하게 걸린 일부 한국 교회가 실질적 경제 성장보다는 '경제적 성과에 의한 선교'에 열을 더 올리는 것인가?

어쨌든 한민족에 많은 해독을 끼친 서양 압제자의 추태를 모방한다는 것은 결코 아름다운 일이 아니다. 가난뱅이의 마음을 물자와 '특별한 관심'으로 끌어 '승리'를 이루는 것은 어렵지 않지만, 예수께서 이러한 광경을 봤다면 어떻게 생각하셨을 것인지 먼저 고민해야 할 것이다.

숨막히는 종교패거리주의

1997년에서 1998년까지 한국에서 살 때의 일이다. 당시 친구인 몇몇 젊은 한국 지식인들이 심한 취직난을 겪었다. '취업 준비 학원'이 돼버린 대학교에서는 인문 계통의 시간 강의가 줄어들고, 원서를 낼 곳도 별로 없고, 원서를 내도 계속 취직이 되지 않는 참 딱한 처지였다. 그때 그분들에게 조금이라도 도움이 될 수 없을까 싶어서 나는 매일같이 여러 신문에 실린 '교수 초빙' 공고를 찾아 읽었다. 물론 공고가 났다고 해서, 자격을 갖추었다고 해서 그 자리에 아무나(?) 들어갈 수 없다는 한국 사회의 기본 상식 정도는 나도 이미 알고 있었다. 그러나 물에 빠진 사람이 지푸라기라도 잡는 격으로, 나는 자그마한 희망이라도 얻으려고 신문에서 화려한 대학교 로고를 부지런히 찾았다.

그런데 이게 웬일인가? 인문 계통의 교직원을 상당히 많이 모집하는 한 지방 사립대학교의 공고문 '응모자격'란에 박사 학위 소지를 요구하는 문구 바로 뒤에 "순수한 ×××신앙을 가진 사람"만 모신다는 문구가 나왔다. 그것도 모자라 소속 단체의 '교인 증명서'까지 요구한다는 말이 뒤에 또 나왔다. 처음에 나는 눈을 의심했다. 도대체 아무리 종교 재단이 세운 학교라 해도 신학학과도 아닌, 북한학과나 일어일문과의 교수가 반드시 특정 신앙을 가져야만 한다는 것이 과연 합리적인 현대

사회에서 있을 수 있는 일인가? 그렇다면 무신론자나 다른 종교를 가진 사람은 지식의 수요자들에게 제공하는 전문 교육의 질이 떨어진다는 논리라도 성립한다는 말인가?

학생들에게 특정 신앙을 심어주겠다는 재단의 취지는 어느 정도 이해할 수 있지만, 여느 나라와 같이 한국의 헌법대로 개인 자유 선택의 '사적인 영역'으로 남겨져 있는 종교와 '공적인' 영역인 고등교육이 서로 뒤범벅되어 있는 것이 과연 민주주의 원칙에 맞는가?

우리 종교인만이 교수할 수 있다는 공고문을 읽으면서 내 머릿속에는 나도 모르게 대학교 교직원에게 '당성'과 '사상적 건전성'을 요구하고 검증하던 구동구권의 전체주의적인 교육체제가 떠올랐다. 그러나 어느 정도 절차적 민주화를 이룬 현재의 동구권만 해도, 만일 대학교라는 공적인 기관이 교직원의 사상과 종교라는 사적인 영역까지 간섭한다면 '종교 차별 금지', '양심의 자유' 등의 헌법 규정을 들고 일어나 소송을 제기하는 이들이 무수히 많을 것이다.

그러나 한 번 큰 충격을 받은 나는 그 이후 신문 공고를 계속 뒤지는 과정에서 검증된(?) '교인'만을 위한 초빙 공고를 상당히 많이 발견했다. 대학교는 물론 '명문'임을 자랑하는 몇 군데 고등학교조차도 '전 교직원이 교인'이라는 원칙을 내세워 담당 성직자의 추천서까지 요구했다. 심지어 '열린교육'을 실천하는, 지방에 있는 한 대안 고등학교마저도 특정 교인만을 초빙한다는 것이었다.

한국이라는 형식상의 '민주국가'에서 이와 같은 위헌적 종교 차별이 버젓이 이루어진다는 사실을 믿기 어려웠던 나는, '교인만 모신다'는 한 수도권 사립대학교에 안면이 있는 유명한 러시아 전문가가 계약 교수로 와 있다는 사실을 기억해 내고는 그분에게 전화를 걸었다.

"아니, 정말 전 교직원이 모두 특정 종교만 믿습니까?"

"믿고 있을 뿐만 아니라, 우리가 옛날에 정기적으로 레닌주의 사상강연에 끌려갔듯이, 다들 매주 종교 의례에 가야 하지요. 안 가면 왕따를 당하고 곧 실직하고 말지요. 나는 다행히 외국인이라는 특수한 입장 덕분에 안 가도 별 큰일은 안 나지만, 그래도 주위의 눈치가 썩 좋지 않죠. 한 단체가 똑같이 움직여야 한다는 원칙은 사실 구소련이나 여기나 뭐가 다르겠소?"

그분의 대답을 듣는 순간, 나는 갑자기 호흡이 막히는 듯한 느낌이었다. 개인의 존엄성과 자유를 간섭과 강요로 짓밟던 구소련의 어두운 모습이 다른 형상으로 여기에서도 존재하고 있구나 하는 느낌이었다.

2~3년이 지난 지금, 그때 나에게 충격을 주었던 지방 사립대학교의 최신 교수 초빙 공고문을 인터넷상으로 우연히 다시 보게 됐다. '순수한 신앙'과 특정 '교인'에 대한 언급은 사라졌지만, 희한하게도 '응모자격'란 맨 밑에 한 줄이 더 첨가되어 있었다.

"기타 자격은 본교의 인사규정에 의거함."

그 기타 자격의 규정을 볼 수 없어서 정확하게 판단할 수 없지만, 거기에 '신앙인 가족'만 받아들인다는 '독소조항'이 과연 없을까? 만약 형식적인 조항이 없다 해도, 전문성 위주의 합리적이고 다원주의적인 분위기가 그 대학교에서 과연 형성될 수 있을까? 다행히 교직을 얻었다 해도 '남과 똑같이' 예배를 보지 않는 사람이 과연 원만하게 조직생활을 해나갈 수 있을까?

전체 사립대학교의 30% 이상이 특정 종교재단 소유인 한국의 특수한 여건에서 타종교에 속하거나 무신론자인 젊은 지식인들은 이런 배타적이고 독선적인 '종교적 패거리주의'의 현실 앞에서 얼마나 많은 절망감과 소외감을 느껴야 할 것인가. 헌법이 정한 '신앙의 자유' 조항을 그대로 따를 뿐인 그들이 무슨 죄로 '3순위 자격'이 되어야 하는가.

종교 차별 현상이 과연 대학교 사회에만 있을까? 특정 종교 소속임을 밝히는 많은 기업에서도 특정 종교인만 입사시키고 종교 의례 출석을 필수화하는 일이 흔하지 않은가? 이렇게 사업과 종교가 '짬뽕'이 될 때 일어날 수 있는 부당 노동행위의 좋은 사례를 "종교적 경전에 노조의 전례가 없다"는 희한한 근거로 노동조합의 결성을 불허하다 장기적 파업을 초래한, 한 기업의 현실에서도 쉽게 찾아볼 수 있다.

종교 신앙의 본질을 따져보면, 진정한 신앙이라는 것은 남에게 결코 쉽게 보여줄 수 없는, 아주 개인적인 부분이다. 기도하려면 골방에 들어가서 남이 보지 않게 하라는 예수의 말씀은 바로 이를 의미한다. 그렇다면 '신앙 증명서'를 요구하는 한국 일부 종교 계열 대학교의 자세는 과연 진정한 의미에서 신앙적인가?

원수까지도 사랑하라는 예수의 말씀을 진정으로 이해한다면, 최소한 원수도 아닌 타종교의 신도 정도는 포용할 줄 알아야 하지 않을까? '황제의 것'과 '하나님의 것'을 엄격하게 구분한 예수의 정신을 진정으로 살리자면, 사회를 위한 교육과 개인의 영혼을 위한 종교 신앙을 엄격히 구별·분리해야 한다.

올바른 종교를 위해서라면 타종교인과 무신론자를 동등한 인격체가 아니라 '선교의 대상'으로 삼는 강요의 악습과, '우리 모두 다 같이' 식의 '집단 동질성'만 강조하는 전근대적 패거리주의는 하루빨리 청산해야 하지 않을까 한다.

"아니오"라고 말할 수 있어야 불자(佛子)

내가 영국 한국학회(BAKS) 학술대회에 참석했을 때의 일이다. 고(故)

구산 스님(1901~1983)의 납자(衲子)이던 헨릭 소렌센(덴마크 사람으로 법명은 추광(秋光))이 '한국의 호국불교 개념과 파시즘'이라는 조금 충격적인 주제로 발표를 했다. 그 발표를 듣고서, 나는 그 내용보다 덴마크인의 종교관과 한국의 종교 현실을 잘 비교할 수 있는 자료가 없으리라는 느낌이 들었다.

저녁에 헨릭 씨를 찾아가 스칸디나비아인의 종교적 모색에 대한 이야기, 한국 불교계에 대한 회상을 더 자세히 들었다. 송광사에서 오랫동안 승려 생활을 한 뒤에 신라 불교에 대한 논문으로 박사 학위를 받은 탓인지 그는 한국 불교계에 대해 특히 할말이 많았다. 이 이야기를 공개해도 되느냐는 나의 조심스러운 요청에, 헨릭 씨는 "그렇지 않아도 한국인을 상대로 이 이야기를 하고 싶었는데, 기회가 없었다"면서 흔쾌히 승낙했다. 그가 발표한 내용과 개인적으로 설명한 내용은 대충 다음과 같다.

푸른 눈의 덴마크 청년을 승려로 만들어 송광사까지 오게 한 힘은 한마디로 '폭력'과 그것으로 성립·유지된 유럽의 '국가'에 대한 혐오감이었다. 그때(1960년대 말에서 1970년대 초) 덴마크에서는 의무 군대에 가지 않으려면 병원이나 학교에서 간호원이나 선생님으로 봉사하거나 특수 캠프에서 소방관 등의 훈련을 받아야 했다. 즉, 국가는 살생을 거부하는 젊은이들에게 '살생거부권'을 주되, 일종의 국가적 규율(사회봉사, 훈련 등)을 강요했다.

헨릭 씨에게는 군대에 가서 살생을 준비한다는 것은 있을 수 없는 일이었다. 그에게는 총을 든다는 것이 자신의 마음을 자기 발로 밟아버리는, 죽음보다 더 무서운 '자기 배신'이었다. 그러느니 죽거나 고국을 떠나버리는 편이 훨씬 나아 보였다. 그는 자신의 자유를 속박하는 의무 사회봉사나 특수 캠프까지도 받아들일 수 없었던 것이다. 아니, 받아들이고 싶어도 완전한 자유를 갈망하고 타인과 합숙하며 생활하는 것을 싫어하는 자신의 마음을 억제할 수 없었다는 이야기였다.

결국 그는 '강요된 집단성'을 참다못해 캠프에서 무단 탈영한 뒤 일본에 가서 비폭력·비강제의 종교인 불교 공부에 몰두했다. 나중에 그는 덴마크에 귀국해 군 당국으로부터 '의식상 군역 부적합자'라는 다행스러운 판정을 받았다.

헨릭 씨의 말에 따르면, 베트남 전쟁에 대한 반감과 관련해서 그 당시 덴마크에는 자신과 같이 폭력과 규율을 무조건적으로 거부하는 사람이 매우 많았다고 한다. 그의 한 친구가 징집통지서를 받자마자 아기 예수가 그려져 있는 엽서에다 "예수의 사랑을 기억하라, 이 사람들이여!"라고 써서 병무청에 보냈다. 그래서였는지 그 친구는 헨릭 씨에 비해 군역 부적합자 판정을 훨씬 신속하게 받았다고 한다.

이 이야기에서 우리는 무엇을 읽을 수 있을까? 현재 사십대인 덴마크 지식인 상당수가 폭력과 규율에 대한 완전한 거부를 주요 신념으로 하면서 젊은 시절을 보냈다는 사실과 함께, 당시 공산권과 대치상황에 있던 약소국 덴마크가 '국가성'을 거부하는 이들 반란자에게 매우 관대했다는 것을 느낄 수 있다. 그들은 당시 국가기관에서 승진할 때 약간의 불이익을 감수할 수도 있었겠지만, 형사처벌이나 구타 등 '물리적 폭력성'이 짙은 사회적 제재를 전혀 받지 않았다. 사실, 일체의 구속과 폭력을 체질적으로 받아들이지 못하는 헨릭 씨와 같은 사람들의 행동이나, 소련과 동구권의 계속적인 위협에도 불구하고 이들을 관대하게 대하는 덴마크 사회의 태도는, 그쪽 민주문화의 심도와 성숙도, 스칸디나비아인들의 생명 존중의 윤리를 아주 잘 보여주는 예이다.

폭력과 약탈의 오명을 쓴 유럽 문화 전체에 회의를 느낀 헨릭 씨는 비폭력과 박애의 가르침으로 생각하고 있던 불교에 본격적으로 입교하기로 결심하고 국제적 폭력의 희생자 '한국'으로 가서 구산 스님의 문하로 들어갔다. 송광사에서 구족계를 받아 오랫동안 수행생활을 한 헨릭 씨는 구산 스님에 대한 고마움과 존경을 지금도 간직하고 있다. 하지만 헨릭 씨의 말로는 구산 스님의 문도 중에서 스승의 입적(入寂) 이후에 스승의 법을 제대로 이을 만한 계승자(즉 새로운 스승)를 찾을 수 없어서 자신도 다른 외국 제자들처럼 결국 환속했다고 한다. 차츰 낮아지는 한국 승려의 자질은 헨릭 씨와 같은 외국 구도자에게는 적지 않은 실망을 안겨주지 않을 수 없었다.

그러나 그것보다 더 실망스러운 것은 한국 승려 사회, 나아가 한국 사회 전체의 폭력과 국가에 대한 기본적인 태도였다. 승려들도 의무적으로 군대에 끌려가는, 일제시대의 일본을 제외하고 어느 불교국가에도 없는 '승려 징집제'부터 헨릭 씨는 납득할 수 없었다. 생사를 벗어나려는 수행자들에게 살생의 업무를 덮어씌우려는 국가라니……. 이것이야말로 깨달음을 방해하는 마왕(魔王)의 국가가 아니겠는가.

국가의 세뇌정책 때문에 북한에 적대감과 공포감을 느끼는 우민들이 아직 많지만, 현실적으로 '북한 남침론'이 남한 독재권력이 정권을 유지하기 위한 명분에 불과하다는 것을 헨릭 씨는 잘 간파하고 있었다. 군대에 갔다온 승려들이 거기에서 약자와 부하에 대한 폭력과 주색, 육식 따위를 배워 그 버릇을 절간에서도 버리지 못한다는 사실을 헨릭 씨는 여러 차례 목격했다. 한국 승려의 자질이 이처럼 끝없이 저하되는 원인 중 하나가 바로 승려의 군역이라는 생각이 들기도 했다. 그런데다 군대에 끌려간 승려들이 베트남에 건너가서 불교계 아시아 민족에 대한 유럽인들의 폭력과 약탈에 가담한다는 것은, 그 당시 헨릭 씨에게는 아예 어불성설이었다. 희생자로만 생각해 온 한국이 이제 가해자의 일면을 보이기 시작한 것이다.

그러나 '마왕의 국가'인 박정희 정권의 승려 사회에 대한 폭력보다 헨릭 씨를 더 놀라게 한 것은 승려 사회의 반응이었다. 생명까지 내놓을 각오로 '불살생계'를 지켜야 할 승려들이 오히려 악마적 국가에 영합하려고 '호국'에 안간힘을 썼을 뿐 아니라, 일제가 대동아전쟁 때 쓰던 표현들을 그대로 답습하여 원시 경전에 보이지도 않는 '호국불교'라는 괴상한 논리를 마치 불교의 주요 이념처럼 꾸몄다. 결국 북한에 대한 무력 승리를 비는 기도회와 법회까지 서슴지 않고 여는 한국 승가가 헨릭 씨의 눈에는 일종의 파시즘적 집단으로밖에 보이지 않았다. 단지 (斷指) 등 자해까지 하면서 군역을 완강히 거부한 몇몇 비범한 한국 승려들을 헨릭 씨는 매우 존경했지만, 그들은 극소수에 지나지 않았다.

나중에 환속하여 지금은 고국에서 저명한 불교 학자가 된 헨릭 씨는 "폭력적인 권력에게 '아니오'라고 할 줄 모르는 사람은 종교인이 될 수 없다"는 신념을 지금도 버리지 않고 있다.

이 이야기에서 우리가 쉽게 알 수 있는 것은, 스칸디나비아의 젊은 이상주의자들에게 종교(특히 불교)는 절대적인 비폭력과 폭력적 권력에 대한 완강한 거부를 의미한다는 사실이다. 이 신념은 멀리는 식민지 약탈로 얼룩진 유럽 역사, 가까이는 베트남 전쟁에 대한 비판적인 반성에서 우러나온 것이다. 그리고 내가 개인적으로 접한 절대 다수의 노르웨이 학생들이 군대에 가는 대신 사회봉사를 택한 사실만 보아도 이러한 생명 존중의 정서가 여기에서는 매우 보편적인 것 같다.

근 · 현대의 한국은 스칸디나비아와 비교가 안 될 정도로 많은 폭력을 경험했다. 그리고 그 결과 폭력이라는 것이 한국 사회 전체에, 한국인 각자에게 철저하게 내면화되어 있다. 약자를 완력으로 짓밟아도 된다는 것은 폭력 진압으로 '유명한' 경찰, 성추행으로 오명을 쓴 재벌, 구타로 악명 높은 군대에게는 기본 상식이다.

그렇다면 한국의 종교인들이 스칸디나비아인보다 더욱더 비폭력을 외쳐야 순리 아닐까? 그러나 내가 과문한 탓일는지도 모르지만, 한국 종교계에서는 사회의 비폭력화 필요성을 아직까지 제기하지 못하고 있다. 이것이 폭력에 저항할 만한 민족혼이 이미 죽어버린 것을 의미하는지, 권력에 빌붙는 것을 일삼아온 종교계의 비참한 사정을 반영하는지는 나도 잘 모른다. 어쨌든 '호국'을 내세우는 한국 불교를 일종의 파시즘으로밖에 볼 수 없었던 스칸디나비아 구도자들의 날카로운 눈빛이 현대 한국이 안고 있는 비극의 한 단면을 가리키는 것임은 틀림없다.

'빈 깡통'들의 생존방식

한국의 선거상황을 보도하는 영자 외신을 접하면서 한 가지 묘한 느낌이 계속 들었다. 무슨 문제인가 하면, '지역 기반'이나 '텃밭' 같은 한국적인 표현을 영어로 옮겨야 하는 기자들이 다른 방법이 없자 궁여지책으로 'power base'라는 말을 자주 쓰기 때문이다. 이 말은 미국 정치의 현실을 서술할 때에도 쓰긴 하지만, 역사학에서 주로 신라 말기의 궁예나 견훤 같은 호족·성주들의 통치지역을 의미한다. 그래서 현대 정치인에게 이 표현을 쓰는 것을 보고 있노라니 역사를 하는 사람으로서 느낌이 묘하지 않을 수 없다.

한국 정치인들이 정말 이토록 중세적일까? 그렇다기보다는 중세적인 통치방식을 왜곡해 선별적으로 이용(사실 악용)한다고 봄이 더 옳을 터인데, 이 현실을 묵묵히 받아들이는 사회는 어떤 사회일까? 궁예나 견훤을 투표로 그 위치에 있게 하거나 물러나게 할 수도 없었을 텐데, 표에 목숨이 달린 현대판 '궁예'나 '견훤'들을 왜 간단한 투표로 퇴출하지 못하는가?

이 땅의 마지막 왕조였던 조선조는 외형적으로 유교적인 도덕적 보편주의를 표방하였다. 그러나 그러면서도 기존에 형성된, 또는 수시로 형성되어 가는 주요 집안의 서열(귀족주의)과 지역의 서열(지역주의)을 묵인하지 않을 수 없었다. 이는 바로 전근대적 사회의 통치형태가 보여주는 특징이자 한계였다.

그러나 전근대적 색깔이 짙은 권위주의적 통치방식과 통치이념을 통해서 메이지 유신의 이상인 '부국강병'을 이루려고 한 박정희는, 이 한계를 극복하기는커녕 전근대적인 지역주의를 절대화해 통치기반으로 삼았다. 서북인 양반·토호만을 과거시험에서 차별하는 조선조 말기의 '소극적인 국가적 지역주의'에 비해, 특정 지역의 엘리트에게 갖은 특혜를 다 주면서 다른 특정 지역 출신들을 갖은 방법을 동원하여 상층 엘리트 그룹에서 추방시키는 박정희식 '조국 근대화'는 훨씬 더 강력한 전근대적인 틀을 보여주었다. 거기에다 전두환은 한술 더 떠서 '홀대를 받아야 할' 특정 지역에 대한 대량 학살도 서슴지 않았다. '위로부터의' 세뇌와 '밑으로부터의' 전근대적 편견들이 어우러진 이 '20세기의 중세주의'는 정권 교체와 국민 정부 출범 이후에 차츰 극복되기 시작하였다.

그렇다면 이러한 배경을 뻔히 알 만한 보수정객들이 왜 지금도 박정희·전두환 시기의 '사이비 중세적 정통성 확립방식'(즉, 지역주의)을 파기하기는커녕 더 적극적으로 이용하려고 하는가? 여기에는 몇 가지 이유가 있다.

첫째, 유신 본당이나 5공 잔당을 핵심으로 하는 그들은 과거의 습성과 관성을 탈피할 수 없다. 최근 정권 교체가 되어 민주주의가 어느 정도 확립되었다고 해서 과거 세력들이 '양성화·문명화'되었다고 착각하면 안 된다. 그들은 불가피하게 민주적 태세에 순응하기는 하지만, 상황이 바뀌기만 하면 세뇌와 탄압 위주의 '사이비 중세적' 통치방식을 다시 이용할 가능성이 얼마든지 있다. 그들이 지역주의적 습성을 전혀 탈피하지 못했다는 사실은 바로 그들이 지닌 전근대적 본성의 불변성을 여실히 보여준다.

둘째, 무능력과 무식함을 특징으로 하는 그들은 정보화·전문화되어가는 세상에서 정치적 생존을 위해서 '지역적 연고' 이외에는 내세울 것이 없다. 물론 땅굴도 아닌 땅굴을 끌어들여 전통적인 '레드 콤플렉스'를 자극하기도 하지만, 비슷한 성향을 지닌 러시아의 푸틴과 달리 그들은 인기몰이 차원에서 한바탕 전쟁을 할 처지가 아니다. 그리고 합법적 이민자가 별로 없는 한국에서 오스트리아의 하이더처럼 '이민자들의 위협'을 내세울 수도 없다. 이렇게 궁한 상황에서 대공분실에서 '통닭구이'나 재계에서 돈 뜯어먹기밖에 할 줄 아는 것이 없는 정치인에게 남은 생존방식은 딱 하나다. 바로 '핫바지'나 '우리가 남이가' 같은 '화두'를 들어 '전라도 빨갱이'를 때려잡는 무용담을 나누는 것이다.

서당개가 '풍월'을 읊어도 훈장은 될 수 없듯이, 독재정권의 앞잡이 노릇만 할 줄 아는 사람들은 결코 현대적 정치인으로 변신할 수 없다는 이치를 알아야 한다. 그리고 정신적 발전이 이미 막힌 '깡통'이 '빨갱이'나 '안보', '우리 고장'과 같은 큰소리를 내는 것밖에 생존방식이 없다는 것은 당연한 논리다.

셋째, 정치의 명분이 무엇이든 간에 정치를 운용하는 과정에서 '휘발유' 역할을 하는 것은 오직 돈이다. 원시사회의 추장이 부단히 잔치를 베풀고 외래 위신품을 원로들에게 나누어주어야 체통이 서는 것처럼, 현대 한국의 보수집단을 이끄는 '보스'에게는 '경품선거'와 '돈선거'가 필수다. '돈 먹는 하마'인 선거를 위해서는 해당 지역의 재벌·

유지 · 부동산업자 등으로부터 '서포터'를 안 받을 수 없는데, 여기에서 도 '우리 지역'이라는 소박한 패러다임을 들먹이지 않을 수 없다. '큰 주머니'들의 정신적 수준에서 더 고차원적인 패러다임이 어차피 존재하지 않기 때문이다.

지구가 한 마을이 되어가는 마당에 '부여가 낳은 인물'이나 '칠곡의 자존심'을 내세운다는 것은 퇴행 중의 퇴행이다. 박정희 · 전두환의 '현 대판 중세적 통치'의 수준에 머물러 궁예 · 견훤 시기의 '담론'을 되뇌는 것은 나라를 망치는 첩경이다.

아직도 폭력이 충만한 사회

한국 사회에서 군대가 어느 정도 역할을 하는지 내가 처음으로 직접 들은 것은 1991년 여름이었다. 상트페테르부르크 국립대 한국사학과 학생이던 나는 그때 들뜬 기분으로 한국 어학연수를 준비하고 있었다. 선배들이 하나같이 평양의 김일성종합대학에 갔다오곤 했기 때문에, 내가 한국사학과 사상 처음으로 미지의 땅 남한에 가는 셈이었다. 나로서는 자랑이자 부담이었다. 그러다 보니 남한 실태에 관한 책이라곤 안 읽은 것이 거의 없을 정도로 열의가 대단했는데, 그 당시 소련의 남한 관계 자료가 북한의 어조를 많이 답습한 탓에 나로서는 그 내용을 사실로 인정하기가 곤란했다. 그게 아니라는 생각으로 책을 접어두고 남한을 잠깐이라도 가본 일이 있는 학계의 원로 교수들을 찾아다니면서 질문 공세를 폈다. 대부분 서울의 화려함과 풍족한 물자를 높이 평가하는 정도의 피상적인 관찰을 이야기해 주는 데 그쳤는데, 한국 고대문학을 전공하는 한 여교수의 대답은 그 당시 나로서는 상상 밖이었다.

"그 나라 산천의 아름다움은 환상적이오. 그 산과 계곡들을 보다가 혼을 빼앗긴 것같이 매료된 적이 많소. 그리고 손님, 특히 고위급 손님에 대한 친절은 우리의 상상을 훨씬 넘소. 그러나 열심히 들여다보면

알겠지만, 그 나라의 정치구조는 우리 소련과 대동소이한 무서운 독재고, 그 사회의 뼈대를 이루는 것은 역시 군대가 아닌가 싶소. 그 사람들이 군대에 안 갔다온 남자를 인간 이하로 대접하는 것은 의식 없는 우리 소련의 소시민들과 똑같소. 거기에서 군대 복무는 주요 통과의례이자 정권을 위한 세뇌기간이라오. 하여튼 첫날부터 모든 주요 건물을 자동총을 든 헌병들이 지키고 있는 광경을 보면 다 이해할 수 있소. 그리고 자네가 좋아하는 평화주의를 거기 가서 들먹이지 말게. 그 사회와는 아직 안 맞아. 그곳이 서유럽이 아니라는 사실을 알고나 가게!"

소련 말기에 공산당의 부패한 일당통치를 혐오하는 모든 지식인에게 '소련 독재'라는 말은 최악의 정치형태를 의미하였다. 소련군이 무자비하게 아프가니스탄을 침공하여 시작된 아프간 전쟁이 막 끝난 직후이다 보니 나와 같은 젊은 학생들에게는 군대에 가서 살상 기술을 익히는 것이 '학생답지 못한' 일로 인식되었고, 서구 신좌파식의 평화주의가 매우 매력적이었다. 독립하려던 아제르바이잔이나 발틱 공화국에서 소련 군대가 횡포를 부리고 양민을 학살하던 당시, 군대에 갔다온 것을 환영한다는 것은 '의식 없는 소시민들 수준의 짓'이라고 인식되었다. 한마디로, 공산당 일당독재와 그 독재를 받쳐주는 살인자 집단인 군대, 그 군대를 우러러보는 '의식화되지 못한' 소시민들, 이 모든 것이 우리에게 이질적이고 혐오스러웠다.

그러나 남한에서도 우리와 같은 독재와 군대 위주의 사회, 우리와 같이 군대를 좋아하는 우민(愚民)들이 존재하다니 웬 날벼락? 사회주의 진영의 선전을 의심하던 우리는 우리가 읽어야 했던 북한 책과 북한 논조를 따르는 소련 책에서 남한을 매우 부정적으로 서술한 만큼, 오히려 우리와 거의 교류가 없던 남한을 무척 궁금해 하고 좋게 보려고 했다. 금단의 열매에 대한 동경이라고 할까? 북한이 우리와 같은 일당독재

국가라는 전제하에 북한과 대치하는 남한을 어렴풋이 서구식 민주국가로 상상하였는데, 남한을 '군국주의 국가'로 보는 그 원로 여교수의 말씀이 여간 충격적이지 않았다. 이 말을 듣고 며칠 동안 고민하던 나는 '구시대 인물이 남한을 잘못 본 것이었겠지'라는 단순한 해답으로 결국 평안을 되찾았다. 그때의 순박함이 지금은 부끄럽기 짝이 없다.

'죽을 고생'이라는 화두

1991년 이른 가을, 설레는 마음으로 김포공항에 내린 나는 다습하고 매우 따뜻한, 어머니품처럼 포근한 날씨에 흠뻑 빠져들었다. 그런데 이게 웬일인가? 여권 검사를 받고 난 나에게 제복을 입은 중년 남자가 갑자기 다가와 한국에서는 어디에 얼마 동안 있을 예정이냐, 뭘 할 거냐며 다짜고짜 따지는 것이 아닌가? 내가 공부할 고려대학교의 대표자가 마중 나온 것을 확인한 뒤에야 그 남자는 어디론가 사라져버렸다. 순진하고 어린 나는 '민주국가' 남한에서 소련이 '특정 국가'(즉, 적성 국가)로 분류되어 장기 체류할 소련 시민들이 다 공항에서 안기부 직원과의 면담을 거쳐야 한다는 사실을 꿈에도 상상하지 못했다.

고려대학교 기숙사에 투숙하여 같이 생활하고 공부할 한국 친구들을 처음 만나던 감동적인 시간들. 그러나 첫 순간부터 나는 어색하지 않을 수 없었다. 극동문화권에서는 우리와 달리 사회의 모든 관계가 연령 질서로 이루어져 통성명한 뒤에 꼭 상대방의 연령을 묻는 것이 그 사회의 상식이라는 것을 '조선 문화' 시간에 배운 바 있는 나는, 다른 외국인들과 달리 몇 살이냐는 첫번째 질문에 전혀 난색을 표하지 않았다. 그러나 두번째 질문은 예상 밖이었다. 아니, 내가 낯선 '조선 말'을 잘 못 알아들은 것인지 몰라도 그들은 나에게 "군대에 갔다왔느냐"고 물었다.

그것을 왜 물어봤을까? 모든 학생이 재학시 병역을 면제받고, 준(準)박사까지 획득한 학자들은 평생 병역을 면제받는 소련의 지식인 사회에서 이러한 질문은 무의미하다. 짧은 한국어로 이 상황을 요령껏 설명하자 고려대 학생들이 상당히 부러워하는 눈치였다. 한국에 징병제가 존재한다는 사실을 책을 통해 알고는 있었지만, 소련과 같이 모종의 지식인 우대정책이 있을 것으로 생각한 나는 놀란 어투로 "그럼, 당신들도 군대에 갔다와야 하느냐"는 질문을 던졌다. 고려대 학생들이 실소를 금치 못했다. 그 중에서 한 선배가 웃으면서 "거기에 가서 죽을 고생도 실컷 하고 성인이 되어 나온다"는 식의 대답을 했다.

여기에서 나는 대단한 궁금증을 느꼈다. '죽을 고생'이라니? 주로 저학력자들만 가는 소련 군대에서는 고참이 신참을 구타하는 것이 제도화되어 있는 등 노골적인 테러적 권위주의가 팽배해 있었다. 그리고 소련 군대에서 자행되는 이러한 인간성 파괴는 우리와 같은 젊은 학생의 반소 감정을 불러일으키는 주요 요소였다. 그런데 우리와 오랫동안 대치해 온 '서방식 국가' 남한에서도 우리와 같은 폐단이 있다는 말인가? 그리고 "군대에서 성인이 된다"는 발언은, 그 사람들이 소련의 '의식화되지 않은 소시민'들처럼 군복무를 모종의 통과의례로 보고 있다는 원로 여교수의 말씀을 뒷받침해 주는 것인가?

나는 궁금증을 참지 못하고 고려대 학생들에게 설명을 부탁했다. 거기에 가서 구체적으로 무슨 '죽을 고생'을 하는지, 어떤 의미에서 성인이 되는지……. 흥분한 나를 보고 있던 고려대 학생들이 노골적으로 파안대소하기 시작했다. 그들은 나에게 별다른 대답을 주지 않았다. 지금 생각으로는, 군대에서 이미 머리가 깨지도록 맞았거나 화장실에서 기합을 당할 고생을 각오하고 있던 그들이 나를 끝없이 순진한 외국인으로 보고 진지하게 대답할 필요를 느끼지 않은 것 같다. 아니면 처음 보는 외국인에게 전차의 포신에 발목이 묶인 채 구타당하는 이야기, 총을 잘못 닦은 죄로 이빨을 몇 개 잃은 이야기, 의무실에서 깨진 머리를 꿰매는 이야기 등 '죽을 고생'의 사례들을 솔직하게 이야기해 주는 것을 자기 얼굴에 먹칠하는 격으로 생각했을까?

하여튼 그때 그 순간부터 나는 그 '죽을 고생'이 무엇을 뜻하는지 꼭 알아내겠다고 마음속으로 맹세하였다. 그리고 그 사람들이 살인자 집단에서 살인 기술을 익히는 것을 무엇으로 인식하는지 꼭 이해하겠다고 내심으로 다짐하였다. 이 두 화두를 들어 나는 지금까지 한국 사회를 나름대로 탐구해 왔다.

고려대학교에서 공부하는 3개월 동안 나는 몇몇 한국 남학생들과 상당히 가까워졌다. 초면부터 '죽을 고생'과 '통과의례' 이야기를 해달라고 하는 것이 무례인 줄 알아챈 나는 몇 번의 만남 뒤에 술자리에서 '군대'라는 화제를 조심스럽게 꺼내는 '수법'을 택했다. 반응이 생각보다 호의적이었다. 형식적인 대답으로 대충 얼버무린 사람도 있었지만, 군대생활에 대한 자신의 회상과 나름의 생각을 어느 정도 솔직하게 털어놓는 학생들도 있었다.

내가 그 학생들의 고백을 토대로 이해하게 된 것은 대략 다음과 같았다. 한국 남성들은 대부분 어릴 때부터 군대에 대해서 상당히 복합적인 감정을 느낀다. 한편으로는 맞을 고생과 음식을 급하게 먹어야 할 고생, 상사의 '닦달'을 대꾸 없이 참아야 할 고생 등을 처음부터 충분히 예상하여 군대에 대해 엄청난 공포감과 거부감을 갖는다. 아무래도 인간의 존엄성과 최소한의 신병 안전을 지향하는 것은 고금동서를 막론한 인류의 상정(常情)인 셈이다. 특히 '운동권'의 영향을 받은 학생들은 군대에 가서 동족과의 싸움을 준비해야 한다는 것에 강한 거부감을 느끼고 있었다. 그러나 또 한편으로는 사회의 전체적인 분위기상 군대 복무가 남성에게 가장 중대한 통과의례로 인식되었고, '군대 복무'와 '사회적 성공'이 밀접하게 결부되어 있었다. 즉, 병역 미필자는 이른바 '조직사회'에 제대로 적응·진출할 수 없다고 여기고 있었다.

결국 가정과 사회가 남성들에게 '취직'과 '직장에서의 성공'을 강압적으로 강요하는 분위기에서, 개인은 구타에 대한 공포감과 자유 박탈에 대한 거부감, 동족 살상의 가능성으로 인한 좌절감 등 복잡한 감정을 억누르고 '개인의 선택과 권리'를 '사회적 성공'을 위해서 희생시켜야만 했다. 그러나 이러한 대사회적인 굴복과 반발감 자제의 대가로 울분과 인생 비관이 많은 남성에게 보편화하여 위안의 수단으로 술이 자주 등장했다. 소련보다 생활수준이 상당히 높은 남한에서 많은 남성이 그 풍요를 남보다 더 누리기 위해서 2~3년 동안 비인간적인 대우를 참아내야만 하고, 나중에 알게 모르게 거의 평생 그 후유증을 술로 '치유'해야 한다는 것은 나로서는 무섭고 충격적인 발견이었다.

이 학생들의 고백을 들으면서 또 한 가지 느낀 것은 일부 '운동권' 학생을 제외하고는 대부분 군대와 관련한 여러 문제에 대해 비판적으로 사고하지 못하고 매체의 '통설'을 거의 암기하듯이 맹목적으로 반복하는 것이었다. 예를 들어 상당히 많은 응답자가 분단상황이라서 군대에 안 갈 수 없다는 식으로 자신이 끌려간 것을 합리화했다. 그러나 "동구권 몰락 이후에도 북쪽이 정말 남반부를 적화하려고 한다고 보느냐"는 질문에 대부분 "아니다", "정권 유지를 위한 과장이다", "외세 개입의 합리화다"라고 답할 정도로 적절한 정치의식을 보였다. 이러한 대답을 들으면 나는 한 걸음 더 나아가 "대치 상대가 공격해 올 야욕이 없어도 남한의 생존을 위해서 징병제를 유지할 필요가 있느냐"고 물어보곤 했다. 이렇게 대중매체에 잘 안 나타나는 문제를 제기하면 상대방은 보통 난색을 보이기 시작한다. 이 질문에 대한 대표적인 대답은 모병제로 하면 아무도 군대에 안 갈 거라는 것이었다. 이 답은 실제로 응답자가 '신성한 병역 의무'를 어느 정도 부담스럽고 부자연스러운 것으로 여기는지 간접적으로 보여주는 면이 있어서 흥미롭다.

맹종에 길들여진 냉소적인 사회

병역 의무가 정말 신성한 것이라면 군대에 제발로 갈 사람도 많지 않을까? 그러나 나는 그때 그러한 이야기까지 하는 것은 무리라고 생각했다. 보통 나는 그 대신 미국이나 일본의 예를 들어 모병제 군대의 사기나 기술적 수준이 오히려 훨씬 더 높다는 것, 모병제 군대에서는 군인이 가족을 거느리고 살고 전문가 의식을 지닌 탓에 구타 문제가 거의 발생하지 않는다는 것 등을 강조했다. 그리고 상대방에게 "2~3년을 낭비하고 평생 심리적인 상처를 치유하느니 차라리 세금을 더 내서라도 모병제를 하는 것이 더 낫다는 생각을 해본 적이 있느냐"고 마지막으로 물어보곤 했다. 대부분 "우리 나라에서는 있을 수 없는 일이라 생각도 못했다"는 식의 대답을 했지만, "매스컴에서 그러한 이야기가 없었으니까 나도 생각을 못했다"는 솔직한 이야기를 들을 때도 있었다. 예외적으로 '운동권'에 속하는 극소수 학생들이 "피치자들에게 군생활을 통해서 복종의 논리를 주입하려는 남한 지배층이 통일 이후에도 징병제를 고집할 것"이라는 식으로 자신의 비판의식과 고민이 담겨 있는 고찰형 대답을 하곤 했다.

여기에서 나는 또 하나 충격적인 발견을 할 수 있었다. 유럽 사회나 소련 지식인 그룹에서 일반적으로 당연시하는 비판적인 사회의식을 가지려면, 이 나라에서는 '운동권'이라는 일종의 '반란자' 대열에 속해야만 한다는 것이다. 군대라는 것이 지배층의 이익을 위한 훈육기관이라는, 우리로서는 일반적이고 당연한 생각을 하기 위해서 '반란자'가 되어야 한다는 것이다. 인간다운 사고를 하기 위해서 꼭 '반란'을 일으켜야 할 현실! 역시 원로 여교수의 말씀이 맞다는 것을 나는 뒤늦게 느꼈다.

고려대학교에서 공부하던 시절에 나는 한국 학생들의 군대 의식을 좀더 객관적으로 이해하기 위해서 남학생뿐만 아니라 여학생에게도 분위기가 허용되는 대로 "남자들이 제대 후 심리적인 변화를 보이는가?"와 같은 질문을 하곤 했다. 성숙해진다는 식의 상투적인 대답도 있었지만, 어떤 여성들은 제대한 남성의 인격에 많은 문제점이 생긴다는 것을 지적하기도 했다.

구체적으로는 거의 의무적이다 싶을 만큼 집단적으로 벌어지는 음담패설의 영향으로 여성에 대한 냉소주의, 소비주의적 경향이 강해진다는 관측이 있었다. 여자 친구를 존중해 주고 애인과의 관계를 낭만적으로 보던 순수한 남성들도 제대 이후에는 남녀관계를 단순한 '교미' 이상으로 보지 못한다는 안타까움이 여학생들에게 많았다. 고참들에게 거의 의무적으로 자신의 성경험을 '공개'해야 한다는 것을 애인에 대한 일종의 '의무적인 배신'으로 보는 여학생도 있었다. 이성관계에 대한 순수한 개념들이 복무기간에 다 깨진다는 지적 이외에, 군대에서 배운 신참에 대한 폭행습관이 결국 제대 후 상습적인 가정폭력으로 이어진다는 흥미로운 지적도 있었다. 약자이자 하급자에 대한 무제한적인 폭력이 가능할 뿐 아니라 정당하다는 것을 한번 배운 사람들로서는 약자이자 일종의 이류 시민인 아내나 아이들을 존중해 주고 평등하게 대해 주기란 거의 불가능하다는 이야기였다. 그리고 군대에서의 폭력으로 말미암아 생기는 만성적인 우울증 등을 자기 남자친구에게서 발견했다는 여성들의 눈물겨운 이야기를 들을 때, 징병제로 인한 한민족의 피해 규모를 피부로 느낄 수 있었다.

위에서도 언급했지만, 소련 말기의 군사적 권위주의에 염증이 난 나를 포함한 많은 소련 학생들이 철저한 평화주의를 신조로 삼았다. 나는 개인적으로 입대해서 남에게 피해를 줄 수 있는 살인 기술을 익히는 것보다 결사적으로 거부함으로써 사회적 · 신체적인 피해를 자신이 당하는 것이 도덕적으로 낫다고 생각했다. 사회가 아직까지 전쟁이라는 공공연한 살인을 당연시한다면, 차라리 가해자가 아닌 철저한 피해자가 되는 것이 좋다는 생각이었다. 이러한 신념이 그 당시 소련 학생 사이에 매우 널리 퍼져 있었기 때문에, 재학생에 대한 병역 면제 제도가 없었다면 아마 정권과 크게 충돌했을 것이다. 이 평화주의라는 것은 남에 대한 침략과 자기 나라 백성에 대한 학살로 얼룩진 소련의 극히 폭력적인 역사에 대한 우리 나름의 반성의 결과였다.

한민족도 20세기에 국토를 거의 파괴시킨 6 · 25 전쟁, 남북의 군사적 대치와 역대 군사정권의 횡포 등 각종 군사적인 폭력에 대단히 많이 시달렸다는 것을 나는 잘 알고 있었다. 그리하여 한국 학생 중에도 나와 같은 평화주의적 신념을 지닌 사람이 많지 않을까 싶어서 일종의 '동지 찾기'에 나섰다. 그러나 결과는 매우 실망스러웠다.

물론 학생들은 대부분 전쟁이 없었으면 좋겠다는 막연한 평화 지향성을 지니고 있었지만, 나부터 입대를 거부해야 정권이 전쟁 도발을 못한다는 서구 반전운동식의 확고한 입대 거부 의지를 가진 이가 별로 없었다. 나라에서 시키는 대로 해야 산다는, 전체주의적 사회의 그릇된 상식이 대다수 응답자들에게 충분히 내면화되어 있었다. '나라'라는 상대적 · 현실적 구조에 '비폭력'이라는 절대적 · 도덕적 진리를 대립시켜

'나라'와 관련된 현실적인 이해관계를 모두 포기할 자세를 갖추어야 비로소 '나'라는 형이상적인 존재가 성립한다는 나의 주장은 별다른 호응을 얻지 못했다. 원칙적으로 폭력이 비도덕적이고 비폭력이 우월하다는 주장에 동의하는 이들이 있었지만, 이 철학적인 문제를 놓고 '나'는 '국가'와 맞서야 한다는 생각은 거의 보이지 않았다. 그만큼 '국가'라는 존재가 위협적이고 전지전능한 것으로 보였기 때문이라고 생각된다. 예외적으로, 주로 평화주의보다는 민족주의적인 동기로 전방 배치를 거부하다 의문사나 심한 고문을 당한 '운동권' 계통 학생이 몇 명 있었다는 이야기를 들었지만, 그러한 사람들을 직접 만나보지는 못했다.

'나와 국가의 대립' 이야기를 꺼내면 웃음부터 터뜨리거나 이 화제를 하나의 환상으로 치부해 다른 이야기로 돌리는 사람들을 봤을 때, 나는 비로소 한국적인 상황에서 국가권력에 대해 형이상적인 원칙에 따라 저항한다는 것이 어느 정도 희생을 요구하는 것인지 온 몸으로 느꼈다. 모든 저항을 무조건 물리력으로 분쇄하려는 파시스트적 국가와 '맹종'에 길든 냉소적인 사회에 절대적이고 도덕적인 원칙을 위해서 도전할 수 있는 사람이 있다면 보통 인간이 아닐 것이라는 사실을 나는 그때 이해했다.

인간성을 파괴하는 군대

3개월의 연수를 마치고 고국으로 돌아온 뒤에도 나는 한국 군대의 진정한 사회적 의미가 무엇이냐는 화두를 놓지 않았다. 한국으로 출장을 가거나 러시아로 온 한국 유학생을 만날 때 나는 부단히 상대방의 군대에 대한 의식을 열심히 알아보려고 했다. 내가 들은 이야기는 대부분 각종 피해담이었다. 고참에게 귀를 얻어맞아 음악적 귀를 거의 잃었다는 불평, 구타로 말미암아 신경쇠약증에 걸려 일이 잘 손에 안 잡힌다는 불만, 구타 등 비인간적인 대우로 인한 자살 미수 경험 등…….이 수많은 이야기의 결론을 내리자면, 파시스트적 국가를 지탱해 주는 국민 각자의 희생과 부담이 우리의 상상을 초월한다는 것이었다.

내가 들은 경험담 중에서 가장 기억에 생생하게 남은 것은, 한국 출장 때 한 택시 운전기사가 베트남 전쟁 때 한 상습적 만행을 거의 추억거리로 자연스럽게(?) 이야기해 준 것이었다. 고엽제로 지금도 고생한다는 그 운전기사의 말에 따르면, 자기 부대가 만행의 기법(거꾸로 매달기와 불고문, 총살)을 '선진적인' 미군들에게 배웠다는 것이었다. 처음에는 어색하고 어려웠지만, 결국 이러한 방법으로 빨치산의 공격을 사전에 예방할 수 있었다는 자랑이었다. 동족 민간인의 피해를 의식하는 빨치산들이 한국 군인들의 과단성(?)을 확인한 뒤에 한국군에 자극을 주지 않으려고 애를 썼다는 설명이었다. 군대에서 민간인에 대한 만행을 일종의 '전략'으로 인식한다는 것은, '민족'과 '신성한 국방'을 들먹이는 군대가 사실상 폭력단체에 불과하다는 나의 평소 신념을 뒷받침해 주었다.

나와 군대 이야기를 나눈 한 젊은 사원은 자신의 군생활 경험을 매우 간단한 방법으로 재미있게 표현했다.

"실컷 맞다가 나중에 속시원하게 실컷 때리고, 조직사회의 원리를 제대로 터득했다. 이제 시키는 대로 할 줄도, 시킬 줄도 안다."

매우 함축적인 이 말을 조금 바꿔서 표현한다면, 군대에서 폭력을 수반하는 권위주의를 잘 체득했다는 것이고, 심적인 폭력(맹종 강요)과 물리적인 폭력에 완전히 무감각해졌다는 것이다. 형식적이나마 폭력에 대해 최소한의 도덕적 평가라도 내릴 만한 인간성마저 파괴된 셈이다.

이미 '신성한 국방의 의무'는 '신성한 맹종 학습의 의무'로 바뀌었다는 사실을 인식하고, 군대가 양심 따위의 '불필요한 것들'로부터 '완전 해방된 조직사회형' 인간을 양산함으로써 파시스트적인 국가의 최대 교육기관의 역할을 했을 뿐이라는 현실을 직시해야 한다.

1997년 초 나는 경희대 전임강사로 다시 한국에 오게 되어 노르웨이로 가기까지 3년 동안 학생들과 군대에 대해 많은 이야기를 나누었다. 이미 '죽을 고생'의 의미와 구타를 통해서 성인이 되는 군대의 독특한 '교육법'을 대충 파악한 나는, 경희대 학생들과 상담하면서 다음과 같은 새로운 정보를 얻을 수 있었다.

첫째, 군대 내 구타를 일소하겠다는 정권의 홍보와 달리, 구타사건의 빈도가 줄어들고 구타의 강도가 다소 낮아졌을 뿐이지 물리적 폭력이라는 '교육방법'이 완전히 사라진 것은 전혀 아니라는 사실이다. 내가 물어본 응답자 중 절대 다수가 군대에서 정기적으로 맞았다고 대답했고, 특전사나 해병대에서 복무한 응답자들은 매주 몇 번씩의 구타가 거의 관례였다고 대답했다. 대부분의 의식세계에서 '구타'와 '군대'가 이미 동의어가 된 것 같았고, 구타가 없는 군대는 상상조차 할 수 없다는 이들이 적지 않았다. 물론 구타문제의 여론화와 부대 내 공중전화 설치, 부모와의 면회 횟수 증가 등이 구타의 강도를 나름대로 떨어뜨렸지만, 이를 서구 군대식의 구타 엄금과 동일시하면 안 된다.

구타가 완전히 없어질 수 없는 이유는 군대에 대한 지배층의 실제적 요구와 밀접한 관계가 있다. 지금도 나라의 운명을 실질적으로 좌우하는 한국의 보수정객과 재벌들이 요구하는 인간상은 평상시에는 '상전'을 위해서라면 비자금 조성이든 세금 탈루든 필요없는 자동차 공장 계획 추진이든 가리지 않고 무엇이든 할 수 있는 '충복'이고, 유사시에는 아무런 생각도, 양심의 가책도 없이 동족을 쏘아 죽일 수 있는 '강인한 애국자'다. 출세를 위한 맹종을 유일한 신념으로 삼는 '인간 로봇'을 만들어달라는 것이 군대에 대한 권위주의적인 사회의 '주문'인 셈이다. 그리하여 인간 존엄성의 개념과 생명에 대한 경외심, 외부로부터의 압박에 대한 무의식적이고 본능적인 반발심 등 '불필요한 심적 현상'을 졸병의 마음에서 깨끗이 일소해 버리는 것이 군대의 주요 의무가 되는데, 이러한 '교육적 과제'를 물리적인 폭력 없이 성공적으로 수행하기는 힘들다.

대다수 인간이 무의식적으로 자유와 존엄성을 지향하지만, 이러한 자유지향적 본능보다 신체적인 통증에 대한 기피심리가 상대적으로 더 강하게 마련이다. 그리하여 '아픔을 느끼지 않으려면 무조건 시키는 대로 해야 한다'는 반사작용을 졸병에게 강요하려면 상당한 정도의 구타가 필수적이고, 이를 개혁하겠다는 보수정권의 궤변은 기만에 불과하다. 절대 복종하는 하수인들이 꼭 필요한 거대 보수조직들(군대, 재벌 등)이 존재하는 한 구타는 영원할 것이다.

둘째, 병역 의무에 대한 저항의식이 반체제운동이 활발하던 1990년대 초에 비해 오히려 위축된 것으로 나타났다. 몇몇 개신교 계통의 교파를 제외하고는 신앙적·양심적 동기에 따른 병역 거부라는, 서구에서는 매우 흔한 개인 권리 행사가 한국에는 많이 알려져 있지 않았다. 그리고 1990년대 초반과 달리, 민족주의적인 동기에 따른 전방 배치 거부 등도 요즘은 들어보기 어려운 일이 되었다.

한국 사회의 주류가 된 중산층은 군대라는 억압적 체제와 정면 충돌하기보다는 보통 병역을 대거 기피하는 지도층을 모방하여 부정한 방법으로 자식들의 군 복무에서 특권적인 여건을 획득하려고 한다. 아이를 적어도 전방 근무에서 빼낼 수 있느냐 없느냐는 것이 그 가정의 특권층 소속 여부를 판가름하는 주요 기준이 된 셈이다. '위로부터의 부담'을 되도록 줄이려는 '밑으로부터'의 추세는 억압적 체제의 부패성 증가를 잘 반영하지만, 이 체제의 질적인 변화를 결코 의미하지는 않는다. 체제의 틈새에서 편하게 '놀기'를 갈망하는 심리가 그 체제의 수명을 연장시킬 뿐이다. 제도화한 폭력에 대한 완강한 개인적 · 집단적인 저항만이 억압체제의 진정한 종말을 가져올 수 있을 것이다.

셋째, 한국의 대학교 교수로서 내가 느낀 것은, 군복무가 학생들의 학습능력과 학습효과를 가차없이 떨어뜨린다는 것이다. 내가 아는 한 학생은 특전사 복무 이후에 신경박약증, 악몽, 손떨림, 대인관계 기피 등 구타 후유증에 시달리다가 외국어 공부를 아예 중단하고 말았다. 그렇게까지 가지 않더라도, 군대에 갔다온 남학생들은 대부분 교수를 공포의 대상인 '장교'들과 무의식적으로 동일시하여 교수와 접촉하는 것을 부담스럽게 느끼고 최소화하려 한다. 그러다 보니 원어민 교수와 부단히 접촉 · 대화 · 토론해야 하는 외국어 수업의 경우에는 '상사'에 대한 남학생들의 공포심리가 그들의 외국어 실력에 상당한 타격을 가한다. 군대에 갔다온 남학생이 입대 전에 배운 것을 모두 까맣게 잊고 돌아온다는 사실까지 감안하면, 영어 공부를 위해서 모든 희생을 감수하는 한국인들의 영어 실력이 왜 비교적 낮은지, 왜 한국에서 여성들의 외국어 실력이 남성보다 훨씬 우수한지 쉽게 알 수 있을 것이다. 의무 군대가 초래하는 학습효과 저하 현상을 감지하지 않을 수 없는 한국 지배층이 그래도 징병제를 신성시하고 성역화하는 것은, 그들이 '노동력의 질'보다 '노동력의 충성심과 맹종'을 더 중시한다는 것을 매우 잘 보여준다.

'군대문화로부터의 해방'을 위하여

　당사자인 한국인들에게 한국 군대에 대해 직접 들은 이야기를 분석하면 다음과 같이 요약할 수 있다.

　보수정치인이 다스리고 재벌이 소유하는 한국의 권위주의적인 사회에서 군대라는 것은 '보스'에 맹종할 '충견'을 기르고 훈련시키는 일종의 '양견장(養犬場)' 역할을 한다. 징병제의 존재 명분으로 보통 북한군의 남침 위협을 드는데, 이는 어디까지나 합리화 수단에 불과하다. 남침 위협이 아예 없는 것은 아니지만, 사병의 사기나 전문 수준이 낮은 의무 군대보다는 기술 수준이 더 높은 모병제 군대가 위험을 방지하는 데 더 적합할 것이다. 징병제를 일종의 성역으로 만들어놓고 모병제는 물론이거니와 서구 모든 국가에 있는 신앙에 따른 병역 거부권과 대체근무까지도 허용하지 않으려는 당국은 북한의 위협보다 군대 복무의 '교육적 효과'를 의식하는 것이다. 내무반에서 병장에게 얻어맞지 않기 위해서 필사적으로 아첨을 떤 경험이 있는 사나이라면, 재벌 주인이나 국가 관료에게 '말대꾸'하지 않을 것이라고 확신하는 것이 한국 지배층의 상식인 듯하다.

　자유 박탈과, 양심이나 이념에 전혀 구애받지 않는 절대적인 복종을 당연시하게끔 하급자를 훈련하는 군대에서는 구타 같은 형태의 폭력이 필수적이다. 이 문제는 앞으로 일정한 정도 완화는 가능하겠지만 보수 정권과 징병제가 존재하는 한 엄금은 불가능할 것이다. 구타와 상습화한 아부, 맹종의 강요로 졸병의 인간성을 극도로 파괴하는 것이 징병제의 가장 큰 폐단이다. 이와 함께 약자에 대한 폭력 사용의 일상화, 상사에 대한 공포심리 발생 등 가정생활이나 학습에 상당한 악영향을 끼치는 무수한 부정적인 효과들이 생긴다. 한마디로 폭력의 왕국인 군대가 개개인의 인간성과 국민 전체의 정신을 망가뜨리는 주범이라고 봐야 한다.

이 무수한 병폐를 혁파하는 첫단계로 독일 군대에 있는 반인륜적 명령을 거부할 권리와, 서구 각국에 있는 신앙과 신념에 따른 병역 거부권, 대체 근로권 등을 인정해야 한다. 그리고 부대 내에서 벌어지는 하급자에 대한 폭력을 일반 폭력행위와 똑같이 처벌하는 엄격한 규정이 있지 않고서는 군대의 가장 가시적인 폐단은 없어지지 않을 것이다. 그리고 군대 문제 해결의 근본적인 방안은 현재로서는 모병제 도입이 유일할 것이다. 모병제를 도입하면 징병제와 관련한 각종 부정행위(병역 기피 등)를 일소할 수 있을 뿐 아니라, 학생들의 학습효과도 상당히 향상될 것이며, 군대 자체의 수준도 높아질 것이다.

그리고 무엇보다 내무반의 악몽이 사라져야 한국 사회가 전체적으로 군대문화의 어두운 그늘에서 벗어날 수 있을 것이다. 군대의 맹종문화가 직장생활을 지배하는 한, 하급자의 자유로운 의견 개진, 상급자에 대한 건설적인 비판, 거침없는 자기 권리 주장 등 자유민주 사회의 직장문화가 한국에 완전히 정착하지 못할 것이다. 그리고 내무반의 의무적인 '성경험 공개' 등이 이 땅에서 완전히 자취를 감추어야 여성에 대한 멸시와 가정폭력, 직장동료와 단체로 사창가에 가는 행위 등 이 사회의 고질적인 병폐들이 없어질 것이다. '군대문화로부터의 해방'이 한국 시민운동의 하나의 목적이 되어야 한다고 나는 확신한다.

주지하다시피 서구 지역에서 프랑스 혁명 때 처음 생겨 나폴레옹 전쟁 때 그 위력을 보인 의무상비군은 근대 국가의 핵심 기관으로서 역할을 해왔다. 징병제는 병력 증가라는 직접적인 효과 이외에도 국민적인 통합과 결속, 국가의식 고무, 지방적 이질성 극복, 대량생산 업체에서 근무하는 데 필요한 규율 습득 등 많은 대사회적 '훈육' 효과를 가져왔다. 규율적이고 기계적이고 일률적인 현대 서구의 국가사회에 대한 평가가 다양하고 그 장단점에 관한 지적이 많지만, 일단 그러한 사회의 형성에 징병제가 가장 많이 기여했다고 보는 것이 지배적인 견해다. 그러나 평시에 징병제를 유지하지도 않고 군대를 정치적인 세뇌를 위해 악용하지도 않는 자유주의 국가들이 있는가 하면, 파시즘 시기의 독일이나 이탈리아, 공산당 독재 시기의 소련처럼 군대를 전체주의적 정권을 유지하기 위한 도구로 이용하는 경우도 있었다.

한편 파시즘과 스탈린식 '병영 사회주의'가 저지른 범죄들이 드러나고, 베트남 전쟁을 계기로 젊은이들을 신식민주의적 전쟁에 참전시켜 그들이 만행과 학살에 길들도록 하는 징병제의 문제점이 노출되면서 구미지역과 동구지역에서 군대라는 폭력단체 자체를 반대하고 특히 징병제의 강제성에 반발하는 평화주의 운동이 일어나게 되었다.

나를 포함한 평화주의자들은 원칙적으로 살인을 존재 의미로 하는 군대라는 단체를 일단 개인적으로 멀리해야 하고, 일체의 갈등과 대립이 종식되도록 부단히 노력을 기울여야 한다고 본다. 또, 사회 차원에서 군대가 아직까지 필요악이라면, 적어도 살인기술 습득이라는 것을 원칙적으로 받아들일 수 없는 사람들을 위해서 대체근로 제도를 두어야 하며, 대부분의 남성들에게 살인기술을 습득시킴으로써 사회를 크게 오염시키는 징병제보다는 군대를 그 길을 자의적으로 택한 전문가들에게 맡기는 모병제가 월등히 낫다고 평화주의자들은 보고 있다. 평화주의 운동과 군대 자체 내의 전문화 요구의 결과, 미국과 영국, 호주, 프랑스 등 적지 않은 국가가 이미 모병제를 택했다. 나머지 서구 국가들도 징병제를 유지한다 해도 거의 다 신앙과 신념에 따른 병역 거부권과 대체근무 선택권을 인정한다. 그리고 복무기간을 대체로 1년 이내로 하고, 구타나 정치적인 세뇌행위 등을 절대로 불허한다. 이러한 서구 국가의 징병제와 현재 한국의 징병제를 동일시할 수 없다.

자유로운 비판과 시민운동의 물결로 하루가 다르게 바뀌는 현재의 한국에서 병역은 '마지막 성역'으로 남아 있다. 자유보다 '규율'과 '복종'을 훨씬 더 선호하는 한국의 보수적인 지배층은 '북한의 위협'이라는 카드를 언제든 악용할 수 있기 때문에, 이 분야까지 비판과 토론을 개방하기란 매우 어려울 것이다. 그러나 박정희와 전두환의 파시스트적 정권을 지탱해 온 군대가 그 폭력적이고 반인륜적인 모습을 여전히 간직한다면, 시민사회가 전체주의적 국가를 완전히 개혁했다고 볼 수 없을 것이다. 이 땅에서 한 사람이라도 내무반에서 발로 차이고 '주먹 세례'를 당한다면 이 나라를 자유주의 국가로 생각할 수 없을 것이다. 고급 두뇌의 낙후화, 개개인의 인간성 파괴, 전체 사회의 폭력화 등을 방지하기 위해서 '때리는' 의무 군대가 하루빨리 사라져야 한다.

군대에 가야만 남자인가

"나는 군인이 될 수 없다. 나는 남에게 해를 끼치지 않으려고 하니까. 나는 기독교인이니까."

"네가 군인이 되기를 거부하면 참수를 당하게 될 것이다."

"마음대로 하시오. 나는 세속의 군인이 아니라 예수님의 군인이오. 나를 죽여도 내가 남을 죽이지 않을 것이오."

"악질적 병역 거부죄로 너에게 사형을 선포하노라!"

"하나님을 찬미할지어다!"

위의 짧은 대화는 295년에 로마제국에서 막시밀리아누스라는 기독교인을 재판한 기록이다. 십계명과 산상 수훈에 나오는 "남을 죽이지 말라"는 가르침을 그대로 받아들인 막시밀리아누스는 제국을 위해서 남을 죽이는 군인이 되느니 하나님을 위해서 제국의 칼에 죽는 것을 택했다. 막시밀리아누스뿐만 아니라 많은 초기 기독교인이 우상 숭배와 마찬가지로 제국을 위하여 전장에 나가서 살인하는 것을 거부하고 순교를 택했다. 물론 나중에 기독교가 국교화됨에 따라 교회는 교인의 참전 문제에서 국가와 타협하지 않을 수 없었다.

한편 중세의 상무적인 분위기에서 남자의 참전은 당연시되었지만, 문예부흥기와 개신교 창립 이후 기독교의 내재적인 평화주의가 보편화하면서 퀘이커(Quaker)와 같이 군역을 원칙적으로 부인하는 종파도 생겼다. 세계대전이라는 참사를 두 차례나 경험한 유럽에서 종교적·세속적 평화주의 운동의 바람이 거세게 분 결과, 제2차 세계대전 이후부터 대다수 자유민주주의 국가에서 양심적 병역 거부(conscientious objection)의 권리를 하나의 기본 인권으로 공식적으로 인정하기에 이르렀다. 즉, 종교적·도덕적인 근거를 들어 무기를 접하지 않으려는 사람들은 주로 보조 간호사, 호스피스 봉사자 등의 자비행과 관련된 어렵고 고된 직장을 배정받아 병역기간보다 더 긴 기간을 채워야 한다는 것이다. 자비의 원칙을 위해서 병역을 거부한다면 대사회적으로 자비를 실천하라는 논리다.

위에서 주로 기독교 문화권의 예를 들어 양심적 병역 거부와 대체근무 원칙을 설명했지만, 이것이 한국과 전혀 상관없는 것은 아니다. 기독교인들이 한국 종교 인구의 절반을 넘기도 하지만, 종래의 종교인 불교에도 불살생계(남의 생명을 끊지 말라)뿐만 아니라 불축살생구계(살생의 도구를 보관도 하지 말라)가 있다. 그리고 종교적 관계를 떠나 국가를 위해서라도 도의적 의식이 발달한 인간으로서 전장에 나가서 남을 죽인다는 것은 정상적이고 자연스러운 행위가 결코 아니다. 모든 인간을

'하나님의 피조물'이나 불성을 가진 '잠재적 부처'로 보는 종교인은 물론이고, 아군이든 적군이든 모든 사람을 똑같은 형제자매로 생각하는 세속적인 인본주의자도 전장에서 살인행위를 저지르게 되면 뼈아픈 죄의식에 평생 시달리지 않는가. 한국 사회는 경쟁원리와 맹목적인 반공 세뇌교육으로 인간성이 많이 파괴되었지만, 아직까지도 죽어가는 적군의 고통을 자기 고통보다 더 아프게 느끼는 진정한 한국인들이 다행히 아직 완전히 멸종되지는 않았다. 그러한 사람들을 위해서 유럽 자유민주 국가의 상식이 되어버린 양심적 병역 거부권과 대체근무제를 도입하는 것이 좋지 않겠는가.

이 제안에 대해 다음과 같은 반론들이 제기될 수 있다.

첫째, 국가에 대한 충성을 최고의 사회적 가치로 인식해 온 한국 사회에 서양적 개인주의로 보일 수도 있는 양심적 병역 거부권이 적합하냐는 것이다. 이에 대해 내가 지적하고 싶은 것은 요즘 서양보다 한국에서 더 많이 쓰이는 '민족주의'와 '애국주의', '신성한 국방 의무'라는 개념들이 원래 서양에서 처음 생겼다는 것이다. 즉, 중세는 물론이고, 근·현대의 서양도 사실 개인보다 민족과 국가를 중시해 왔고, 이의 극단적인 표현이 독일의 나치 정권이었다. 그러나 세계대전의 무한하고 무의미한 살상, 나치나 스탈린 정권의 '국가를 위한' 미증유의 대학살 등을 경험한 서양이 결국 '국가를 위한 살인을 거부할 권리'를 기본 인권으로 생각하게 된 것은 다름이 아닌 역사의 진보다. 그리고 일제 말의 억울한 징병, 동족상잔, 살인마적 독재자의 명령으로 광주 시민을 학살해야 한 한국 군대의 비극 등을 경험한 한국 사회도 개인에 따라서 국가를 위해서 자기 양심을 단순히 저버릴 수 없는 사람도 있을 수 있다는 순박한 진리를 인정해야 하지 않겠는가. 요즘 '인권국가'라는 말이 옛날의 '조국 근대화'처럼 정권의 표어가 된 것 같은데, 내 손에 피를 묻히고 싶지 않다는 인간의 원초적인 욕구를 충족시켜 주는 것도 역시 인권의 실현이 아닌가. 국방의 의무가 아무리 신성해도, 민주사회에서 인간의 양심과 선택권보다 더 신성한 것은 없다.

둘째, 북한과 대치하고 있는 상황에서 국민의 군사적 정신을 이렇게 약화시켜도 되느냐는 것이다. 그러나 내 생각으로는 '수령님'을 거의 신으로 모셔야만 하는 불행한 동족에게 자유국가의 시민이 군역을 거부하여 사회봉사를 택할 수도 있다는 사실은 커다란 충격일 것이다. 투쟁과 증오, 복종의 가르침만 들어온 그들이 인간애와 자비가 무엇인지, 인간의 자유의사가 얼마나 소중한지 처음으로 생각하게 될지도 모른다. '체제의 우월성'이라는 말이 타당하다면, 병역·사회봉사 간의 자유선택은 진정한 의미의 우월성과 자신감을 과시할 수 있게 될 것이다.

셋째, 군부대 대신 병원에 가서 일할 수 있다면 누가 군대에 가겠느냐는 반론도 제기될 수 있다. 그러나 해본 사람은 알겠지만, 똥오줌 냄새 맡으면서 죽어가는 노인을 간호하는 것은 결코 보통 사람이 견뎌낼 수 있는 일이 아니다. 그리고 전근대적인 '복종'을 중시하는 한국의 족벌형 기업들이 어차피 군대에 갔다온 사람을 무조건 선호할 것을 염두에 두면, 대체근무의 선택이 많은 분야에서의 출세를 포기하겠다는 의미임을 알 수 있다. 한국과 같이 군사문화에 젖은 사회에서는 대체근무 원칙이 도입돼도 의식 있는 소수만이 그것을 선택할 것이다. 그러나 그러한 소수의 권리도 존중해 주는 것이야말로 민주주의 아닌가.

죽음보다도 무서운 기억

몇 해 전 내가 한국의 대학교에서 재직할 때, 내 눈에 특별히 띄는 모습이 있었다. 군대에 갔다와서 예비역이 된 남학생들의 성격과 행동양식의 변화였다. 이 변화를 목격하면서 나는 군사문화가 한국 사회에 끼치는 영향을 본의 아니게 실감할 수 있었다.

우선 나를 놀라게 한 것은 입대하기 전만 해도 언행이 상당히 부드럽던 남학생이 예비역이 된 뒤에 나타나서는 갑자기 후배나 여학생 등 약자에게는 권위적으로 돌변한 반면, 마치 '장교'쯤으로 인식되는지 교직원들에게는 더없이 복종하며 깍듯이 대접하는 모습이었다. '군사문화 세뇌'의 영향으로 보이는 그러한 모습을 보기도 안타까웠지만, 사실 그보다 훨씬 마음 아픈 일로 나에게 남아 있는 것은 몇몇 예비역의 특수한 경우였다. 그 특수한 경우란, 군대라는 특수한 환경과 폭력을 경험하면서 그들의 정서와 인생까지 파괴된 경우였다. 다음 이야기는 그 경우 중 하나다.

군대에서 막 돌아온, 무척 실력 있었던 한 제자가 어쩐지 좀 이상해 보였다. 수업시간에 반응이 너무 느렸다. 또, 글을 읽을 때도 멍한 표정으로 전혀 집중을 못하는 듯 보였다. 군대에 갔다온 남학생들이 젊은이다운 예민함을 잃어버리는 것은 일반적인 현상이지만, 그 학생은 특히 심한 것 같았다. 그 상태로는 시험을 통과하지 못할 것 같았다. 숙제도 착실히 하고 열심히 노력하는데도 능률이 안 올라 나로서도 미안하기 그지없었다. 내 마음을 알았는지, 그도 나를 볼 때마다 힘없이 웃었다. 결국 그 학생은 어느날 자신의 이야기를 솔직히 꺼내기 시작했다.

그가 복무한 부대는 국군의 이른바 특무부대 중 하나였다. 위치도 전방과 가까워서 사병 구타가 거의 살인적인 수준이었다 한다. '폭력 신고'라는 것은 허울 좋은 말뿐이지 실제로는 엄두조차 낼 수 없었다. 그는 자신 앞에서 전우들이 엄청난 구타에 못 이겨 빈사상태에 빠지는 장면을 수도 없이 목격했다. 한 사람이 다른 사람을 절대 권력을 휘두르며 천천히 죽여가는 듯한 과정을 목격한 그는 차츰 정신이 이상해지는 것을 느꼈다. 자신이 개처럼 맞아야 했다는 것은 평생의 악몽이지만, 그 보상이라도 받아내듯이 후배들을 때린 것 또한 큰 죄책감을 남긴 것이다.

자신이 피해자이자 동시에 가해자가 됐다는 사실이 마음 여린 그에게 너무나 무거운 고통이 된 셈이었다. 그는 "무슨 일을 하든 구타 장면이 기억나 전혀 집중할 수 없다"며 가늘고 떨리는 목소리로 말했다. 입대하기 전만 해도 '러시아 전문가'라는 꿈을 키우던 한 착실한 젊은이의 미래를, 군대의 구타 악습이 무참히 깔아뭉개고 만 것이다. 결국 그는 실현이 불가능해진 '꿈'을 접고, 무슨 자격증을 하나 얻어 평범한 직장인이 되었다고 한다.

군대에서 심리적 · 정신적 피해를 크게 입은 예비역들은 응당 국가로부터 적절한 보상과 대우를 받을 권리를 얻어야 한다. 만약 '권위주의' 세뇌까지도 '정신적 피해'로 본다면 보상을 받지 않을 예비역이 거의 없겠지만, 그 학생과 같은 심한 정신적 피해의 경우에는 모종의 보상이 있어야 했다. 좀더 근본적인 차원에서, 한국 젊은이들의 열성과 재능이 땅에 묻혀버리지 않기 위해서는 사회 전체의 '폭력문화'에 대한 인식과 반성이 있어야 하고, 군부대 일상에 대한 시민단체 등의 감시가 강화되어야 한다. 한국을 떠난 지 두 해가 가고 있는 지금, 미안한 듯 웃고는 고개를 떨구던 그 학생의 모습이 가끔씩 내 가슴 한쪽을 무참히 도려낸다.

역사 속의 교훈들

혈통과 국적을 넘어서

많은 사람이 내가 한국사를 공부하고 있다는 사실을 알게 되면 왜 하필이면 그런 공부를 하느냐고 묻는다. 나의 한국사 연구가 무슨 문제냐고 반문하면, 억압과 폭정, 한 번도 정치판을 제대로 뒤엎어버리지 못한 무기력함으로 얼룩진 이 역사에서 무슨 재미를 찾느냐고 되묻기도 하고, 과거의 폭압과 편견이 오늘날에 와서까지 무슨 의미가 있느냐고 따지기도 한다.

이에 자신의 직업 선택을 변호해야 하는 나는, 과거가 아름답고 좋아서 배우는 것이 아니고 눈물과 피의 범벅인 그 억울하고 저주스러운 과거의 숱한 비극과 좌절이 우리에게 매우 중요한 교훈을 줄 수 있기 때문에 꼭 배워야 한다는 논법을 이용해 왔다. 그리고 상대방이 가장 중요한 역사적 교훈을 예로 들어보라고 하면, 한국사에서 다민족적 국가들이 단일민족의 국가들보다 훨씬 자주적이고 선진적이었다는 이야기를 해왔다. 여기에서 보통 '우리가 단일민족'이라는 것을 어릴 때부터 상식으로 외운 상대자는 "아니, 우리 역사에 무슨 다민족까지 있었느냐"고 당황하곤 했다. 그럴 때 나는 북쪽의 고조선과 고구려, 발해 등을 남쪽의 신라와 비교한 뒤에, 고려와 조선을 비교한다.

요즘 고구려 역사를 보는 일반인들의 분위기는 고구려의 군사적인 강성과 넓은 영토를 강조하는 쪽으로 많이 기울고 있다. 이러한 분위기에 편승한 몇몇 극우논객들은 고구려를 중국의 절반을 지배한 군사 대국으로 과대 선전함으로써 파쇼적 군사주의와 재벌들의 아시아 시장 공략을 역사적으로 합리화한다.

그러나 고구려가 강한 군사력을 키우고 영토를 넓힌 힘의 바탕은 극우논객들이 외치는 폐쇄적 국수주의가 아니라 다종족적 · 다문화적 포용이었다. 고조선이 나중에 왕위 찬탈자로 변신한 위만의 이민자 집단을 호의적으로 받아들인 사실은 고조선의 종족 구성이 매우 복잡했음을, 곧 다종족사회였음을 보여준다. 그리고 넓은 역사적 의미에서 고조선의 전통을 이은 고구려는 포용과 관용, 다종족적 융화의 풍토를 더욱 더 발전시켰다. 말갈과 예맥 · 옥저 등 수많은 변방 종족의 전통과 문화를 존중해 주면서 거점을 중심으로 간접 지배했는가 하면, 문화 수준이 높은 중국 귀화인들을 우대하여 중용하기도 했다. 민족사의 자랑거리가 된 고구려에 의한 낙랑군의 멸망은, 사실상 상당수의 중국 인구를 고구려가 흡수했음을 의미했을 것이다.

종교적으로도 고구려는 매우 다채로웠다. 당시 동아시아 세계에서는 불교와 도교가 서로 치열한 경쟁을 벌이고 있었다. 신라와 백제가 주로 불교만 신앙적으로 수용한 반면, 고구려는 도교까지 수용하여 다종교 사회를 이룰 수 있었다. 바로 이러한 종족적 · 종교적 성분과 정치형태의 다양성이 고구려를 숱한 외침을 당당히 물리칠 수 있는 강국으로 만들었다.

고구려 유민과 말갈을 양대 축으로 한 다종족국가 발해는 북방의 다

종족국가의 전통을 더욱 계승·발전시켰다. 반면에 폐쇄적인 혈통집단들의 경직된 서열을 전제로 한 골품제를 주축으로 유지되어 온 신라는 한반도 일부의 불완전한 통합마저도 외세의 지원 없이 하지 못했을 뿐만 아니라, 고구려·백제 유민들의 정서적·정신적 통합에 실패하기도 하였다. 경주인들의 칼에 억눌려 있던 반신라적 감정이 신라 말에 다시 표출되어 결국 신라를 멸망시킨 요인 중 하나가 되었다.

이후 고구려의 전통을 일부분 계승한 고려와 성리학적 폐쇄주의에 치중한 조선을 비교해 보면, 다종족사회의 장점과 개방적 문화정책의 중요성을 더 잘 이해할 수 있다. 중국·일본·거란·여진·위구르 출신의 수많은 귀화인들을 반겨주고 잘 대우해 준 고려는 958년에 중국인 쌍기의 건의로 당시로서는 매우 선진적인 과거제도를 시행하고, 960년에 승려 체관을 중국에 보내서 중국에서마저 쇠퇴해 버린 천태학을 중국인에게 다시 전수하게 하는 등 빠르게 중국과 거의 대등한 문화대국으로 성장했다. 이와 반대로, 외래인들을 의심하고 경계한 조선은 1653년 제주도에 표착한, 당시 최고 선진국이던 네덜란드의 선원들을 제대로 이용하지 못한 탓에 근대화의 중요한 기회를 억울하게 잃고 말았다.

한국의 전근대적인 왕조국가 중에서 비교적 융통성이 있는 종족·문화 정책을 실행한 고구려나 고려와, 지나치게 경직된 신라나 조선을 대조해 보면, 민족의 미래가 분명히 종족적·문화적·종교적 다양성과 여러 집단 간의 상호 존중에 있다는 교훈을 얻지 않을 수 없다. 그리고 국내에서 이질적 집단의 존재를 인정하지 않으면, 해외 진출도 그만큼 어려워진다는 말을 여기에 덧붙여야 한다.

가령 한국인이면 백제가 불교를 비롯하여 많은 선진 문물을 고대 일본에 전수하여 고대 일본문화의 형성에 결정적인 역할을 하였다는 사실을 모르는 사람이 없을 것이다. 그러나 이러한 대대적인 문화 전수의 배경에 중국인과 왜인을 관료로 등용하기까지 한 백제의 개방성이 있었다는 사실을 과연 알고 있을까? 받을 수(受)와 줄 수(授)가 서로 비슷하게 생긴 만큼 외부로부터의 수혈과 외부로의 진출을 떼어서 생각할 수 없다.

이 역사적인 교훈을 오늘날에 적용해 보면, 우선 두 가지 측면을 생각해 볼 수 있다.

첫째, 각각 중국과 구소련에서 독자적이고 탄력성 있는 문화권을 형성한 조선족(재중 교포)과 고려족(재소 교포)의 독특하고 이질적인 경험에 대해, 경제력부터 먼저 밝히는 남한 사회가 지금까지 너무 무관심하지 않았나 싶다. 사실 우리가 상상하는 것 이상으로 수난을 당했던 재중·재소 교포들은 20세기의 광란 속에서도 민족 정체성을 어렵사리 보존해 왔으면서도 남한 사회와 달리 폐쇄적이고 배타적인 요소를 별로 지니고 있지 않다.

나의 은사 중 한 분이신 레닌그라드 대학의 임수 교수(76세, 고려인)가 고려족의 그러한 면모를 대표한다. 당국의 압력에도 불구하고 끝까지 고려식 이름을 러시아식으로 고치지 않고 아들들에게도 한자 이름을 지어준 그는, 고전 소설을 러시아어로 번역할 정도로 러시아어와 러시아 문화를 완벽하게 익혔을 뿐 아니라 러시아인 며느리와 조화롭고 원만하게 지내고 있다. 미국의 삼류문화보다는 고려족 지식인의 이러한 문화적·혈통적 포용성이 한국의 진정한 세계화에 더 큰 도움이 될 것이다.

둘째, 남한에서 죽을 고생을 하고 있는 아시아 각국의 노동자들이 현재의 현대판 노예 신세에서 벗어나 이 사회의 어엿한 구성원이 될 수 있도록 해야 한다. 거란과 여진, 몽골, 일본 출신 귀화인들이 고려 사회를 문화적으로 더 풍부하게 만들었듯이, 네팔인의 순수한 불심과 인내심, 인간 존엄성을 존중하는 몽골인의 심성, 파키스탄인의 상술과 필리핀인의 열정 등은 단색적인 한국 사회를 다채롭게 만들 수 있다. 그들이 가난하다는 얇은 생각 이전에 독특하고 깊은 그들의 문화를 눈여겨볼 줄 알아야 한다. 그렇게 되어야 동북아시아와 한반도에 산재해 살던 여러 종족과 다양한 정치·문화·혈통적 관계를 유지했던 고구려가 그 다양성을 바탕으로 비교적 자주적인 자세로 중국을 대한 것처럼, 한국도 반세기의 숙제인 대미종속성의 굴레에서 벗어나 독립적이면서 국제적인 문화를 발전시켜 나갈 수 있을 것이다.

일제식 환상에서 벗어나야

해마다 한반도는 광복절을 맞는다. 일제의 악몽에서 벗어난 그날의 환희를 되새기고 평소에 까마득하게 잊고 사는 독립투사들을 생각하는 등 평소에 잊고 사는 문제들에 대해서 잠깐이나마 생각해 보는 시간이다. 그런데 그러고는 그 다음날부터 평소의 일로 되돌아가 '쓸모 없는 과거 생각'을 더 이상 하지 않는다. 그래서일까. 평소 한국의 현실을 보고 있노라면, 많은 사람이 일제의 악몽을 잊고 살지만, 지금도 한국 사회 곳곳에서 일제의 악취를 흠뻑 맡아볼 수 있다.

미군이 일본군의 옛 위치를 빼앗아 남한을 점령한 뒤에, 미국의 후원으로 남한 주민 위에 군림해 온 역대 정권들은 대내적으로 피지배자들을 더 효과적으로 제압하고 대외적으로 '문명국'으로서의 위신을 더 효율적으로 선양하기 위해서 전신인 일제의 '풍부한 경험'을 사용하지 않을 수 없었다. 새 정권의 인적 구성 차원에서도 그 전의 친일 기술관료

집단을 거의 그대로 재기용하였을 뿐 아니라, 새 정권이 내세운 정치 · 사회적 차원의 주요 과제도 그 전과 그리 다르지 않았다. 물론 국내외 정세가 완전히 달라져 일제시대의 구체적인 정책 내용을 답습할 리는 없었겠지만, 대내외 선전의 방법과 어용이념들의 형태, 통치자들이 조성하는 사회분위기 등 사상 · 이념적인 분야에서 이제 대한민국 고위관료가 된 구총독부의 하 · 중급 관료들은 일부 용어만 바꾼 채 실질적인 내용을 상당히 많이 살렸다.

다들 아는 것처럼, 메이지 유신 이후 일제의 주요 정치적 개념은 '문명개화'와 '부국강병', '열강과 동등한 위치로 올라서는 것' 등이었다. 즉, 과두정치의 '계몽독재' 밑에서 민주와 자유는 뒷전으로 돌린 채 서양 기술만 황급히 이식하여 국방산업 등 공업을 발전시키고 군대를 양성한 뒤 침략전쟁을 통해서 서양 열강과 동등한 상대자로 올라서겠다는 것이었다. 특정 지역의 파벌을 대표하는 과두정치인과 그들과 결탁한 몇몇 재벌이 평민들을 무제한적으로 착취하고 끝없는 침략전쟁에 동원하는 것도, 같은 문화권에 속하는 조선과 중국을 무자비하게 희생시켜야 한다는 것도, 이 커다란 프로젝트의 필수 요소였다. 이 과대망상적 환상은 제2차 대전 패배로 실패로 끝났지만, 이러한 요소 중 많은 부분이 현대 일본의 우익 정치에 버젓이 남아 있다.

그런데 일제의 패전 훨씬 뒤에 박정희는 메이지 시대의 사쓰마(薩摩), 죠슈(長州) 등 특정 지역 무사 중심의 '계몽독재'를 영남 출신 군인의 '개발독재'로 '개작'하고, 메이지의 어용 재벌 못지않은 재벌을 키워내는가 하면, 침략전쟁 대신 북한 문제를 이용하여 일제에 버금가는 전 사회의 군사화를 이루고, 한국전쟁 특수로 치부한 1950년대의 일본에 질세라 베트남 전쟁을 틈타 건설과 정책적 대미 수출의 '땡'도 잡았다. 군 · 관 · 재계의 극소수 파쇼적 지배층이 전국민을 '반공'과 '공안'으로 묶어 민족의 전역량을 '국방을 위한 공업'으로 전환시킨 것은 어떤 의미에서 일제의 축소판에 불과했다.

그런데 이것보다 더 유감스러운 사실은, 냉전 종식과 함께 독재체제가 많이 개혁된 뒤에도 지배층의 '문명개화'적인 거대 프로젝트를 위하여 대대수 평민이 희생을 바쳐야 한다는 메이지 시대의 오만한 엘리트 의식이 그대로 남아 있다는 것이다. 즉, 메이지 정권이 '문명개화'를 통해 열강들과 나란히 서고자 했듯이, 한국의 현정권은 미국식 '구조조정'을 통해서 미국 중심의 신경제체제의 중심부로 진출하고자 한다.

'문명개화'의 결과로 일본 평민과 주변 민족이 각각 2등 신민과 신판 노예로 전락한 것처럼, 지금 국내외 재벌의 이득을 위한 '구조조정'으로 중산층과 중하류의 상당 부류가 새로운 하층으로 전락하리라는 것도, 권력과 부가 예전보다 더 집중화·세습화하리라는 것도 불을 보듯 뻔하다. 러일전쟁에서 수십만 일본 군인의 희생으로 승리를 얻은 뒤에 일제의 장교와 외교관이 열강으로부터 유럽인에 준하는 대우를 받게 된 것처럼, 한쪽에선 몇천 명의 젊은 실업자가 새로운 생계형 범죄자가 되어 감옥에 들어가고 또 한쪽에선 몇백 명의 대규모 투자자들이 증시 폭등으로 횡재하여 미국인과 동등하게 L.A. 부동산을 매입하거나 라스베이거스의 카지노에서 거액을 탕진할 수 있게 될 것이다. 일제시대에 조선인들의 저임금 노동이 일본 산업 발전의 원천이 된 것처럼, '신판 머슴'인 일시직·계약직 직원들과 '신판 노예'인 외국인 노동자들이 정식 직원이나 근로자의 절반도 못 되는 보수를 받으며 '저렴한 노동'을 제공해 주는 덕택에 소수 재벌의 '효율성'은 현저하게 높아질 것이다. 일제의 '조선 폐정의 개혁'과 총독부의 '효율적이고 과감한 문명화 정치'가 많은 미국 보수정치인으로부터 칭찬을 받은 것처럼, 구조조정으로 '비효율적인 인간 쓰레기'들을 과감하게 도태시키는 한국 통치자도 월가의 뜨거운 갈채를 받을 수도 있다.

그런데 19세기 말 일제를 포함한 식민주의 열강들의 주요 철학이념인 '적자생존'을 다시 살려, 같은 나라 안에서 빈자와 부자 간의 새로운 '분단'을 초래하면서까지 일부 큰손들의 이득을 '국제 수준'으로 극대화하는 것이 진정으로 민족의 장래를 위한 것인가? 직장 간부가 평소에 미워 보이는 평직원이나 임신한 여직원을 무조건 자르는 식의 공포 유도형 구조조정보다, 독일처럼 노조가 경영진과 동등하게 경영에 참여하는 것이 삼성자동차 설립과 같은 무의미하고 무모한 재벌 총수의 행각을 더 잘 견제할 수 있지 않을까? 재벌의 무책임한 과잉 채용으로 인력의 '군살'이 문제로 떠오른 것이 사실이지만, 그것보다도 족벌체제의 비합리성과 상명하달식 경영방식이 기업을 더 해칠 수 있다고 생각한다.

위에서 말한 것처럼, 살인적인 '문명개화'를 통해서 열강이 된 일본은 과거의 은사(恩師)인 조선을 비롯하여 일체의 '미개한' 아시아 국가에 대해서 극단적인 경멸의 태도를 취하였다. 러일전쟁 때 사로잡은 러시아인 포로들을 비교적 신사적으로 대해주던 그들이 불과 몇 년 후에 의병들을 대량 학살한 것은, 아시아인과 유럽인을 대하는 그들의 태도가 얼마나 다른지 잘 보여준다. 한국보다 더 '선진적인' 나라로 여기는 미국에서 이 땅으로 왕림하신 파란 눈의 젊은이에게는 선웃음까지 띠면서 애써 길을 설명해 주면서도, '후진국 시민'으로 여기는 중국 동포나 파키스탄 사람은 폭력과 고함으로 대하는 평범한 중소기업인이나 일부 시민의 태도는 일제의 '문명'과 '미개'의 망상에서 비롯된 것이 아닐까?

동아시아를 뒤흔든 메이지의 '문명화' 프로젝트가 꿈꾸던 유토피아, 관 주도의 발전 개념에 젖은 우리가 이 그늘에서 언제 벗어날 수 있을까? 그래도 미개한 조선의 문명개화나 조국 근대화, 선진국식 구조조정 등 화려해 보이는 외국 우상에게 끝없는 희생을 강요당한 이 민족이 언젠가 진정한 자주의 길을 택해서 평등과 조화의 원래 이상을 실현할 수 있으리라 믿고 싶다.

노근리의 교훈

몇 년 전 한국에서 언론의 금기사항이 또 하나 해제된 것 같다. 그때까지만 해도 제주도 4·3 민중항쟁, 10·20 여순사건 때 정부 진압군이 자행한 양민학살, 한국전쟁 때 미군이 저지른 민간인 학살 등을 언급한다는 것은 거의 '사상적 불순'으로 받아들여져 불가능에 가까웠다. 그런데 '높은 나라'에서 이 이야기를 일단 정론화하자 한국 정부도 드디어 미군 만행의 피해자를 피해자로 정식 인정해 주는 기적적인 용감함(?)과 '자비로움'을 보여준 것이다. 앞으로 종주국 통신사들이 6·25 때 미 공군이 평양 지역을 무차별 융단폭격한 일의 정당성을 의심하기 시작한다면, 한국 정권과 언론도 몇 안 되는 그 폭격의 생존자들을 드디어 '빨갱이'가 아닌 피해자로 보게 될 것인가?

해방 아닌 해방 이후 계속된 미국의 내정간섭, 6·25 때 미군의 초토화 위주 전쟁방식으로 입은 한국인의 피해를 이제서야 '은혜'가 아닌 피해로 보기 시작한 국민의식 전환에까지 미국 언론이 앞장서고 국내 언론이 뒤따르기만 한다는 사실은 역설 중의 역설이 아닌가? 몸에 밴 사대주의의 웃지 못할 결과라고밖에 말할 수 없을 것이다.

그러나 그것보다도 더 웃지 못할 일이 있다. 1945년에 미국과 함께 일본군을 몰아내고 한국을 점령한 스탈린의 소련은, 1937년에 연해주의 고려인(재소 교포)들을 말도 안 되는 '친일 간첩 혐의'까지 씌워가며 중앙아시아로 강제 이주시켰다. 이 과정에서 약 20만 명에 달하는 교포 중에서 2~3만 명이 아사·동사·총살된 것으로 추산된다.

지금 편안하게 앉아서 이 글을 읽는 독자는 생각도 하기 어려운 일이지만, 중앙아시아 사막에서 집도 재산도 사랑하는 친지도 다 빼앗긴 사람들이 얼어죽고 굶어죽는 장면들은 우리의 상상을 초월한다. 알게 모르게 러시아인과의 동화를 강요당한 중앙아시아 고려인들이 한푼도 보상을 못 받는다는 것, 그들 중 일부가 지금 다시 쫓겨나서 러시아 협동농장에서 머슴생활이나 해야 한다는 것을 다 이야기할 필요가 있을까? 무자비한 스탈린 정권이 고려족을 거의 말살하고 말았지만, 역대 러시아 정권들은 지금까지도 이 일에 대해 반성도 관심도 별로 표한 바가 없다.

그러나 문제는 북한을 봉쇄하기 위해 대소 수교와 '거인 러시아 달래기'에 급급한 역대 한국 정권이 고려인에 대한 러시아의 반인륜적인 범죄에 대해 한번도 추궁한 적이 없다는 것이다. 아니, 공식 석상에서 언급이라도 했을까? 아니, 언급은 못해도 독일이나 이스라엘처럼 재소 교포의 남한 송환을 추진이라도 해봤을까? 그것도 부담이 된다면, 고려인 피난민들을 정부 명의로 공식 지원이라도 했는가? 슬픈 아이러니지만, 한국 정부가 고려인과 관련하여 취한 조치는 그들을 재외교포법에 의거한 한국 국적 취득 대상자에서 제외시킨 것뿐이었다. 스탈린의 범죄적 정책에 희생당한 피해자들이 이제 다시 한국 정부의 사대주의적 태도와 '장삿속 챙기기'의 피해자가 되고 있다. 노근리의 경우에서나 고려족의 경우에서나, 한국 정권과 언론에게는 정의와 동족의 아픔보다는 '주변 4강'과의 관계가 더 중요하다. 고려족을 말살한 뒤에 조금도 반성하지 않은 러시아 정권을 '친구'와 '선린'으로 삼자니, 러시아

인인 나로서도 웃어야 할 일인지 울어야 할 일인지 모르겠다.

　문제는 바로 여기에 있다. 미·소가 강요한 분단의 결과로 남한이든 북한이든 이른바 주변 '강국'과 평등한 관계를 유지한다는 것이 거의 불가능했다. 대결에서 살아남기 위하여 남한은 미국과 일본, 북한은 중국과 러시아의 지원을 각각 얻어내야만 했기 때문이다. 실제로 소련이 고려인들에게 가한 피해나, 미군이 한반도 양민들에게 가한 피해는 국제적으로 대량 학살죄에 해당하는 중범죄다. 그러나 분단체제 아래에서는 이스라엘이 독일에게 한 것처럼 한국 정권이 적극적으로 나서서 미국과 소련의 죄상을 고발하리라고 기대하기는 어렵다. 외교상의 불이익도 문제지만, 반세기 넘게 이어져온 불평등외교가 지배층의 집단의식을 완전히 오염·굴절시켜 '어떻게 큰형님에게 대드냐? 그리고 이거지 동포(고려인)들을 위해서 왜 감히 대드냐'는 식의 사고방식이 이른바 지도층의 통념이 된 것도 사실이다.

　그리하여 내가 말하고 싶은 것은 현실적으로 굳어진 분단체제를 당장 청산할 수는 없어도 '큰 나라 섬기기' 식의 사고방식을 청산하기 위한 노력을 서둘러야 한다는 것이다. 힘과 정의, 물리력과 도덕은 보통 함께 가질 수 없는 것이다. 어떤 나라든 군대와 관료 조직이 크고 힘셀수록 오만함과 횡포도 배가된다. 따라서 이른바 '주변 4강'의 물리력을 현실대로 인정하더라도, 그 물리력만큼 도덕성이 결여되어 있다는 사실을 확실히 인식해야 한다. 그리고 그들이 과거에 한반도에서 저지른 일로 봐서라도, 통일과 같은 민족의 핵심적인 문제들은 외세의 간섭을 가능한 배제한 상태에서 논의하고 추진하는 것이 순리다.

　한편 그들과의 관계가 불가피한 현실이긴 하지만, 그들이 상습적으로 저지르는 폭력의 규모와 악질성도 잘 인식해야 한다. '죽음의 시장'으로 불리는 국제 무기시장을 독점하려는 '죽음의 장사치' 미국과 러시아, 티베트와 신강-위구르 자치구를 군사기지와 무기시험장으로 만들어 생태계를 치명적으로 파괴한 중국, 재무장을 꾸준히 노리는 일본……. 그들의 자본이나 지식, 기술 등이 당장 현실적으로 한국인에게 필요할 수도 있지만, 정신적·도덕적인 차원에서 그들이 한민족에게 가르치거나 본을 줄 수 있는 것이 과연 있겠는가? 다른 것은 몰라도 그들의 국가로서의 도덕적 권위를 인정하지 않는 것이 올바른 '주변 4강관(觀)'의 기초가 되어야 한다. 현실적으로 강도에게 "너는 강도다"라고 나서서 말할 여건이 안 된다 해도, 강도를 친구나 스승으로 착각해서는 안 된다.

어두운 현대사 가리기

요즈음 일본의 역사교과서 왜곡 문제로 한국 내외에서 또다시 예민한 반응을 보이고 있다. 내가 특별히 고무적인 일로 생각하는 것은 일본 극우파의 역사 왜곡을 단순히 규탄하는 대다수 일률적인 목소리 외에도 "그렇다면 과연 우리의 보수·극우들이 써온 우리 교과서는 완벽한가?"라는 자성의 목소리도 조금씩 나오기 시작했다는 사실이다. 한국인으로서 일본의 우경화·극우화를 막기란 실로 어려운 일이지만, 국내 극우파가 조장해 온 '우민정치'의 진실을 밝혀내는 것이야말로 바로 국내인들의 몫이 아닌가 생각한다.

최근의 한국 국사교과서를 놓고 볼 때, '왜곡'이라기보다는 의도적인 '누락'들이 눈에 매우 많이 띈다. 예를 들어, 한국의 보수적 사관의 핵심적 허상인 소위 '임시정부 법통설'을 간접적으로 입증하고 초기 남한 정권의 '자주성'과 '정통성'을 강조하기 위해서 초기 남한군 역사에서 미국 군사고문단의 역할에 대한 언급은 거의 누락된 반면, 광복군과 남한 군대의 연계성은 사실(史實)에 비해서 지나치게 부각한 면이 있다. 물론 일제시기의 독립투쟁을 정통성으로 내세우는 보수적 사관의 입장에서는 미군 고문단의 지휘하에 미제 장비로 여순 항쟁을 탄압한 일본군 출신 남한군 장교들의 활약상을 그대로 말하기 어려웠을 것이다. 그러나 정통성의 허구를 좇아 역사의 진실을 올바로 언급하지 않는다면, 결국 왜곡이란 누명을 쓸 수밖에 없을 것이다.

한국 교과서들이 결코 말하지 않는 초기 남한군 역사의 주역 중 한 사람이, 미국의 사학자 커밍스가 '남한군의 아버지'로 명명한, 하우스만(J. Hausman, 1918~1996) 대위다. 1946년 7월에 남한에 상륙한 하우스만은 그후 1960년대 중반까지 한국 정치무대의 '배후 실력자'로 남아 있었다. 다른 미군 고문들과 달리 한국어를 빠르게 배워 미군의 '한국통'으로 통하던 하우스만은 남한 군대의 모태가 된 이른바 '조선경비대'의 실세였다. 미국이라는 새로운 권력에게 남다른 충성을 바치던 정일권, 백선엽 같은 친일파 장교의 등용에도, 제주도 등지에서 일어난 민중항쟁 토벌에도, 수사관에게 동지들의 명단을 넘겨준 남로당 출신 박정희의 출세를 보장해 주는 데에도 하우스만은 결정적인 역할을 하였다.

그러나 그의 막대한 영향력 못지않게 동시대인들의 기억에 남은 것은 집착에 가까운 반공주의와 그에 입각한 '학살주의'였다. 죄없는 양민의 목숨을 수없이 빼앗은 '숙군'(군내 좌익 색출)작업을 지휘한 그는 부하들이 총살하는 장면을 촬영하여 '한국 좌익 총살 시청각 교과서'를 만들기도 했다. 한번은 제주도 양민 20명의 총살을 지휘한 일을 따지던 미국 대사에게 "몇 개월 전에는 민간인 200명 죽이는 것도 보통이었는데, 20명 죽인 것이 무슨 문제냐"고 의연하게 대꾸한 그는 미군들 사이에서조차 '무서운 사람'으로 꼽혔다.

충성스러운 친일파들의 보호자이자 민중항쟁 토벌의 귀재, 대미의존적 극우체제 형성의 중심적 인물이며, 체제의 광기를 상징하는 인물이었던 하우스만. 나는 그가 한국사 교과서에 꼭 등장해야 한다고 생각한다. 그 이유는 간단하다. 장차 대미의존성을 극복하고 진정한 자주의 주역이 되어야 할 한국의 젊은 새싹들이 그들이 배우지 못한 또다른 현대사 속에 어떤 모습들이 감추어져 있는지, 현대사에서 대미관계가 어느 정도 종속적이었는지 확실히 알아야 하기 때문이다. 과거에 대한 정확하고 객관적인 인식이야말로 젊은 새싹들에게 보수적 사관이 빚어낸 허구적 자존심이 아닌, 정통성에 대한 진정한 사고와 열망을 키워줄 수 있기 때문이다.

북한 바로 알기

요즘 남북한 정상회담에 대한 기대가 높아져가는 가운데, 이제 남한의 파트너가 되어가는 북한 사회를 새롭게 이해해야 할 필요성도 커지고 있다. 구체적으로 말하면, 사회주의 진영이 자멸한 뒤에도 북한 정권이 버틸 수 있는 힘의 원천이 무엇이냐에 대해서 논란이 많다. 정권에 의한 정보 차단과 제도적 폭력이 중요한 역할을 하는 것은 분명하지만, '위로부터의 폭력'만으로는 미증유의 기아사태를 헤쳐나갈 수 없는 것도 분명하다.

이와 관련해서, 여태까지 주로 북한을 단순히 일개 '현실 사회주의 국가'로 봐오던 해외 학계에서도 요즘 '유격대 국가론'이나 '식민지 이후 민족투쟁형 국가론'에 더 큰 비중을 두는 듯하다. 나도 근본적으로 북한을 제3세계에서 흔히 볼 수 있는, 반식민지 투쟁과정을 거쳐 창립된 '민족해방투쟁형 독재'로 생각한다. 그리고 여기에서 이야기하고자 하는 것은 이러한 유형의 국가에서 자주 볼 수 있는 집단심리의 특징이다. 이 특수한 집단심리를 포스트 모더니즘 사학에서는 흔히 '집단적 정신외상(collective psychological trauma)의 경험'이라고 부른다. 내 견해로는 다른 '민족해방투쟁형 독재'(쿠바, 이란, 베트남 등)와 마찬가지로 바로 이 특징이 북한 정권의 지속을 가능케 한다.

주지하다시피, 1930년대 말에서 1940년대 초에 이민족인 일제는 '황민화'와 징용, 징병, '위안부' 강제 징집 등을 통해서 민족정체성이든 여성의 정조든 남성의 노동력이든 고유한 이름과 성씨든, 빼앗을 수 있는 것은 다 빼앗으려 했다. 그리고 가장 무서운 것은 '민족의 지도자'나 '온건 민족주의자'를 자칭하던 한민족 상층의 대다수가 자의든 타의든 일단 친일화되어 자기 민족의 파괴에 앞장섰다는 사실이다. 지금으로서야 생각하고 싶지 않은 일이지만, '위안부'를 강제로 끌고가던 총독부 경찰과 말단 관료 중에 한국인이 상당수를 차지하였다는 것은 사실이다.

일제 말기의 현실을 포스트 모던 사학의 방법으로 상징적으로 표현하자면, 한 개인(한민족)이 타인(일제)으로부터 강간과 강탈, 강제적인 정신분열(황민화)을 당하는데, 그 개인의 '집안 어른'(친일화된 한인 상류층)들이 오히려 타인의 편을 들어 타인의 폭력을 거들어주는 형편이었다. 이러한 일을 당한 개인이면 심한 피해망상증과 외부에 대한 병적인 불신감에 오랫동안 시달릴 가능성이 크다. 그리고 자신을 배신한 '집안 어른'에 대한 절대적인 증오심과 함께, 자신을 폭행한 타인을 응징할 만한 '강력한 구원자'를 기대하는 심리가 분명히 있을 것이다.

이처럼 일제 말기와 같은 정신외상의 경험을 가진 민족집단이면 이

민족과 결부된 기존 상류층에 대한 배신감 섞인 혐오와 함께, 피해의 원천으로 보이는 외부세계에 당당히 맞설 만하고 가해자 집단을 응징할 만한 '강한 지도자'와 '강한 지도세력'을 기대하는 집단심리가 강할 수밖에 없다.

'김씨 왕조'를 중심으로 한 북한 집권세력은 민족투사라는 김일성 집단의 명분을 십분 이용하여 교육·방송 등 모든 매체를 통해서 과거의 '정신외상' 경험과 '강력한 구원자/응징자'로서의 김일성의 역할을 부단히 재확인한다. 매우 체계적이고 일관된 북한의 공식적인 세계관에서는 한민족에게 외상을 입힌 '가해자'와 '배신자'들을 성공적으로 '응징'한 김일성이 집단적 정신외상의 '치유자'라는 지위를 차지한다. 쉽게 말하자면, '우리'를 배신한 과거의 '나쁜 어른'과 대조적으로 '우리'의 원수를 갚아줌으로써 '우리'의 한에 찬 가슴을 치료해 준 '좋은 어른'이다. 그리고 일제 말기의 '큰 아픔'을 직접 경험하거나 간접적으로 알게 된 많은 북한 동포와 재일·재중 동포들, 민족문제를 진지하게 고민하는 일부 남한 반체제세력은 '우리 상처의 치유자'로서 김일성의 위치를 적극적으로 인정한다.

한마디로, '위로부터'의 폭력과 외부로부터의 정보 차단도 중요하지만, '우리 모두의 아픔'과 그 '아픔'을 '씻어주는' 김일성의 민족주의적 명분을 중심으로 하는 세계관이 북한 정권을 지속케 해주는 가장 강한 정신적인 요인이다.

물론 객관적으로 봐서는 김일성 집단의 극단적인 국수주의와 고립주의, 무력모험주의가 민족의 '상처'를 아물게 해주기는커녕 오히려 6·25 전쟁과 기아사태라는 새로운 '아픔'을 초래하는 데 기여했다. 북한이 과거의 상처를 정치적으로 이용하는 것이 민족의 발전보다 북한 정권의 유지를 도와준 것도 사실이다. 또, 서양인이나 '신세대' 남한 젊은

이의 눈에는 강간 피해자의 피해망상증과 '구원/응징'에 대한 기대감을 닮은 북한의 이데올로기가 완전히 비현실적이고 비효율적인 것으로 보인다.

그런데 문제는 강간을 직접 당해본 사람은 현실과 효율을 잘 따지지 않는다는 것이고, 당해보지 않은 사람이 당해본 사람을 어차피 이해하지 못한다는 것이다. 현재의 우리로서는 김일성식의 '아(我)와 비아(非我)의 투쟁' 논리를 받아들일 수 없지만, 이 논리를 발생시킨 현실과 이 논리를 따르는 많은 동포의 감정을 쉽게 무시할 수도 없다. 상대방을 무시하는 화해란 이 세상에 없기 때문이다.

한민족의 피해 경험이 역사적 사실인 만큼 이 경험에 입각한 북한의 공식적 이데올로기도 일단 신중하게 다루어야 한다. 지금 북한의 현실이 어떻든 간에, 북한의 건국·집권 집단의 민족투사로서의 명분이 강한 것 또한 사실이므로 이 명분을 전면 부정하는 것은 이념적으로도 현실적으로도 남한측에 도움이 되지 않을 것이다.

그리고 남한측에 절실히 필요한 것이 북한 통치자의 명분에 버금가는 민족적인 명분인데, 이는 경제적 성장만으로는 얻어지지 않을 것 같다. 남한에서 그 지배층의 친일·친미 경력에 대한 역사적 정리가 어느 정도 이루어지면, 북한을 상대하는 남한측의 입장이 좀 튼튼해지지 않을까 한다. 물론 내 개인적인 바람으로는 민족적 콤플렉스와 이를 이용한 정치의 시대가 한반도에서 아예 막을 내렸으면 좋겠지만, 아직까지는 현실적으로 특히 대북 관계에서 민족적 대의명분의 중요성을 과소평가하면 안 된다.

동족 살상을 기뻐하다니

한국에도 잘 알려져 있는 러시아의 대문호이자 평화주의의 원조인 톨스토이는 말년에 노자의 『도덕경』을 비롯한 동양사상에 심취했다. 노자와 공자, 인도의 『법구경』 등에서 문구를 뽑아 윤리 교과서를 편찬한 적도 있는 그는 노자의 『도덕경』 30장과 31장을 가장 좋아하였다고 한다. "도로써 임금을 돕는 자는 군사를 가지고 천하를 장악하려 하지 않는다. 그러한 일을 하면 자기에게 꼭 대가가 돌아온다. ……전쟁에 능한 자는 목적을 달성할 뿐이고 자랑하지 않으며, 뽐내지 않으며, 교만하지 않는다. ……무기는 상서롭지 못한 기구며, 군자의 기구는 아니다. ……싸워서 이기더라도 이를 좋게 여기지 말라" 등이다. 그리고 노자의 이 명언들 중에서도 톨스토이를 비롯하여 러시아의 평화주의자들은 다음과 같은 말을 가장 아름답게 여겨왔다.

대체로 사람을 죽이는 것을 즐거하는 자는 천하에서 뜻을 얻을 수 없다. ……많은 사람을 죽였기 때문에 슬피 울고, 전쟁에서 이긴 자를 상례로 맞이해야 한다.

승리의 순간을 귀히 여기고, 희생자의 고통을 생각지 않으려는 우매한 우리 인간들을 놓고 한 말 중에서 이 명언보다 진리에 가까운 것이 있겠는가. 지금도 기억이 새로운데, 나는 노자의 이 말씀을 처음으로 읽었을 때 왠지 모르게 눈물을 흘리고 싶은 마음이었다. 무기를 가지고 늘 천하를 장악하려 하고, 전승을 최고의 자랑으로 삼고, 전쟁에서의 살인을 당연시하는 군사제국 러시아가 미구에 엄청난 실패와 고통을 대가로 받을 것이라는 느낌이 왔기 때문이었다. 또, 노자나 톨스토이

같은 위인들의 말씀을 듣고도 참회하지 않는 거만한 우리들은 그 대가를 달갑게 여겨야 한다는 생각도 들었다.

그러나 소위 '서해 교전'의 경위를 상기하면서 느끼는 것은, 노자의 교화를 러시아보다 거의 2000년이나 먼저 입은 한국이 성현의 말씀을 알면서도 실천하지 않는 것이 우리와 똑같다는 것이다. 서해에서의 교전 결과, 북한 함정이 격침되어 북쪽 군복을 입은 젊은이들이 30여 명이나 바닷속에서 고통스럽게 죽어갔다는 것은 다들 익히 아는 사실이다. 그런데 나를 정말 놀랍게 만든 것은 이 사실을 아주 자세히 보도한 국내의 언론이 대부분 이 사태의 전략적 결과들이니, 안보의식의 고취니, 남북 군사력의 비교니, 대북 협상·사업의 전망이니 하며 국내외의 정치나 '돈'에 관한 문제에 초점을 맞추었지 불과 연기 속에서 사라진 동족 30여 명의 비참한 최후에 대해서는 별다른 언급을 하지 않았다는 것이다. 시체도 남지 않았을 그 젊은이들의 횡사를 슬프게 여기지 않는 것은 그렇다 치고, 일부 언론은 남쪽의 '승리'를 자랑으로 여기고, 일찌감치 컴퓨터화한 국군의 '적군'에 대한 우월성에 찬사를 아끼지 않았다. 그리고 북쪽에 대한 철저한 경계심을 가지고 유사시에 꼭 '강경대응'을 하라고 호소하는 것이다. 조금 더 쉬운 말로 바꾸면, 필요하면 더 죽여라, '북괴'를 죽이는 것이 미덕이라는 뜻이란 말인가?

여기에서 밝혀두어야 할 것은, 공산당 독재의 압박을 직접 체험한 나는 북쪽 체제에 대해 아무런 환상도 없다는 것이다. 그리고 군복을 입은 청년들을 죽음으로 내몬 것이 결국 북한 정권이라는 것도 자명한 사실이다. 그런데 군사적 도발의 정치적 이유들과 상관없이 내가 느낀 것은 남한 사회를 대표하는 대부분의 언론들이 이 땅에서 사람이 국가의 명령에 따라 다른 사람을 죽인다는 사실, 한국인의 총탄에 동족이 죽는다는 사실을 아주 가볍게 여겼다는 것이다. 첨단 무기를 가진 '우리'가 낡은 무기를 가진 '그들'을 '성공적으로' 물리쳤다는 것에 보도의 주안점을 두었고, 군대에 끌려가서 이제 바닷속에서 무덤도 없는 원귀가 된 북녘 젊은이들의 어머니들이 밤새도록 가슴이 미어지는 고통에 울고 있으리라는 것은 관심 밖이었다. 한마디로, 정치인이나 언론인에게는 북쪽 어디에선가 엄마가 애써 키운 귀한 아기의 몸과 마음은 장기의 한 개 사나 졸에 지나지 않는다. 동족이 동족을 다시 한 번 죽인 것은 그들에게 아군이 북괴에게 성공적으로 손실을 입힌 일에 지나지 않는다.

노자 시대의 악인들이 적군을 죽이는 것을 기쁘게 여겼다면, 우리 시대의 존경스러운 지도자들은 '적군의 박멸'을 '첨단무기의 당연한 승리'로 자부한다. 인간은 과연 진보하는가?

누군가 나에게 다음과 같은 반론을 제기할 수 있다. 전쟁은 원래 고금동서를 막론하고 적군을 살상하는 것이고, 아군이 북측을 억제할 능력을 보이지 않으면 그들이 '천백 배'의 손실을 남한에 입히리라는 것이다. 그런데 내 말의 뜻은, 무장을 해제하라는 것이 아니고 노자의 말씀대로 전쟁을 하더라도 이를 마음으로 슬퍼할 줄 알아야 하며, 그것이 필요악이라는 사실을 잊지 말아야 하며, '적군'이 되어버린 동족에 대해서 자비의 마음을 버리지 말라는 것이다.

전시든 평시든, 상대가 적군이든 타민족이든 죄인이든, 남의 생명을 빼앗는 것은 도덕적 차원에서 죄악일 수밖에 없다. 더군다나 동족을 죽이는 것은 그 이유와 필요성이 어떻든 간에 조상들과 이 나라 강산에 씻을 수 없는 상처를 입히는 것이다. 그리하여 그러한 비극이 벌어질 때마다 노자의 명언대로 상례를 치르듯 끝없는 슬픔을 마음속에 품는 것이 도리지, 기쁨에 찬 어투로 '승리'를 운위하는 것은 죽고 다친 동족에 대한 모독이자 자신에게도 죄를 짓는 일인 것이다. 이러한 의미에서 남한의 종교인들이, 충돌의 희생자의 명복을 비는 애도의 행사를 치르는 것이 바람직하지 않았는가 한다. 그리고 남과 북 사이에 정서의 차원에서 원망의 벽이 쌓여 분단이 영구화되면, 남의 불행을 발판 삼아 무기 판매 등으로 엄청난 돈을 버는 외세말고 누가 더 기쁘겠는가?

노자의 『도덕경』이 세계의 경전이 된 지 오래되었다. 그런데도 군자가 만지지 말아야 할 '상서롭지 못한 기구'가 열강의 자랑거리이자 최고의 상품으로 남아 있다. '의로운' 미국이 '악인' 유고 · 이라크 · 아프가니스탄을 '최첨단 방법'으로 '응징'한다면서 몇천 명이나 되는 무고한 백성의 생명을 살해했을 때, '문명국'을 자부하는 대부분의 유럽 '선진국' 주민들은 흐뭇하게 응원하며 승자에게 박수갈채를 보냈다. 폭파의 불과 연기 속에서 단말마의 고함을 지르며 엄마의 이름을 부르던 유고나 아프가니스탄 주민들의 피는 그들 '선진국' 사람에게는 서부활극에서나 보는 배우의 '가짜 죽음' 정도로 가벼운 것이다. 예수의 희생과 톨스토이와 같은 수많은 사상가 · 작가의 노력에도 불구하고 대부분의 서양인들은 아직 검투사의 죽음을 재미있게 보면서 음식이나 맛있게 먹던 로마인의 수준에서 크게 벗어나지 못했다.

그러나 『도덕경』의 정서가 몸에 밴 한국인들은 동양 민족들을 벌써 500여 년 동안이나 괴롭혀온 그들 압제자 무리의 악습을 따르지 않고 동포의 고통과 슬픔을 언제든지 같이 마음으로 나누었으면 좋겠다. 승리도 아닌 동족에 대한 '승리'를 정말 상례의 마음으로 맞이할 정도로 단결과 화합이 강해야 이 민족의 아픔을 기회 삼아 이득을 노리는 외세가 보이지 않는 계략의 손길을 함부로 들이대지 못할 것이다.

공자는 죽은 우상

나는 공자의 고향인 중국 산동성 곡부에 다녀온 적이 있었다. 유교가 통치이념이 된 한나라 시대부터 황제들이 공자의 후손을 융숭히 대접해 온 탓에 곡부의 공씨 문중 관저와 공자의 묘는 화려하기 짝이 없었다. 공자묘에 있는 대성전이라는 경복궁 근정전만한 커다란 사당에서 공자는 아예 신으로 모셔져 외경과 숭배의 대상이 되고 있다. 실제로 가난과 실망 속에서 최후를 맞은 노나라의 재야지식인 공자와, 죽어서 '제국의 이론가'가 되어 황제들도 숭배하는 신이 된 대성전의 공자가 너무나도 대조적이라서 나는 어리둥절하여 어찌할 바를 몰랐다. 내가 흠모하던 헌신적인 구도자 공자를 이 호화로운 사당에서 만날 리가 없었다.

한나라 이후로 유교가 권력에 의해서 어느 정도 변질·왜곡되었는지 곡부에서 직접 눈으로 확인한 뒤에, 나는 한 가지 집념에서 벗어날 수 없었다. 오래 전부터 압제자의 통치이념이 되고 만 유교가 이제 와서 한국의 발전에 도움이 될 수 있겠느냐, 요즘 젊은이들에게 관심거리가 될 수 있겠느냐는 것이 내 화두였다. 내 생각은 상당히 비관적이었다.

'유교'라고 하면 요즘 젊은 사람은 무엇을 생각할까? 학생의 조그마한 반대도 권위에 대한 도전으로 받아들여 사랑과 무관한 매를 시도 때도 없이 휘두르는 학교 선생의 매서운 권위주의는 피해자인 학생에게 분명히 '유교'와 연결되었을 것이다. '전통적 가치'를 내걸고 졸병의 인간성을 철저히 파괴하는 군대 고참의 무의미한 폭력도, '아랫사람'을 부려먹는 데 희열을 느끼는 직장 상사의 자만심도 다 피해자에게 '유교의 잔재'로 받아들여졌을 것이다. 한마디로, '밑'을 짓밟으면서 '위'를 받들어야만 하는 이 '수직적 사회' 때문에 피해를 본 모든 사람이

'유교'를 탓하기 십상이다. 이러한 분위기에서 공자가 이 나라의 미래를 위해 죽어주어야 한다는 흥미로운 주장까지 나오는 것을 과연 놀라운 일이라고 할 수 있을까. 그러나 위계 서열과 파벌 위주의, 한국의 '사이비 현대 유교사회'와 노나라의 공자는 별로 관련이 없다.

공자 시대의 중국은 연령, 사제, 권력 서열로 철저하게 묶여 있었고, 공자도 그 사회에서 역할을 하기 위해서 그 현실을 어느 정도 받아들이지 않을 수 없었다. 공자의 가르침에서 볼 수 있는 이 체제옹호론적 일면은 한나라 이후 후대의 어용적 유교에 의해서 절대화되어 오늘날까지 이어지고 있다. 그러나 2500년 전의 고대사상을 우리가 완전한 민주사상이 아니라고 탓하는 것은 무리가 아닐까? 문제는, 권력과 결탁한 후대의 유가가 공자의 한계를 극복하기는커녕 공자 가르침의 일면인 철저한 비판정신과 구도정신, 물질에 대한 초탈적 자세 등을 무시해버린 것이다.

사실 공자의 이상인 '군자'는 세상 물정에 전혀 구애받지 않는, 자유롭고 도덕적인 지성인을 뜻하는 말이다. 오로지 우주와 인륜의 도를 터득하기 위해서만 살고, 가난과 역경 속에서도 이 넓은 세계의 조화로움을 기쁘게 보면서 설사 벼슬을 하더라도 한점 사리사욕 없이 공익만 챙겨주는 사람이 '군자'다. '군자'에게는 예의라는 것도 맹목적으로 따라야 할 형식은 아니고 '인'의 연장이다. 즉, 어진 마음을 품은 '군자'가 쉽고 편리한 것들을 남에게 주고, 자신은 험난하고 위험한 길로 가는 것이 바로 진정한 예의다. 그리고 '군자'의 또 하나의 특징은 불의를 보면 물러서는 법이 없고, 대의를 위해서 중요한 일을 해야 할 때 자신의 힘을 먼저 헤아리지 않고 무조건 몸을 바치는 것이다.

학문과 실천, 우주의 신비와 인간의 정의를 한 몸에 겸비한 '군자'의 상은 사실 고대 중국이 이룩한 문화 발전의 종합적인 결론이라 볼 수도

있다. 이는 기독교의 '성인'과 대승불교의 '보살'과도 상통하는 인격상
이며, 세계 문화에 극동문화권이 기여한 업적이기도 하다.

위에서 보다시피, 권력과 결탁한 후대의 유가는 공자 가르침의 체제
안정적인 면만 강조하였지만, 초기 유교에는 이상주의적이고 인격 양
성적인 면들이 적지 않게 있었다. 이 유교적 이상주의는 지금도 한국
사회의 정화에 도움이 될 수 있을 듯하다.

예를 들어 최근 한국을 실제로 소유하고 있는 대재벌들은 갖은 방법
으로 젊은층의 소비심리를 자극하여 온 나라가 소비주의라는 고질병으
로 멍들게 만들었다. 단순히 '과소비'가 아니라 대부분의 사람들에게
어떤 방법으로든 돈을 많이 벌고 많이 쓰는 것이 유일한 인생의 이상이
되고 만 것이 문제다. 신앙도, 문화도, 사랑도 이 '벌이와 씀씀이'라는
단순한 등식 앞에서 무력하게 부서지고 있고, 결과적으로 인간이란
'벌고 쓰는' 기계적 존재로 취급받게 된다. '못 벌고 못 쓰는' 사람이면
'고장난 기계' 취급을 받고 사회에서 '폐기'당하는 것은 물론이다.

물질의 소비가 주 목적이 된 이 나라를 위해서 '한 그릇 밥과 한 표주
박 물'의 가난을 즐거워한 공자의 수제자 안회가 반성의 계기를 주지
않을까? "군자는 도를 도모하고 음식을 도모하지 않는다"는, "어진 사
람은 물질에 대해서 걱정하지 않는다"는 초기 유가의 정신 위주의 사
상이 아니면 미국식 자본주의의 '벌이 · 씀씀이'병으로부터 이 나라를
구할 길이 있겠는가? 그리고 살인적인 경쟁 속에서 모든 인간관계가
형식화되어 가고, 남을 밟고 자신이 살아남는 것이 목적이 된 사회에
"군자는 다투지 않는다"는 교훈만큼 시의적절한 것이 있을까? 미국식
'무한경쟁'에 한국이 대항할 수 있는 유일한 방법은 이 '사양의 정신'
이다. 그리고 감투를 얻기 위해서 갖가지 파벌의 보스들에게 아부해야
하는 이 상황에서 "가난해도 아첨하지 않고 파벌에 기대지 않는" 군자

의 이상이 어떤 시사를 주지 않는가?

한마디로, 초기 유가의 이상주의적 정신은 응당 현재에도 한국의 양심적 지성인들에게 기대와 힘을 충분히 줄 수 있으리라 본다. 중국 곡부의 화려한 사당에 있는 공자는 이미 '죽은 우상'이 됐지만, 우리 가슴 속에 살아 있는 참모습의 '산 공자'가 우리 마음을 움직여 우리를 더욱 발전시키는 계기가 되었으면 한다.

그들의 아픔을 아시나요

얼마 전 한 한국인이 중국에서 처형된 사실이 한국에서 논란을 빚고 있다. 한국 외교관들의 동포에 대한 무관심과 업무처리 수준에 대해 질책하는 말이 많이 들렸다. 그러나 이번 한국인 '처형사건'에서 몇 가지 다른 중요한 요소가 좀더 강조되어야 한다는 느낌을 떨쳐낼 수 없었다. 하나는 설령 끔찍한 범죄를 저지른 사람이라 해도 국가가 범인을 마구 죽이는 폭력을 행해도 되는가 하는, 인권 논리로 본 사형제도 자체의 정당성 문제였다. 다름 아닌 한국인이 처형되었다는 아픈 사실을 통해, 적어도 한국 안에서는 국가가 사람을 벌레 죽이듯 하는 살인집단이 되지 않기를 바라야 되지 않을까?

그리고 두번째는 한국인 처형 사실을 집중적으로 보도하면서도 중국의 전체 인권상황에 초점을 맞추지 않는 언론의 태도였다. 중국에서 마구잡이로 처형당하는 중국 족속인 한족을 비롯해 티베트족, 위구르족 등 여러 민족 사람에 대해 한국 언론이 거의 관심을 보이지 않는 게 안타까웠다. '우리 민족' 한 사람의 생사가 일차적인 관심사가 되는 것이야 당연하겠지만, 중국에서 올해 처형을 당한 3000여 중국 사람들은 과연 사람이 아닌가? 그들의 생사도 우리에게 조금이나마 관심의 대상이 되어야 하지 않을까? 물론 이웃 나라와 외교적인 마찰을 피하려는 언론의 태도도 있겠지만, 그 이면에는 '우리'의 인권과 '그들'의 인권을 구분하는 오랜 습관이 도사리고 있다는 생각을 떨치기 어렵다. 만약 인권에 '국경'이 있다고 본다면, 그것은 보편적인 인권의식이 아니라 국가의 이해타산을 앞세우는 국권주의, 국가주의 의식일 뿐이다.

경제 · 외교 · 군사 등 중국의 '국가적인' 분야들에 대해서는 상당한 관심을 쏟는 한국 언론이 이번 한국인 처형사건이 아니었다면 과연 언제 중국 사법제도의 문제점을 보도할지 의문이 든다. 나아가 중국 사형수들의 몸(장기)이 미국과 서구에 고가로 팔려나가고 있는데도 한국 언론이 이를 한번이라도 제대로 보도한 적 있는지도 묻지 않을 수 없다. 중국이라는 나라는 '백성'의 생사를 결정하고 그 신체를 이용할 권리, 곧 자기 신체에 대한 인간의 기본적인 인권을 전적으로 부정하는 '권리'까지도 가진다. 그러나 정작 당하고도 정부의 국제적 이해관계를 우선적으로 고려하는 한국 언론이 이런 언급들을 자제했다는 것은 외교상의 망신보다 더 큰 인권의식상의 망신이라고 해야 한다.

더 나아가 박종철 열사를 비롯해 고문으로 숨진 한국의 민주투사들을 기릴 줄 아는 지금의 우리가, 지난해와 올해 전기고문과 성고문 등을 포함한 악질적인 고문으로 감옥에서 숨진 수많은 노동 · 인권 운동가와 티베트, 위구르 등의 민족투사들을 언론 지상에서나마 언급해 주는 것이 국경 없는 올바른 인권의식의 발로일 것이다. 우리가 서대문 감옥의 기념관이나 독립기념관에 가서 구경할 수 있는 일제시대의 고문기술과 그다지 다르지 않은 고문들이 지금도 우리와 멀지 않은 곳에서 그대로 행해지고 있는 것이 엄연한 사실이다.

인간이 역지사지의 지혜를 가졌다 해도, 남의 처지에 서서 세상을 볼 줄 아는 슬기로움을 지니기란 매우 어려운 일이다. 중국을 주로 관광객이나 기업가, 학생 자격으로 방문하는 우리가 부정부패에 저항했다가 투옥되어 날마다 언어·물리적 폭력에 시달리는 중국의 인권운동가나 세무관료들의 폭행으로 신체 일부를 잃은 농민, 민영화한 기업에서 해고되어 굶어죽을 지경에 몰린 노동자의 눈으로 중국을 볼 수는 없을 것이다. 그러나 물가가 싸고 경치가 좋아 관광할 만하고 투자 전망 좋은 이웃 나라 국민의 '보이지 않는 눈물'을 애써 외면하는 어리석음을 범하지는 않기를 바란다.

2부

대학, 한국사회의 축소판

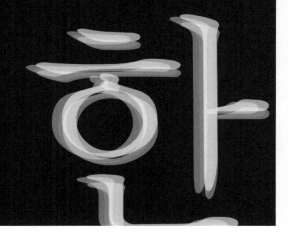

'진보' 꺼풀 속에 숨은 전근대성

'투사'에서 '충복'으로

아마도 전세계적으로 한국 사회만큼 개인에게 사회적 신분을 부여하는 데서 대학에 비중을 두는 곳은 없을 것이다. '박사'로 통했던 이승만 때도, '육사정권'이라고 불러도 좋을 성싶을 역대 군사정권 때도 그랬지만, '386'이라는 유행어가 정치학의 주요 용어로 자리잡은 현재에도 이러한 현상은 바뀌지 않은 듯하다. '386'에 의한, '386'을 위한 정치가 필요하다면, 80년대 학번은 물론이거니와 아무 학번도 없는, 대학을 나오지 못한 시민들은 이미 정치의 주체에서도, 대상에서도 제외되었단 말인가? 대학을 안 나온 소규모 기업의 주인은 아무리 재산을 많이 모아도 '서민'이라고 부르고, 대학을 나오면 말단 공무원도 '인물'로 받드는 곳이 한국 사회다.

그러나 외국인의 입장에서 보면, '운동권'이라는 사회 대안세력이 거의 유일하게 생존공간을 확보하고 있는 '대학'을 왜 하필이면 제도권 세력이 이토록 존중하느냐는 질문이 생기지 않을 수 없다. 다르게 이야기하면, 엊그제 매판재벌을 타도하자고 구호를 외치던 젊은이들을 오늘은 바로 그 재벌들이 별 의심 없이 입사시켜 주고 중책까지 맡기는 것은 어떻게 된 일이냐는 질문이다. 엊그제 쇠파이프를 들고 민족해방을 쟁취하겠다던 사람이 입사한 뒤에 직장 조직의 규율을 잘 지키고 술자리에서도 미국이나 일본 바이어 앞에서 제국주의를 비판하지 않겠다는 보장을 재벌들이 어디에서 얻는지 알고 싶다는 것이다. 물론 지식기술자들이 재벌들에게 꼭 필요하다는 것은 당연하지만, 왜 해외 대학의 학부를 졸업한 사람보다 '운동권'이 강한 국내 명문대학 졸업자를 선호하는지, 전문대 출신도 할 수 있는 업무를 왜 '대학' 출신에게만 맡기는지 이해할 수 없다는 것이다. 그리고 또다른 차원에서는, 예외도 없지 않지만, 엊그제까지만 해도 사상과 이념에 빠져 있던 사람이 오늘은 별 이념도 없는 직장 상사를 열심히 모시며 승진만을 꿈꾸는 것이 외국인에게 의아하게 느껴지기도 한다. 기성 사회를 부인한다는 '대학'이 무슨 이유로 기성 사회의 우대를 받게 되었을까?

물론 실제 생활에서 '대학'의 전문성이 산업사회에 절실히 필요하다는 것이 '대학'을 우대하는 가장 근본적인 원인이다. 그러나 아무리 재벌에게 '두뇌'가 필요하다고 해도, '투사'가 며칠 사이에 그토록 미워하던 족벌체제의 '충복'으로 변신하는 것도, 족벌체제가 엊그제의 '투사'들을 순순히 받아들이는 것도 하나의 기적으로 보이지 않을 수 없다. 이것은 분명히 개인적인 '변절'과 '안주'의 차원을 뛰어넘는, 제도적 장치들이 뒷받침하는 보편적인 사회현상으로 보인다. '제도와 투쟁하는 것'과 '제도에 순종하는 것'이 그토록 얽히고 설킨 대학 사회의 주요 제도적 장치들은 무엇일까?

대부분의 캠퍼스 곳곳에 붙어 있는 대자보의 내용만 보면, 학생들의 성향을 '무한한 진보주의와 반체제성'으로 보기 쉽다. 그러나 내부에서 본 대학 사회는 군대만큼이나 서열적이고 권위주의적이다.

무엇보다도 중세적 도제제도의 면모를 띤 교수와 학생의 관계는 상명하달의 원칙이 엄격히 지켜지는 사적인 추종의 관계지, 공적이고 평등한 현대적인 동료 지식인의 관계는 결코 아니다. '교수님'이 틀어쥐고 있는 '성적'이라는 공적인 권력도 학생에게 충분히 무섭고 위협적이지만, 학생을 불러 '혼내줄' 수 있는 그 사적인 가부장적 권력은 학교를 중세적 '아문(衙門)'으로 만든다. 호통을 치시는 교수님 앞에서 끝까지 본래의 소신을 지키고 굴복하지 않는 학생을 운동권에서도 거의 찾아볼 수 없다. 경찰의 폭력 앞에서도 후퇴하지 않던 젊은이들이 교수님의 고함소리를 듣고 움츠러드는 모습을 한두 번 본 게 아니다. 그리고 '빽'과 '커넥션'만 통하는 한국 사회에서, 그 전지전능한 교수님에게 '혼나는' 것보다도 그 '눈밖에' 나는 것이 학생에게는 더 두렵다.

이를 흔히 '유교적 사제관계'라고 보고 긍정적인 측면을 발견하려고 하지만, 내가 보기에는 상당히 많은 경우에 학생이 그 지도교수의 '도덕'을 유교적으로 '흠모'하기보다는 실질적 '영향력'을 수지타산에 맞춰 '평가'하는 것이다. 유교적 도덕주의와 상호 존중, 군사부일체 사상의 잔재가 전혀 존재하지 않는다고는 볼 수 없지만, 여기에서 서구적 '학파'를 대신하는 패거리적 '피라미드'의 형성 원칙은 보통 도덕과 무관한 연령·권력의 서열이다. 호화로운 '사은회'와 '세배', 만날 때마다 절하는 등 유교적인 형식이 풍부하게 잔존하지만, 한국적 '피라미드'의 내용을 "교수가 퇴직하면 그 논문의 인용 건수가 갑자기 줄어든다"는 명언이 가장 잘 표현한다.

학부생과 교수의 관계에서도 다분히 '절대적 권력에 대한 무조건적 복종'의 논리가 작용하지만, '학계에서의 입지'가 문제되는 석·박사 과정생들은 심지어 지도교수의 대필 요구를 고맙게(?) 받아들여 '써줄수록 잘 시켜주겠지'라고 여길 정도다. 보편적인 진리나 인권, 학리(學

理) 등을 위해서 봉사하기보다는 '영향력' 많은 사람에게 매달려야 '밥그릇'이 보장된다는 것은 한국 학계 '새싹'들의 '생활의 지혜'가 되었다. 진보적이고 도덕적인 지도교수를 만난 '행운아'도 없지 않지만, 보통 이론적으로 권위주의적인 체제를 부인하는 석·박사 과정생들은 바로 그 체제의 말단 구성원으로서 치열한 '충성 경쟁'에서 이기도록 사력을 다해야 한다.

학생과 교수의 관계에서 사적인 예속성이 강한 한국 대학에서는 학생간의 관계도 평등 이념이 아닌 전근대적인 연령·학번 서열과 '선배'에 대한 복속을 주요 원칙으로 삼는다. 이것도 유교적인 존장(尊長) 사상에서 비롯되었다고 보는 논객들이 많지만, 꼭 그렇지만도 않다. 공적인 사회적 장치들이 제대로 작동하지 않는 상황에서 사적인 호혜적 상호 의존 관계만으로는 개인에게 사회 진출과 위치 안정을 보장하지 못하기 때문에, 살아가기 위해서 필요한 '인맥'을 재학시절에, 본격적인 '생존투쟁'을 벌이기 전에 쌓으려는 노력일 뿐이다. 즉, 유교적 이념에 따라서 전통적으로 우월한 위치를 차지하는 선배들에게 일단 '잘보이고', 성공한 선배와 나중에 '먹이사슬' 관계를 맺어야 한다는 것이 한국적 선후배 관계의 여러 논리 중 하나다. 형식이야 유교에서 따온 것이지만, 내용은 다분히 정실 자본주의의 산물로 보인다.

'운동권'이라는 조직체에서도 '높은 학번'이 '낮은 학번'을 의식화의 대상으로만 보고, 상부 방침의 일방적인 '하달'만 존재하는 등 평등의 이념과 철저한 서열화라는 현실이 공존한다. 물론 이 경우에는 정실 자본주의적 타산보다는 순수한 전근대적인 연령과 권위의 논리가 지배적이다. 그러나 일단 민초적 차원의 민주성과 근대성의 부재는 마찬가지다.

위에서 말한 바로는, '진보성'과 '반체제'를 내세우는 대학 사회는 실제로 사적 예속성을 위주로 하는 한국형 정실 자본주의의 논리와 상당히 부합하는, 하나의 서열과 복속의 체제를 이룬다. 예외도 있지만, 이론적인 차원에서 '진보'를 지향하는 교수와 학생 중에서도 일상에서 '아랫사람'들에게 복속을 강요하는 이들이 적지 않다. 그러면 활동적인 진보계에 많이 가려져 있지만, 실제로 거의 대다수를 차지하는 보수적 성향의 교수와 학생들은 과연 어떻겠는가? 그들에게 '윗사람'을 받들고 '아랫사람'을 다스리는 것은 이론적으로도 전혀 문제가 되지 않을 것이다.

그렇다면 보수적인 위계질서 위주의 한국 사회에서 그 질서와 규율을 실제로 가르치는 대학이 그만큼 높은 위치를 차지하고 '우대'를 받는 것이 과연 이상한 일인가? 엊그제 '혁명적인' 선배를 받들고 믿고 따르던 '투사'들이 졸업 이후에 생계문제에 부딪히자 재벌 등 족벌체제의 '장'들을 받들고 따르게 되는 것이 과연 그토록 놀라운가? 대상은 다르지만, 추종행위의 내용은 같다. 그리고 명문대학의 그 엊그제 '투사'들을 기용하는 한국 사회의 '오너'들이 국내 대학을 나온 젊은이들의 이념적 '껍질'이 어떻든 간에 행동양식에서 규율과 맹종에 잘 길들어 있다는 것을 모르고서 과연 그렇게 했을까? '오너'들에게는 이념서적 한 권을 간추려 쓴 대자보가 '아기 장난'으로 보이고, 교수님과 선배님들에게 무조건 절하며 인사하는 습관이 제대로 되어 있다는 것이 가장 중요하다.

한마디로, 진보적 지향을 하나의 지적인 전통으로 갖고 있는 한국의 '대학'은, 동시에 역설적으로 청년들에게 '규율'과 '복속'을 가르치는 사회장치이기도 하다. 그리하여 보수적인 사회에 '진보적인' 대학을 나온 사람들이 가장 적합하다는 이율배반적인 현상이 나타나기도 한다. 그러한 관점에서 보면, 왕년의 학생 지도자들이 한나라당의 공천을 따내려고 사력을 다하는 것이 무엇이 이상할까. 그리고 나아가서 '진보적인 소장파'로 통하던 젊은 한나라당 의원들이 본인의 본래 소신과 무관하게 '보스'의 지시대로 국회에서 투표를 하는 것도 이와 같은 위계질서와 타협한 그들에게는 당연한 일일 뿐이다.

대인관계, 행동양식까지 진보화·현대화하지 않고서는 '진보적인' 이념은 추상적인 공론(空論)으로 남을 것이다. 교수들과 선배들에게 이론적인 반박과 행동적인 불복종을 할 줄 알고, 자기 존엄성과 남의 인권을 우선시하는 학생이 나타나기 전에는, 이 사회를 손아귀에 쥔 '오너'들이 여전히 대학을 충견의 '훈련장'으로 생각할 것이다. 선배가 시킨 대로 '미국 침략사'를 달달 외우는 것보다는 그 선배의 술 강권을 한 번이라도 뿌리치는 것이 훨씬 더 진보적인 행동이다.

이제는 "개인 독립 만세"

몇 년 전에 한 대학교의 개강 총회에 초청을 받아 가본 일이 있었다. 새내기를 위한 선배의 환영사 차례였다. 운동권에서 활약 중이던 학생회장(군대를 다녀온 고학년 대학생)은 새내기들에게 학과의 내력과 특징을 설명한 뒤에 한 가지 의미심장한 경고를 했다.

"군대 갔다온 선배들한테는 '선배님'이나 '형님'이라고 존댓말을 똑바로 해야 하는 것, 다들 알죠? 그것 때문에 기합을 주어야 할 일은 없겠죠?"

새내기들은 "알아요!"를 일제히 외쳤다. 그 광경을 지켜보는 내 마음은 그야말로 희비가 엇갈렸다. 소비 분야에서 '개성'을 추구하는 신세대가 사회관계에서는 불평등하고 몰개성적인 기존의 상하 명칭체계에 쉽게 안주하는 모습이 우습기도 했지만, 가장 진보적이고 평등지향적이어야 할 운동권 계통의 학생회장이 '님'으로 대우받기를 바라고, 이를 공개적으로까지 확인한다는 것이 매우 아프게 느껴지기도 했다. 20대 중반의 젊은이까지도 '님'들의 세상을 벗어날 자주적 힘이 없다면, 서른 이상의 어른들의 사회는 완전히 포기해야 하는 것인가?

문법적인 청자(聽者) 대우법(존댓말, 반말 등)과 함께 하위자가 상위자에게 절대 깍듯이 지켜야 할 경어법, 상위자·연장자를 일반적으로 직함(내지 신분 지칭어)과 '님'으로 호칭하는 호칭법이 오랜 역사를 지닌 전통임에는 틀림없다. 그리고 그 전통에는 분명히 나름의 순기능이 있다. 진심으로 자신이 존경하는 집안 웃어른이나 스승을 '님'으로 대우하는 것이 인간적인 정을 나타낼 수도 있다.

그러나 문제는, 어떤 전통이든 언제나 명암이 있는 것처럼, 그 전통의 역기능도 만만치 않다는 것이다. 현실 사회에서 개인적인 존경의 정과 무관하게 모든 상위자에게 똑같이 써야 하는 말 높임법과 직함+'님'식의 호칭법은 현실적 연령·계층 간의 불평등, 상명하달식의 상호 관계를 반영하는 동시에, 그 관계를 철저히 내면화해 각 개인의 정신세계의 기반으로 자리잡는다는 사실이다.

인간의 의식에 결정적인 영향을 미치는 것 중 하나가 언어다. 원칙적으로 불평등한 호칭법은 평등과 상호 존중의 의식을 낳을 수 없다. 그 결과, 거의 본능화한 불평등의식으로 말미암아 개개인의 창조성이나 진취성은 메마르지 않을 수 없다. 어릴 때부터 '선생님'과 '선배님'의 세계에서 살아온 사람이 크고 나서 감히 지도해 주시는 '교수님'을 거역하기가 쉽겠는가? '님'들의 세상에서 자란 사람에게는 자신도 '님'으로 모셔지기까지 '몸보신', '복지부동'하는 것이 당연한 행동양식이다.

내가 분명히 하고 싶은 것은, 이와 같은 말이 서양인의 입장에서 동양문화를 오해하거나 부정하는 것이 전혀 아니라는 것이다. 오히려 동양 역사를 자신의 생업으로 삼고 있는 나는 동양 역사의 내재적 논리로서 케케묵은 존장사상과 그 언어적 표현의 일대 개혁이 필수적이라고 생각한다. 19세기 이후 양귀(洋鬼, 서양 귀신)의 침략과 무관하게 극동의 역사는 평등을 이상적 목표로 하는――그러나 보통 새로운 불평등의 창조로 끝나는――몸부림의 연속이었다.

우리가 그 사실을 잘 인식하지 못하는 이유는, 결국 미륵불의 평등한 세상이 오기를 갈망했던 조선시대의 민중혁명가보다는 그들을 탄압했던 양반 지배체제의 입장을 더 자세히 다루는 국사교과서 탓이 크다. 미국에서 오랫동안 체류하고도 '지체' 의식을 끝내 버리지 못한 이승만 대신, 찾아오는 새파란 젊은이들에게 "나에게 절하지 마시오. 우리는 평등해야 하오"라고 말하곤 한 온건 사회주의자 여운형 선생이 초대 대통령이 됐다면, 지금 우리 일상 언어문화도 훨씬 더 평등하고 개방적이지 않았을까?

국어 문법의 유기적 일부분이 돼버린 청자대우법이 하루아침에 없어질 수는 없다. 그러나 '아주높임'을 '예사높임'으로 쓰는 문법의 변형은 자연스러운 언어 발달의 논리에 맡긴다 해도, 하나의 사회적 합의에 지나지 않는 호칭법은 우리의 힘과 결심으로 바꿀 수도 있다. 학우 · 사제 · 동료 사이가, 교수님 · 부장님 대신 나이나 직분과 관계없이 평등하게 모두 '씨' · '선생' · '동지'로 다시 태어난다면, 더 합리적이고 민주적인 문화풍속도가 새로 그려지지 않을까?

영원한 '커닝'

원래 시험이라는 인재 선발 방법은 일단 실시하고 나면 여러 가지 부정이 따르게 마련이다. 그런 까닭에 과거시험을 관료 등용 방법으로 삼은 극동문화권에서는 옛날부터 과거와 관련한 각종 부정과 비리에 대한 자성의 목소리가 자주 들렸다. 17, 18세기 중국의 과거시험이 안고 있던 문제점을 지적한 유명한 문학작품으로 오경재(吳敬梓, 1701~1754)의 『유림외사(儒林外史)』가 있지만, 조선에서는 1818년에 이형하(李瀅夏)가 과거의 '팔폐'(여덟 가지 폐단)를 지적하였다. 그에 따르면, 도덕군자로서 백성의 추앙을 받아야 하는 관료 후보생들은 사실 '홍패'(과거시험 합격증서)를 얻기 위해서 양반의 체통과 가문의 명예에는 신경도 쓰지 않고 '책을 몰래 가지고 시험장에 들어가기', '남의 글 베껴 쓰기', '시험지 바꿔 내기' 등 갖은 부정한 방법을 다 동원했다.

이형하의 글을 읽다 보면 도덕과 대의명분을 내세우면서 내심으로는 벼슬과 돈만 생각하는 조선조 말기 관료사회의 퇴폐적 분위기를 쉽게 느낄 수 있고, 양반관료 중심의 사회체제가 왜 결국 멸망하였는지 충분히 이해할 수 있다. 그 시대의 지도층에게 공부 그 자체가 아닌 시험 결과에 따른 벼슬과 부유한 생활이 인생의 주된 목적이 된 것은 그 사회의 궁극적인 몰락을 예고하는 징조였다.

그런데 옛날부터 청나라나 조선왕조의 과거시험 비리에 대해서 많이 읽은 나는, 교수로 한국에 오게 된 뒤 중세 관료사회의 폐습들이 현재도 대학교에서 살아 남은 것을 보고 대단히 놀랐다. 여기에서 말하는 것은 바로 이른바 '커닝'의 폐풍이다(외래어 남용을 억제하는 의미에서 이를 차라리 '응시자가 행하는 시험 관련 부정행위'로 부르는 것이 낫지 않을까 한다). 처음 대학교 교실 안의 책상을 본 느낌은 일종의 '잡학 교과서'

(?)를 보는 느낌이었다. 일본어, 중국어, 국사, 외교, 수학 등의 수많은 낙서 때문에 책상이 까무스름하게 보였다. '커닝 페이퍼' 역할을 하는 낙서들이 없는 책상은 별로 없었다. 나중에 학생들에게서 들은 이야기로는 탁자 위의 낙서는 초보적인 수법에 불과하고, 손바닥이나 치마 차림 여학생의 허벅지까지 사용하는, 상상을 초월하는 방법들도 개발되었다고 한다. 부모에게서 받은 자기 몸을 존중하던 조선시대 과거 응시자들은 거기까지 안 갔을 것이 아닌가 싶다.

그런데 수법의 정교함보다 나를 더욱더 놀라게 만든 것은 바로 이 '커닝'에 대한 학생과 교수——특히 교수——들의 태도다. "점수를 잘 받고 싶은 것이 뭐가 나쁘냐"는 식으로 대꾸하는 학생들도, "아이들인데 당연한 일 아니냐"는 식으로 태연하게 반응하는 교수들도 이 '커닝'을 별로 심각한 문제로 인식하지 않는 것이 아닌가 싶다. '아이들 장난'으로 취급하여 '귀엽게 봐주는' 것도 좋겠지만, 사실 이 폐습은 이 사회에서 볼 수 있는 일반적인 심리의 몇 가지 중요한 특징을 잘 보여준다.

첫째, 점수(즉, 이득)를 얻기 위해서는 수단과 방법을 가릴 필요가 없다는 것이다. 도덕 · 윤리 · 염치보다 눈앞의 작은 이득이 더 중요해 보인다는 것이다. 결국, 궁극적인 차원에서 초현실적인 정신적인 가치보다는 속세적 가치들이 더 우선시된다는 것이 아닌가?

둘째, 학생들끼리 '커닝'을 수치로 여기거나 자체적으로 단속하는 일이 별로 없는 것으로 봐서는, '좋은 점수를 얻기 위해서는 속임수를 써도 좋다'는 속물적인 원칙이 이미 학생사회에서 일종의 불문율로 받아들여지고 있는 듯했다. 과거에 정부의 부정부패를 과감히 규탄하여 진보세력의 선봉을 맡았던 학생들이 자기들의 '작은 부정'도 제대로 고치지 못한다는 것은 실망스럽지 않을 수 없다.

셋째, 공부의 내용보다 그 결과로 얻어지는 것들이 더 중요하다는 입시 위주 학교 교육의 기본 의식이 대학에 들어온 뒤에도 사라지지 않고 학생들의 순수한 학문 탐구 의욕을 묶어버린다는 것이다.

넷째, 국방·납세 등 국민의 의무를 교수와 똑같이 지는 학생이 교수의 눈에 그래도 '아이'로 비추어지고, 학생이 저지르는 부정행위가 '아이 장난'으로 비추어진다는 것이다. 사제관계를 부모와 자녀의 관계와 같은 것으로 인식하려는 전통은 대단히 좋지만, 후배에게 폭탄주를 강권하여 숨지게 하는 등의 행위는 단순한 '장난'의 범위를 넘어선 것이 아닌가? 물론 인명 경시 풍조에 비하면 커닝 정도는 심각한 것으로 보이지 않겠지만, 도덕관 부재 차원에서 고위 관료들이 국민을 속이는 것과 학생이 시험장에서 시험관을 속이는 것이 무엇이 다르겠는가? 현대 교수보다 사제관계에 대한 유교적인 의식이 백배나 더 강했을 옛 서당 훈장들은 과연 도덕을 짓밟는 이러한 '장난'을 방치했을까? 학생들의 부정행위에 대한 교수의 무관심이 교수들의 도덕적 권위를 높인다고는 아무도 생각하지 못할 것이다.

결과적으로 이야기하면, 조선조 말기에 파렴치한 관료 후보생들이 갖은 부정한 방법으로 과거시험장에서 선량한 선비들을 떨어뜨려 출세의 가도를 달렸고, 결국 관계를 장악한 탐관오리들이 국가의 멸망을 앞당겼다는 것이 우리의 일반 상식이다. 그런데 현재 대학교에서 '커닝'을 당연지사로 아는 '점수 관리 도사'가 나중에 사회에 진출하여 정직한 시민이 되리라고 어찌 믿을 수 있는가. 결국 '커닝'을 포함한 이기적인 부정행위들이 사회적 진보를 가로막는 요소 가운데 하나가 되는 것이다.

가끔 국내외 사회학자들이 한국 사회를 가리켜 '소용돌이형 사회(vortex society)'라고 지칭하는 경우가 있다. 소용돌이 모양처럼 일체 구성원이 사회의 중심을 향해서 발버둥치며 진출하려고 한다는 뜻이다. 신분 상승의 욕망이야 없는 사회가 없겠지만, 그 욕망을 억제하는 법률적·도덕적 장치가 부재한 것이 바로 '소용돌이형 사회'의 특징이라는 논리다. '커닝'의 폐풍은 기계적인 근대성을 강제로 이식한 세계 주변부에서 흔히 찾아볼 수 있는 '소용돌이형 사회'의 특색이다.

조교들이여 일어나라

한국을 떠난 지 거의 2년 넘게 지났는데도 한국에서 교수생활을 시작하던 때의 한 장면이 계속 떠오른다. 그 당시에 어느 명문대학 한 학과의 학과장을 지내고 있던, 해당 학계에서 상당한 위치를 차지하고 있던 교수를 방문하게 되었다. 그 교수가 한국 학생들에게 인기가 좋았고, 유럽의 사회민주주의 사회를 오래 경험했을 뿐 아니라, 한국 현실을 매우 예리하게 비판하는 '진보적 지식인'의 대열에 속했다는 사실을 미리 이야기해 둔다.

IMF 시절의 민중의 고생을 중심으로 한 '지식인다운' 대화가 본격화하자, 한국의 삼복더위를 어렵게 견디는 나의 갈증을 풀어주려는 예의 좋은 교수가 찻잔을 뒤지기 시작했다. 그러나 찻잔도 접시도 그 전 손님을 대접한 뒤에 씻지 않은 채 그냥 놓여 있었다. 옛 소련 사회주의 시절의 상부상조의 관습대로 나는 더러운 식기를 씻어주려고 자리에서 일어났다. 교수는 내가 "설거지를 해드리겠다"고 하자 실소를 금할 수 없었던 모양이다. "박 교수님은 손님이신데, 그런 일까지 하시겠다니……. 우리 과에 조교도 있는데, 설거지에 문제가 있겠습니까?"

교수 개인의 설거지와 과 조교가 무슨 상관이 있는지 이해하지 못하여 어리둥절해 하던 내가 자리에 앉자, 교수는 곧장 과사무실로 전화를 걸어 "나야. 방 정리 좀 하게!" 한 뒤 수화기를 놓았다. 2~3분도 지나지 않아 조교가 나타났다. 들어오자마자 명령도 기다리지 않고 당장 설거지부터 해서 화분 물주기, 책상닦기, 쓰레기 정리 등의 잡일을 하기 시작하였다. 일을 마치고 나가는 조교에게 교수는 고맙다는 말 한마디도 안했다.

그날 밤, 잠을 이루지 못한 나는 생각이 복잡하기 짝이 없었다. "나는 정말 평등과 인간 존엄성을 믿는 사회주의자라면, 왜 노동자 여성을 학대하는 그 현대판 노예주 앞에서 그 자리에서 항의해서 밖으로 나가버리지 못했을까? 예의에 어긋난 망동이었을 거라고? 이놈아, 배부르고 남의 아부를 만끽할 수 있는 그 자리, 교수 자리를 놓치기가 무서워서 가만히 있었던 것 아니냐, 이 겁쟁이야!"

극도의 흥분을 가라앉히지 못해 잠을 못 이룬 그 기나긴 밤을 보내고 나서 나는 두 가지 사실을 똑똑하게 인식했다.

첫째, 가만히 있었던 내 자신이 한국 교수사회의 '미풍양속'대로 조교를 상습적으로 부려먹는 그 교수보다 도덕적으로 나은 점이 하나도 없다는 사실. 둘째, 고향보다 더 사랑하는 이 아기자기한 산과 언덕의 나라, 한국을 언젠가 떠나야 한다는 사실이었다. 푸른 산과 바닷가 갯벌이 아무리 좋아도, 한 인간이 다른 인간 위에 이처럼 군림하는 모습을 보다가는 미칠 수도 있기 때문이다. 아니면, 나처럼 신념을 지키지 못하는 약한 인간이 자기도 모르게 이들 착취자와 똑같이 되어버리면 미치는 것보다 더 무섭지 않은가.

나중에 제 정신을 어느 정도 차리고 한국인 아내와, 사학을 하는 한국 친구들에게 이 일을 물어보고 대충 다음과 같은 대답을 들었다.

"설거지 정도만 시켰으면 정말 민중을 아껴주는, 서구적 색채가 짙은 진보적인 귀족이었을 것이다. 보통 조교는 교수의 만능 기기이고, 영문 원서 번역, 논문 정리, 출판사 섭외 등 안하는 일이 없다. 그리고 그 조교를 불쌍히 여길 필요는 없다. 교수의 눈밖에 나지만 않으면, 그 조교도 그 교수의 인맥을 타서 언젠가 교수가 될 것이다. 당신이 조교를 부려먹는 모습을 일방적인 착취로 봤지만, 사실상 이는 일종의 쌍무적 거래다. 물론 일단 조교가 되어 학계 생활을 계속하려는 처지에서 이 거래를 거절할 수 없다는 것이 문제라면 문제다. 그리고 당신이 불쌍하게 본 조교는 자신도 교수가 된다면, 그때 조교 시절에 당한 만큼 자신의 후배들을 충분히 부려먹을 것이다."

이참에 한국 조교들에게 한 가지 부탁을 드리고 싶다. 여러분, 제발 그냥 참지들 마세요! 인간의 존엄성을 밟는 사람도, 그에게 대꾸 한마디 없이 밟히는 사람도, 그 장면을 항의 없이 지켜보는 (나 같은) 겁쟁이 목격자들도 다 똑같이 도덕적으로 타락합니다!

상아탑의 노예들

해외 전문가들은 1990년대 들어 IMF 구제금융 사태 이전까지 한국 경제가 이룩한 고성장을 논할 때, 그 원인으로 국내외 한국 기업에 의한 저임금 해외 노동력의 이용을 꼭 들곤 한다. 한국 노동자 평균월급의 3분의 1이나 4분의 1밖에 못 받으면서 국내 실업자가 굶어도 하지 않으려는 염색 · 용접 · 금속 절단 · 손세차 등의 막노동을 파업이나 노사 분쟁 없이 해주는 그들은, 말 그대로 한국 수출경제의 '숨은 일꾼'이다. "외국인을 쓰지 않으면 마진이 안 나온다"는 것은 속칭 3D업종에 종사하는 많은 업주의 솔직한 고백이다. 그리고 '산업연수'라는 미명하에 국내에 와서 '연수' 대신 국내인들이 해내기 어려운 육체노동을 해 가면서 사회의 괄시와 업주의 횡포를 견뎌야만 하는 그들의 처지가 어떤지는 독자들도 잘 알 것이다.

그런데 외국인 노동자와 거의 똑같이 사회의 무관심과 따돌림 속에서 과다한 노동의 부담을 안고 생계를 겨우 유지해 나가는 또 하나의 국내인 사회집단이 있다. 이는 바로 신인·소장파 지식인으로 구성된 대학교의 소위 '시간강사'들이고, 그들에 대한 대우는 '지식'과 '연구'의 가치에 대한 현재 한국 사회의 인식을 매우 잘 반영해 준다. 다들 잘 알 듯이, 보통 전체 강의시간의 절반 이상을 담당하는 그들은 한 시간당 2만원 안팎의 수업료를 받아 100만 원 이하의 소득으로 한 달을 살아야 한다. 방학기간 동안에는 월급이 안 나오는 데다 정상적인 휴가가 전혀 없는 것은 물론이고 교내외 연구비를 거의 기대할 수 없다 보니 그들은 공부에 절대적으로 필요한 학술서적 한 권을 사는 데도 망설이게 마련이다. 교내에서 연구 공간도 차지하지 못하고, 또 몇 군데 학교를 돌아가면서 강의해야 하는 그들은, 연구 업적을 한창 쌓아야 하는 나이임에도 연구에 몰입하기 위한 시간적·공간적 여유를 얻기가 어렵다. 이들과 연배도 연구능력도 비슷한 젊은 전임 교원들이 연구실과 정기적인 월급, 여유 있는 연구비 등의 혜택을 누린다는 사실을 염두에 두면, 사회의 진보를 이끌어나가야 할 지식인들의 사회가 왜 이렇게 불평등해야만 하는가라는 질문을 속으로 하게 된다. 사실, 정부 지원의 태부족으로 재정이 대체로 열악한 한국 사립대학에서 소수의 전임 교원들이 비교적 양호한 연구 여건을 누릴 수 있는 배경에는 바로 다수의 비상근 교원의 엄청난 희생이 깔려 있다.

차비나 겨우 되는 보수를 받으면서 과중한 시간을 담당해 줌으로써 전임 교원들로 하여금 비교적 여유 있는 강의 일정과 높은 월급을 받을 수 있게끔 해주는 시간강사들. 그들은 경제적인 착취를 받는 데다가 신분적 불평등까지도 감수해야만 한다. 공식적으로 그들은 '일회용 잡직'으로 분류되어 학교와 정식 교원 고용관계를 맺지 않아서 '직장'을 사람의 '얼굴'로 인식하는 신분 중심의 한국 사회에서 '명함을 내밀지 못하는' 신세가 된다. 이는 언론과 관계를 맺을 때도, 국·사립 재단에 연구비를 신청할 때도 매우 어려운 문제가 되는 것은 물론이고, 심지어 학생들을 대할 때도 심리적인 문제가 될 수 있다. 학생운동이 '양심 없는 사회'의 양심이 되어주려고 하고, 학생들이 사회 발전의 대안을 진지하게 논의하던 시대는 이미 지났다. 예외도 없지 않지만, 대부분의 현재 학생들 중에는 경쟁자를 짓밟으면서 기존 체제에 편승하여 안주하는 것을 '인생의 당연한 목표'로 삼는다. 나이에 걸맞지 않게 야무진 그들이 보기에 '장사도 안 되는' 공부에 젊음을 바친 무직자 박사들이 대수롭지 않게 보일 때도 많을 것이다. 그리고 교육 수요자가 교수자에게 진실된 흠모와 존경을 느끼지 않는 한, 인격 함양을 포함한 진정한 의미의 교육은 물론이고 정상적인 사제관계의 성립도 상당히 곤란하다는 것은 잘 알려져 있는 사실이다.

여기에서 나에게 반문할 수 있는 것은, 현재 교원에게도 학생들의 등록금으로 월급을 주는 데 수지가 겨우 맞는 학교들이 과연 신규 채용을 늘려 고학력 인재의 무직상태를 근본적으로 해결할 능력이 있느냐는 것이다. 이 문제는 간단치 않다. 그리고 궁극적인 해결은 군축과 재벌 개혁에 따른 국가 교육예산 증가, 학교에 대한 국가 지원의 확대, 국가에 의한 계획적인 전임 교직 증설에 있지 않나 싶다. 그러기 위해서는 한반도에서의 냉전이 끝나 국민의 혈세가 고가의 미국산 첨단 살생도구 사들이기에 그만 흘러들어가야 되고, 채무경영과 '확대를 위한 확대'를 일삼는 거대 재벌들이 자업자득으로 경영난을 겪을 때마다 국가가 나서서 업주의 손실을 공적 자금으로 메우는 시대는 막을 내려야 한다.

물론 미국 군수업자와 국내 재벌들에게 한없이 들어가는 돈이 학자와 학생들을 돕는 데 쓰일 수 있는 날은 아직 요원하다. 그래도 경영이 순탄한 학교들이 최소한 박사 학위를 소지한 비상근 교원들에게 학기제 전임강사 등 계약 전임강사직이라도 더 많이 주어 생계와 신분 문제를 일시적으로라도 해결해 줄 수 있지 않겠는가 싶다. 이를 위한 예산을 확보하려면, 불필요한 고비용 국제행사를 자제하고, 재단이사장이 학교 재정을 전횡하지 못하게 하고, 학교 고위 당국자의 불필요한 해외 방문을 억제해야 하며, 교수들의 연구비 사용에 대한 감사를 강화하는 등의 조치가 이루어져야 하지 않을까 한다. 나는 어느 사립대학의 교수들이 연구비를 따낸 뒤에 그것으로 원래 연구 계획과 무관한 해외여행을 다니는 것을 직접 목격했는데, 그 돈이 고생하는 젊은 학자들에게 돌아갔으면 좋겠다는 아쉬움을 느꼈다.

사실 비상근 교원의 처우를 개선해야 한다는 이야기는 이미 몇 년 전부터 계속 나왔지만, 아직까지 대부분의 학교에서는 '값싸고 말 잘 듣는' 시간강사들을 그냥 그대로 부리고 있을 뿐이다. 학교 행정을 담당하는 입장에서야 현상태를 유지하는 것이 가장 편하고 유리하겠지만, 전체 사회 입장에서는 '상아탑의 노예'들이 계속 착취를 당한다는 것은 몇 가지 불이익을 의미한다.

첫째, 여러 학교에서 수업을 해야만 하는 시간강사들이 본의 아니게 수업 준비를 철저하게 할 시간과 여유가 없어서, 그렇지 않아도 별로 높지 않은 교육 수준을 더욱더 떨어뜨리는 결과가 된다.

둘째, 박봉 · 격무 · 신분 불안정 등에 시달리다 보니 장기적 심층 연구 프로젝트 실시, 국제 학술 교류, 해외 자료 검토 등을 할 수 없게 되어서 국내의 학술 풍토가 대단히 척박해진다. 해외의 젊은 한국학자들이 다 모여서 학술 정보를 적극적으로 교환하는 국제 한국학 학술회의에 한국측에서 50~60대의 원로들만 오고 소장파들이 보통 한 명도 안 오다 보니 외국인 학자들이 "한국에는 젊은 연구자들이 없냐?"고 물어볼 정도다.

셋째, 무직자 박사에게는 시간 강의를 하는 기간이 당연히 '줄서서 기다리는' 기간으로 인식되다 보니, 전임 임명에 조금이라도 영향을 줄 수 있는 학계 권위자나 학교 보직교수와의 사이에 일종의 주종관계가 생기지 않을 수 없다. 양쪽에 일반적 양식과 학술적 양심이 있으면 별 문제가 없을 수도 있지만, 힘있는 쪽에서 힘없는 자의 기대를 악용하려고 한다면 이를 막을 만한 제도적 장치는 사실상 없다. '자리를 기다리는' 차세대 학자들이 '보스'를 위해서 대필하느라 자기 연구도 못하는 학교가 학생들에게 인간의 존엄성과 시민의식을 잘 가르칠 수 있겠는가? 아직까지 시간강사들의 노조 결성과 생존권 쟁취 투쟁이 지지부진하여 큰 성과를 얻지 못한 이유가 학교 당국의 탄압도 탄압이지만, 시간강사와 학계 기득권층의 개인적 예속관계에도 있지 않나 싶다.

한마디로 말해서, 화려한 상아탑의 그늘에서 경제적·신분적 불평등의 멍에를 메고 어둡게 일하는 이들 '숨은 일꾼'이 언젠가 '양지'로 나와야 하지 않겠는가.

대학교수, 또 하나의 코리안 드림

내가 한국의 대학과 대학교수에 관한 논의에 참가한다는 것은 한편으로는 쉽고, 또 한편으로는 매우 어려운 일이다. 쉽다는 것은 약 12년 동안 한국과 인연을 맺고 살면서 가장 많이 접한 것이 대학이기 때문이다. 주로 대학에서 근무하거나 대학을 졸업한 사람들을 상대해 온 것은 물론이고, 3개월 동안 한 대학교에서 학생으로 공부하기도 하고(1991년), 또 3년 동안 다른 대학교에서 교편을 잡기도 했다(1997~2000년). 여기에다 대학교에서의 학술회의 참석이나 논문 게재 등의 경력까지 있다는 사실을 감안하면, 13년 동안이나 한국 대학교들과 인연을 맺고 살았다고 표현할 수도 있다.

그런데 한국 대학교와 교수들에 대해서 비판적인 의견을 제시하기가 어렵다는 것은 이미 성숙한 학자로서 한국 대학교를 접했으면 몰라도 매우 젊은 나이에 한국의 학풍을 접하여 학술적으로도 일상생활의 차원에서도 상당한 영향을 받은 바 있기에, 한국 대학들을 일종의 '가정'으로 생각하지 않을 수 없는 탓이다. 주관적인 기준에 따라 가치 판단을 어떻게 하든 간에, 나도 '한국 대학교'라는 범위에 소속된다는 것을 논의의 전제로 삼고자 한다. 즉, 내 글 속에서 혹시라도 '비판'이나 '비난'으로 보일 수 있는 표현이나 주장이 있으면, 이를 아버지에게 살림을 따로 꾸리게 된 자식이 드리는 일종의 간언이나 충언으로 받아들이기 바란다.

이전에도 이 주장을 몇 번 한 바 있지만, 30년 전에 '따이한'들에게 만행을 당한 베트남의 농부나, 한국에서 말 그대로 박대를 받은 제3세계 출신 노동자라면 몰라도, 원칙적으로 서방 출신 외국인은 한국의 특수한 관습이나 일상을 '비판'할 입장이 전혀 못 된다고 생각한다(물론 보편적인 인권의 침해에 대한 지적은 타당하다고 본다).

미국을 비롯한 서방 열강의 동의와 칭찬 속에서 대한제국이 일본에게 병탄당한 1910년에도, 미·소 양국이 적국도 아닌 한국을 군사 점령하여 분단시킨 1945년에도, 대부분의 서양인 주류 지식인들은 열강들의 국제적인 횡포를 비판하지 않았다. 그렇다면 이 횡포의 직접적 결과인 현재의 남한 상황을 과연 '비판'할 명분이 서는가? 1952년부터 1955년까지 박헌영을 비롯한 진정한 공산주의자들이 고통 속에서 최후를 맞이했을 때 소련 언론이 김일성을 계속 찬양한 것처럼, 1970년대의 살인적인 유신체제가 서방의 주류 언론에는 '경제 기적의 시대'로 비추어졌다. 지금 한반도의 끝나지 않은 비극의 주범들인 주변 열강 출신들이 자국의 기준에 의거하여 현재 한국의 생활상을 '비판'한다면, 이는 역사적 책임의 망각 이상으로 평가하기 어렵다. 다만, 한국과 가까운 관계를 맺은 경우에는, 한국인들도 요즘 문제시하는 한국 생활의 여러 측면들의 역사적 근원과 전개, 상호 인과관계에 대해서 조심스럽게 고찰해 볼 수 있다고 생각한다.

그리고 본론에 들어가기 전에 또 하나의 단서를 꼭 걸고자 한다. 이하의 글에서 현재 한국 사회를 중세 유럽과 자주 비교하는 것이 서구 우월주의나 일제시대의 그 불명예스러운 '타율성과 정체성' 위주의 식민사관을 결코 의미하지 않는다는 점이다. 역사에 가정법을 적용하는 것이 문제이긴 하지만, 열강의 침략이 없었다면 한국 사회가 분명히 서구와 다른 모습의 '한국적인 탈(脫)중세'를 창출할 수 있었을 것이다. 그리고 여태까지 역사적으로 한국인들이 보였던 재능과 지혜로 봐서는, 그 '한국적인 탈중세'는 전쟁과 물질주의로 얼룩진 서양적인 '근대'보다 어떤 면에서 훨씬 우월했을 것이다. 그러나 19세기 말~20세기 초의 열강들은 한국에게 '발전할 시간적 여유'를 주기는커녕, 열강 중에서 가장 후진적이던 일본의 부속물로 전락시키고 말았다. 주로 제도적 폭력ㆍ감시ㆍ처벌 차원의 '기계적인 근대'와, 근원적으로 전근대적인 사회 제반 관계(천황제 등)가 어우러진 메이지 유신의 현실은 식민지 조선에 더 후진적인 모습으로 이식되어 자본주의적 생산수단과 봉건적 일상ㆍ사회 관계가 융합된 '식민지적 유사 근대'를 창출하였다. 그리고 일제의 통치기구들을 그대로 이어받은 해방 이후의 역대 독재정권들이 권력 유지와 냉전체제 강화의 차원에서 이 '식민지적 유사 근대'에 별다른 손질을 하지 않았다.

그리하여 이하의 글에서 한국 현실과 유럽의 중세를 비교한다는 것은, 한민족의 역사적인 발전을 부정하는 의미가 전혀 없다. 다만, 외세의 폭력적인 간섭에 의해서 전통사회 종말 이후의 발전이 '본격적이고 근원적인 안으로부터의 근대화'보다 '유사 근대'라는 막다른 골목으로 향하였다는 사실을 반영할 뿐이다.

대학의 공기는 당신을 자유인으로 만든다

농노제도와 영주들의 횡포에 시달리던 중세 유럽에서는 예속민이 상전의 영향력으로부터 완전히 벗어날 수 있는 거의 유일한 방법은 자치권이 보장되는 도시로 도망치는 것이었다. 구걸이나 해가면서 죽을 고생을 한다 해도 일단 1년 이상 도시의 성벽 안에서 보내면 상전과의 예속관계가 청산되는 것이 보편적인 관습이었다. 여기에서 지금도 자주 들리는 "도시의 공기가 당신을 자유인으로 만든다"는 중세 유럽의 속담이 나오기도 했다.

하필이면 왜 중세 유럽의 이야기를 꺼내게 되었는가? 왜냐하면 한국 생활 초기에 나는 한국 대학교들을 중세 유럽의 자치 도시와 흡사한 사회적 기능을 맡고 있는 일종의 '특수 자율지대'로 생각했기 때문이다. 우습게 들릴지 모르지만, 요즘 서양이나 러시아에서 거의 찾아볼 수 없는, 높고 튼튼한 담이 둘려 있는 한국 대학교의 전형적인 바깥 모습부터 중세 유럽의 도시 성벽을 방불케 했다(도시 민병대와 영주 친위대의 대결을 방불케 하는, 막대기와 방패로 무장된 학생과 전경들의 싸움 장면을 본 뒤에 그 비유가 더욱더 자주 생각나게 되었다). 그러나 조금 더 진지한 고찰을 한다 해도, 한국 대학들의 대사회적 기능들은 중세 유럽의 도시나 천주교 교회, 또는 이 교회의 비호하에 천천히 자라났던 초기 대학교들의 역할과 상당히 흥미로운 흡사함을 보였다.

첫째, 대학 문 밖의 한국 사회가 내 눈에는 일종의 '혼전' 양상으로만 보였다. 위에서 언급한 '유사 근대성'과 관련된 문제지만, 현재 서양과 대조적으로 사회제도나 정부기관, 정치계에 대한 국민들의 신뢰나 존경이 거의 전무하다시피 한 사실을 나는 한국에 온 첫날부터 피부로 느낄 수 있었다. 국민의 혈세를 어차피 정부가 낭비하니 탈세는 죄가 아니라는 것이 내가 만나본 대부분의 영세사업자들의 공통된 생활철학이었다. 하기야 요즘 알려진 주요 언론재벌들의 천문학적인 탈세의 규모를 생각해 본다면, 서민들의 상습적인 탈세행위를 일종의 '과태(過怠)'

쯤으로 봐야 할 것이다. 내가 만난 한국인의 절반 이상이 사회적으로 심한 박탈감을 느낀다고 토로하며 "이 사회에서는 정직한 방법으로 출세할 수 없다"고 자신있게 주장했다. 출세를 생각하지 않고도 단순한 생존을 위해서라도 가끔 비도덕적이거나 불법적인 행위(특히 지나친 굴종이나 아첨, 또는 뇌물 증여 등)를 저질러야 한다는 것은 상당히 보편적인 주장이었다.

제도에 대한 불신 못지않게 대인관계에서 드러나는 근원적인 경계의 자세가 나를 매우 놀라게 하였다. 대인관계에 대한 보편적인 전제는 "모든 사람이 타인과 관계하는 이유가 본인 이득의 극대화"라는 『삼국지』를 생각나게 하는 '생활의 지혜'였다(동양 고전을 일반적으로 많이 망각한 한국에서, 『삼국지』가 유독 인기가 많은 이유가 여기에도 있지 않을까). 따라서 소위 삼연(혈연, 학연, 지연)이 닿지 않거나 특별한 '결속감 구축 의례'(술자리, 회식, 적어도 제3자의 소개)를 거치지 않은 사람들 사이에서 처음부터 무조건 남에 대해 친절하고 이타적인 자세를 갖추는 것을 발견하기가 쉽지 않았다. 오히려 중세 유럽 혼란기의 무장된 기사들이 초면 인사를 했던 것처럼, 상대방의 나이와 신분, 사회 관계망, 숨은 의도들을 조심스럽게 파악한 뒤에 이에 따라서 친절과 협조의 정도를 맞추는 것이 통례였던 것 같다. 대(對)사회, 대인 관계의 근본 전제인 신뢰가 심하게 결여된 이러한 사회를 '위험사회(risk society)'라고 명명하는 학자도 있지만, '불신사회'가 더 적합하지 않나 싶다.

그러나 공공연하게 사회진화론적인(Social Darwinist) '경쟁'과 '생존투쟁'을 주요 원칙으로 내세우는 일반 사회와 달리, 대학교는 적어도 원칙상으로 선후배와 사제지간에 상호 존중과 협력, 일종의 '상생'(相生)이나 '유기적 공동사회(gemeinschaft)'를 지향한다. 그리고 많은 한국인들이 실제로 피붙이보다도 대학교 선후배나 은사들을 더 신뢰하고 의지하는 경향이 강한 사실을 감안하면, 대학교는 분명히 '혼란 속의 안정의 섬'이라는 측면이 없지 않다. "학교에 있는 사람이면 하고 싶어도 나쁜 짓을 못한다"와 같은 '격언'들을 한국 사회 곳곳에서 쉽게 엿들을 수 있다. 그리고 적어도 이론상으로 대학교는 일반 사회에서 거의 찾아볼 수 없는 전통적인 유교적 덕목을 표방함으로써 "마음 없는 무정한 세상의 마음"이라는 마르크스에 의한 중세 기독교의 정의(定義)에 해당하기도 한다. 안면이나 개인적 연고가 없다 해도 같은 길드나 교파의 옷을 입은 사람이면, 무조건 상부상조할 수 있는 중세의 도시나 수도원을 다시 한 번 한국 대학교 담 안에서 찾아볼 수 있다고 나는 처음에 생각했다.

둘째, 첫번째 공통점의 연장선상에서 현대 한국 대학교가 전통 서양 문명에서 교회가 맡고 있는 많은 기능을 담당하게 되었다고 주장할 수 있다. 주지하다시피, 폭력적이고 조야한 중세 유럽이나 물신 숭배적이고 황금 만능주의적인 근대 부르주아 사회에서 교회는 적어도 원칙상으로 세속초탈적인 절대적 가치를 표방함으로써 사회 순화·자정(自淨)의 기능을 발휘하였다. 20세기의 서양 사회가 상당히 세속화되었다 해도, 마르틴 루터 킹 목사(1929~1968)가 이끈 미국의 인종차별 철폐운동이나 파쇼 독일에 점령을 당한 노르웨이의 루터란 교회가 앞장섰던 반독(反獨) 비폭력 저항운동(1942~1945) 등의 실례에서 볼 수 있듯이, '세속을 초월하는 자'로서의 목사나 신부의 권위가 아직까지 대중들의 '도덕적인 동원'을 불러일으킬 만큼 강하다. 물론 한국에서도 유신독재 이후의 민주화운동에서 천주교와 일부 개신교 세력의 역할을 간과할 수 없지만, 반독재 운동에서 리영희나 강만길, 백낙청 등 대학교수들의 도덕적 권위가 거의 종교적인 색채를 띠고 있었다는 데에 이론이 없을 것이다.

교수집단의 원칙적인 입장에서도, 교수를 아직까지 무조건 우러러보는 많은 일반인의 눈으로 봐서도 교수의 '원형(原型,, archetype)'으로는 '도(道)'라는 절대적 가치만 추구하는 전통시대의 '한사(寒士, 가난하고 청렴한 안빈낙도형의 선비)'가 가장 적합하다. 이는 서양 문명의 성직자에 해당한다. 사실 한국 학생들이나 일반인들이 교수에게 통상 쓰는 '교수님'이라는 존칭에서는 로만(Roman)어권의 'padre(신부님, 성직자에 대한 존칭)'와 같은 어감이 풍긴다. 바로 무조건적 존경과 종교적 귀의의 어투다. 이는 종교적 소속의 유무 여부와 무관하게 보통 탈세속적 가치에 대한 뚜렷한 의식도, 별다른 관심도 없는 일반 사회와 일종의 '성'과 '속'의 대조를 이루는 듯하다.

셋째, 중세 유럽에서 토착적인 색채가 매우 강한 시골과, 외국인 상인과 장인(匠人), 여행가 등의 왕래가 끊이지 않는 도시나 수도원이 '토착적인' 것과 '국제적인' 것의 대조를 이루었듯이, '외국'에 대한 전문적인 지식이 매우 부족하며 '외국 것'에 대해서 상당히 배타적인 일반 한국 사회에서 대학교는 진정한 '국제화 지대'로 보인다. 외국(사실, 주로 일본이나 구미 지역)에서 받은 박사 학위가 '교직 사회로 진출하는 통문' 역할을 하는 것은, 중세 유럽에서 해외여행 중에 치른 자격시험이 '장인 사회에 들어가는 통문' 역할을 한 것과 비슷하게 보이기도 했다(물론 이와 같은 비교는 구체적인 역사적 상황의 차이를 무시한 면이 크다). 대학교수들의 연구실에서 국립 중앙 도서관에도 없는 서양 학술 신간들을 비치한 것을 보거나 해외유학 시절에 대한 교수들의 애정 어린 경험담을 들을 때, 한국에서 대학교는 역시 다르구나 하는 생각을 자연스럽게 하게 되었다. 또, 한국 공장에서 산재와 정신적 외상(外傷) 이외에 아무것도 얻지 못한 몽골 노동자와, 한국 대학교에서 '아버지같이 엄하면서도 잘 챙겨주는' 교수 밑에서 '선진 기술'을 배울 수 있었다는 몽

곧 유학생의 경험담을 들어보면, 두 사람이 두 개의 다른 한국에서 각각 체류한 것과 같은 느낌이 든다. 한국 사회에서 보편적인 흑인과 동남아 출신에 대한 인종주의적 차별 대우가 대학교에 완전히 없지 않다해도 훨씬 더 약한 것으로 느껴지기도 하였다. 한마디로, 외국과 육지국경이 접하지도 않은 남한에서(북한을 외국으로 보지 않는다면), 교수 집단을 중심으로 한 대학교가 일종의 '해외로 나아가는 창문' 역할을 한다는 생각을 나는 떨쳐버릴 수 없었다.

위에서 기술한 한국 대학교와 대학교 교수들에 대한 내 초기 인상을 요약하면, '벌어서 남보다 더 잘살기 위한 하루하루의 전쟁'터인 바깥세상과 대조적으로 대학교가 도덕적 가치에 따른 질서를 지닌다는 교수집단의 이데올로기를 거의 무비판적으로 받아들였다는 것이다. "오늘의 교수가 바로 어제의 선비"라는 대부분의 교수와 많은 일반인의 주장도 액면 그대로 수긍하였다. 그리고 도덕적이면서도 국제적인 안목이 일반인과 비교할 수 없을 만큼 넓은 교수들이 자유주의나 유럽 좌익의 사상을 받아들인다는 것도 매우 자연스럽게 이해되었다. 그 좌익성의 깊이나 일상에의 반영 여부에 대해서 나는 거의 생각조차 하지 않았다.

한마디로, 중세 유럽이 자치 도시와 개혁된 일부 교회세력에 의해서 중세의 암흑기를 벗어났듯이, 현재 한국 사회가 교수를 중심으로 한 대학교를 발판 삼아 진정한 현대화와 진보의 길로 갈 수 있겠다고 나는 믿었다.

너무나도 어두운 스승의 그림자

어느 이데올로기도 다 그렇듯이, 교수집단의 자아의식으로서의 '현대판 선비론'은 현실적인 면도 없지 않다. 선비임을 표방하고 지향하는 전체적인 분위기 속에서 혈연이나 학연을 통해서 전통시대의 이상주의의 풍토를 접할 기회가 주어진 일부 인사들이 현재 한국에서 거의 맡아볼 수 없는 '한사'의 체취를 풍기기도 한다. 도덕에 대한 당위적 의식과 비교적 넓은 사회적 · 국제적 안목, 튼튼한 이론적 기반을 지닌 일부 교수가 사회의 진보에 기여한 것 또한 매우 높게 평가하지 않을 수 없다. 전체적으로 봐서는, '전근대적인 탈근대'의 늪에서 체계적인 세계관을 잃어버린 채 허덕이고 있는 일반 사회의 차원에서도 전통적인 도덕성의 유산을 조금이나마 받은 일부 교수가 분명히 일종의 버팀목 역할을 하고 있다.

그러나 예외적인 일부가 좋은 의도를 가지고 긍정적인 기여를 한다 해도, 그 일부가 속한 집단 자체가 순기능보다 역기능을 더 많이 발휘하는 일이 세계적으로도 빈번하지는 않은가? 하나의 체계인 대학교 교직사회가 전통의 유산을 간직하면서 더 선진적인 미래를 지향한다는 초기 생각을 나는 현재 완전히 바꾸었다. 이렇게 생각을 바꾸게 된 연유를 여기에서 자세히 설명하기는 어렵다. 다만, 이렇게 된 데는 몇 년 동안 매체 보도를 통해서 접한 일련의 사건(서울대 교수의 여조교 성희롱 사건, 서울대 치과대학 신규 교원 채용시 뇌물 증여 사건 같은 독직 사건들)보다도 한국의 한 대학교에서 3년 동안 교편을 잡으면서 목격한 대학교 교직사회 내부의 모습이 더 크게 작용했다.

교수로 채용된 직후에 만난 한 동료가 초면에 "누구를 통해서 들어왔느냐"고 물어봤을 때의 당황스러움을 나는 지금도 생생히 기억한다.

내가 처음부터 목격한 일부 '영향력이 있는' 원로 교수와 계약제 교원·시간강사들의 관계는, 우리가 생각하는 유럽 봉건시대의 영주와 말단 기사의 관계보다 훨씬 더 예속적이고 수직적이고 굴복적이었다. 박사과정생 등 '진출을 대기하는' 교직사회의 '주변분자'의 경우에는, '핵심분자'에 의한 무한한 착취와 그 '핵심분자'에 대한 무조건적인 굴복이 중세 유럽 귀족층과 예속민의 관계를 방불케 했다. 대학원 진출을 희망하는 학생들이 '노복'이나 '시동'의 역할을 하는가 하면, 학교를 '취업 학원'으로 인식하는 대부분의 학생들은 '지대'(즉, 학비)와 '공물'(즉, 각종 선물)을 납부하며 인사를 깍듯이 하는 '양민'이었다. 그리고 사립대학교의 경우에는, 만날 때마다 절하며 눈치를 유심히 살피는 이 '봉건시대' 위에서 절대 왕권만큼 절대적인 권력을 가지고, 절대 왕권 못지않게 사치와 횡포를 부릴 줄 아는 재단이 군림하는 경우가 특히 많았다. 누가 시간여행이 불가능하다고 할 수 있겠는가? 한국 대학을 '중세 도시'나 '중세 수도원'으로 생각하던 나에게 이제 '영주 지배하의 중세 농촌'이 더 적절한 비유가 아닌가 하는 생각마저 든다.

요즘 한국에서의 경험을 정리하면서 생각하기에는 교수집단의 현실이 빚어내는 많은 양상을 결정짓는 두 가지 제도적인 전제조건이 있다.

첫째, 중세적인 신분제도의 유제가 강하게 작용하는 한국적인 계급질서에서 대학교의 전임 교원은 분명히 특권층에 속한다. 특권층이라고 보는 이유는, 전체적으로 임금 수준이 한국보다 높은 구미 지역의 교수에 비해서도 한국 교수가 평균 소득이 훨씬 높다는 사실 때문만은 아니다. '배움'과 '가르침', '호학(好學)'을 전통적으로 중시해 온 유교적인 세계관이 교수집단이 특권층에 편입될 수 있는 하나의 필요조건을 제공하지만, 이로 인해서만 교수가 필연적으로 특권층화되어야 한다는 논리는 성립하지 않는다. 그것보다도 '이름'의 상업적인 가치가 매우 높은 한국 사회에서 교수집단이 사회적 발언권을 전통적으로 거의 독점하다시피 한 현실에 착안하지 않을 수 없다.

대부분의 국민이 상당히 의식하는 주요 일간지의 칼럼니스트 등 전문 기고나 TV, 라디오에 등장하는 전문가 중 교수들이 거의 대다수를 이룬다. 이것은 교수를 단순히 '전문 연구자'나 '교육자'로 인식하는 서구 사회에서는 매우 보기 어려운 일이다. 그리고 공식적으로 신문 기고를 연구 업적으로 보지 않지만, 비공식적으로 이를 연구 업적보다 더 중시하는 것도 교수사회의 풍토다. 교수보다 사회에 할 이야기가 훨씬 많지만, '교수'라는 직함을 내밀지 못하여 신문 지면을 거의 차지하지 못하는 노조활동가나 '덜 알려진' 시민단체 운동가 등을 생각해 보면, '발언권 독점'이라는 것이 어느 정도의 특권인지 쉽게 알 수 있다.

특권이 언제나 양심과 자제의 습관을 녹이는 고금동서의 법칙대로, 교수집단의 '발언권 독점'은 교수 개인의 '발언 욕망'을 부추겨 매체에 대한 기초적인 분별력마저 크게 약화시킨다. '영향력 있는 신문에서 무게 있는 발언을 하는 사람'과 '교수'가 거의 동의어가 된 상황에서는 좌익적 성향의 교수마저 〈조선일보〉와 같은 매체에서 발언하는 것을 '영광'으로 삼는——강준만이 많이 지적·비판한——괴이한 현상도 일어난다. 그리고 신문이나 TV를 통해서 익히 알려진 일부 교수들에게 기업체 고가 특강 등 상당한 보수가 따르는 많은 기회가 주어진다는 현실까지 감안한다면, '발언의 특권'이 상징적이지만은 않다는 사실을 알 수 있다. 그리고 일반 서민들이 고급 관료가 되거나 그들과 나란히 사회활동을 할 생각도 거의 못하는 한국 사회에서 내각 각료나 정당 정치인, 유력 시민단체 지도자 중 교수의 비율을 생각해 보면, '가르치는 자'와 '다스리는 자' 사이가 너무나 가까운 것을 알 수 있다.

그러나 내각·정당 활동을 통한 교수의 참정은 빙산의 일각에 불과하다. 각종 자문기구 참석, 주요 정책 결정자와의 개인적인 관계 등을 통한 '간접적인 참정'은 정치와 사회에 더 큰 영향을 끼치는지 모른다. 여기에서 고급 전문가인 교수가 정치에 자문 역할을 한다는 것이 뭐가 문제냐는 식의 반론이 제기될 수도 있다. 그러나 여기에서 자주 문제가 되는 것은, 관변 자문기구에 교수가 참석하는 것이 전문가라는 교수의 가치를 기반으로 하되, 결국 주로 개별적인 정치인/고위직 관료와 개별 적인 교수의 개인적인 '인연'에 크게 좌우된다는 것이다. 그리고 교수 들에 비해서 더 넓은 사회계층을 대표하는 노조나 군소 민간단체의 활 동가, 각종 중소기업인 협회의 간부 등 이른바 '민간인'이나 '서민'들은 특수한 '커넥션'을 갖고 있는 극소수 교수들에 비해서 주요 결정의 입 안과정에 훨씬 적은 영향을 끼칠 수밖에 없다. 전문대학밖에 나오지 않 은 사회민주당 출신 고란 페르손(Goran Perrson)이 국무총리로서 교 수·학자 출신이 거의 없는 내각을 이끌고 있는 스웨덴의 현실은 한국 으로서는 아직 머나먼 미래일 것이다.

그리고 산업화 과정이 어느 정도 마무리된 최근에 한국 특권층이 전 체적으로 세습화의 경향을 상당히 나타내는 까닭에 교수사회에 비특권 층 출신이 진출하기도 매우 어려워졌다. 몇몇 특수 분야(국학 등)를 제 외하면, '교수가 되기 위한' 거의 필수적인 조건이 미국(적어도 일본이나 서구) 박사학위 소지인데, 고액 학비로 유명한 미국에서 박사학위를 취 득한다는 것은 학습능력뿐만 아니라 상당한 재력을 일단 요구한다. 여 기에다 학·석사 과정에 드는 비용이나 최종 학위 취득 이후부터 전임 교원으로 취직할 때까지(보통 3~5년 동안) 젊은 시간강사에게 가정이 보태야 할 생활비의 상당 부분을 가산한다면, '교수가 되기 위한' 비용 을 적어도 1~2억 원까지 생각해야 한다(전임 교원 취직시에 증여해야 할 뇌물액은 여기에서 포함되지 않았다). 그리고 계속 악화되어 가는 학교 취직 사정으로 박사학위를 어렵게 받은 시간강사가 평생 교수직에 앉지 못할 가능성——즉, 일종의 '위험 부담'——까지도 가산해야 한다.

박사학위 소지자 수의 폭발적인 증가와 취직 기회의 제한성으로 말미암아 전임 교원이 되는 것을 전혀 기약할 수 없는 요즘과 같은 시대에 과연 1~2억의 희생과 궁극적 실패 가능성이라는 '위험 부담'을 감수하더라도 자식에게 고급 공부의 길을 열어줄 중산층 상부의 가정이 많겠는가? 없지는 않겠지만, 진로 계산에 '교수가 되기 위해서' 필수적으로 요구되는 '연줄'의 유무 여부가 포함될 가능성도 많다.

나는 한국에서 해외에 나가서 박사과정을 하기를 꼭 갈망하면서도 '돈과 빽' 때문에 좌절하는 젊은 인재들을 무수히 많이 봤다. 박사학위를 취득할 때까지 한푼도 안 내도 되는(오히려 박사과정 때 장학금을 받는), 교수 임명시의 부정이란 용어를 들어보지도 못한 노르웨이에서 가난한 가정 출신들도 별다른 어려움 없이 교수로 진출하는 모습을 보면서 나는 한국 상황이 매우 억울하게 느껴졌다. 물론 한국에서도 비특권층 출신이 교수로 취직하는 것을 목격했지만, 이는 보통 천재적인 재능에 의한 예외적인 출세나, 대필 등의 '개인적 서비스'의 강요까지 가능하게 할 수도 있는 지도교수(내지 영향력이 강한 원로 교수)와의 '특수한 관계'에 힘입은 일이었다.

'교수가 되기 위해서' 가정의 재정적 희생이나 개인의 시간적·심리적 희생(밤새도록 윗사람을 위하여 번역이나 대필을 하는 일 등)까지 무제한적으로 감수해야 하는 상황에서, '교수가 된' 뒤에 특권적인 위치를 포기할 수 있는 위인들이 많겠는가? 그리고 학생들을 권위적으로 대함으로써 심리적인 '보상'을 받으려는 마음을 제거할 수 있는 위인들이 많겠는가? 내 경험으로는 특권적 위치에 있으면서도 그 특권을 의식하지 않는 교수들이 분명히 있기는 있었지만, 이는 일종의 예외에 속한다.

둘째, 교수로서의 존재를 가능하게 하는 '대학교'라는 제도를 보면, 한국 대학교의 대부분(약 80%)을 이루고 있는 사립대학교들은 사실상 산업재벌이나 언론재벌과 별다른 차이가 없는 일종의 '교육재벌'들이다. 그래서 최근 IMF 경제위기에서 드러난 재벌 경제의 문제점들은 사립대학교에도 그대로 해당된다. 사실 일반 기업체보다 대학교가 아직까지 경쟁의 압력을 덜 받는 만큼, 반(反)이성과 사리사욕에 의한 전횡이 훨씬 더 판을 치는 형편이다.

대학교와 재벌들이 공통적으로 안고 있는 문제점은 무엇보다도 '오너'의 전횡 가능성과 매우 비효율적인 상명하달식 결정과정, '오너'의 허영심과 관료조직 논리에 입각한 무제한적인 '확장을 위한 확장'의 논리, 인사 관리 등 내부정책의 불투명성, 하급 근무자에 대한 착취적인 태도 등이다. 사립재단들이 국회의원을 매수하고 사주하여 교육부 등 해당 관청에 '로비'를 벌이는 광경을 보면, 재벌 총수들이 정치인들에게 '비자금'을 건네는 일과 차이가 무엇인지 궁금해진다. 절실히 필요하지도 않은 병원의 건립으로 한 대학교의 재정을 고갈나게 하는 일은 삼성자동차의 과잉투자와 똑같은 비효율적 투자의 전형이다. 재벌조직 내의 승진 결정이나 사립대학교의 신규 교수 임용·교직원 재임용 결정들은 개인적인 '관계'에 결정적인 영향을 받는 것이 공통점이다.

그러나 상사에게 '밉게 보여도' 일단 조직에 도움이 되는 직원을 쉽게 해고하지 않는 정상적인 기업체에 비해서, 최근의 덕성여대와 인하대의 경우처럼 전망이 밝고 업적이 있는 학자들을 '교수협회 활동', '노동운동 참가'와 같은 죄목(?)으로(사실상 재단의 횡포에 맞서 저항한 '죄'로) 해직시키는 대학은 훨씬 비합리적이며 반(反)이성적이다. 그리고 몇 개의 대학교를 옮겨 다니면서 주당 15시간에 달하는 '강의 노동'으로 최저생활비도 제대로 벌지 못하는 시간강사들이 웬만한 재벌의 노무자에 비해서 훨씬 못살면서도 노조 결성 등의 기본 노동권도 없다는 것은 대학교와 '일반 재벌'의 근본적인 차이라면 차이다.

그렇다면 학생들에게 중간 수준의 교육을 상당히 비싼 가격으로 '대량 판매'하는 이 '교육 공장'에서 전임 교수의 위치와 역할은 어떠한가? 한편으로는 교수들을 포함한 일체 고용자들을 일종의 '머슴'으로 취급하는 사립재단의 전횡과 고압적인 태도로 많은 교수들까지 상당한 피해를 본다는 것도 사실이다. '위로부터의' 요구에 무조건 응해야 하는 관계로 연구에 투자할 수 있는 시간도 적어지고, 개인의 정직성을 희생해야 하는 경우가 있다. 특히 덕성여대나 계명대와 같이 재단 횡포가 극심한 대학교의 경우에는 '아부 교수', '어용 교수'로 전락하거나 '목을 내놓고' 투쟁해야 한다. 교수에게 주어지는 어려운 선택인 셈이다.

그러나 또 한편으로는 전임 교원의 비교적 여유 있는 강의시간 배정(최대한 9~10시간)과 높은 월급이 시간강사들의 박봉과 과다한 강의시간 담당이 있기에 가능하다는 사실을 직시하여, 전임 교원의 월급을 줄이더라도 시간강의료를 높여야 한다고 주장하는 교수들이 과연 많은가? 그리고 격무와 교수들의 사적인 심부름에 시달리면서 공부까지 해야 하는 조교들의 상황에 대해서 걱정의 목소리를 높이는 교수들이 많은가? 사실 '교육 재벌'의 엄격한 상하 질서에서 중간보다 조금 더 높은 위치를 차지하는 전임 교원들은 그 위치에 따른 혜택이 많은 만큼 사립재단의 이해관계에 얽혀 있다. 가끔씩 피해를 보는 일이 있다 해도 이를 감수하면서 재단 내부자와의 '관계망'을 넓히는 것은 너무나 많은 교수들의 생활전략이고, 비리에 맞서는 경우는 오히려 예외적이다.

또 하나의 특권집단

위에서 말한 바와 같이, 교수집단이 자주 이용하는 유교적 이데올로기와 무관하게, 교수 생활의 현실은 주로 교수집단이 실제로 완전히 편입되어 있는 한국식 '관료주의적 재벌 자본주의'의 생산관계가 결정한다.

처지가 상당히 비슷한 재벌의 고급 임원처럼, 교수도 하급자(조교나 시간강사)의 무보상 노동(즉, 잉여 가치의 수취)에 의해서 일정한 혜택을 받으면서, 상급자(사립 재단 내부자 등)·고급 관료·언론 기관과의 개인적인 '인연'을 착실히 키워나가며 '혼전'에서 승리를 도모해야 한다. 일반 사회에 비해서 교수사회에서 도덕과 상호 신뢰·협조를 더 중시하는 경우가 많지만, 기본적으로 교수사회도 엄격한 상하 질서와 개인적인 '인연'(사회적인 출세를 위한 개인간의 결탁이나 상하간의 사적인 예속 관계)을 중심으로 하는 '관료주의적 재벌 자본주의'의 모습을 그대로 보여준다. 교수들 중에서 교수집단이 표방하는 전통시대의 도덕 지상주의 이데올로기를 그대로 받아들여 추상적이고 초탈적인 가치를 진심으로 추구하는 인물도 있지만, '관료주의적 재벌 자본주의'의 특권층의 특징인 '물질에의 안주'를 교수 사이에서도 흔히 엿볼 수 있다.

결국 나는 교수사회에 대한 초기 인상인 '초세속적 가치와 사회의 선진화를 지향하는 특수 집단'보다 후기 인상인 '한국 특권층 전체의 가치를 공유하는 또 하나의 특권 집단'이 현실에 더 가깝다고 인정하지 않을 수 없다. 예외도 없지 않지만, '교수'라는 것은 '인격'이나 '도덕'과 관계없는, 체제가 일정한 조건에서 부여하는 특권적인 '신분'일 뿐이다. 그리고 재벌 임원이나 고급 관료의 신분과 마찬가지로, '교수 신분'의 획득도 출세 지향적인 많은 인물의 목표다. '성공한 사업가'가 미국식 민간 재벌 위주의 자본주의의 '드림'이라면, 정가나 언론기관에 자유로이 출입하면서 '아랫사람'과 사적인 예속관계를 맺을 수 있는 '교수'의 '신분'은 한국식 관료주의적 재벌 자본주의의 모습을 그대로 담은 '코리안 드림'의 일종이다.

상아탑에 드리워진 망령들

"과거의 망령이 산 사람의 발목을 잡는다."

이 말은 낡아빠진 허위의식과 케케묵은 형식·관습·구조들이 역사의 발전을 가로막고 있는 상황을 본 칼 마르크스의 한탄이었다. 최근 한국 사학계의 문제점을 대변해 주는, 덕성여대의 재단과 상식과 합리성을 요구하는 교수·학생들의 대립상황을 지켜보면서 마르크스의 그 말이 생각났다.

최근 몇몇 교수를 재임용 탈락시킴으로써 이번 사태를 촉발시킨 당사자인 덕성여대의 재단, 더 나아가서 비합리적이고 불투명한 운영으로 오래 전부터 오명을 써온 대부분의 사학재단들은 사학을 공부한 내가 보기에는 마치 이미 역사 속으로 사라져버렸을 법한 낡은 면들이 그대로 재현된 듯한 느낌을 갖게 한다. 한국 학술과 교육의 바람직한 발전을 실제로 가로막고 있는 여러 폐단들은 어떤 면에서 과거 역사의 부정적이고 낡은 구조와 기틀들의 일종의 압축판인 것처럼 여겨진다.

마치 유사종교의 교주(敎主) 중심 운영체계에서 볼 수 있듯이, 거의 절대적인 교주(校主) 중심의 사립대학교들의 운영체계는 다분히 봉건적인 성질을 지닌다고 볼 수 있다. 그러나 정확한 역사적 의미에서 본다면, 교주와 그 족벌 중심의 통치체제는 사실 '봉건'도 아닌 '고대'에 해당된다. 봉건왕국이었던 조선은 종친, 즉 왕족의 정치 참여를 상당히 효율적으로 제한했지만, 대표적인 고대 왕국이었던 신라는 바로 왕실 족벌인 성골과 진골을 중심으로 운용되었다. 학원장과 친인척, 선후배와 '가신'들로 구성된 적지 않은 일반 사립대의 이사회는 운영체계가 왕실의 친인척·왕실과 가까운 귀족들이 포진한 고대 왕국의 '중신(重臣)회의'와는 매우 흡사하지만, 왕실과 무관한 사대부 중심이던 조선시대의 의정부보다는 훨씬 뒤떨어진 모습이다. 현대판 '성골'인 학원장의 일가에 속하지 않는 한 허수아비에 불과한 총장과, 학원장과 사적으로 관계를 맺은 교수('진골'로 불리기도 한다) 앞에서 할말을 하지 못하는 동료들과 행정 직원들…… 공적 요소가 그 정도로 부족한 사회라면, 유림들의 '신권(臣權)'이 나름대로 보장돼 있던 조선시대의 사대부 사회와 비교하기조차 어려운 일이 아닐까?

현재의 사립학교들을 조선시대와 비교해 보자면 가장 먼저 연상되는 것이 19세기의 말기적 현상들이다. 백성들의 혈세를 과하게 착복해서 엄청나게 부정축재를 한 조선 말기의 부패한 탐관오리들과, 학생들의 부담스러운 등록금을 턱없이 높이 인상한 뒤에 그 상당 부분을 빼돌려 땅투기와 영리사업을 키우는 현재의 일부 사학재단이 크게 다른 점이 무엇일까? 조선시대 말기까지 암행어사 제도가 존속해서 드물게나마 일부 탐관오리들이 응징을 받을 수 있었던 반면에, 현재 대한민국의 대다수 사학재단이 교육부의 정식 종합 감사조차 받은 적이 없다는 점은 안타깝게도 중요한 차이점이 되지 않을까 싶다.

현재 일부 사학에서 관습화한 교수들의 '기부금 임용'(부정 임용)은 조선 말기의 공공연한 매관매직과 매우 유사한 양상을 보인다. 이처럼 구한말의 지배층을 닮은 듯한 현재의 일부 사학이 마치 조선이 외국의 침략을 막아내지 못한 것처럼 그들도 이대로 나아간다면 외국의 교육 자본과의 경쟁을 과연 버텨낼 수 있을까?

이처럼 과거의 가장 퇴보적이며 반역사적인 지배층들의 일그러진 면모들을 그대로 모방한 듯한 사학계의 '망령'들에 의해 교수와 학생의 발목이 묶여 있는 한, 과연 "우리의 문제는 교육"이라는 한탄의 소리가 그칠 날이 올 수 있을까? '교육 이민'을 실제로 부추기기만 하는 일부 족벌언론이 많은 인재가 고국을 떠나는 주된 원인이 그들 자신과 동류인 족벌사학의 낙후성과 후진성 등에 있다는 사실을 지적하지도 않고 오히려 여론을 악질적으로 오도하는 상황에서, 그 망령과도 같은 현상이 과연 쉽게 퇴치되겠는가? 사학 개혁의 급선무는 교수들을 일종의 하수인처럼 만들어버리고 사립학교를 비리의 온상으로 전락시킬 수 있는 현행 사립학교법의 일부 '독소조항'의 개선이다. 만약 사립학교 교수의 임용·재임용에 관한 공정하고 합리적인 절차가 법적으로 명시되어 있었다면, 지금과 같은 일부 사립대학교의 분규사태는 일어나지 않았을 것이다.

결과적으로, 모든 사학계의 궁극적이고 이상적인 형태는 한 사람이나 일가의 소유물이 아닌 학생·직원·교수의 동등한 공동 참여로 운영되는, 공영·공익형 사학의 모습이라고 믿는다.

중세의 왕국인가 대일본제국 시절인가

이번 덕성여대 사태를 보면서 그야말로 만감이 교차한다.

가장 먼저, 그리고 가장 강하게 느껴지는 것은 역시 언제까지 그래야 하느냐는 일종의 답답함이다. 교주(校主) 박원국 이사장의 소유물로 되어 있던 덕성여대에서는, 인권과 교권의 침해와 탄압은 예사로운 일이었다. 이를 일제 말기에 일제 총독부 '빽'으로 학교에 진입하여 '황민교육'에 안간힘을 썼다는 송금선(宋今璇) 씨의 '정신 계승'으로 봐야 하는지도 모르겠다. '총후 보국' 운동의 대명사이던 송금선의 아들인 박원국은 '모자세습'의 법으로 1977년에 재단이사장이 된 뒤에 방향을 조금씩 바꾸어 '대일본제국' 대신에 주로 자신의 권력과 위치, 족벌재단의 이권을 보호하는 데 매진했다.

그러나 '대일본제국' 시대와 다르지 않은 것은, 반대자·비판자를 무조건 '적'으로 간주하여 '불온세력'을 수단과 방법을 가리지 않고 '무데뽀'로 제거하는 족벌집단의 관습이었다. 1990년에 성낙돈 교수를 불법적으로 해고하고 1997년에 학교 민주화투쟁을 오랫동안 이끌던 한상권 교수를 불법 해고한 것은, 박원국 족벌집단의 대표적인 '불온분자 제거 경력' 중 하나다. 과거의 각본대로 족벌재단이 '빨갱이'로 매도하는 '불온분자'의 제거와 동시에, '충실하고 충성심이 흘러넘치는 우리 사람 심기 과정'도 계속 진행됐다.

그러나 법이든 양심이든 돈과 권력 이외에 다른 모든 것을 무시해 버리는 족벌재단의 일상적인 횡포에 일시적으로 종지부를 찍은 것은 1997년에 일어난 학생들의 대대적인 '총파업 투쟁'이었다. 그때 사회 곳곳에서 상당한 호응을 불러일으킨 그 투쟁의 성과로, '대일본제국형 오야붕-고붕'식 추종관계 만들기·자기 사람 심기·반대자 매장의 절정고수 박원국 이사장이 드디어 교육부의 감사 결과 학교에서 쫓겨났다. 이에 따라 학교는 숨을 돌릴 수 있었다. 불법적으로 해고당한 교수들이 기다리고 기다리던 학생들에게 돌아오고, 수업과 행정도 어느 정도 정상화됐다.

그러나 역시 학수고대하던 자유·합리성의 시대가 온 것은 아니었다. 잠깐 스쳐지나간 자유의 순간일 뿐이었다. 자신의 '작은 왕국'을 잃어 와신상담의 나날을 보내던 박원국은 2001년 1월 19일에 대법원의 판결로 이사장으로 복귀한 뒤 곧바로 충실한 '고분'들에게 '논공행상'을 해서 전임의 '벼슬'을 마구 주고, '적신(敵臣)'으로 간주된 잠재적 반대자들의 대량 숙청에 나섰다. 즉, 박 이사장과 맞서 민주화투쟁을 했던 교수협의회가 1997년부터 2001년까지 임용한 교수 4명을 정당한 근거도 없이 2001년 2월 26일 이사회의 자의적이며 초법 · 탈법적인 결정으로 해임(재임용 탈락)한 것이다. 중세 여느 폭군의 간신 등용과 현신(賢臣) · 양신(良臣) 제거 정책을 꼭닮은 이 조치는 교수 · 학생들의 거센 반대에 부딪쳤고, 결국 오늘과 같은 '덕성여대 사태'를 낳고 말았다.

이 일련의 일들을 지켜보면서 피로감을 느끼지 않을 수 없었다. 일제시대의 '화려한 황국신민'의 경력을 배경으로 하는 한 '소왕국'의 '폭주(暴主)'가 거의 10년에 걸친 민주화투쟁으로 '폐위'당했다가 다시 복위할 수 있다면, 그 동안의 희생과 노력은 허사였다는 말인가? 친일파 계통의 비리 교주(校主)가 한 학교의 미래를 가로막고 있다는 자명한 진리를, 또 몇 년 동안 입증하고 설파해야 하는가? 19세기 초반 왕정 복고 시절의 프랑스 반혁명파 귀족처럼 '아무것도 잊지 않고 아무 교훈도 받지 않은' 폐주(廢主) 박원국 때문에 덕성여대 학생들이 도대체 몇 개월, 몇 년 동안 학습권 · 수업권 침해를 당해 정상적인 교육을 포기해야 하는가? 참으로 피곤하고 또 피곤한, 답답하고 갑갑한 상황이다. 이미 정당하게 규탄하고 부정하고 극복한 과거의 망령이 또다시 나타나서 '생사람 잡기'에 착수하면, 역사의 발전이 있다 해도 너무 기복이 심하고 느리다는 답답한 느낌이 들지 않을 수 없다.

피로감보다 더 강하게 느껴지는 것이 무한한 경악감이었다. 아무리 수십 년 동안의 횡포와 전횡이라는 위대한(?) 경력을 가진 비리재단이라도, 최근 상당히 바뀐 사회분위기와 풍습도를 좀 참고해서 옛날의 악습을 어느 정도 자제하면 본인들에게 더 유리하다는 생각도 하지 못하는가? 그러나 '불온분자 숙청정책'과 그 후속 처리과정을 보면, 사회변혁과 무관하게 옛 악습들이 추호도 바뀌지 않았다는 놀라운 사실을 발견하게 된다. 하등의 합리성과 준법정신도 보이지 않는, '내 마음대로' 일색의 그 '유명한' 태도는 완전히 그대로다.

예를 들어 사학과 남동신 교수의 해고(재임용 탈락) 근거 중 하나로 제시한 것이 "전공 학생수가 3~4명에 불과한데도 교수는 4명(그 중 한국사 2명)이나 되는 기형적인 운영"의 문제였다. 과연 그 근거를 꾸민 폐주의 모사들은 사학과의 학생수가 36명이라는 사실, 학생수도 사학에 대한 관심도 계속 늘어나고 있다는 사실을 아주 몰랐는가? 아니면, 주인의 말씀이면 다 진실이라는 추종집단의 논리를 그대로 따라 사실이 아닌 줄 알면서도 그냥 쓰라는 대로 썼는가? 어차피 힘이 우리 편이니 사실 여부가 무슨 상관이냐는 폭력주의자들의 오만한 '대충주의'였는가? 놀랍고 또 놀라운 일이다.

해고의 또다른 근거는 근무 성적의 불량, 즉 총장의 경고를 받은 사실이었는데, 그 경고는 재단측이 가지 말라고 한 학교의 설립자이자 저명한 독립운동가인 차미리사 여사 초상화 봉정식 참여에 따른 것이었다. 독립운동가의 추도식에 가지 말라는 친일 계통 족벌재단의 '경고'가 교수를 해고하는 근거가 되는 세상, 이게 도대체 메이지 몇 년의 세상인가? 해고 과정에서 학교 자체의 규칙도, 최소한의 절차도, 진정한 의미의 교수 · 연구 업적도 다 무시돼 버린 것은 말하지 않아도 알 만한 일이다.

그러나 더 끔찍하고 놀라운 사실은 마땅히 학교의 존재 의미여야 할 학생의 건강과 생명도 똑같이 무시된다는 것이다.

비리와 폭력의 '미니 왕국 재건'에 나선 박원국 이사장의 조치에 반대하는 학생들은 2001년 3월 29일부터 총장실 점거에 나서는 한편, 2001년 4월 18일부터 총학생 투표를 거쳐 무기한 수업거부(동맹휴업)에 들어갔다. 이와 같은 학생들의 자율적인 정의감 표출에 대한 비리재단의 응답은 역시 폭력이었다.

교주에게 충성을 맹세한 교직원 '친위대'는 2001년 4월 19일에 농성 중인 학생들의 천막을 철거하는 과정에서 15여 명의 학생들을 무자비하게 폭행했다. 얼굴에 각목을 맞고 구타를 당하고 피를 흘리는 학생들……. 우리는 과연 다시 독재시절, 아니면 일제시절로 돌아간 것인가? 조직폭력배와 별로 다르지 않은 '용역 아저씨'들이 교정을 지키고 점거 · 데모하는 학생들을 정기적으로, 매우 '전문적으로' 구타함으로써 공포 분위기를 조장하는 꼴이 선배 친일파 박정희 치하의 '공포공화국'의 처참한 모습과 과연 무엇이 다른가? 연구도 공부도 최소한의 민주적 절차도 항일 독립투쟁의 정신도, 심지어 젊은 여성들의 건강과 생명도 무시당하는 '상아탑', 이것이 비리재단의 전횡에 신음하는 한국 사학의 적나라한 모습이다.

정글에서의 생존방식, 돈과 로비

답답함과 무한한 경악심과 동시에 또한 강하게 느낀 것이 깊고 깊은 우려였다. 박원국에게 그의 '미니 왕국'을 돌려준 2001년 1월 19일의 대법원 판결이, 판결문에서 명문화한 대로 절차적 문제에 따른 것이었다는 말을 나는 일단 믿어보고 싶다.

그러나 주목을 받아야 할 사실은, 박원국이 한나라당 중앙당에 5000

만 원이란 막대한 후원금을 냈다는 것이다. 2000년 9월에는 한나라당 교육위 소속 현승일 의원에게 1천만 원의 후원금을 냈고, 10월과 12월 두 차례에 걸쳐 같은 당 교육위 소속 김정숙 의원에게 모두 1천만 원의 후원금을 냈다. 흥미롭게도 돈을 받은 의원들이 바로 그 무렵에 덕성여대에 대한 국정 감사를 실시하면서(2000년 11월 3일) 덕성의 민주화투쟁을 '교수끼리의 밥그릇 싸움'으로 왜곡 규정함으로써 박원국 '복위'를 위한 우호적인 분위기를 만들어준 것은 과연 단순한 우연이었을까? 과연 이와 같은 상황에서 건네준 돈을 단순한 '정치자금'으로만 봐야 하는가?

어쨌든 "니네들이 까불어봐야 박원국한테 무슨 일이 생길 것 같아?"라고 시위학생들을 비웃던 용역 아저씨들의 말을 단순히 무식한 용역 깡패의 망발로 취급하기는 어려울 것 같다. 작은 주먹세계에서 살아온 그들은 큰 주먹세계——대한민국의 정치계——를 움직이는 박 이사장을 하나의 '두목'으로 잘 알아주는 셈이다.

그러나 절차적 민주주의를 이루었다고 자부하는 한국에서 거액의 자금과 탁월한 로비 능력으로 무장한 '큰 주먹세계의 두목'들이 정의와 법을 무시해서 자기 목적을 달성할 수 있다면, 그건 매우 걱정스러운 일이다. 그만큼 정치적 비리와 유착을 방지해야 하는 메커니즘이 약하거나 없다는 슬픈 이야기가 된다.

이번 비리재단이 자행한 폭거의 역사적 퇴보성·비합리성·극악무도한 폭력성 못지않게 심각하게 우려되는 것은 공론(公論)의 장이어야 할 신문들의 보도 태도와 수준이다. 〈조선일보〉는 역시 극우 언론의 거두답게 비리재단의 폭력을 거의 못 본 체했다. 학생과 교수들의 민주화투쟁은 여느 예사로운 '학내 분규'처럼 왜곡·축소 보도하고, 2001년 4월 19일에 일어난 점거 여학생에 대한 재단측의 무자비한 폭력에 관해서는 일언반구도 하지 않았다. 마찬가지로 〈중앙일보〉도 덕성 문제를 거의 보도하지 않는 등 철저하게 침묵을 지켰다.

'거물에게 까부는 놈들이 뭔 보도 가치가 있냐'는 식의 무시로 일관한 〈조선일보〉·〈중앙일보〉와 달리, 〈동아일보〉는 사태의 적극적인 왜곡에 나서서 덕성여대 학생과 교수들로부터 적지 않은 분노를 샀다. 2001년 4월 16일자 〈동아일보〉의 톱기사는 투쟁 중인 덕성여대 학생에게 비난의 포구를 열었다.

> 툭하면 대학 총장실이 점거된다. ……학생들이 학생의 수준과 정도를 뛰어넘어 무작정 학사 행정에 개입하려 하거나 막무가내식 주장을 펼치는 것도 대학 분규의 주요 요인이 되고 있다…….

학생들의 분노를 불러일으킨 것이 '교수 재임용 탈락 문제'라는 간단한 언급이 있었지만, 비리재단과 오랫동안 투쟁해 온 덕성여대 교수협의회의 연혁도, 문제가 된 교수가 재임용에서 탈락하게 된 구체적인 상황도 완전히 빠졌다. 덕성여대 사태에 대해서 잘 모르는 일반 독자로 하여금 사태를 '과격한 학생의 불필요한 행정 개입'쯤으로 생각하게끔 만들 계산인 셈이다.

이와 같은 악질적인 왜곡에 대한 〈오마이뉴스〉의 한 독자가 보인 대표적인 반응은 "조선일보도 가만히 있는데 동아일보가 나서? 맛이 갔어, 맛이 갔어, 쯧!", "사학재단과 연계해 왜곡 보도 앞장서는 동아일보 절대 안 본다!!! 불매운동 할 거야!"였다.

그러나 왜곡의 정도는 다르지만, 덕성여대 상황에 대한 왜곡은 다른 보수언론들도 마찬가지였다. 예를 들어 2001년 3월 29일자 〈경향신문〉은 "학생들이 유리창을 깨고 진입해 총장실을 점거했다"고 보도하여 투쟁하는 학생들을 마치 불량배와 같은 폭력적인 존재로 묘사했다. 점거 과정에서 학생들이 재단측이 동원한 용역 깡패에게 맞아 다치기도 하였다는 사실은 완전히 빠져 있다.

한마디로, 어느 족벌·재벌 언론도 덕성여대 사태를 최소한 객관적으로 자세히 보도하지 못했다. 이 괴이한 현상을 족벌언론이 족벌재단을 건드리지 않는다는 침묵 카르텔의 일환으로 봐야 하는가? 아니라면, 박원국과 주요 족벌언론(특히 〈동아일보〉)과의 구체적인 관계도 자세히 캐볼 만하지 않은가?

어쨌든 공론의 장으로 기능해야 할 신문이 사실상 이 사회의 신판 '귀족층'의 사리사욕을 채워주는 사론(私論)의 장으로 전락했다는 것은 커다란 우려를 불러일으키지 않을 수 없다.

독재정권의 기린아, '교육자본'

비리재단의 관습적인 폭력성과 극우·보수 언론들의 관습적인 기만과 왜곡 못지않게 우려와 안타까움을 불리일으키는 것은, 학생들이 이미 '어용'으로 부르는 일부 친재단측 교직원들의 입장이다. 여느 악덕 기업주의 '구사대'처럼 점거 학생들에 대한 폭행을 지휘하는 등 자기 손으로 사도(師道)의 전통을 무너뜨리고 있다. 지금 씻기 어려운 오점을 남기고 있는 그들이 과연 무슨 면목으로 피해자인 학생들을 강단과 사무실에서 대하겠는가? 보수언론들은 밥 먹듯이 '사도의 붕괴', '교수, 교사 권위의 상실' 등을 들먹이지만, 실제로는 바로 비리재단이 일부 교직원을 포섭하여 어용화하는 것이야말로 사도를 남김없이 더럽히는 주범이다.

이제 폭행을 당하는 여학생들의 절규, 제동이 걸리지 않는 제도언론들의 거짓말로 우리에게 다가선 덕성여대 문제는 부패한 자본의 멍에를 벗어던지지 못하는 한국 교육, 나아가서 제대로 된 교육을 생산해내지 못하는 한국 자본주의의 더 크고 근본적인 문제를 여실히 반영한다. 다 알다시피, 현재와 같은 한국 자본주의를 건설한 60, 70년대의 개발독재는 북한과의 '체제 경쟁', 개발주의·성장 제일주의 논리에 여지없이 치중하여 환경, 생활의 질, 교육과 같은 '불요불급'한 분야들을 철저하게 주변화시켰다.

교육의 경우에는, 국가가 주민의 높아져가는 교육 욕구를 직접 충족시키기보다는 사립학교의 설립을 무분별하게 인가하고 지원함으로써 이 분야 전체를 사실상 '사유화'해 버렸다. 그 결과, 대학 교육의 약 85%를 사립재단이 차지하는 기괴한 현상이 나타나게 되었다. 독재국가의 방조로 교육 분야를 잠식해 버린 '사학자본'은 개발독재가 배태·지원·비호한 기업·언론 자본과 마찬가지로 개발독재 그 자체의 통치기구를 그대로 닮은 희유(稀有)의 족벌성·반민주성·부패성을 띠게 됐다. 개발독재 시절 말기의 사립 대학교에서는 교주(敎主)와 구별하기 어려운 교주(校主)의 '개인 숭배', 지배 족벌의 추종집단으로 편성된 타율적인 교수사회, 지배 족벌의 무제한적 부패와 횡포가 일종의 불문율이었다.

개발독재가 종언을 고한 뒤에, '작은 독재국가'가 돼버린 많은 사립학교의 민주적 교수·학생이 학원 민주화투쟁을 활발히 진행하기도 했지만, 또 한편으로는 엄청난 규모와 부패성을 지닌 '사학자본'은 재벌자본과 마찬가지로 약해진 국가에 대해 자기 나름의 영향력을 행사하기 시작했다. 자금 조달 능력이 뛰어난 '사학자본가'들은 언론자본, 교육부 관료로 이루어진 '교육 마피아', 극우·보수 정치인과 '부패 네트

워크'를 구성하여 자기들의 '미니 왕국'의 영구적 건재를 보장받았다. 즉, 1990년도에 그 '부패 네트워크'의 '부단한 노력'으로 사립학교법이 또 한 번 개악되어 재단이사회가 학교 운영의 핵심인 인사권을 손에 쥐게 된 것이다. 교직원의 '밥줄'이 족벌재단의 손아귀에 놓여 있는 상황에서는 학원 민주화·반부패 투쟁은 사실상 '목을 내놓고 하는' 영웅적인, 그리고 매우 어렵고 드문 행위가 됐다.

현재 대부분의 한국 사립대학들은 반대의 목소리가 들릴 틈도 없을 만큼 일사불란한 '소왕국'식 족벌 경영을 계속하고 있다. 덕성여대와, 재단의 학교 운영상의 문제점과 총장의 독선적 운영을 비판하다가 '목이 잘린' 김영규 교수가 있는 인하대 등 나름대로 반비리·민주화 투쟁이 진행되는 사학은 오히려 소수다. 그러나 학원 민주화투쟁에 대한 법적 뒷받침도, 언론의 지지도 거의 없는 상황에서 '목 내놓기'를 주저하는 선생과 직원들을 탓하기도 어렵다. '거짓말 공장'으로 전락한 보수·족벌 언론의 문제를 당장 해결할 실마리가 보이지 않는다는 사실을 고려하면, 역시 집권 민주당이 당론으로 채택한, 이사회의 인사권 행사 제한과 교수협의회의 법제화 등을 포함한 '사립학교법 개정안'에 기대를 걸 수밖에 없을 듯하다. 김대중 대통령이 남은 임기 동안 이와 같이 매우 제한적인 사학 개혁이라도 이룩할 수 있다면, 민주당 정부의 교육 개혁을 일정한 성공으로 평가해도 좋을 것이다.

그러나 국회에서의 여소야대 현상과 민심의 대대적인 이반이 나타나고 있는 정권 말기의 상황에서 사립학교법의 개선이라는 과제를 성공적으로 이룩하기는 어려울 성싶다. 지금 학원 민주화운동의 당면 과제는 최소한 사립학교법의 '독소조항' 제거 정도지만, 이는 궁극적인 목표가 아니라는 것을 기억해야 한다. 궁극적인 목표는 학생·교원·직원 3대 주체에 의한 민주적 경영이라는, 대부분의 선진국에서 이미 오래 전부터 존재해 온 제도다.

　내가 이 글을 쓰고 있는 순간에도 비리재단 자체뿐만 아니라 보수언론의 거짓, 관료 사회의 무관심·비리 비호와도 용감히 맞서고 있는 덕성인들의 투쟁은 계속되고 있다. 1997년에는 박원국 이사장을 내쫓기 위해 260일 동안의 총장실 점거와 65일 동안의 수업 거부가 필요했다. 현재에도 이처럼 장기간의 투쟁과 희생 이후에야 언론과 관료들이 관심을 기울여 사태의 해결에 나설는지 두고볼 일이다.

3부

민족주의인가 국가주의인가

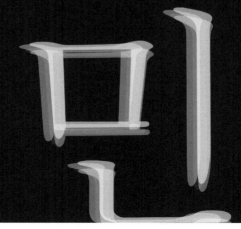

민족주의에 대한 몇 가지 생각

위로부터 강요된 민족주의

한국에서 몇 년 동안 살았을 때, 집에 텔레비전이 없었던 나는 텔레비전이 있는 친척집에 갈 때마다 사극 보기를 좋아했다. 내용이 야사반 작가와 연출자의 팬터지 반이라는 사실을 뻔히 알면서도 왜 그토록 사극을 찾았을까? 민속촌이라는 배경과 나전칠기, 옛날 복장, 헌책 등이 보기가 좋아서 그랬을까?

하여튼 사극을 시청하면서 놀란 것은 '올시다'와 '옵소서'를 잘도 붙이는 주인공들의 말에 사실 조선시대에 안 쓰던 단어가 너무나 많다는 점이었다. 국경(國境, 조선시대 문서의 彊域), 고발(告發, 조선시대의 發告), 변명(辨明, 조선시대의 辨白), 계속(繼續)……. 이와 같은 단어가 대부분 일제시대에 조선어로 옮겨왔다는 사실을, 적어도 학계에서는 모르는 사람이 별로 없을 것이다.

그렇다면 대본 작가와 연출자, 사극을 보는 사람들이 모를 리가 있을까? 알기는 많은 제작 관계자가 알았을 텐데, 애당초 제작진의 의도는 요즘 사람이 편하게 들을 수 있는 요즘 말로 대사를 짜자는 것이었을

터이다. 그리고 제작진의 예상이 맞았다는 것은, 시청자들이 대부분 사극의 언어를 '진짜 그때 언어'로 받아들이는 현실이 말해준다.

그런데 시청자들은 '그때의 진짜 언어'가 요즘 말과 이토록 일치할 리가 없다는 생각을 왜 못하는 것일까? 왜냐하면 '과거도 현재와 대충 비슷하다'는 것이 대부분 비전문가들의 역사에 대한 가장 기본적인 생각이기 때문이다. 사실 우리는 거의 다 알게 모르게 지금의 현실을 역사에 소급시킨다. '같음'이 '다름'보다 생각하고 상상하기에 더 편해서 그런지 모르겠다.

과거를 편안하고 안일하게 비슷하겠지 하는 식으로 상상하는 우리의 습관……. 그게 글 제목으로 올라 있는 '민족주의'와 도대체 무슨 관계일까? 관계는 아주 간단하다. 실제로 약 100년 전에 일본어를 거쳐서 조선어와 중국어에 들어온 '민족'이라는 'nation'의 번역어도, '민족'이나 '민족주의' 개념도 극히 최근의 일이고, 조선 전근대의 풍토나 전통과는 관계가 희박한 극히 근현대적인 현상이다.

'민족주의'라는 것은 '원래부터 있어온' 것도 아니고, '밑에서부터 우러나온' 것도 아니다. '위에서부터'(식민지 시대의 민족주의 지식인 그룹이나 분단 정권 성립 이후의 남·북한 정권) 교육 제도와 매체를 통해서 주입·강요해 온 것이다. 그리고 민족주의에서 파생한 극우반공 이데올로기가 현대적 극우와 무관한 김유신이나 이순신을 제멋대로 '모범적인 인물'로 선정하듯이, 더 넓은 민족주의적 담론은 '민족'이나 '민족주의'라는 개념조차 없던——그리고 이 서구적인 개념 없이도 도덕적인 문화를 창조한——조선의 과거를 '민족·민족주의' 일색으로 페인트칠한다.

아니, 하늘의 도리와 인륜을 위해서 서양·일본 오랑캐를 내쫓아야 한다고 굳게 믿으신 유인석(柳麟錫, 1842~1915) 선생과 같은 의병장들이 무슨 죄가 있기에 사후에 그 저주스러운 서양·일본 오랑캐와 같은 '민족주의자'로 탈바꿈되어야 하는가? 민족주의 주입을 주 업무로 삼는 교육제도도, 민족주의를 이용해 여론을 주도하는 보수언론도, 넓은 의미에서 조상의 문화에 대한 '배신' 내지 '도용'을 감행하는 것이다.

몇 년 전 국수주의와 상업주의를 아주 완벽하게 겸비한 한 작가가 박정희를 너무 싫어했던 한 재미 물리학자를 박정희가 벌인 핵 모험의 주인공으로 거짓 서술했다가 들통나 나름대로 고초를 겪었다(그러나 책 판매부수는 결코 줄지 않았다!). 동시대 인물을 '민족주의화'하는 것은 그만큼 위험천만한(그러면서도 수익을 잘 올리는) 일이다.

그래도 그 물리학자에게는 명예를 지켜줄 사람들이 있었지만, 과거(특히 대부분 기억하지 못하는 분단 이전의 과거)는 무방비 상태다. 우리가 과거의 목소리를 직접 들을 수 없는만큼, 과거는 '민족주의화'하기에 아주 적합하다.

임진왜란 때 어쩔 수 없이 왜군에 대한 갖가지 외교공작(주로 불교 계통의 왜군 장군과 천주교 계통의 왜군 장군 간의 이간질)에 나서야만 했던 사명당 스님(1544~1610)에게는 그 고약한──그러면서도 불가피한── 역할이 실제로 여간 고통스럽지 않았을 것이다. 그러나 그를 교과서에서 거침없고 회의와 가책을 모르는 '민족영웅'으로 묘사해도 반대할 사람이 그리 많지 않을 게 분명하다. 사명당의 한시를 직접 읽은 일부 승려나 불교학자들은 그분의 마음이 진정 어떠했는지 잘 알겠지만, 오히려 근현대사에 나타난 불교의 친일·친독재 굴절 등 '민족적 명분의 결여'를 인식해서라도 '민족영웅 사명당 만들기'에 앞장설 것이다. 그러나 국가를 위해서 부처님의 계율을 어겨야만 하는 현실을 탄식하던 사명당의 목소리를 적어도 극소수 전문가의 시를 통해 접할 수 있다.

19세기 말에 동족인 조선의 탐관오리들이 얼마나 얄밉고 두려웠는지, 외족(外族)인 영국의 군인과 선원을 반갑게 맞아들인 거문도 주민들의 목소리를 어디에서 어떻게 들을 수 있겠는가? 교과서에서는 거대한 '민족사' 차원에서 '영국 함대에 의한 거문도 불법 점령 사건'이라는 항목밖에 없지 않은가? 그 항목을 달달 외워 '외족의 침략과 우리 민족의 저항'이라는 등식을 머릿속에 '저장'하는 어린아이들이 영국 고문서를 뒤져 거문도 주민들의 실제 반응을 추적할 가능성은 별로 없다.

'민족정신'과 '국가의 위신'을 찾아내려는(사실 조작하려는) 조갑제의 무리 앞에 역사는 너무 무력하다. 그칠 줄 모르는 눈물과 피의 흐름, '위'의 착취와 '밑'의 저주, 서로 겹치고 엇갈리고 헷갈리는 이해관계, 부처의 힘과 하늘의 도리와 삼강오륜과 무당의 신탁을 믿는, 이중삼중으로 겹치는 융합 종교……. 현대적인 말로는 표현도 할 수 없을 만큼 복잡한 그 과거의 세상을, 어용 민족주의자의 무리는 우리와 그들의 싸움, 우리 국가와 민족의 성장이라는 일원적이며 단세포적인 잣대를 들이대며 '민족의 역사'로 만드는 것이다. 그 원한의 소리, 탄식과 후회의 소리를 우리 아이들이 듣지 않고 '건전하게' 자라게 하기 위해서…….

본론으로 들어가기 전에 한 가지 먼저 해명해야 할 것이 있다. 한국 민족주의에 대한 비판(비판이라기보다는 우월심에 가득 찬 조소)은 외국 학계, 특히 우파적 색채의 미국 학자에게는 매우 흔한 일이다. 그들의 판단은 간단하고 단순하다. 그들의 목적(북한을 국제적 '왕따'로 만들어 질식사시키고, 남한의 노동력과 시장을 무제한적으로 이용하고, 불평등한 한미관계를 영구화하는 것)을 달성하는 데 거의 유일하다 싶은 걸림돌은 한국인들의 강한 민족의식이다. 그 의식을 깨뜨리고 마비시켜야 미제 자동차 판매도 촉진되고, 고급인력의 미국 이민도 확대되고, 매향리 문제도 거론하지 않을 것이라는 판단이다.

그러나 그들이 한국적 민족주의를 비웃고 일소에 부치는 것은 민족주의 원칙 자체를 부정해서가 아니고, 한국 민족주의보다 훨씬 절대주의적인 민족주의적 콤플렉스를 지니고 있기 때문이다. 나는 그들의 오만한 민족주의보다 한국의 방어적인 민족주의를 훨씬 가깝게 생각한다. 따라서 그들과 같은 입장에서 이 문제에 접근하려는 마음이 추호도 없다. 다만, 한국사를 공부하는 사람으로서 인도 계통의 한 중국학자의 표현대로 "민족 담론으로부터 역사를 구제해 주고" 싶을 뿐이다.

근현대사의 불가피한 산물인 민족주의는 진지한 의미의 문화에 대해서는 족쇄 노릇을 한다. 800년 전에 중국의 거사(居士) 이통현(李通玄)과 중국 승려 대혜(大慧)의 책들을 보고 갑자기 대오(大悟)를 이룬 고려의 지눌(知訥) 스님(1158~1210)은 중국에서 망명생활을 하면서도 중국을 "피(被)와 아(我)의 투쟁 속의 적대세력"으로 규정한 신채호(申采浩, 1880~1936)보다 훨씬 많은 마음의 자유, 창조의 자유를 누린 사람이었다. 지눌의 깨달음의 세계에는 국경도 종족도 없었지만, 초기 민족주의자 신채호의 정신세계는 국경과 종족의 개념이 지배했다. 신채호 선생이 말년에 '민족'보다 '민중'을 중시하여 무정부주의에 투신한 것은 창조적인 개성의 소유자로서 민족주의와 창조력의 공존이 불가능하다고 느꼈기 때문이었을지도 모른다.

어쨌든 각자의 정신적인 성장을 위해서는 우리 머릿속에 너무나 강하게 박혀 있는 민족 개념, 민족주의를 한 번이라도 도마에 올려 의심해 보는 것도 좋을 듯하다. 옛 러시아 속담에 "가출해 보지 못한 청소년은 100살을 살아도 어른이 못 된다"는 말이 있다. 학교, 신문 등을 통해서 우리 머리에 집어넣은 '민족 이야기'가 안정되고 확실한 '부모 집'이라면, '민족'이 없는 불안하고 불확실한 공간으로 한 번쯤 탈출해 보는 것도 좋은 통과의례가 되지 않을까?

'우리'라는 초대형 담론

나는 열렬한 민족주의자들이 언제나 부러웠다. 그들은 가장 복잡하고 고통스러운 일들도 너무나 쉽게 해명한다. 세상만사가 그들에게는 한결같이 '우리(我)'와 '저들(彼)'의 끊임없는 싸움판으로 보인다. 꼭 싸움판은 아니더라도 일단 모든 것이 '우리 것'과 '남의 것'으로 너무 쉽고 극명하게 구분된다. '우리 것'이 본래 좋고 우월하다는 것은 말할 필요도 없는 당연지사고, '우리 것' 속에서 사는 '나'는 개인적으로 잘난 일이 별로 없어도 '우리'에 속한다는 이유만으로도(그리고 '우리'를 위해서 뭔가 한답시고 시간과 돈을 쓰는 이유만으로도) 우월한 인간으로서 존엄성을 부여받는다.

보편적인 의미의 인간적 존엄성은 열렬한 민족주의자에게는 이해가 잘 안 되는 이야기다. '보편적인 도덕'도 그렇다. '우리'와 관계 있는 것은 본래 다 도덕적이다. '남'의 도덕성 여부에는 관심이 없다. 다만, '남'이 '우리'의 적대자로 간주되면, '남'이 악마가 되고 '우리'가 천사가 되는 흑백논리가 당장 적용된다.

위와 같이 너무나 편안한 '탈도덕적' 논리는 어느 나라의 민족주의에서든 다 찾아볼 수 있다. 한국도 예외가 아니라는 사실은 고등학교 국사교과서를 잠깐만 봐도 쉽게 알 수 있다. 놀라울 만큼 자세하고, 인명과 어려운 전문용어들이 꽉 차 있는 이 교과서에는 외국의 침략('남'의 적대적인 행위)에 대해서는 엄격한 도덕적 평가를 내리고 있지만, '우리'의 이런 행동에 대해서는 그러한 평가가 전무하다.

예를 들어 발해를 멸망시킨 거란족을 평소 인면수심의 미개인(인간의 탈만 쓰고 동물의 마음을 가진 오랑캐)으로밖에 보지 않던 고려의 태조 왕건은 942년에 거란족의 사신이 와서 낙타 50필을 선물로 바치자 사신

을 유배시키고 낙타를 개성에 있는 만부교(萬夫橋) 밑에 매달아 굶어죽
게 하였다. 그것이 바로 유명한 '만부교 사건'이다. 중세의 일상적 잔
인성을 염두에 둔다면, 별로 이상해 보이지 않는 일이다. 그렇지만 우
리 현대인의 관점은 논외로 하더라도, 태조 자신이 표방한 유교·불교
적 생명 존중과 보편적 도덕의 논리로 보더라도 무고한 생명을 외교적
제스처를 위해 희생시킨다는 것은 적어도 자랑스러운 일이 못 된다.

그러나 고등학교 교과서의 평가는 과연 어떤가? 평가는 매우 간단하
다. "이는 태조의 자주 북방 정책 의지의 표현이었다"는 말이 전부다.
여기에서 보이지 않는 논리는 무엇인가? '우리'의 목적을 위해서 적대
자의 생명은 물론 무고한 동물의 생명까지 희생시켜도 도덕적인 책망
의 대상이 되지 않는 일이다. 즉, '우리'의 이해관계가 문제되는 한,
'보편적인 도덕' 따위는 생각하지 않아도 된다는 것이다. 사람이 도덕
적인 고민에서 완전히 해방되는 세상, 참 편안한 세상 아닌가?

이미 1960년대에 소련의 국가주의와 군사주의를 신랄하게 비웃곤
하던 오쿠자바(B. Okujava)라는 러시아 시인이 '군인의 노래'라는 풍
자 가득한 가요를 지은 일이 있다. 그 가요 중에 다음과 같은 구절이 나
온다.

그러나 잘못되는 일이 있어도 이게 우리의 문제는 아니다!
말하자면, '조국의 명령'대로 했을 뿐이다.
아무 죄도 아무 가책도 없는 군인,
그야말로 편안하게 사는 인간이다!

'나'를 포함한 '우리' 쪽이 늘 타당하고 깨끗하다는 것을 철석같이 믿
고 사는 것은 그야말로 신들도 부러워할 만큼 마음 편한 태도다.

민족주의는 19세기 말에 나타난, '적자생존'을 골자로 하는 사회진화론의 영향을 많이 받은 일종의 사이비 종교다. 그리고 그 종교의 신은 '우리'의 힘과 그 힘을 토대로 한 '우리'의 승리다. '우리'가 패해도 치명적이지는 않다. 그만큼 '우리' 구성원의 승리에 대한 열망이 강해지기 때문이다. 그리고 '우리'가 '우리'의 힘을 발휘할 때, '반대편'의 눈물과 피는 '우리'의 관심사가 아니다. '우리'와 '우리'의 성공이 절대자요 신에 해당하면 '반대편'의 존재 공간이 사실상 없어지기 때문이다.

이스라엘과 한국을 같은 범주에 넣어 일종의 공동 '우리'로 생각하는 조갑제의 이스라엘 기행문 「한국—이스라엘 급속 접근의 내막」(『월간 조선』, 1995년 7월호)을 읽어보면, 그 특징이 당장 눈에 띈다. 조갑제는 역시 조갑제답게 이스라엘 정보부의 암살단과 이스라엘인들의 '정신 무장', '완벽한' 정보체계와 전쟁에 대한 '긍정적인 평가' 등 이스라엘 파시즘의 이모저모를 열심히 찬탄한다. 여자까지도 군대에 집어넣어 외국군의 직접적인 지원 없이 중동을 호령하는 '승자' 이스라엘은 조갑제에게 부럽기 짝이 없다.

그러나 그 부러운 암살단의 '효과적이고 현대적인 방법'으로 암살을 당하는 팔레스타인 투사나 '활기차고 자랑스러운 국민의 군대 이스라엘 군'의 총탄에 맞아 불구자가 되어 남은 평생을 저주와 눈물로 보내야 하는 수만 명의 팔레스타인 젊은이들은 조갑제에게는 일고의 가치조차 없는 비인간·비존재(非存在)들이다. '우리'를 신처럼 받들어 믿으면, '남'들의 시체는 거름더미쯤으로 보이게 마련이다.

그러나 세상의 조갑제들에게 충실한 독자층을 제공해 주는 것이 윤관(尹瓘, ?~1111)의 야인정벌(1107~1108)을 '민족적인 경사'로 묘사하면서 고려 병사에게 살해당한 수천 명의 여진 주민, 불타버린 여진 마을은 언급조차 하지 않는, 너무나 '민족적인' 국사교과서가 아닌가 싶다.

그 교과서가 시작한 일을 조갑제가 '성공적으로 완성'했을 뿐이다. 그 일은 다름 아닌 '양심으로부터의 해방'이다. 한 번 그런 '해방'을 이룬 사람에게는 세상살이가 부러울 만큼 편하게 된다.

민족주의라는 '상징 기제'

그러나 마음 편한 이 생활을 이루려면, 무엇보다 먼저 전제가 되어야 하는 것이 바로 확고하고 분명한, 되도록 잘 변모하지 않는 '우리'라는 존재다. 사실, 민족주의는 이 '우리'를 언어를 비롯한 상징적인 수단으로 생산해 내는 일종의 '상징 기제'에 지나지 않는다. 과거 속의 '우리'(우리 나라로 분류되는 전근대적 정치체의 역사), 현재 공간 속의 '우리'(우리 국토로 분류되는 지구의 일부분), 생물학적 의미의 '우리'(핏줄 담론), 언어체계로서의 '우리'(우리말로 분류되는 언어체계)……. 민족주의가 생산해 내는 '우리'의 모습은 실로 무한하다. 그리고 바로 국토, 국어, 국사, 국악 등 '국'자가 붙은 무수한 미시 담론의 종합인 '우리'라는 초대형 담론은 민족주의의 주요 산물이자 민족주의적 사유와 생활의 전제조건이다. 무수한 미시 영역으로 구성된, 국가·학술·문학 등 무시할 수 없는 권위를 등에 업은 '우리'라는 '대형 담론'은, 사실 한계 없는 자유인으로 태어난 인간의 자아의식과 사유의 범위를 너무나 좁은 영역으로 국한시킨다.

이야기가 이쯤 오면 독자들이 시비를 걸어올 만도 하다.

'우리'에 대한 의식을 우리 밖에 있는 어떤 '상징 기제'가 '만들어낸다'는 말은 도대체 웬말이냐. 우리 국토가 있고, 우리 언어를 우리가 쓴다는 사실만큼 자명한 사실이 어디 있느냐. 그리고 특별히 역사나 철학에 관심이 없는 사람이라도 익히 알고 있는 것처럼 우리 나라는 과거에도 존재했고, 현재에도 존재한다. 그런데 그렇듯 단순히 존재해 온 우리 역사를 누가 만들 필요가 있느냐.

아마도 이 글을 보는 독자들은 대부분 '우리' 땅에서 '우리' 겨레의 부모에게서 '우리'의 핏줄을 이어받은 아이는 태어날 때부터 '우리'에 속한다고 상식으로 알고 있을 것이다. 그러나 모든 상식이 다 그렇듯이, 이 상식도 문제가 없는 것은 아니다. 갓난아이에게는 '우리' 의식을 기대할 수 없다. 영아 · 유아 시절에 해외로 나간 한국계 입양아들을 봐도 금방 알 수 있듯이, 한 개인의 소속의식은 성장 · 교육 과정에서 만들어진다. 한국에서 태어났지만 외국에서 성장하고 교육을 받은 그들은 보통 현지 거주지역에 소속의식을 느끼며, '한국적 뿌리'에 대해서는 무관심하다.

민족성('우리' 의식)이 결코 천부적이지 않은 것처럼, '우리'라는 각 분야(공간과 시간, 언어 등)의 테두리도 결코 자생적이지 않다. 예를 들어 중국의 '국토'로 간주하는 백두산 북쪽 부분과 북한의 '국토'로 간주하는 부분은 그 산세나 동식물 분포 등 다른 게 전혀 없다. 두 정부의 통치영역 사이에 존재하는 상상의 분계선(국경)이 두 부분이 다르다고 느끼게 할 뿐이다. 인간들은 이 분계선에 대해 교육을 받아 이 선을 의식하지만, 철새들에게 중국의 '국토'나 한국(북한)의 '국토'나 달라 보일 일이 있겠는가?

언어도 그렇다. '국어'라는 언어체계가 물론 독자적이지만, '국어'의 대다수 어휘를 다양한 외래어(한자어와 영어 등)가 차지하고 있을 뿐 아니라 해마다 새로운 외래어들이 조립되거나 차용된다. 즉, '국어'라는 독자적인 체계는 다른 언어체계와 서로 작용을 주고받는 과정에서 형성됐고, 그 상호 작용을 통해 발전해 간다.

‘국사’의 담론은 어떤가? 학교에서 국사교육을 철저히 받고, 텔레비전에서 사극을 계속 보는 ‘우리’는 하얀 옷을 입고 점잖은 옛날 말을 쓰던 ‘그때 그 사람들’을 ‘우리’가 당연히 계승하고 있다고 의식한다. ‘우리’의 상상 속에서 그들과 ‘우리’는 시간을 초월하여 하나의 ‘우리’의 영역을 이룬다.

그러나 ‘그 사람’들의 입장에서 생각해 보면 어떨까? ‘우리의 도덕적 전범’으로 ‘우리’가 그토록 자주 생각하는 조선시대의 선비가 만약 시간여행을 해서 현재의 서울로 왔다면 ‘우리’가 하는 말을 충분히 알아들었을까? 사서삼경과 제자백가를 읽는 대신 대중매체로부터 부단히 세뇌당하면서 살아가는 ‘우리’를 같은 공동체의 구성원으로 인정했을까?

한반도를 차지했던 여러 전근대적 정권과 체제들을 ‘우리’의 테두리 안으로 포함시키는 일보다 쉬운 일은 없을 것이다. ‘민족’이란 말도 모르고 단순히 막강한 고구려로부터 신라를 지키고 백제의 영토와 백성을 흡수하려 한 김춘추가 자기 행동을 ‘민족통일’로 평가하는 것을 두고 황천에서 반박해 봐야 소용없기 때문이다. 그러나 이와 같은 ‘우리’의 시공간적 테두리 설정이 어디까지나 ‘우리’의 자의적인 판단에 불과하다는 사실을 ‘우리’는 왜 이리도 쉽게 잊어버리는가?

위에서 한 말을 간단하게 정리해 보면, 모든 것이 서로 복잡하게 얽히고 설킨, 서로 의존하면서 공존하고 발전해 나가는 이 복잡다단한 세상에는 ‘우리’도 ‘남’도 따로 존재하지 않는다. 통상적으로 ‘우리’에 포함되는 모든 영역에서는 실제로 수없이 많은 복잡한 요소가 혼합을 이룬다. 그래서 이 복잡한 현실에서 확고하고 분명한, 되도록 잘 변모하지 않는 ‘우리’를 걸러내서 ‘우리’의 구성원이 될 자격을 갖추었다고 판단되는 모든 이에게 ‘우리’라는 소속의식을 주입하기 위해 민족주의라는 '상징 기제'가 필요하다.

　사실 현대의 민족주의는 전통사회의 유교와 비슷한 기능을 맡고 있다. 유교는 인간의 천부적 감정을 이데올로기화해 몇몇 당위적·인위적 덕목(충효, 인의예지 등)으로 분류한 뒤 세상만사를 그 잣대에 따라 선과 악으로 철저하게 구분했다. 민족주의는 인간의 천부적인 소속감을 이데올로기화해 세상만사를 '우리'와 '남'의 것으로 철저하게 구분한다. 민족주의는 철학적으로 유교에 비해 빈약하기 짝이 없지만, 그만큼 이데올로기 도구로 이용하기는 편리하다.

　그러나 이 글은 민족주의의 철학적 내용을 평가하려는 것이 아니다. 이 글의 목적은 여러 구체적인 영역에서 민족주의가 '우리 것'과 '남의 것'을 어떻게 인위적으로 구분하는지를 조금씩 보여주는 데 있다. 그리고 '민족 이야기'의 주요 용어와 의미에 대해서 아울러 고민해 보는 데 있다.

민족 만들기

　'민족 만들기'는 통상 '국사 되찾기'(사실 '국사 만들기')부터 시작된다. 민족주의적인 '국사 되찾기'의 첫번째 법칙은 '우리'라는 '민족 주체'는 되도록 오랜 과거부터 존재해야 하며, 그 오랜 과거에서부터 현재까지 하나의 단선적인 '정통'을 이루어야 한다는 것이다. 혼란스럽고 불안정한 과거의 시간을 관통하는 '우리'라는 확실하고 영원한 존재야말로 지금의 우리에게 안정감과 자신감을 주기 때문이다.

　'민족 주체'를 가장 오랜 상고(上古)에 투사하는 데 일종의 '세계기록'을 세운 것은 터키 민족주의 사학자들이다. 그들은 '터키 민족'의 역사적 기원을 기원전 2000년경에 소아시아에서 세계적 제국을 건설하여 고대 이집트나 아시리아, 바빌론과 각축을 벌인 히타이트(Hittite)족에서 찾았다. 약 500년 전에 중앙아시아에서 소아시아로 이주한 지금의 터키족과 4000년 전의 히타이트족이 서로 완전히 다른, 서로 무관한 언어와 문화를 가졌다는 점은 터키 민족주의자들에게는 아무 관심사도 안 된다. 우리 영토에서 일어난 과거의 모든 저명한 문명이 다 우리의 찬란한 전통에 포함된다는 것이 그들의 원칙이다.

이와 같은 문맥에서 이라크의 독재자 사담 후세인은 "이라크의 역사가 4000년 전 바빌론에서 시작된다"고 주장한다. 현재의 이라크 사람과 달리 바빌론 사람들이 아랍어를 쓰지도 않고 이슬람교를 믿지도 않았다는 사실은 '민족사 만들기'에 급급한 후세인에게는 관심 밖이다.

중국도 마찬가지다. 20세기의 민족주의 사학자들은 기원전 1700년경의 은상(殷商) 문화도, 그 전의 신석기시대 주민도 일원적으로 다 같이 '우리 민족', 즉 '한족(漢族)'으로 간주해 왔다. 심지어 구석기시대의 중원(中原) 주민들——예컨대 주구점(周口店)에서 발굴된 50만 년 전의 원인(猿人)들——마저도 '한족(漢族)의 직계 조상'으로 간주하고 있는 것이다. 전국(戰國)시대 때 사투를 벌인 진(秦), 초(楚), 제(齊)가 각각 언어와 문화가 서로 상당히 다른 종족으로 구성됐다는 사실을 중국 민족주의 사학에서는 절대로 강조하지 않는다.

한국의 경우에는, 민족주의자들이 '민족 기원'으로 갖다붙이는 고조선에 대해서는 자료가(그것도 고조선 자체의 자료도 아니라 고조선을 멸망시킨 한나라의 자료) 극히 빈약해서 확실히 알 수 없는 측면이 너무 많다. 그러나 고조선의 건국설화로 추측되는 단군신화가 삼국시대의 자료에 한 번도 언급되지 않는 사실만 봐도, 고조선과 한반도 또는 남만주의 후대 정치체 간의 연관성과 계승에 문제가 있음을 알 수 있다. 그

리고 고조선과 그나마 지리적 연관성이 확실한 고구려 · 발해 계통의
문화가 고려 문화에(결과적으로 현재 한반도 문화에) 어느 정도 영향을 주
었는지도 매우 알기 어려운 문제다.

그러나 밖에서 객관적으로 보면, 자료적 한계와 연관성의 불투명성
에도 불구하고 고조선도 고구려도 발해도 신라도 똑같이 '한민족'으로
취급하려는 한국(그리고 북한) 민족주의 사학이 과연 이라크 · 터키 · 중
국의 민족주의 사학과 질적으로 다르겠는가? '국사'의 주요 목표로 '민
족 기원 찾기'를 설정한 측면에서는 별다른 차이가 없다. 한 종족의 형
성이 수천 년 동안 수많은 이질적 요소가 첨가 · 융합되는 복합적인 과
정을 거쳐 이루어지는 까닭에, '민족'에게 뚜렷한 '기원'이란 있을 수
없다는 것은 그들의 이해 밖이다. 그리고 단선적이고 뚜렷한 '기원'을
가지는 '국사'보다 지역적 · 문화적 · 계층적 요소를 서술해 주는 미시
사(微視史)의 종합이 객관적인 사실(史實)에 훨씬 가깝다는 것을 그들은
전혀 이해할 수도, 받아들일 수도 없다. 국지적이며 다선적(多線的)인
미시사보다는 거대하고 압도적인 '한 민족의 하나의 국사'가 '우리'의
자랑으로 삼기에는 훨씬 편하기 때문이다.

현재 민족주의적인 교과서가 의심 없이 '우리'의 일부분으로 서술하
는 신라에 대해 전통시대 지식인들은 과연 어떤 의식을 가졌을까? 한
예로, 현재 한국(그리고 북한) 민족주의 사학으로부터 '진보주의자'로 평
가받고 있는 정약용(丁若鏞)의 「신라론(新羅論)」에서 한 부분을 인용하
도록 해보자. 박, 김, 석(昔) 세 성씨의 임금들 사이에서 통치권이 평화
적으로 이어진 신라를 '어진 나라'로 보는 이에게 '진보주의자' 정약용
은 다음과 같이 답한다.

그렇지 않다. 이는 오랑캐의 비루한 습속(習俗)이다. 대체로 나라를

전해주는 것에는 두 가지 방법이 있다. 즉 어진 사람에게 전해주는 것과 아들에게 전해주는 것뿐이다. 그러나 어진 사람에게 전해줌에 있어 요(堯)와 순(舜) 같은 성인(聖人)이 이를 전해주고 순(舜)과 우(禹) 같은 성인이 이를 전해 받는 경우가 아니면 불가능하다. (……) 하(夏)나라와 은(殷)나라 이후로는 한 성(姓)이 서로 계승하는 것이 천지의 변함없는 이치로 되어 왔으므로 더 부연할 것이 없다.

선대의 뒤를 이어 임금이 되면 곧 부자(父子)관계가 성립된다. (……) 이는 자연스런 천리(天理)를 따라서 떳떳한 인도(人道)를 확립한 것으로, 만세의 대법(大法)인 것이다. 저 보잘것없는 계림(鷄林) 사람들이 어찌 이 뜻을 알 수 있겠는가. 그들은 임금의 자리를 백성을 다스리는 영장(令長)같이 여길 뿐이었다. 그런 까닭에 박씨(朴氏)가 앉아 있던 자리를 석씨(昔氏)가 차지해도 시기하지 않았고, 석씨(昔氏)가 앉아 있던 자리를 김씨(金氏)가 차지해도 시기하지 않았다. 다만 한때 타고난 능력이 뛰어나면 이 자리를 얻을 수 있고 권력을 쥐면 이 자리를 얻을 수 있는 것으로, 일찍이 종묘(宗廟)의 (……) 제도를 마음에 두고 논의하지 않았었다. 그러니 어찌 오랑캐의 비루한 습속이 아니겠는가?

— 『다산시문집』, 권12

철저한 유교주의자 정약용에게 '우리'의 공간은 『예기(禮記)』에 의거한 만고불변의 예제(禮制)였다. 정약용에게는 세계의 중심을 이루는 이 예제를 따르지 않는다면, 비록 조상으로 여길 만도 한 신라 사람이라 해도 '비루한 오랑캐'에 지나지 않았다. 우주의 도덕적인 기축을 이루는 예제를 중심으로 움직이는 정약용의 세계에서는, 현재의 민족주의적 '국사 담론'에서 중요한 자리를 차지하는 신라의 이야기는 매우 주변적인 것에 불과했다. 현재와 같은 민족주의적인 '국사 담론'이 유교적인 전통문화와 어느 정도 무관한지, 이른바 '실학'을 '근대지향적인' 것으로 보려는 민족주의 사학이 어느 정도 허구적인지 극명하게 보여주는 대목이다.

강요된 '집단 언어'를 넘어서

민족적인 '우리'가 있으려면 '우리말'이 있어야 한다. 하나의 민족에게 국사가 하나밖에 없듯이, '민족언어'도 하나의 '국어'로 표준화·통일화해야 한다. 문제는 '민족'과 '국어'를 표방하며 표준화 작업을 단행하는, 대도시 상류층과 중산층에 속하는 민족주의적 언어학자들이 이 작업과정에서 지방민·농민·하층민의 수많은 토속어를 비속어나 방언으로 취급하여 표준언어에서 걸러내는 데 있다. 사실 이 언어 표준화 과정에서 다양하고 이질적인 문화들이 수없이 희생된다. 표준말로 수업을 듣고 방송을 듣는 현재의 아이들은 시골에서 살았던 증조부 세대의 일상적인 대화를 아마도 못 알아들을 것이다.

예를 들어 백년 전에 농촌 아이들이 듣고 잤던 '꿩오자치기'라는 동요는, 똑같은 농촌의 요즘 아이들에게는 영어회화보다 더 어려울 것이다. 그 동요의 마지막 부분인 "에이고 짠디머리 푸티리고 에이고 에이고 내 팔자야. 서산으로 날라가니 임제는 와서 좋다꼬, 쟁기란 놈 매라지를 땀박 끊어 바우 우에 얹어놓고, 한달에 스물아홉 번쏙만 생기 줍소사!"에서 표준말밖에 모르는 아이가 쉽게 알아들을 수 있는 것은 '팔자'뿐일 것이다. 하나의 동질적인 '민족언어'를 지닌 '민족'을 만들기 위해서 다양하고 국지적인 언어문화를 희생시켜야 한다는 것은 언어적 민족주의의 이면이다.

그러나 인위적인 '표준화'의 메스로 언어라는 살아 숨쉬는 생명체를 자르고 찌르고 절단하지 않고서 불과 몇십 년 전까지 서로 너무 다른 말을 쓰던 한반도 방방곡곡 각처각층의 아이들이 과연 갑자기 '한민족이 됨'을 피부로 느끼겠는가? '민족 만들기' 과정 전체가 인위적인 만큼 '민족 국어 만들기'도 매우 인위적이다.

'민족 만들기'의 가장 인위적이고 정치적인 부분은 물론 '국토 만들기'다. 세종대부터 현재까지 강역이 크게 바뀌지 않은 한국에서는 1959년에 티베트를 무력으로 영토에 편입시킨 중국이나 근대 이전까지 북해도와 오키나와를 전혀 영토화하지 못한 일본보다는 그 인위성이 조금 덜 느껴질 것이다.

그런데 요즘도 5공 독재정권의 은밀한 지원을 받던 소위 '재야사학자' 사이에서 가끔 들리는 "만주는 우리 땅!"이라는 소리를 어떻게 해석해야 하는가? 현실성이 전무할 뿐만 아니라, 중국과 선린관계를 모색해야 하는 한국의 현실적인 국익과도 완전히 상반되는 소리가 왜 요즘까지도 끊임없이 들리는가? 그 소리는 한국의 민족주의적 신화의 골자를 이루는 혈통적 세습의 신화(descent myth)라는 문맥 속에서만 파악할 수 있다. '우리'가 만주 벌판을 화려하게 다스린 고조선과 고구려, 발해의 후손이라면, '우리'의 일부분인 그쪽 '우리 땅'을 적어도 명분상 포기할 수 없다는 논리인 셈이다. 현실성이야 어떻든, 불변의 '역사 주체'로서 고조선부터 현재까지 살아온 '우리'의 신화를 뒷받침하기 위해서는 '만주'의 신화가 절실히 필요한 노릇이다.

술에 멋지게 장식된 술병이 필요하듯이, 민족주의적인 환상에는 멋진 공간적인 뼈대가 필요하다. 그러나 민족주의적 환상 전체의 문제이기도 하지만, 이 공간적인 뼈대에 대한 환상을 굳건히 '현실'로 인식할 때 엄청난 살육과 유혈이 뒤따르기도 한다. 200년 전만 해도 러시아와 전혀 관계없이 살아온 체첸을 '러시아 영토'로 상상하여 멸족적(滅族的, genocidal) 체첸 전쟁을 대부분 환영하는 러시아 우중(愚衆)의 살기 충천한 표정을 한 번 보면 무슨 말인지 알 수 있을 것이다.

'우리' 담론에서 빠뜨릴 수 없는 것이 '우리의 미풍양속'이다. 민족주의 사상가들에게 '민족을 만들기 위한 자료'를 제공해 주는 전근대 시대에는 우리의 상상을 초월할 정도로 풍부한 계층적 · 지역적 풍습과 전통이 존재했다. 문제는 이 풍부한 '자료'를 어떻게 취사선택하고 '재포장'하여 민족주의의 '정전(正典)'에 편입시키느냐에 있다. 예를 들어, 잘 알다시피 기독교 전파 이전의 유럽(그리스, 로마 등)이나 중세 일본에서는 동성연애를 이성연애 못지않게 당연시했다. 한국에서는 '음양 결합'과 '후사의 중요성'을 강조한 유교의 영향으로 기독교처럼 동성연애를 금기시했다(그러나 여유 있는 양반들이 '면'이라 부르던 남사당 미동들과 '남색'을 은밀히 즐기는 것을 어찌할 수 있었겠는가).

그러면 유교의 국가이념화 이전에도 한국에 고대 그리스와 같은 동성연애 전통이 없었을까? 유교 사학자의 손에서 이미 조정과 윤색의 과정을 거친 현존 사료만 가지고 확실하게 답하기는 어려운 물음이다. 그러나 확증은 없지만, 6~7세기에 신라 화랑들 사이에 동성연애가 성행했다는 가설이 있다. 사춘기 3년을 남자들하고만 보내야 했던, 역사의 기록대로 '곱게 단장한' 미남에게 성적인 충동이 없었을 리 없지 않은가. 더군다나 유명한 6세기의 사다함(斯多含)처럼, 친구의 죽음을 슬퍼하다 며칠만에 자신도 따라 죽을 정도의 애정이라면 연애로 볼 수도 있지 않겠는가.

문제는 내가 당연한 인권으로 생각하는 동성연애를 유교 사학자는 물론이고 화랑도를 '무사집단'으로 만들어서 '우리 문화'의 정전에 편입시키려는 근현대 어용 민족주의자들도 금기시한다는 점이다. 결과적으로 고등학교를 졸업한 모범생이 '화랑도의 애국애족과 임전무퇴의 찬란한 정신'을 달달 외울 수는 있지만, 화랑들의 불교적인 신앙열이나 아름다운 연애풍속은 한 줄도 기억해 내지 못할 것이다. 똑같은 교과서에서 당당히 '우리 민족의 일원'으로 묘사하는 백제인과 고구려인을 전투에서 죽인 것은 '애국애족'과 '미풍양속'이 될 수 있지만, 친구(아마도 친구 이상의 친구)의 죽음을 슬피 여겨 따라 죽은 것은 '우리'의 정전에 들어갈 만한 것이 못 되기 때문이다.

인간은 너무나 불완전하고 무력하다. 우리는 남이 만들어준 옷과 음식을 그대로 입고 먹는 것처럼, 남들의 생각과 관념들도 알게 모르게 일상적인 언어나 교육, 언론을 통해서 그대로 받아들인다. 한 가지 예를 들자면, 이 세상에 존재하는 무수한 문명과 문화를 한국의 일상적인 언어나 언론의 언어는 매우 간단하게 '동·서양'으로 축약한다. 물론 '서양'은 돈 많고 힘센 구미지역의 일부를 지칭하고, '동양'은 통상 한국이 속하는 동아시아 지역(한자문화권의 세 나라)을 지칭한다. 한국인들이 일반적으로 '동·서양'에 포함되어 있지 않은 지역들(예컨대 아프리카나 파키스탄)과 그 출신에 대해서 별다른 관심을 안 보이거나 몹시 무시하고 멸시하는 현상은 '동·서양'의 개념을 어릴 때부터 알게 모르게 익힌 사실과 무관하지 않다.

우리가 말로 표현하지 않는, 또는 표현하지 못하는 것은 우리에게 존재하지도 않는다. 반대로 일단 표현체계가 잡히면, 우리는 그 표현 대상물(記意, the signified)의 존재를 별로 의심하지 않는다. '민족사' 책이 서점과 학생들의 머리를 가득 채우고 나면, 불변하는 '민족'이 주체가 된 단선적인 '국사'의 존재를 의심하는 사람이 아무도 없을 것이다. 애석하게도 우리는 탈출할 줄도 모르는 언어의 포로들이다.

그러나 조금이나마 일상 언어의 늪을 벗어나려면, 한 가지 아주 좋고 간단한 방법이 있다. 바로 무슨 일을 접하든 그 이면을 생각하는 것이다. 역사에서 이것은 양쪽의 고통을 아울러 생각해서 자기 고통으로 알라는 것을 의미한다. 가령 고려·조선과 '야인(거란, 여진)'의 관계를 생각할 때, '야인'의 노략질로 인한 고려·조선 주민의 고통과 아울러 고려·조선측의 토벌로 인한 '야인'의 고통도 같이 생각해 주어야 한다. 안중근 의사와 윤봉길 의사가 행한 의거의 역사적 정당성을 전적으로 인정하면서도, 총탄이나 폭탄을 맞아 죽은 일본인의 고통도 자기 고통으로 느낄 줄 알아야 한다. 조건도 단서도 없는 자비심 외에는 소속 집단이 우리에게 강요하는 '집단 언어'의 올가미에서 벗어나게끔 도와주는 힘은 없다.

한국 민족주의의 진면목, 국가주의

특권층의 계급적 · 극우적 배타주의는 아닌가

내가 만나본 대부분의 한국인들이 자기 민족의 주요 특징을 이야기할 때 빠짐없이 꺼내는 '단골 메뉴'가 몇 가지 있다. 하나는 "우리가 다른 나라를 침범한 적이 없는 민족"이라는 이야기였고, 또 하나는 "우리만큼 민족의식과 주체성이 강한 민족이 드물다(없다)"는 것이었다. 물론 말하는 사람의 이념과 사상적 배경에 따라서 위와 같은 의견들이 다른 방법으로 나타날 수도 있다. 문약(文弱)에 빠져 세계적 경쟁의 무대에서 제대로 운신(運身)을 못해왔다는 방식으로 전자의 주장을 표현할 때도 있었고, 민족적 배타성이 심해서 국제화에 걸림돌이 된다는 방식으로 후자의 주장을 표현할 때도 있었다. 그러나 일반적으로 '타고난 평화 지향의 민족성'도 '철저한 민족주의'도 자랑으로 들리는 것은 왜일까.

위와 같은 자기 평가가 모든 국민이 의무적으로 받는 학교 교육을 통해 형성됐음은 두말할 것도 없다. 한국의 교육이 한민족의 '평화 지향'을 그토록 강조하는 배경은 상당히 복잡하다. 사실 신채호로 대표되는 구한말과 일제시대의 비타협적 민족주의자들은 '평화 지향'보다 오히려 만주까지 점령할 수 있었던 고구려와 발해의 '호전적인 성격'을 훨씬 더 강조했다. 그들에게 안정을 지향한 조선시대 양반관료의 외교적 태도는 지탄받아 마땅한 '문약'이자 거의 '반민족적 행위'였다. 현재 한국 국사교육이 '평화적 성격'을 강조하는 것은 아마도 남한의 '방어적 태도'와 북한의 '한반도 남반부 적화야욕'을 더욱 부각해 '호전적인' 북한의 '민족적 정통성'을 부인하려는 남한 지배층의 의도와 관련이 있는 것으로 보인다.

그리고 민족의식과 민족 주체성의 강조는 반(半)권위주의적 국가의 지배를 정당화할 수 있는 '민족적 명분'을 조작·강요하기 위한 것이 분명하다. '민족 주체성'으로 세뇌당하지 않은 사람이라면, 혹독한 체벌이 아직 많이 남아 있는 학교와 인간의 존엄성을 짓밟는 의무 군대, 주당 평균 55시간의 세계 최고 강도의 노동을 강요하는 회사라는 남한의 현실을 과연 달갑게 받아들이겠는가. 물론 학교와 군대의 '정신교육' 시간에, 또 신문과 텔레비전에서 부단히 '민족의 주체성'과 '민족의식' 등에 대해 권위적인 '어른'들의 이야기를 들은 정상적인 대한민국 시민이면 '우리 나라'와 '우리말' 같은——유럽인의 입장에서 보면 극단적인 국수주의 냄새를 풍기는——표현의 잦은 사용으로 외국인들의 놀라움을 충분히 자아내겠지만.

그러나 과연 부단한 '민족적' 세뇌교육이 대부분의 한국인을 극단적인 민족주의자로 만드는 것일까? 위에서 말한 것처럼, 자신들의 말과 생각 속에 '민족'이 자주 등장하는 것을 세뇌교육의 결과가 아니라 자연발생적인 것으로 생각하는 대다수 한국인들은 자신들의 '자기 민족 중심주의'를 상당히 강한 것으로 생각한다. 그러나 객관적인 입장에서 볼 때도 한국의 '자기 민족 중심주의'가 상대적으로 그토록 높은가? 과연 국가, 그와 결탁한 각종 '이데올로기적 기구'들의 세뇌교육이 그토록 심층적인 성공을 거두었는가?

한국에 처음 온 1991년에 나는 한국인들의 자기 민족 중심주의가 비교적 강하다는 인식을 받기는 했다. 그 당시 러시아에서는 사회주의의 몰락과 소련의 해체라는 상황 탓에 '우리 체제' 내지 '우리 민족'의 우수성을 진지하게 주장하는 사람을 지배층 가운데에서도 일반인 가운데에서도 찾아보기 어려웠다. 시대적인 상황도 '우수성의 주장'을 거의 불가능하게 만들었지만, 100여 개 민족으로 구성된, 비(非)슬라브 계통 소수 민족(유태인, 독일인 등)의 사회적 역할이 상당히 큰 러시아에서는 '민족'을 내세우는 것을 전통적으로 극우적 주장으로 받아들이고 있었다.

그러나 불안과 자국의 역사·사상에 대한 치열한 반성으로 가득 찬 그 당시 러시아와 대조적으로, 한국의 지배층은 보기 드문 당당한 자신감을 과시했다. 내가 그때 만난 대기업의 임원이나 의사와 변호사 등 상류층(즉, 특권층)으로 분류되는 사람들은 박정희의 개발독재 방식의 '근대화'와, 여당 내 세력 교체(전두환→노태우) 방식의 '점차적 민주화'의 완전한 성공을 전혀 의심하지 않았다. 그들은 한국 경제의 양적 성장을 '선진권 진입의 준비 완료'로 인식했고, 소련의 몰락과 북한의 가시적인 위기를 '체제 경쟁에서의 승리'로 자랑스럽게 생각했다. 그리고 그들이 특별히 고무적으로 생각한 것은 가장 위협적으로 느끼던 운동권 세력의 위기와 약화였다. 그들의 자부심은 대부분 민족의 우수성, 혁명 없이 윗사람의 말을 잘 듣고 복종할 줄 아는 민족의 지혜 등과 같은 민족주의적 궤변으로 포장됐다.

노골적인 국수주의를 회피하던 소련 지성계에서 듣기 힘든 민족적 우수성 위주의 자신만만한 어법에 놀란 나는 '역시 한국의 자기 민족 중심주의가 강하다'는 생각에 고개를 저을 수밖에 없었다. 그러나 그들이 타민족에 대한 우수성보다도 북한이나 운동권 같은 민족 내의 '이질적 부분'에 대한 '승리'를 더 중시한다는 사실에 착안하여, '오히려 계급적·극우적 배타주의로 봐야 하지 않을까'라는 생각도 들었다.

우수한 복종 능력을 지녔다고 특권층에게 '칭찬'을 받는 일반인들도 '우리 나라의 성공'을 민족 우수성의 입장에서 자랑스럽게 여기고 있다는 느낌을 강하게 주었다. 그러나 이미 그때 해외 골프 여행을 정기적으로 다니던 한국 지배층의 매우 강력한 '우리 민족의 능력' 주장과, "글쎄, 우리가 대단한 일을 이루어냈지……"라고 말하면서도 피곤하고 슬픈 웃음을 감추지 못하던, 고된 노동과 환경 오염, 교통 혼잡에 만성적 피로를 느끼던——그러나 그러면서도 '국위 선양'에 한없는 기쁨을 느끼던——그들의 '백성'이 보여준 표정 사이에 상당한 차이가 있음을 감지할 수 있었다.

10년 전에 나를 놀라게 한, 한국 지배 엘리트의 민족주의적 색깔이 짙은 트라이엄펄리즘(triumphalism, 의기양양한 승리자의 태도)이 외환 위기를 겪은 뒤에 크게 수그러든 것은 분명하다. 그러나 비록 수그러든 모습이긴 해도 술에 취한 한국 '지도층' 인사의 '우리 민족의 우수성'에 대한 횡담(橫談)은 아마 지금도 외국인 상대자를 놀라게 하고 있을 것이다. 그렇다면 비교론적인 입장에서 본 한국인들의 평균적인 '자기 민족 중심주의'가 과연 그토록 심한 것인가?

혈통주의를 부정한 '재외동포법'

보편적인 의식들은 사회의 법적 구조를 통해 만들어지기도 하고, 법의 제정에 상당한 영향을 주기도 한다. 한국의 경우에는 '민족' 개념과 가장 관계가 밀접한 법이 '재외동포법'이다. 그러나 재미있는 것은, 국민의 약 80%가 모든 해외동포를 '같은 한민족'으로 인식하고 있는('통일문제 국민의식 조사', 〈문화일보〉 2000. 12. 21) 상황에서도 1999년 12월부터 시행된 '재외동포법'이 혈통주의가 아닌 국적주의를 '동포' 개념 설정의 기준으로 채택했다는 점이다. 즉, 1948년 정부 수립 이전에 외국으로 이주한 동포들을 '재외동포'의 개념에서 제외했다. 현재 재외한국인(약 500만 명) 중에서 사실상 대다수를 차지하는 중국(대략 200만 명)·구소련(대략 50만 명)·무국적 재일(15만 명) 동포들이 법적으로 '동포'의 지위를 얻지 못한 셈이다. 그 대신, 새 법의 각종 혜택(자유왕래, 취업 가능성, 부동산 매입 등)이 미국 동포를 중심으로 한 이른바 '선진국' 거주 한국인에게 집중되었다. "못사는 동포를 차별 대우하지 말라"는 시민단체의 거센 반대도 있었지만('재외동포법 논란 확산／사회단체 정부안에 문제제기', 〈세계일보〉 1999. 8. 19), 대다수 '혈통적 재외 한국인'을 '한국인'으로 인정하지 않는 법이 발효되지 못할 만큼 정치적으로 제동을 걸 세력은 없었다. (2001년 11월 29일 헌법재판소가 '재외동포법'의 독소조항에 대해 헌법 불합치 결정을 내린 것은 고무적인 일이지만, 법 개정에 소요되는 상당 기간 동안 지금과 같은 차별이 계속될 것으로 보인다.)

'표심'에 촉각을 곤두세우는 한국의 정당들이 대다수 국민이 선호하는 보편적인 '혈통주의'를 사실상 부정하는 법을 왜 이처럼 쉽게 정부의 뜻대로 처리했을까? 이유는 상당히 간단하다. 시민사회의 경험이 일천해서 '혈통'과 무관하게 일체 사회구성원(거주자)을 잠재적인 시민으로 간주하는 '속지주의(屬地主義)'를 받아들이기 어려운 한국 사회에서 전근대적인 '대가족' 논리와 더 쉽게 부합하는 독일과 일본 법사상 계통의 '속인주의(屬人主義)', '혈통주의'를 비교적 더 선호하는 것은 당연하다.

그러나 혈통주의 선호도 식민지 경험과 오랜 독재정권의 통제로 인한 시민사회의 미발달과 관련된 문제일 뿐이지 중국과 옛 소련의 교포를 적극적으로 도와주려는 민족주의적인 열광은 결코 아니다. 오히려 의식·무의식적으로 자본주의적인 이해관계에 사로잡힌 대부분의 한국인들은 못사는 교포들이 몰려와 우리 일자리를 빼앗을 수 있다는(사실상 근거가 매우 희박한) 공포심이 강하다. 이와 같은 '민심'을 올바로 읽은 정치인과 국회의원들이 혈통주의를 자본주의적 '재력·학력 우선주의' 논리에 복속시킨——재력과 학력이 우수한 재미동포를 중심에 둔——새로운 '재외동포법'을 크게 반대했을 리 만무했다.

결국, 현행 법대로라면 한국에서 어렵게 살고 있는 10만 명에 달하는 재중동포 대부분이 '불법체류 중인 외국인'으로 분류되어 언젠가 '단속'에 걸려 본국으로 송환당할 처지에 놓인 셈이다(《국민일보》 2001. 7. 11). '재외동포법'의 제한으로 말미암아 2001년 10월 9일에 일어난 조선족·중국인 밀입국자 25명의 끔찍한 질식사 사건 이후 정치권에서 '재외동포법'의 부분적 개선에 대한 논란이 잠시 있었고(여야 '밀입국 참사' 대책 추진, 《국민일보》 2001. 10. 10), 이미 언급한 헌법 불합치 결정도 내려졌으나, 획기적인 법 개정을 빠른 시일 안에 기대하기는 어렵다는 것이 법조계와 학계의 예상이다. 한국 민족의 '자기 민족 중심주의'가 사실이었다면, 과연 이와 같은 현상이 벌어질 수 있었겠는가?

유럽 문화권에서는 고전적인 '민족 중심주의적' 사회로 독일과 이스라엘을 꼽는다. 독일도 이스라엘도 각각 독일과 유태 '혈통'임을 증명할 수 있는 외국인에게는 국적 취득의 권리는 물론 상당 액수의 정착금과 각종 혜택(언어, 직업 훈련 등)을 제공한다. 물론 이와 같은 조치도 자본주의의 영향을 받지 않을 수 없다. 동구와 옛 소련에서 독일과 이스라엘로 '더 나은 생활'을 찾아 떠나간 비교적 가난한 '혈통적' 독일인과 유태인에 대한, "사회복지 제도의 혜택을 받기만 하는 기생계층"이라는 부정적·차별적 의식이 강해 인권침해 상황이 자주 벌어진다는 보도를 자주 접할 수 있다. 그러나 그렇다고 해도 '해외동포가 바로 시민권 취득 적격자'라는 사회의식과 관련 법령이 크게 바뀔 것 같지는 않다. 그만큼 혈통의식이 독일과 이스라엘 사회 담론의 중심에 놓여 있는 것이다. '재외동포법'이 국적을 기준으로——그러나 실제로는 재력과 학력 등 '경제·사회 기여 가능성'을 기준으로——동포 사회를 갈라놓은 한국의 상황과 본질적으로 다른 상황이라고 할 수 있다.

자본주의적 국가주의

보통 '자기 민족 중심주의'의 부정적인 특징으로 이민족(이른바 '인종적으로' 다른 이민족)을 이질시하거나 적대시하는 '배타주의'를 든다. 언뜻 보면 귀화한 외국인을 '같은 한민족'으로 보는 사람의 비율이 25%, 한국에서 사는 미국인에게 친근감을 느끼는 사람의 비율이 17%(재미 한국인에 대한 친근감은 63%)에 불과하고('통일문제 국민의식 조사', 〈문화일보〉 2000. 12. 21), 매체를 통해서 잘 알려진 대로 외국인 노동자에 대한 학대로 오명을 쓴 한국이야말로 '배타주의'의 본고장이다. 그러나 비교론적 문맥에서 보면 이 문제는 훨씬 복잡하다.

제국주의 시대에 명실상부한 '서구의 지배 이데올로기'로 기능한 인종주의적 배타주의는 지금도 미국·서구·동유럽 사회의 현실을 크게 좌우한다. 한편으로는, 사회 도처에 비(非)백인을 불리한 입장에 처하게 하는 각종 장치가 놓여 있다. 비백인 계통 이민자에 대한 차별의 벽을 허무는 데 가장 적극적인 스웨덴과 노르웨이 등 북구의 사회민주주의적 국가에서조차 주로 '유색인종' 계통 이민자의 실업률이 '본토인'에 비해서 평균 3배나 높다. 이것이 꼭 학력 차이와 연관되는 것도 아니다. 스웨덴과 노르웨이의 고용주들이 일반적으로 비구미 지역의 대학 졸업장을 아예 '권위 없는 것'으로 취급하는 것도 사실이지만, 같은 오슬로 대학교의 파키스탄 계통 졸업생들마저도 '본토인' 졸업생보다 실업자가 되는 경우가 2배나 많다. 진보적인 유럽 국가에서조차 '취직'이라는 가장 중요한 사회 진출 장치는 인종차별주의적 현실에서 벗어나지 못하고 있는 것이다.

그리고 또 한편으로는 아직까지 사회 전체에 만연해 있는 인종주의적 배타의식이 '인종적 폭력'이라는 가장 광적인 형태로 나타나지 않는 구미·구소련 지역이 거의 없다. 조용한 노르웨이에서마저 작년에 백인 어머니와 흑인 아버지 사이에서 태어난 혼혈 소년이 신나치의 폭력으로 죽는 끔찍한 사건이 전국을 몇 주일 동안 떠들썩하게 했다. 그러나 노르웨이에서는 적어도 이와 같은 사건이 사회를 경악케 하는 반면에, 미국에서는 '주요 뉴스'의 대열에 들어가지도 못한다. 워낙 흔하고 익숙한, 말 그대로 '보통 일'이기 때문이다.

예를 들어 2000년 7월 5일에 미국 서남부 샌디에이고 시 근처에서 W.A.R.(백인 아리안 저항)이라는 백인 우월주의 무장조직의 행동대원들이 순전히 '재미'로 그들에게 아무 위협도 되지 않는, 아무 관계도 없는 20대 멕시코 불법 이민자를 가혹한 방법으로 때려죽였다. 그 전에도 이 조직이 총기까지 동원해서 이민 노동자를 '사냥'해 중상을 입히기까지 했지만, 경찰에 붙잡히지도 않았으며, 주류 언론의 관심을 끌지도 않았다.

인간적인 이성이나 양심으로는 이해도 용납도 할 수 없는 사건이 최근 10년 동안 100여 명의 '유색' 이민자들이 신나치에게 살해당한 독일에서도 빈번하게 일어난다. 사회주의의 급격한 몰락으로 사회적 윤리와 질서가 극히 문란해진 러시아의 상황은 더 위협적이다. 이미 1997년쯤부터 대부분의 '유색' 이민자들이 살고 있는 수도 모스크바에서 흑인·중국인·베트남인 거주자에 대한 살해·구타 사건이 빈번히 일어나고 있었지만, 최근 들어 비교적 조용하던 보로네즈(Voronezh) 같은 지방 도시에서마저 중국인 학생들이 대낮에 길거리에 나갈 수 없을 만큼 신나치에 의한 집단구타 사건이 정기적으로 또 많이 발생한다. 경제적 발전 수준과 무관하게 부유한 미국과 독일에서도 가난한 러시아에서도, 즉 같은 제국주의적 과거를 지니고 있으며 같은 인종주의적 유산을 갖는 모든 나라에서 광적인 폭력이 난무하고 있는 것이다.

그러나 그토록 '배타주의'로 지탄을 받는 한국에서는 미국이나 유럽과 비교할 만한 국수주의적 폭력을 찾아볼 수 없다. 몇 년 전, IMF 위기가 한창일 때 "미국인이 한국 아이들을 가르치는 꼴을 보고 싶지 않다"고 하면서 순천에 있는 한 고등학교의 미국인 교사를 흉기로 살해한 정신질환 환자가 붙잡힌 일은 있었다. 그러나 뚜렷한 인종주의적 이념이나 사상보다 병적인 망상으로 인한 이와 같은 사건은 의학적으로 정신이 건강한 '이념범'들이 저지르는, 미국이나 유럽에서 많이 나타나는 '혐오 범죄(hate crime)'와 그 유형이 상당히 다르다. 이외에도 2000년 7월에 남북 정상회담을 앞두고 일부 운동권의 반미감정이 고조되어 주한미군 군인 및 군속에 대한 일련의 습격사건이 일어났다. 하지만 이 경우에도 인종주의적 배타주의라기보다는 일종의 정치적 폭력의 색깔이 짙었다.

한마디로, 제국주의의 유산과 인종차별의 현실을 안고 있는 유럽 문화권과 달리, 한국은 '자기 민족 중심주의적' 폭력이 적어도 아직까지는 일어나지 않는다. 이 사실로 봐서는 타인종과 타민족에 대한 적극적인——간혹 폭력적이기까지 한——배제와 폄하를 중심으로 하는 미국·유럽적인 '자기 민족 중심주의'와 한국의 '배타주의'가 서로 유형을 달리하고 있다는 결론을 내리지 않을 수 없다. 그렇다면 중국 동포의 배제를 자연스럽게 받아들이고 귀화한 외국인마저 이질시하는, 그러면서도 '남'에 대한 서구적인 적극적 폭력을 삼가는 '한국적 자기 민족 중심주의'의 유형은 과연 무엇인가?

우방의 편의와 '국익'을 위해서

이 문제를 푸는 데 단서가 될 수 있는 것이 1999년 8월에 일어난 사건이다. 도의회 의원을 역임한 바 있는 경기도의 한 유지급 인사가 동두천과 용산——즉, 미군기지 근처——에 있는 사창가에 러시아와 필리핀 등지에서 온, 천 명이 넘는 윤락녀들의 취직을 알선했다가 경찰에 붙잡혔다. 상식적으로 착취적 성격의 윤락——더군다나 국제적 윤락——을 알선하는 것은 분명히 수치스러운 일이다. 그러나 국제적 '인신매매 상인'이 된 도의원은 의외로 당당했다. 그는 자신의 행위를 '애국심의 발로'로 변명했다. 즉, '우방의 병사'인 미군들에게 다양한 성적 욕망을 해소할 기회를 주기 위해서, 한국인 포주들에게 더 나은 외화벌이 기회를 주기 위해서 러시아 아가씨를 제공해 주는 것이야말로 '민간외교를 통한 애국의 길'이라는 논리였다('도의원이 인터걸 사업… 미군 상대 접대부 알선 적발', 〈중앙일보〉 1999. 8. 23). 그리고 러시아와 필리핀 아가씨들을 많이 제공할수록 미군의 성범죄가 줄어든다는 언급도 빠지지 않았다.

물론 위의 해명은 국제적 인신매매에 가까운 성의 상업적 착취에 대한 건강부회적 변명에 불과하다. 그러나 외국인에 대한 착취를 합리화하기 위해서 '국가적인' 논리를 차용했다는 사실은 매우 시사적이다. 러시아와 필리핀 아가씨를 대상으로 하는 '몸장사'를 그 주체인 알선업자가 '가난한 이웃'인 러시아와 필리핀을 일종의 '도구'로, '우방'인 미국을 '목적'으로 하는 '국가적 차원의 외교'로 정당화하려고 했다. 그의 논리에는 서양 민족주의/인종주의가 개발한 '민족/인종적 우월성/열등성'의 개념도, '남'을 향한 맹목적인 폭력의 광기도 존재하지 않는다. 다만, '우리 나라'의 (상상된) '국익'――우방 국민의 편의――을 위해서 가난한 나라 여성의 성을 매매할 수 있게 하는, 국제적 자본주의 논리를 이용하는 일종의 '자본주의적 국가주의'가 있을 뿐이다. 국부의 원천 중 하나인 관광수입을 늘리기 위해서 부국 출신 손님들에게 매우 친절해야 한다는 보편적인 관념도, 국가에 세금을 내는 중소기업을 살리기 위해서 빈국 출신 외국인 노동자에 대한 착취가 불가피하다는 중소기업협회의 주장도, 결과적으로 다 위와 같은 '자본주의적 국가주의'의 대외관과 연결된 듯하다.

　민족 중심주의보다 국가 중심주의를 선호하는 한국 지배층――그리고 지배층에게 세뇌당한 대부분의 피지배층――의 기본 논리를 전제로 하지 않으면, '영어공용론'과 같은 일부 보수계의 최근 동향을 이해하기 어려울 것이다. 외국어――비록 종주국의 언어라 해도――를 '공용한다'는 것은 실제로 그럴 만한 능력이 뒷받침되는 독일이나 스칸디나비아 국가에서도 상상하기 어려운 일이다. 그러나 부국강병을 여전히 최고의 가치로 하는 한국 지배층의 국가 중심주의적 사고방식으로는 재정 확보·기술 전수·수출상 의존의 대상이 되는 종주국 언어의 '공용화'가 국가경제에 기여할 수 있다면 '민족언어' 문제를 무시할 수도 있다는 것이다.

마찬가지로 위에서 이미 언급한, 국적 우선주의 원칙에 따른 중국·옛 소련 동포의 박대도 무엇보다 국가경제 기여도를 염두에 둔 지극히 국가주의적인 판단으로 보이기도 한다. 미국·유럽·러시아처럼 제3세계 출신 노동자에게 인종주의적·민족주의적 폭력을 휘두르지 않으면서 '국가경제의 필요성'으로 합리화되는 가혹한 '국가주의적' 착취를 조직적으로 자행하는 현실은, 한국 지배층의 주요 원리가 무엇인지 극명하게 보여준다.

이미 고대와 중세에 유럽과는 비교도 안 될 만큼 강력한 국가를 발전시킨 사실, 공업화와 근대화의 주체가 처음부터 식민지 종주국과 그 계승자인 개발독재 국가였다는 현실, 분단 상황에서 민족이 아니라 남한이라는 국가가 이데올로기적 구심점 역할을 맡은 비극 등을 염두에 두면, '민족 중심주의'보다 '국가 중심주의'가 앞서 발전한 것을 당연하게 볼 수도 있다.

그러나 지금도 완전히 가라앉지 않은 서구·미국·러시아의 '순전히' 인종주의적·민족주의적 광기와, 국가주의를 전제로 하는 한국의 관제 '유사 민족주의'의 상하 위계질서적 조직성 사이에서 과연 우열을 가릴 수 있을까? 가령 국제 축구경기마다 각국 응원단이 불량배 사이의 백병전을 방불케 하는 난투극을 벌이는 서구보다 '국위 선양'을 염두에 둔 응원단이 일사불란하게 '국제적 예절'을 지키는 한일전 경기 분위기가 적어도 폭력이 없다는 면에서 좀더 바람직한 모습은 아닌가? 물론 폭력적 충동의 억제는 국가의 조직력——즉, 조직화한 높은 수준의 상하 위계적 폭력——을 바탕으로 해서 이루어지지만, 서구 축구경기의 비조직적인 민족주의/인종주의적 광기를 '더 발전된' 것으로 볼 근거는 없는 셈이다.

결과적으로, 서구의 민족주의/인종주의도 한국의 '국가주의적 민족 중심주의'도 다 같이 근현대화 과정에서 형성된 통제와 배제의 방법으로서 차이점 못지않게 본질적인 유사성을 지니고 있다.

4부

인종주의와 대한민국

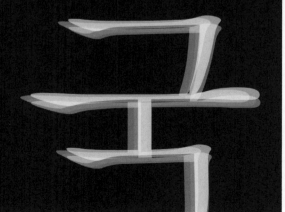

서울의 이방인

교수에서 '불법 노동자'가 된 한 몽골 지성인 이야기

'바트자갈'이라는, 한국인에게는 다소 이국적으로 들리는 이름을 지닌 몽골인을 내가 처음 만난 것은 3년 전쯤 많은 외국인 노동자가 공부하고 있던 건국대학교 외국인 노동자 일요대학에서였다. 그때 거기에서 '한국사'를 러시아어에 능통한 몽골인들에게 러시아어로 가르치고 있던 나는, 휴식시간이면 몽골 친구와 생활 이야기를 즐기곤 했다. 그 친구들 중에 거의 외국인 액센트가 나지 않을 정도로 완벽하게 러시아어를 구사하는, 부끄러움 많고 내성적인 사람이 하나 있었는데, 그가 바로 바트자갈이었다.

그를 처음 만난 자리에서 그가 나와 같이 모스크바 국립대학교를 나온 내 3년 선배라는 사실을 알고 나서 "한국에는 무슨 인연으로 오시게 되었습니까"라는 진부한 질문을 하게 되었다. 그러나 그 질문을 한 직후 나는 이렇게 질문하는 것이 상당한 실례이자 실수라는 사실을 직감적으로 느꼈다. 그 질문이 나오자 바트자갈의 얼굴에 갑자기 미안해 하면서 용서를 비는 듯한 미소가 살짝 스쳤다. 그러고는 "우리는 무비자 노동자죠. 인연이라곤 없으니까 문제죠……"라고 간단하게 대답했다.

자기 신세 이야기를 조금 회피하려는 듯한 인상이었다.

입장을 바꾸어서 생각해 보지 못한 탓에 나는 그때 그의 심정을 제대로 이해하지 못했는데, 나중에 그 미안함과 자기 상황에 대한 이야기를 회피하고 싶어한 마음이 어떤 것이었는지 많은 외국인 불법 체류 노동자와 교제하는 과정에서 느낄 수 있었다.

'나는 불법 체류자다.' 내가 느끼기에는 이 생각, 이 처절한 자의식이 한국에 사는 대다수 외국인 미등록(불법) 노동자의 뇌리를 떠나지 않는 듯하다. 동숙생이나 주인 아줌마의 반말투 목소리를 듣고 기숙사나 하숙집에서 잠이 깨는 아침에도, 경찰을 거의 무의식적으로 피하면서 직장에 가는 출근길에도, 동료의 욕설과 고함을 매일 들어야 하는 작업 시간에도, 고국을 떠올리면서 잠이 드는 시간에도 자신이 불법 체류자라는 저주와도 같은 생각을 떨쳐버릴 수가 없는 것이다.

인종과 문화가 다양한 유럽이나 미국에서도 이와 같은 처지에서 '범법자'라는 자의식을 극복하기가 어렵지만, 단일민족임을 자랑으로 아는, 외국인을 일단 손님으로밖에는 보지 않는 한국에서 이런 '불청객' 신세가 되면 이러한 의식이 얼마나 투철해지겠는가. 밤낮 가릴 것 없이 가슴을 누르는 이 인식이 모든 행동과 사고를 지배하게 마련이다. 불법 체류자, 부르지도 않은 곳에 온 내가 반말하는 연소자에게 어떻게 대꾸를 하고, '텃세'를 갈취하는 뒷골목 잔깡패에게 어떻게 저항할 수 있겠는가(저항할 힘도 없지만). 지하철에서 나를 피하듯이 옆에 안 앉으려는 아줌마와 아저씨들에게 무엇을 따지겠는가. 사회가 불법 노동자의 인권을 현실적으로 유린하기 전부터 나는 이 땅에서 열등 인간일 수밖에 없다는 철저한 '범법자로서의 자의식'이 그에게서 인권에 대해 생각할 정신적인 여유를 먼저 빼앗아간다. 죄가 있든 없든 그는 이미 죄인이다.

바트자갈의 미안한 미소는 바로 그 의식의 표현이었던 것 같다. 나의 생각 없는 질문이 그의 '원죄의식'을 건드리고 만 셈이다.

그러나 외국인 노동자들의 보편적인 '열등의식' 외에도 바트자갈로 하여금 미안한 미소를 짓게 한 또 하나의 특별한 원인이 있었다는 사실을 나는 나중에 알게 되었다. 다소 전통주의적인 사고방식을 갖고 있는 그로서는 지식인의 성스러운 임무를 저버리고 '돈'을 벌기 위해 몸부림치는 것이 거의 독신죄에 가까운 악행이었다. '앎'을 최고 가치로 보는 그에게 지식인임을 포기하고 '돈을 위한 외도'에 나서는 것은 일종의 자아 포기였다. '지(知)'의 상아탑에서 생활과 돈의 지옥으로 제 발로 걸어간 그에게 불법 체류자인 지금의 '나'는 이미 진정한 의미의 고유한 '나'가 아니었다.

그러나 그의 미안한 미소가 '자기를 배신한 사람으로서의 자책감'을 나타낸다는 사실을 나는 너무나도 늦게 깨달았다.

배고픈 땅의 지성인, 그리고 그의 선택

그런데 그 첫만남이 있은 며칠 뒤에 바트자갈을 다시 만나서 그가 살아온 이야기를 더 자세히 들은 나도 나름대로 죄책감을 느끼게 되었다. 바트자갈은 아버지가 유학하고 있던, 내 고향인 러시아 북방의 레닌그라드에서 태어났다. 주로 러시아 책만 공부하는 화학 교수인 아버지 밑에서 자라며 러시아 고등학교까지 나온 뒤 러시아의 최고 대학인 모스크바 국립대학교에서 석사 학위를 받은 바트자갈은, 적어도 문화적으로 러시아(그때는 소련)를 몽골과 똑같은 고향으로 여겼다. 몽골이 그에게 육체를 주었다면, 러시아는 그와 세계 문화를 연결하는 고리 역할을 하며 그의 정신세계를 형성하였다. 나중에 바트자갈의 세계 인식을 특징 짓게 된 민족과 국적에 대한 초월적이며 상대주의적 태도는 처음부터 고향이 두 개인 현실에서 비롯된 것이 아닌가 싶다.

그러나 어릴 때부터 러시아에서 지낸 탓에, 바트자갈은 일찍부터 몽골과 러시아의 그 허울좋은 '형제적 관계'의 어두운 이면을 접하지 않을 수 없었다. 고등학교 교육을 받은 한국인이면 누구나 기억하는 로마노프 왕조의 러시아 제국이 남하하는 과정에서 기울어져 가는 청나라의 속방(屬邦)이던 몽골은 러시아의 영향권으로 편입되었다. 그러다가 1917년 혁명으로 러시아의 정권과 이념이 바뀌었으나, 제국주의적 대외정책의 본질에 실질적인 변화는 없었다.

명목상 '형제국가'인 몽골 인민공화국은 '소련 동지와 함께 사회주의를 건설'하고 있었지만, 실제로는 스탈린 제국의 반인륜적인 수탈체제 하에서 신음 소리도 내지 못하고 있었다. 악몽과 같은 1920년대 후반부터 1930년대 초반 사이에 이루어진 라마(불교 승려) 대학살과 사원 파괴, 비타협적인 몽골 간부와 지식인에 대한 소련 내무성 망나니들의 고문과 총살, 몽골의 주요 자원인 가축의 조직적 수탈과 그로 인한 기아와 대량 아사 사태, 계곡마다 쌓인 수없이 많은 시체, 시체, 시체…….

몽골이 아직 식민지와 다름 없던 처지이다 보니 활자화하지도 못하고 일종의 '구술 역사', '비사(秘史)'로 전해지던 무수한 '과거 이야기'를 바트자갈은 어린 시절부터 많이 들었다. 또, 단순히 '사람을 한 번 죽여 보는 재미'로 몽골 유목민의 천막을 탱크로 깔아뭉개기까지 했던, 술에 취한 몽골 주둔 러시아 군인의 일상적인 횡포를 직접 보고, '소수민족'인 자신을 항상 우월적인 자세로 다루던 모스크바 대학교의 일부 교수와 학생의 '일상적인 제국주의'에 적지 않은 마음의 상처를 입은 바트자갈에게 러시아는 산소처럼 필요한 '세계 문화를 이해하는 통로'

이면서도 가증스럽고 가공할 식민 모국이었다.

러시아 제국이 몽골 초원에 마수를 뻗치던 시기에 일본에 국권과 국토를 빼앗긴 조선의 도일(渡日) 유학생들도 일본에 대해 이와 비슷한 감정을 느끼지 않았을까? 현재 금의환향의 꿈을 품고 하버드나 버클리에서 청춘을 불태우고 있는 한국 도미(渡美) 유학생의 미국관에도 비슷한 면이 있지 않을까? 피부색과 모국어가 다르다는 '원죄'만으로 소외와 타자화를 당하면서도 주류·핵심부의 문화를 거부할 권리가 없는 소수자·주변자의 비애라는 것은 어디를 가나 본질이 다르지 않다.

그러나 바트자갈에게서 이 이야기를 들은 내 마음에 왜 하필이면 죄책감이 생겼을까? 나 개인은 제국주의에 봉사한 적도 없고, 주변부에 대한 수탈에 직접 관련된 적도 없다. 그러나 내가 한국에서 러시아어 전임강사로 재직하고 있을 때, 한 가지 소박하고 단순한 의문이 머리를 떠나지 않았다. 어떻게 해서 내 모국어인 러시아어가 '세계어'의 위치를 차지하게 되어 외국에 나간 러시아인들에게 '밥그릇' 노릇을 하게 되었을까?

역사학을 하는 사람으로서 생각하고 싶지 않아도 알 수밖에 없는 것이지만, 러시아의 '대국화'는 나라 안의 '위로부터'의 강제적인 공업화와 군사화, 농민층의 무한한 희생에 바탕을 둔 것이었고, 나라 밖의 '원주민' 말살과 환경·문화 파괴를 수반하는 '영토 팽창'에 따른 것이었다. 이 영토 팽창 과정에서 러시아 세력이 원주민을 말살·예속·주변화시키면서 시베리아를 정복하지 못하였다면, 과연 지금 러시아가 '대국'의 지위를 유지할 수 있었을까? 과연 나 같은 사람들이 러시아어를 생존 수단으로 삼을 수 있었을까?

결국 한국에서 내가 포식난의(飽食暖衣, 배불리 먹고 따뜻하게 입는 것)할 수 있는 것은 어디까지는 바트자갈이 속한 몽골 등 수많은 '주변 종족'의 피와 눈물, 희생과 좌절이 있었기에 가능한 일이었다. 이것은 추상적인 '역사적 부채 의식'이 아니었다. 러시아를 '문화적·상징적 자본'으로 삼아 한국에서 생활하던 나에게는 매일 찾아오는 두통 같은 느낌이었다. 바트자갈을 만나서 서로 처지를 이야기할 때마다, 나는 내가 러시아가 근현대사 속에서 저지른 범죄의 공범이라는 끈질긴 의식을 없애고 싶어했지만 그러지 못했다. 그래서인지 나도 모르게 바트자갈의 이야기에 빠져들곤 했다.

바트자갈의 이야기 중에서 나의 관심을 끈 대목은 과연 무엇 때문에 한국에 가서 불법 노동을 할 생각을 하게 되었으며, 한국에 대해서는 무엇을 알고 인생을 바꾸어버린 그러한 결정을 하였느냐 하는 것이었다. 바트자갈의 설명은 대략 다음과 같았다.

그의 석사학위 공부가 끝날 무렵이던 1980년대 말에서 1990년대 초에 구체제의 와해로 인한 경제적 궁핍과 사회주의적 가치의 평가절하에 따른 이념적인 공백으로 인해서 멸망해 가는 소련에서 전통적인 대국주의와 극단적인 민족주의, 배타주의가 다시 대두하게 되었다. 바트자갈의 러시아인 동급생과 친구, 심지어 교수 중에서도 그를 기피하거나 그에게 멸시에 찬 발언을 하는 이들이 생기는 등 모스크바 거주 이방인의 생활은 더욱 어려워졌다.

결국 그는 학위를 받자마자 귀국하여 수도 울란바토르에 있는 한 대학교에서 시학과 문학이론을 가르치는 교수(정확하게 전임강사) 자리를 찾았다. 그는 가르치는 데 크게 만족했지만, 그의 행복은 그리 오래 가지 못했다. 1990년에서 1991년까지 소련의 약화와 궁극적인 몰락으로 몽골은 진정한 독립과 최소한의 절차적 민주주의를 찾았으나, 소련과의 무역(주로 자원의 수출)에 전적으로 의존하던 경제체제는 치명적인 타격을 입었다. 주민의 대량 궁핍화와 보편적인 절망감 속에서 몽골에서 자리를 잡은 사회제도는, 페레스트로이카 이후의 러시아와 크게 다르지 않은 부정부패와 권력의 행패로 얼룩진 대표적인 후진형 정실 자본주의였다. '민족해방'의 쾌거 이면에는 다른 식민지의 해방과 마찬가지로 민생의 파탄과 민중의 무한한 희생이 숨어 있었다. 한국 역사의 경험을 돌이켜보면, 도둑처럼 홀연히 찾아온 자유와 만성적인 '배고픔'으로 기억되는 1945년 이후의 '해방공간'이라고 할 수 있을 것이다.

러시아, 중국, 일본의 영향권이 겹치고 자연자원이 풍부한 몽골로서는 '해방'이 여태까지 잘 몰랐던 '선진 외국'의 도래와 그 영향의 증가를 의미하기도 하였다. 1990년대 초부터 그 전까지 거의 '금지된 땅'이던 몽골로 미국의 '개발기금'과 일본 신흥 종교의 선교사, 유럽 원조기구의 대표자 등 수많은 '선진 외국'의 각종 사절단이 끊임없이 찾아왔다. 풍요와 안정의 별천지에서 온 그들은, 바트자갈과 같이 생계 곤란에 빠진 몽골 지식인들에게는 거의 믿어지지 않는 기대요 희망이었다.

이미 나라 밖에서 공부한 경험이 있어서 이국만리를 두려워하지 않는 바트자갈과 같은 '배고픈 땅의 지성인'이 안심하고 연구할 수 있는 '선진 해외'를 꿈꾸지 않을 수 있었을까? 천당처럼 보이는 '밖'에서 온 그들의 여유 있는 모습과 태도는 바트자갈에게 어느 정도의 '유혹'이었을까? 어떻게 해서든 해외에서 '임시 안식처'를 얻겠다는 그의 의도는 그때 그 상황에서는 당연한 것으로만 보였다. 그러나 몽골 지성인이 대부분 독일이나 프랑스, 복지의 천국이라는 스칸디나비아 등지로 나가는 마당에, 바트자갈은 왜 하필이면 이 땅 한반도로 발을 내딛게 되었을까?

바트자갈의 설명대로라면, 몽골에서 포교하는 데 관심을 쏟던 일본의 신흥 종교 '창가학회(創價學會)'가 젊은 교수인 그에게 일본 창가대학교에서의 박사과정 장학금과 각종 생활 보조를 장래의 입교를 조건으로 제안했다고 한다. 먹고살고 배우기 위해서 해외 종교단체와 인연을 맺는 것은 해방을 전후해서 태어난 한국인이면 익히 아는 일일 것이다. 일단 일본으로 가서 공부할 준비를 하고 있던 바트자갈은 일본의 물가고에 대한 이야기를 듣고는 이웃나라인 한국에 가서 미리 돈을 얼마쯤이라도 벌기로 마음을 먹었다. 일본어와 문법구조가 비슷한 한국어를 배우면서 제2 모국어와 다름없는 러시아어 개인교습을 하면 얼마간 돈을 벌 수 있겠다는 생각에서였다. 3~4개월 정도로 계획한 한국 체류가 끝날 기약도 없는 4~5년으로 변할 줄 당시 그가 알 수 있었을까?

많은 몽골인 선후배와 달리, 그는 왜 하필이면 '생활 보조'의 원천으로 유럽과 미국이 아닌 일본과 한국을 택했을까? 러시아에서 당한 은근한 인종차별이 그에게서 유럽에 갈 의욕을 빼앗았을까? 아니면, '개인적인 친분'과 '오야분·고분' 간의 의리를 강조하는 일본인과 한국인의 일상적인 태도가 그에게 유럽인의 냉정한 합리주의보다 더 친근하게 느껴진 것일까?

한국과 마찬가지로 불우한 역사 탓에 시민사회에 의한 '아래로부터'의 근대화가 아니라 '위로부터'의 강요된 형식적 근대화 과정을 거친 몽골 사회는 '전통'의 냄새를 풍기는 온정주의를 아직도 이상시한다. 더군다나 일본 선교사들은 그때 교수의 위치에 있던 그에게 아마도 깍듯이 '교수 대접'을 해주었을 것이다. 교수를 일반 공무원과 똑같이 보는 유럽에서 그러한 배려와 예의바른 관심을 기대할 수 있었을까?

그러나 그로 하여금 숙명적인 한국행을 결정하게 한 이유는 교수 대접과 온정에 대한 개인적 기대뿐만이 아니었다. 그때 한국을 러시아보다 훨씬 세련되고 '선진적인' 사회로 보고 있던 그는, 몽골과 같이 식민화·종속 발전의 굴곡을 거친 '동양 사회'가 어떻게 그만큼 '선진화'될 수 있었는지 매우 궁금해 했다. 당시 그에게는 한국이 몽골에 중요한 모범을 보일 수 있는 '선진화의 길잡이'로 보였다. 몽골에 있으면서 경제적인 비효율성과 부정부패, 시민사회의 미발달을 개탄하던 바트자갈은 몽골 사회를 '더 나은 미래'로 인도할 방법을 같은 동양 국가인 한국에서 배우고 싶었다. '근대화'와 '사회주의'의 외피를 두르고 있지만 전 근대적인 배타주의와 제국 의식이 뻔히 보이는 러시아에서 찾지 못한 '진지한 근대'를 바트자갈은 '경제·사회의 기적'의 나라 대한민국에서 찾으려고 하였다. 동양 국가가 부국강병을 얻을 수 있는 비결이 무엇인지 고심하던 끝에 '개화에 성공했다'고 여긴 일본을 찾던 구한말의 조선 유학생들도 이와 비슷한 심정으로 현해탄을 건너갔으리라.

'진지한 근대'를 찾아서

1997년에 드디어 한 달짜리 관광비자를 들고 한국에 입국한 바트자갈은 처음부터 예상치 못한 어려움에 봉착했다. 그의 학력과 실력으로 어느 대학교든 한국어 과정에 들어가는 데에는 문제가 없었지만, 그에게는 학비와 생활비를 조달할 방법이 부업(아르바이트)밖에 없었다. 그러나 학교 당국은 한결같이 학생비자로 부업을 하는 것은 처벌 대상인 '불법'이라는 말뿐이었다. 그리고 당시 한글의 자모도 모르던 바트자갈은 그 부업이라는 것을 어디에서 어떻게 구해야 하는지, 불법의 문제를 어떻게 처리해야 하는지 도무지 알 수 없었다. 몽골 교수 월급의 몇 배나 되는 비싼 비행기 삯을 내고 말도 안 통하고 아는 사람 하나 없는 이역에서 이렇게 봉변을 당하다니…… 막막하고 갑갑한 순간들이었다.

사실 유럽의 대부분 국가나 호주와 달리, 한국의 외국인 체류 관계

규제들이 외국 학생의 부업을 철저하게 금지하는 이유가 무엇인지 모르겠다. 대다수 학생들(특히 시장에서 수요가 높은 영어를 모국어로 하는 이들)이 어차피 그 규제를 무시하고 시장과 생존의 논리에 따라 부업을 하는 상황에서 이를 불법화하는 것은 외국인 아르바이트생의 납세를 막고 월급 체불·사기 등 부정적 현상만 부채질한다. 입법기관이 학생으로 위장한 '돈벌이꾼'의 대량 입국을 우려해서 '상아탑의 순결'을 이와 같은 방법으로 지키려는 것인가? 그러나 구미 지역 출신 불법 영어 강사의 절반 이상이 어차피 다니지도 않는 대학교의 한국어 과정에 등록금을 내고 학생 비자를 받아 들어오는 것이 엄연한 현실이다. 그들을 합법적인 납세자로 만드는 것이 더 국가에 이롭지 않을까?

그러나 이미 한국 여행을 실패로 간주하고 귀국 준비를 하려는 바트자갈의 머릿속에 한 가지 기억이 갑자기 떠올랐다. 그가 한국 땅에 처음 발을 내디디던 김포공항에서 세관을 통과하여 밖에 나오자마자 몽골말을 조금 하는 어떤 한국 젊은이가 그에게 홀연히 인사를 했다. 몽골 친구들이 있다는 그 젊은 남자는 한국에서 일해보고 싶지 않느냐고 묻고는 자신의 연락 번호를 남겨주었다. 얼굴도 모르는 그 남자가 왜 자신에게 접근했는지 바트자갈은 알 길이 없었지만, '혹시 몽골을 조금 아는 한국인이 몽골 사람을 진정으로 도와주고 싶어서 그런 것은 아닐까?' 하는 생각이 들기도 하였다. 사실 이 점에서 바트자갈은 자기도 모르게 자신의 행동 논리로 얼굴도 모르는 그 남자의 행동을 해석하려고 한 셈이다.

온 나라를 하나의 커다란 '대가족'으로 인식하는 몽골 사회에서는 '외국 손님'을 안내해 주고 도와주는 것을 모든 이의——특히 사회의 '어른'으로 여겨지던 외국어에 능통한 지식인의——'명예로운 의무'로 인식하고 있었다. 이런 인식은 부족제도가 존재하던 과거에도 있었지만, 사회주의 시절에 오히려 강해졌다.

바트자갈은 그때 받은 명함을 찾아 그 젊은 남자에게 별 망설임 없이 전화를 걸었다. 바트자갈은 그때까지만 해도 한국이라는 나라를, 남에게 망설임 없이 도움도 청하고 친구도 될 수 있는 몽골과 별로 다르지 않은 곳으로 인식하고 있었다. 처음에 바트자갈의 예상은 맞아떨어진 것처럼 보였다. 연락을 받은 그 남자는 생각보다 더 친절했다. 일자리가 필요하다면 당장 구해드리겠다는 대답이었다.

"그게 불법이 아니냐고요? 무슨 말씀, 전 한국인인데 법을 모를 리가 있겠습니까. 몽골도 그렇지만 우리도 아는 사람만 있으면 안 되는 일도 다 되잖아요, 아시죠? 저만 믿고 계시면 됩니다, 교수님!"

'불법'이 어떻게 '적법'이 될 수 있는지 바트자갈은 충분히 이해할 수 없었지만, 그토록 친절하고 (몽골어에도 있는) 존칭과 공손체를 요령 있게 쓰는 그 남자가 대단히 믿음직스러운 친구로, 아니 거의 세상을 구하는 미륵불로 보였다. 한국적인 온정주의를 믿고 먼 이역으로 온 바트자갈의 생각은 거의 맞은 것처럼 보였다.

'믿음직스러운 친구'가 알선해 준 '꿈의 직장'은 실은 동대문에 있는, 주로 러시아와 몽골의 '보따리 장수'들을 상대하는 중소 무역업체였다. 그 업체가 바트자갈을 필요로 한 이유는, 몽골어와 러시아어를 똑같이 잘하고 교직자로서 신용이 있어 보이는 바트자갈이 김포공항에 간다면 손님을 잘 유치할 수 있기 때문이었다. 말하자면, 일종의 국제적 '삐끼'(호객꾼) 노릇이었던 셈이다.

학생들에게 문학이론을 가르치는 일 외에는 달리 직장 경력이 없던 바트자갈에게는 이러한 행위를 한다는 것이 여간 고역이 아니었다. 몽골 사회에서도 한국처럼 전통적으로 '스승'으로 받들어지는 교직자의 자존심을 깡그리 잊고 해야 할 일이었다. 그래도 꿈꾸던 일본 유학을 생각하면서 겨우겨우 한 달을 버텼다.

그런데 이게 웬일인가! 한 달 동안 열심히 일을 했는데도 회사에서 월급 이야기를 전혀 꺼내지 않는 것이 아닌가! 불길한 예감이 번쩍 든 바트자갈은 이미 망가질 대로 망가진 자존심을 생각하지 않고 경리계 직원에게 먼저 월급 이야기를 해야만 했다. 그러나 선량해 보이는 여직원의 대답은 정말 뜻밖이었다.

"저희 회사에서 고객 유치 담당자로 정식 고용되어 있는 분은 바로 선생님을 모시고 왔던 한국 분인데, 그분이 자신이 선생님의 가까운 친구라고 이야기했습니다. 그래서 그분이 자신이 월급을 받고 선생님께 드릴 것을 드리겠다고 했는데 그걸 못 받으셨단 이야기인가요? 좀 이상한데 두 분께서 서로 상의해서 해결해야 할 것 같은데……. 왜 선생님을 그냥 정식으로 고용하지 못하냐고요? 관광비자로 들어왔으니까 그렇죠. 참, 비자가 한 달이었다고 그랬죠? 그러면 이미 불법 체류를 하고 계시네요……."

바트자갈은 하늘이 무너지는 것 같은 느낌이었다. 동대문에서 만난 또다른 몽골 사람의 이야기가 갑자기 생각났다. 몽골말을 할 줄 아는 한국인을 조심하라는 이야기였다. 그들 중에 취업 알선 브로커라는 부류가 있는데, 그 브로커들이 첫 월급을 아예 송두리째 가져가 버리는 것은 물론이고 그 다음부터 매월 몇 퍼센트씩 '알선료'를 떼어먹는다는 경험담이었다. 그 경험담을 들은 바트자갈은 사회주의 시기의 관습대로 불로소득을 누리는 그 자들에 대해서 경멸과 분노를 느꼈지만, 자신도 바로 그 함정에 이미 빠졌다는 생각을 하지는 못했다. 바트자갈로서는 일단 친구로 인정한 사람을 의심한다는 것이 일종의 배신행위였기 때문이다.

그러나 이제 보니 친구를 자칭하던 그 사람이 바로 바트자갈 자신을 배신한 일이었는데……. 믿기 싫어도 현실은 현실이었다. 모르는 사람들끼리도 서로 믿고 사는 몽골 사회를, 이 낯선 땅에서 되찾을 생각을 단념해야만 했다.

우리가 보통 이야기하는 외국인 노동자의 '고생'은 빼앗긴 월급과 어이없이 당하는 폭력, 보상 없는 산재와 관료의 괄시 등 '물리적인 피해'를 의미한다. 폭력과 산재로 목숨을 잃고 건강을 잃는 사람들이 지금도 많다는 사실을 고려하면, 그 '물리적인 피해'를 결코 쉽게 볼 수 없다는 것은 자명하다. 그러나 자본주의적 '약육강식'의 논리가 아직 잘 뿌리를 내리지 못한 나라에서 그 논리가 이미 상식화한 한국으로 오는 노동자들의 문화적인 충격과 '정신적인 피해'도 같이 고려해야 하지 않을까? '알선료 떼어먹기'라는 '이쪽'의 상업적인 관습을 '저쪽' 문화가 몸에 밴 그들은 '우정의 배신'으로 보지 않을 수 없는 것이다.

이름도 모르는 김포공항의 알선업자가 당연한 상술로 여겼던 친절과 술자리, 공손체와 우정의 호언장담은 '알선업'의 개념도 모르던 바트자갈에게는 진정한 우정으로 보였다. 그가 선망해 온 한국의 '선진화'의 대가(對價)가 모든 일체 인간관계의 물화(物化), 상품화였다는 사실을 그가 어떻게 미리 알 수 있겠는가? 거짓으로 친구를 자칭한 자가 자신을 약탈했다는 생각에, 온 세상이 메마른 사막으로 보였다. 가져온 돈이 거의 바닥이 나서 끼니를 걸러야만 했던 바트자갈이 빼앗긴 돈보다 더 아프게 느낀 것은 인간에 대한 빼앗긴 믿음이었다.

여담이지만, 나는 그 '첫 배신'에 대한 바트자갈의 이야기를 들으면서 한 가지 생각을 내내 떨쳐버리지 못했다. 모든 인간은 본능적으로 자신들을 도덕적인 존재로 보고 싶어하고, 자신들의 행동을 합리화하기를 좋아한다. "나는 비도덕적이다"라고 고백할 정도의 그릇이면, 이미 비범한 사람으로 생각해도 좋을 것이다. 그러면 거의 굶을 정도로 궁핍한 순진한 몽골 사람이 피땀 흘려가며 번 돈을 모조리 빼앗아간 그 상술 좋은 알선업자는 자신의 행동을 과연 어떤 식으로 '좋게' 해석했을까?

우리 나라에 들어와서 돈벌이를 하려는 외국 놈이니 텃세를 챙기는 건 내 고유한 권리라고 생각하면서 왜곡된 '민족의식'과 '터 의식'을 끌어들였을까? 아니면, '우리 동대문의 관행'을 가져다붙이면서, 내가 남과 뭐가 다르냐는 식의 단체주의 의식을 이용했을까? 전직 교육부 장관이라는 유식하신 '사회 귀족'도 20년 전에 저지른 자신의 표절 행위를 '그때의 관행'으로 해석하고 하등의 수치심도 보이지 않는 사회에서, '관행'으로 합리화하지 못할 일이 과연 있을까? 아니면, 빼앗아간 돈의 일부를 불전이나 헌금으로 종교단체에 바치고 "하나님/부처님이 나를 용서하겠지"라고 자위하고 있었을까?

뇌물에 워낙 익숙하다 보면, 성직자를 통해서 초자연적인 절대자에게도 일종의 '뇌물'을 줄 생각을 자연히 할 수 있다. 무섭고 생각하고 싶지 않은 결론이지만, 바트자갈을 울린 알선업자가 굳이 합리화와 위로를 찾으려 하였다면, 현재 한국 사회의 공동 의식 속에서 매우 많은 합리화의 방법을 찾아낼 수 있었을 것이다.

그러나 그 사람은 과연 합리화가 필요했을까? "민나 도로보데스(다들 도둑놈이다)"라는 명언을 남긴 일제시대의 친일파 거부 김갑순의 말대로, 사회를 하나의 도둑집단으로 보는, 선악 의식 자체가 이미 필요없는 사람이었을지도 모른다. 순하면 뜯기고 약으면 뜯는 곳이 세상이라는 '상식'을 좌우명 삼아 '뜯는' 쪽에 붙기 위해서 수단과 방법을 가리지 않는, '선악을 초월한' 사람들을 바트자갈은 그 후에도 한국에서 무수히 봤다.

그러나 그 얄밉고 얄미운 '배신자'의 계산은 무섭게도 정확했다. 이미 불법 체류자가 된데다가 한국말을 잘하지도 못하는 바트자갈은 죽도록 힘든 그 직장을 쉽게 떠날 수 없었다. 땀과 눈물의 대가인 쥐꼬리만한 월급의 30%를 버젓이 떼어먹는 알선업자를 경찰에 신고할 수도 없었다. 바트자갈 자신도 이제 이해할 수 있듯이, 그는 불법 노동이라는 살인적인 착취체제의 포로가 되고 만 것이다.

완전히 다른 또 하나의 한국

그러나 그때까지만 해도 교육에의 열정과 교직원으로서의 자존의식이 어느 정도 남아 있던 바트자갈은 쉽게 항복하고 싶지 않았다. 그가 여태까지 몸을 담아온 '대학교'라는 것을 이 낯선 땅에서 찾으면 어떤 방법으로든 탈출할 수 있지 않을까 하는 생각이 그의 머리를 떠나지 않았다. 지도를 보니 동대문에서 가장 가까운 대학은 그때까지 이름도 들어보지 못한 고려대학교였다. 고려대학교에 아는 사람도 아는 곳도 전혀 없던 바트자갈은 탈출을 시도하는 포로의 기분으로 하루아침에 김포공항 대신 고려대학교로 발길을 옮겼다. '대학교'라는 이름이 자신을 꼭 구출해 줄 것이라는 굳은 신념으로 전혀 모르는 곳으로 간 것이다.

고려대학교 교정에 처음 발을 내디딘 순간은 바트자갈의 파란만장한 인생에서 가장 행복한 순간 중 하나였다. 아름다운 고딕 건물들과 예의 바르고 미소 밝은 학생들……. 책을 들고 다니는 아이들의 모습은 바트자갈에게 오랜만에 행복감을 느끼게 해주었다. 인간이 상품으로 취급되는 동대문시장에서 상처입은 그의 마음은 고려대학교에서 새로운 활력을 찾은 듯했다. 그의 말로는, 그가 사찰에서만 느끼던 성스럽고 신선한 에너지를 고려대학교에서 되찾은 듯했다고 한다. 그가 대학교를 일종의 사찰로 생각하는 것은 불교 신앙과 사회주의적 지식 숭배가 어우러진 몽골 지성인다운 의식이기도 하다.

우연 아닌 우연의 일치로 처음 만난 러시아어 원어민 교수가 바트자갈의 러시아어 실력에 여지없이 감복해 그를 학생들에게 소개하면서 "이분처럼 너희들도 우리말 제대로 배워보게"라고 말했다고 한다. 한국인과 똑같은 얼굴에 완벽하게 러시아어를 구사하는 바트자갈에게 반한 학생들은 바로 그 자리에서 그에게 개인교습을 해줄 것을 정중하게 청했다. 월급도 온전하게 못 받는 '동대문의 노예'에서 다시 한 번 교육자의 본 모습으로 돌아갈 수 있다는 생각에 바트자갈은 행복의 눈물을 금치 못했다. 말도 안 통하고 풍속도 다른 이역만리에서, 그가 드디어 몸을 펴서 정상적인 인간으로 살 수 있다는 생각이 들었기 때문이다.

저주스러운 동대문을 벗어나 고려대학교 근처, 낭만 가득한 안암골에서 자그마한 셋방을 얻은 그는 몇몇 학생에게 러시아어를 개인교습하기 시작했다. 완벽한 러시아어와 '동양적인' 예의를 구비한 그는 처음에는 인기가 좋아 상당한 소득을 올리기도 했다. 학생들이 그를 좋아한 만큼 그도 학생들의 친절과 이상주의, 청춘의 꿈과 열정을 매우 사랑했다.

한국에 들어온 뒤 그가 교유(交遊)의 상대가 될 수 있는 한국인을 처음 만난 것이 고려대학교였다. 가난하고 무력한 불법 체류자인 그를 처음 동등한 인간으로——그뿐만 아니라 '선생님'으로——대해준 사람들은 고려대 학생들이었다. 그의 말로는, 그는 안암골에서 '완전히 다른 또 하나의 한국', 지성과 이상주의의 한국을 발견했다고 한다. 그 행복한 발견이 없었다면, 바트자갈이 현재까지 한국에서 과연 계속 살 수 있었을까?

그러나 약 한 달 후에 그는 대단히 이상한 현상에 눈을 뜨지 않을 수 없었다. 그를 자주 찾아오는 학생들은 대부분 회화 실습이나 고전문학의 독해를 부탁하기보다 주로 숙제를 해주거나 지난번 시험문제를 풀어주기를 원했다. 그들은 러시아어 자체를 배우는 것보다는 숙제를 잘 평가받고 시험을 무난히 통과하는 것을 최상의, 그리고 거의 유일한 목표로 삼았다.

바트자갈로서는 이해하기 힘든 일이었다. 끝없이 풍부한 러시아 문학과 영욕이 엇갈리는 러시아의 역사에 돈도 여유도 있어 보이는 그들이 왜 단순한 지적 관심마저도 가지지 못하는가. 그리고 관심이 일단 없다면 왜 굳이 돈을 들여 공부하는가.

한국과 같이 절대적인 소비 중심의 사회에서는 집단의 '유행'에 의한 소비와 이를 가능케 하는 경제적 능력을 개인의 지적 관심보다 훨씬 중시한다는 사실은 낭만과 행복의 고려대 시절 최초의 '불쾌한 발견'이었다. '친구들'이라는 집단 속에서 자신의 위치를 유지하고 강화하기 위해서 과시성이 강한 소비가 개인의 의사와 무관하게 절대적으로 필요하다는 한국적인 '소비주의적 집단주의' 패러다임은 바트자갈이 갈구한 개인 중심의 '진지한 근대'보다 오히려 그가 탈피하려고 한 소련의 사이비 '집단주의적 근대'에 더 가까웠다.

그러나 특정 전공에 별 관심도 없이 서열이 높은 '대학교'의 아무 학과에나 들어가서 4년 동안 돈 들여가며 '억지 공부'를 해야 하는 이유가 바트자갈에게는 가장 충격적이었다. 그가 그토록 벗어나고 싶어한 구소련의 사회가 개인적인 교분관계와 혈연, 학연 관계로 묶여 있었듯이, '진지한 근대'로 생각하던 한국 사회도 '학벌'이라는 커다란 몇 개의 패거리로 구성되어 있었다. 누구와 보드카를 같이 마시는가, 누구와 목욕탕에 같이 다니는가가 한 사람의 인생을 좌우하던 소련과 마찬가지로, '근대적인' 한국에서도 4년 동안 선후배와 부지런히 잔을 기울이면서 '튼튼한 인연'을 쌓는 것이 러시아어 회화 같은 부차적인 일보다 훨씬 중요한 일이었다.

그가 꾸었던 '합리적인 근대성'의 꿈은 조각조각 깨지기 시작했다. '공부'와 '시험 통과'가 동의어가 된 '학벌의 왕국'에서 별다른 시장가치도 없는 러시아어 선생인 그는 기껏해야 영원한 '시험문제 풀이꾼'으로 남을 수밖에 없었다.

그러나 바트자갈을 놀리는 듯 운명의 신은 이 하찮은 노릇마저 그에게서 빼앗으려고 하였다. 여름방학이 다가오자마자 그의 셋방에 학생의 발길이 끊겼다. 숙제와 시험이 없는데, 그 귀찮은 공부를 누가 하겠는가. 방세가 밀려 가을까지 기다릴 형편이 안 되는 바트자갈은, 결국 옷 가방을 들고 좌절과 절망의 안암골을 떠나야만 했다. 짧은 행복의 시절이 막을 내렸다. 여기에서부터 그의 진정한 의미의 '고생의 길'은 시작된다.

또다른 발견, 엄격한 '인종 질서'와 '국적 질서'

그가 비교적 쉽게 찾은 새 직장은 주유소였다. 손세차를 하는 일이었는데, 40~50만 원쯤 되는 월급으로 적어도 끼니는 때울 수 있었으니 천만다행인 셈이었다. 그러나 갈 데 없는 한국인 실업자들도 꺼리는 손세차 일은 여간 힘든 것이 아니었다. 몇 시간만 일해도 온 몸이 파김치가 될 정도였다. 그와 함께 고생을 나누는 동료 중에 중국 조선족과 동남아시아 출신 이민 노동자들은 있어도 한국인이 거의 없었다는 사실은 별로 놀랍지 않았다.

그러나 '몸이 부서질 만큼' 힘든 그 일보다 더 힘든 것은 직장의 엄격한 '인종 질서'와 '국적 질서'였다. 이 피라미드 맨 바닥에 놓여 있는 존재들은 체력도 약하고 생김새도 다른 동남아시아 노동자들이었다. 주인과 관리자들이 그들을 대하는 가장 일상적인 방법은 폭력과 욕설, 고함이었다. 바트자갈은 그런 현실을 볼 때마다 어렸을 때 읽은 미국 남부의 흑인 노예에 관한 서적들이 기억나곤 했다. 인종주의 광기가 한창이던 유럽과 미국의 19세기로 시간여행을 간 기분이었다.

동남아시아 출신에 비해서 몽골인들과 카자크인, 조선족 등은 월등히 좋은 입장이었다. 일단 물리적인 폭력을 거의 당하지 않았으며, 언어적인 폭력도 비교적 적게 당했다. 생김새와 피부색 덕분인지, 북방인들에게 손찌검을 하면 그들이 곧장 거의 환장하다시피 복수한다는 소문 덕분인지 바트자갈 자신도 몰랐다. 그러나 '인종적으로 가까운' 북방인들도 연령과 무관한 무분별한 반말투와 '고함형' 명령, 월급 체불 등으로 고생해야 했으며, 주인이나 관리인 같은 '귀족'들과 식사자리를 같이한다는 것은 엄두도 내지 못할 정도의 차별을 받았다.

바트자갈이 아주 놀란 것은, 자신과 달리 한국어를 완벽하게 하는 조선족들도 자신과 똑같은 수준의 차별을 받는 일이었다. 그가 비로소 깨달은 것은 한국의 '민족' 개념이 몽골과 달리 '국가'와 '국적', '경제력'과 같은 요소를 중심으로 이루어져 있다는 사실이었다. '핏줄'이 한국 계통이라 해도 국적이 다르고 이렇다 할 만한 재력이 없는 중국의 조선족은, 적어도 주인과 관리자의 눈에는 '한민족'으로 보이지 않았다. 가진 것 없고 힘없는 자가 무조건 '밑으로 들어가는', 자존심과 존엄성을 까맣게 잊어야 할 이 무서운 질서 속에서는 숲 속의 야수들이나 잘 살 수 있을 것 같다는 게 바트자갈의 느낌이었다.

교직밖에 모르던 그가 제대로 할 수 없는 고난도의 노동과 살인적인 차별, 인간적인 모멸에 지칠 대로 지친 바트자갈은 결국 그 주유소를 떠나야만 했다. 외국인 노동자가 이미 많아 대우가 열악한 서울과 수도권에 비해서 외국인 노동자에 대한 착취가 아직 관습화되지 않은 지방은 살기가 월등히 좋다는 몽골 친구들의 말을 듣고, 그는 충청남도에 내려가 조그마한 소도시에 있는 김치공장에 취직했다. 외국인 노동자가 바트자갈뿐인 그 영세한 공장에 제도화된 민족차별이 없었다는 것은 정말 다행이었다. "또 하나 다행스러운 것은 바로 거기에서 김치맛에 길들여져 지금은 김치 없이 못 산다"고 바트자갈은 웃으면서 말하곤 한다.

흥미로운 것은 그뿐만 아니라 상당히 많은 아시아 이민 노동자가 '지방의 인심'을 이구동성으로 찬양한다는 사실이다. 양식과 도덕을 결여한 '국제화'가 일찌감치 돼버린 서울과 수도권, 부산 지역에 비해 지방은 한국 종래의 관용과 이타의 도덕을 정말 더 많이 보유하고 있을까?

그러나 비교적 행복한 그 시절에도 바트자갈은 한 가지 매우 불쾌한 인상을 받았다. 평소에 어려운 노동에 지쳐 사이사이에 흡연과 잡담을 잘 즐기는 한국인 동료들은 주인이나 관리인이 가까이 나타나자마자 갑자기 열심히 일에 몰두하는 행세를 하거나 바트자갈에게 무엇인가를 가르쳐주는 행세를 하곤 하였다. 바트자갈뿐만 아니라 그의 많은 몽골 친구들도 한국 동료의 이와 같은 이상한 행동양식에 상당히 놀라기 일쑤였다.

속으로 이와 같은 행동을 '모범생 콤플렉스'로 이름지은 바트자갈은 그 원인을 자못 궁금해 했다. 정말 선생님에게 무조건 잘 보여야 하는 권위적인 학교에서 키워낸 악습인가? 장교에게 잘 보이지 않으면 크게 맞아 건강을 잃을 수 있는 군대 때의 습관인가? 아니면, 주인이 노동자들에게 휘두르는 권력과 관련이 있는 일인가? 원인이 어떻든, 인간의 존엄성이 이처럼 쉽게 '밥그릇' 앞에서 짓밟히는 광경을 옆에서 보기가 안타까웠다. 그러나 '안 찍히려고', 주인의 '눈도장'을 받으려고 수단과 방법을 가리지 않는 노동자와, 이 자세를 당연하게 받아들이는, 위엄을 떨치는 '사장님'에게는 과연 그 '존엄성'이라는 개념이 있는 것일까? 없다면, 그것이 과연 어떤 종류의 '선진 근대'인가? 이 '저주스러운' 질문들은 바트자갈의 머리를 수시로 괴롭혔다.

결국 그는 '꿀밤을 주는 어른(주인, 간부)들과 아부하면서 모범생이 되려는 학생(근로자)'의 사회를 떠났다. 거드름을 피우는 '웃어른'의 모습에 싫증을 느낀 바도 있었고, 대학교 도서관에 가서 러시아와 영국 신문이라도 가끔 읽을 수 있는 서울이 나름대로 그립기도 했다. 그러나 그의 상경은 시간적으로 커다란 오산이었다. 서울에서 그를 기다린 것은 대학 도서관만이 아니라, 바로 그때 나라를 덮쳐버린 IMF 위기였다.

IMF 시절의 시작을, 당시 안암동의 한 세탁소에서 품을 팔고 있던 그는 끝없는 악몽으로 기억한다. 외국인 노동자에게 월급의 일부를 주지 않거나 늦게 주는 악습은 우리도 고생한다는 것을 이제 '당당한'(?) 핑계로 내세울 수 있는 기업인들의 '불문율'이 돼버렸다. 그런데다가 외국인 노동자들을 본국으로 돌아가게 하고 우리 나라 사람에게 일자리를 주자는 보수언론과 정부의 캠페인은, 그와 그의 동료 몽골인들에게 적지 않은 심적 압박을 주었다. 그들 중에는 체불 임금으로 고생을 안 해본 사람이 거의 없었는데, 그 문제에 대해서는 아무 대책도 세우지 않은 채 "남이여, 나가라!"고 외쳐대는 정부와 언론이 얄밉기만 했다.

그리고 과연 밀린 월급만 문제였는가? 이미 그들에게 한국 땅은 '남의 나라'가 아니었다. 그들은 구리시나 안양, 부천의 공장에서 땀을 흘리기도 하고, 좁고 냄새나는 길거리에 정을 붙이기도 했다. 사람만 많고 자원이 없는 한국이 수출에 의존해서 먹고살 수 있다는 '기적'을, 그들은 자기 자신의 피조물로 여겼다. 그게 과연 지나친 자신이었을까?

한국이 자랑하는 수출품에는 보이지 않는 그들의 땀과 눈물이 분명히 존재한다. 그들 중 상당수는 한국인과 가까운 친구관계를 맺었거나, 심지어 한국인 이성과 동거하거나 결혼한 사람도 있었다. 그런 그들이 무조건 나가라는 정부와 언론의 말을 어떻게 봐야 했을까?

물론 그들은 대부분 떠나지 않았다. 그리고 떠나버린 소수가 비워준 3D 업종의 일자리에 IMF 실업자가 들어오지 않았다는 것은 너무나 잘 알려진 사실이다. 결국 IMF에 대한 공포감이 어느 정도 진정되자 정부와 언론도 외국인 노동자의 필요성을 의식해선지 '일자리를 우리 나라 사람에게!' 캠페인을 조용히 끝냈다. 그들의 존재를 기정 사실로 인정한 이 조치는 바트자갈과 그의 동료에게는 가난과 모욕, 굶주림 속에서 모처럼 듣는 희소식이었다.

그러나 IMF 이전과 같은 묵인은 보호나 배려와는 거리가 멀었다. 몸과 마음을 피폐하게 하는 체불 임금 문제는 바트자갈과 몽골인 친구들에게는 가장 무서운 고심거리였다. 바트자갈이 IMF 초기에 전전했던 서울 성북구의 영세 세탁소와 식당, 주유소 중에는 그에게 주어야 할 월급은 안 주고 도리어 모욕을 주면서 경찰에 신고하겠다고 위협한 곳이 몇 군데 있었다. 그가 상경한 직후에 취직한 세탁소는 체불한 월급이 100만 원이 넘을 정도였다. 돈은 돈대로 굶어죽지 않기 위해 중요하지만, 바트자갈에게는 그 돈이 눈물과 땀의 기억이 배어 있는, 말 그대로 '돈, 그 이상의 돈'이었다. '혈세(血稅)'라는 함축성 있는 단어를 가진 한국어에 '혈급(血給)'이라는 단어는 왜 없는가.

자신이 당한 고생에 대해서 웬만하면 이야기하려 들지 않던 바트자갈은 그때 더는 참을 수가 없었는지 세탁소 체불 문제에 대해 옛날에 제자였던 고려대학교 학생들에게 한 번 언급했다. 도와달라는 묵시적인 부탁도 아니고, 허공을 향해서 외치는 한 존재의 비명소리였다. 그러나 그의 비명을 신이 엿들었을까? 결과는 그야말로 기적이었다.

"우리 나라에 이런 파렴치배들이 존재할 리가 있느냐"며 불신 반 분개 반 흥분한 학생들은 바로 다음날 세탁소에 가서 그 주인에게 바트자갈 체불 상황의 시말을 물었다. 그가 바트자갈의 돈을 의도적으로 갈취했다는 사실을 확인한 그들은 분노를 참지 못하여 협박과 약간의 손찌검을 가했다. 놀라고 겁을 먹은 주인은 바트자갈의 밀린 월급 일부를 그들에게 주었다. 그들은 그 돈을 나중에 바트자갈에게 건네주면서 "우리 나라에 이런 일이 있을 수 있다는 생각을 일찍이 해본 적도 없다"고 고개를 갸우뚱거렸다. 러시아어 선생이던 몽골인 바트자갈이 한국인들에게 한국의 현실을 가르쳐준 격이 됐다.

폭력으로 손을 더럽히면서까지 자신을 도와주려고 한 제자들을 바트자갈은 무척 고마워했다. 그러나 서울에서도 모스크바처럼 어떤 경우에는 주먹으로만 해결할 수 있는 일이 생긴다는 사실이 그에게 준 충격은 결코 적지 않았다. 이미 금이 간 '합리적인 근대성'에 대한 기대는 그 '의로운 주먹' 사건으로 완전히 무산되고 말았다.

이미 굶기 시작한 바트자갈을 '의로운 주먹'으로 도와준 학생들의 이야기를 들으면서 나는 매우 복잡한 감정을 느꼈다. 원칙적으로 주먹(폭력)이 의로울 수 없다는 것이 내 평소 신념이다. 자신의 우월한 힘을 이용해 무력한 자의 돈을 갈취한 폭력꾼을 '의로운 목적'으로 폭행한다 해도, 그것은 어떤 의미에서는 그 폭력꾼과 동류가 되는 것을 의미한다. 그런 의미에서 나는 화염병과 각목이 난무하는 시위를 보는 순간, 시위자가 내세우는 요구의 정당성과 진압자의 폭력성을 의식하면서도 시위자를 '절대선(絕對善)'으로 볼 수 없었다.

그러나 비폭력투쟁이라는 것은 고도의 마음 훈련과 인내심, 거의 무한한 마음의 힘을 요구하는, 아무나 할 수 없는 극히 어려운 일이다. 물론 최선책인 비폭력투쟁을 할 만한 마음의 힘을 갖추지 못했다면, 차선책으로 폭력투쟁이라도 하는 것이 비겁하게 가만히 있는 것보다는 낫다. "겁이 나서 억압자의 폭력 앞에 움츠려서 보신을 하는 것보다 차라리 분개해서 폭력투쟁이라도 하는 것이 도덕적으로 낫다"고 말한 사람은 바로 비폭력투쟁의 원조인 인도의 마하트마 간디다. 원칙으로서 비폭력을 지지한다 해도, 주먹을 날려서 바트자갈을 도와준 학생들은 자신들의 수준에서 할 수 있는 최선을 다했다고 봐야 한다. 외국인 노동자들이 굶고 다치고 죽는 문제에 별 관심을 보이지 않는 대다수 사람들을 염두에 둔다면, 고려대학교 학생들의 다혈질적이고 어색한 '구조방법'은 오히려 거의 영웅적인 행동으로 보인다. 폭력이 만악의 근원이라 해도, 무관심은 폭력보다 천배 만배 무섭기 때문이다. 대다수의 무관심은 결국 소수의 폭력을 낳는다.

마지막 남은 인간적 존엄성

몇 군데 직장에서 월급을 조금씩 떼이고 쫓겨난 바트자갈은, IMF 한파 속에서 약 1년 가까이 실업자 생활을 했다. 그때 그를 물리적으로 정신적으로 살려준 것은 주로 그와 비슷한 처지에 놓여 있는 몽골인 불법체류자였다. '상부상조'는 서울의 정글을 헤치고 살아가야 하는 몽골인들의 철칙이다. 배고픈 동족을 만나면 마지막 돈이라 해도 있는 대로 다 내서 그를 먹여주어야 한다. 집이 없는 동족을 만나면, 비록 사람의 평균 신장보다 작은 구석방에서 새우잠을 자는 신세라 해도 같이 재워주어야 한다. 그리고 우울하고 더 이상 살고 싶지 않은 동족을 만나면, 같이 술을 먹고 고향 노래 몇 가락을 불러주어야 한다. 이런 철칙 덕분에 서울과 같은 '불모지'에서 '불법 체류'라는 족쇄를 덮어쓰면서도, 절대적 약자이자 소수인 몽골인 커뮤니티가 살아 남을 수 있었다. 약육강식을 위주로 하는 천민 자본주의의 공간에서 한 개인으로서 패배와 죽음으로 내몰릴 수밖에 없는 그들은 절대적인 상부상조로 승부한다.

도덕이라는 것이 배고픔과 약함에서 우러나오는 것이라고 말한 사람은 누구일까? 그가 누구든 간에, 그 말은 만세의 진리다. 현재 〈조선일보〉의 일부 국수주의자들이 한민족을 '몽골계 기마민족의 후손'으로 보려고 하고 몽골인의 '야성'과 '필승의 정신'을 한민족의 '본래적 민족성'으로 설정하려고 한다. 그러나 그 설이 학술적으로 성립되지 않는 것은 물론이거니와, 몽골인들을 오리엔탈리즘의 스테레오타이프대로 '야성적이고 무서운 존재'로 보는 것도 너무나 큰 무식과 무지다. 서울에서 사는 몽골인들에게 특징이 있다면, 상대를 따뜻하게 배려하는 것이다. 약자의 무기는 배부른 〈조선일보〉 관계자들이 말하는 '야성미'가 아니고 상생(相生)이다.

그 상생이 IMF 초기에 실업자였던 바트자갈을 기적적으로 살려냈다. 이 대학교 저 대학교의 도서실에서 러시아 서적과 영문 서적, 신문을 읽으면서 소일하던 그는, 학교식당에서 라면 먹을 천 원짜리도 없을 때에는 보통 동대문시장으로 걸어가서 아무 몽골인에게나 접근해서 사정을 했다. 같이 술자리를 벌여 만취한 상태에서 그에게 시비를 걸어 싸움질을 한 '저질 몽골인'이 매우 드물게 있었지만, 도움을 주지 않은 사람은 아무도 없었다고 한다. 그리고 시비를 걸어 싸움질을 한 술꾼들에게도 그는 화를 내지 않았다. 배타적인 이국 땅, 극단적으로 어려운 경제위기 상황에서 약한 사람은 그 지경까지 갈 수도 있다는 것을 그는 충분히 이해했다.

그때 내가 바트자갈에게서 들은 서울의 몽골인 커뮤니티의 또 하나의 불문율은 '몽골인 집단 존엄성 유지'였다. "몽골인들이 사나우니 물리적으로 건드리지 않는 것이 좋겠다"는 소문이 중소기업계에서 나도는 한, 몽골인들은 다른 나라 출신 불법 체류자와 달리 서울 생활의 가장 아픈 부분인 구타와 손찌검으로부터 비교적 자유로울 수 있다. 그러나 "때려도 끽소리 못한다"는 이야기가 일단 퍼지기만 하면 이 '비공식적인 특권'이 비참히 무너지고 말리라는 것을 몽골인들은 뻔히 알고 있었다. 그래서 서울에 사는 몽골 불법 노동자집단의 또 하나의 행동강령은 "네 자존심, 우리의 자존심이 절대로 무너지지 않게 하라"는 것이었다. 사장이나 한국인 동료들이 조금이라도 폭력을 행한다면, 죽는 한이 있더라도 그들에게 똑같이 응수하든지 그럴 힘과 용기가 없으면 밀린 월급이 있어도 그 기업을 당장 떠나든지, 어쨌든 한국인의 폭력을 절대로 용납하면 안 된다는 것이 그들 사이의 집단 약속이었다.

바트자갈도 그 약속을 철저하게 지켰다. 그에게 '용납이 안 되는 선'은 폭력도 아니고 심한 폭언이었다. 물론 평생 '공부벌레'로 살아온 그는 폭언을 퍼붓는 사람과 주먹으로 싸울 생각도 안 했다. 불교와 톨스토이에 심취한 그로서는 남의 얼굴을 향해서 주먹을 날린다는 것 자체가 거의 상상하기조차 어려운 행동이었다. 보통 그는 심한 욕설을 들으면 그 자리를 조용히 떠난 뒤 그 다음날부터 그 회사에 나타나지 않았다. 그러한 '규칙'으로 인해 잃은 돈이 꽤 많았지만, 후회해 본 적은 없다고 한다. 욕설을 들으면서도 단순히 돈 때문에 그 자리에 계속 매달리면 그의 집단인 몽골인 전체에 불명예가 씌어질 뿐만 아니라 그 자신이 원래 인격을 잃어 '지금의 그'가 생각하기도 무서운 '다른 사람'이 될 것이라고 생각했기 때문이다.

돈도 신분도 없는 바트자갈과 주변 몽골인에게 유일하게 남은 것이 바로 인간적 존엄성이었다. 그것까지 무너지는 날에는 그들 자신이 최종적인 파산을 맞는다고 그들은 생각했다. 그러나 모욕을 절대로 용납하지 않으려는 이와 같은 태도는, 〈조선일보〉의 조갑제가 말하는 '야성'이 전혀 아니다. 그것은 상상을 초월하는 어려움에 처한 극소수 집단의 유지·보존의 본능이자, 그 집단의 각 구성원의 인격 유지 본능의 결합이다. 몸을 굽히지 않고 살아가기 위해서 극단적인 방법까지 마다하지 않고 써야 한다는 시대와 공간은 도대체 어떤 것들인가?

원수를 사랑한 사람

내가 그때 몽골인들에 대해서 존경심을 느낀 또 하나의 이유는 극단적인 상황에 처해 있으면서도 무분별한 반한(反韓)감정을 전혀 가지지 않았다는 것이다. 물론 그들은 자신들을 속이고 학대한 기업인들을 싫어했지만, 그것은 '한국인'으로서 싫어했다기보다는 '불량 자본가'로서 혐오한 것이었다. 마찬가지로, 그들은 외국인 노동자의 상황을 제대로 전해주지 않는 주류 언론을 '직업적인 거짓말쟁이'로 멸시하고 불신했지만, 그것도 '민족적인 혐오'라기보다는 '도덕적인 혐오'였다. 이와 같은 종류의 '도덕적인 혐오'를 가장 강하게 받은 곳은 출입국 관리사무소가 아닌가 싶다. 그러나 한국 언론의 '상습적인 거짓말'과 출입국 관리사무소의 상습적인 뇌물 갈취 등을 이야기할 때, 그들은 보통 "우리나라와 마찬가지로"를 꼭 붙였다. 그들에게는 사회 상층부의 도덕적인 추락과 비행은 '민족 대 민족' 차원의 문제라기보다는 하나의 보편적인 현상이었다.

한국 안의 불법 외국인 노동자 상태를 이야기할 때, 그들은 놀랍게도 균형 감각 유지에 상당히 신경을 썼다. 예를 들어 월급 체불 상황을 이야기할 때는 "몽골 안에서 북한 노동자들도 우리 나라의 저질 기업인들에게 좋지 않은 대우를 받을 때가 있다. 그런 현상이 한국 특유의 것은 아니다"와 같은 표현이 꼭 따라 붙었다. 그리고 그들은 상당수 몽골인이 포함된 약 30만 명에 달하는 일본 내 불법 외국인 노동자의 인권 침해 상황을 잘 알았고, 일본과 한국의 상황이 구조적으로 많이 다르지 않는다는 점을 강조했다. "인권을 유린하는 자에게는 민족이란 따로 없다"는 식의 놀라운 차분함과 논리성은 무엇을 바탕으로 하는가? 몽골 국내에서도 탐관오리의 전횡을 당해본 경험이 크게 작용한 것인가? 아시아인들을 '사냥감'쯤으로 아는 모스크바 경찰의 인종주의적 행패와 독일 '신나치'의 대(對)외국인 범행을 상세히 다루는 몽골 신문들을 한국에서도 모든 방법을 동원해 구해서 탐독해, 세계 여러 나라의 상황을 넓은 안목으로 비교할 수 있는 그들의 독서열과 유식함 덕분인가? 아니면, 무명(無明)과 그로부터 파생되는 어리석음과 노여움, 탐냄을 인류 보편적인 문제로 보는 불교 철학이 알게 모르게 작용한 것인가?

어쨌거나 특정 국가와 종족 집단에 부정적인 감정을 쏟아붓지 않으려는 그들의 절제는 분명히 인간적 존엄성의 발로이자 큰 미덕이다. 어려운 그들의 이와 같은 이성적인 대응에 비추어볼 때, 괴로운 노동에 지친 한국인 택시 운전기사의 거친 말 몇 마디를, 이미 '공분'에 가득 찬 편지를 신문에 보내 한국 전체를 성토하고 맹비난할 만한 일로 생각하는 일부 서방 국가 출신의 태도는 쓴웃음을 자아낼 만하다. 배고픈 자가 배부른 자보다 관대하다는 것이 이 세상의 원칙인가 보다.

IMF 초기에 사활이 걸린 위기에 빠져 친구의 방과 종교계 안식처를 정처없이 전전하던 바트자갈을 구해준 것은 한 한국 독지가였다. 한국에서 돈도 벌지 못하고, 꿈꾸던 '합리적인 동양형 근대화 모델'도 찾지 못한 그에게는 아무 조건과 기한 없이 숙식을 제공해 주는 그 독지가의 우정이 한국행 최대의 소득이었다. 그 독지가와 같이 2년 넘게 살아온 바트자갈은 별의별 일을 다 당해봤다. 동네 불량배들에게 가지고 있던 돈을 전부 빼앗겼는가 하면, 거의 가는 곳마다 멸시와 그 언어적인 표현인 반말투에 깊은 마음의 상처를 입기도 하고, 산재를 입었으면서도 아무 보상도 받지 못한 일도 있었다. 그러나 봉변을 당할 때마다 그는 그 한국인 독지가의 변치 않는 우정에 위로를 받을 수 있었다. 그는 가난과 불행 속에서도 그 친구의 존재만으로도 행복하다. 한 번 바트자갈과 이야기를 할 때, 나는 그런 말을 들은 적이 있었다.

"민족과 국적이 너무 우스운 개념 같아요. 핏줄이 비록 달라도, 나를 살려주고 믿어준 내 친구가 있는 나라를 나는 이미 '남의 나라'로 볼 수 없죠. 그는 나에게 형제와 같은 사람이니 그의 나라도 내 나라처럼 느껴지지 않겠어요? 그러나 나의 이런 마음을 믿고 나를 '같은 동족'으로 쳐줄 한국 사람이 몇 명이나 되겠어요? 인간들이 왜 겉만 보고 속을 들여다보지 못하는지 모르겠어요. 나의 서류에 적혀 있는 '몽골'이라는 말만 읽고 내 마음을 보지 못하니 우스운 일이죠. 옛날에 씨족과 부족의 구분이 없어졌듯이, 국가와 민족의 구분이 소멸될 날이 오기를 가만히 기다리는 수밖에 없죠."

재미있는 것은, 한국을 또 하나의 고향으로 보는 그의 심정은 몽골과의 관계 단절을 의미하지 않았다. 그의 논리는 정을 붙이고 사는 곳이면 (국적이나 민족과 관계없이) 고향으로 볼 수 있지 않느냐는 생각에서 출발했다. 그는 그 단순한 생각에다 "사물(事物)을 차별하지 말라"는 불교사상을 가미해 몽골과 한국, 나아가서 그가 친구와 우정을 나눌 수 있는 모든 곳을 하나의 '고향'으로 보려고 하였다. 마음속의 나라 차별, 인간의 내면을 보기 전에 그 소속 국가의 명칭을 보는 우리의 관습에서 해방되는 것이 그가 사회주의 시대부터 지금까지 꿈꾸어온 진정한 자유였던 셈이다.

바트자갈이 그때 나에게 한 이야기 중에는 지금도 '이게 정말 진리다'라고 느껴지는 대목이 많다. 예를 들어 그는 가난한 외국인들을 '직업적으로' 도와주는 사람들(특히 종교 선교단체의 유급 직원들)에 대해서 항상 경계심을 갖는다고 했다. 그 이유는 간단했다. 재정적 도움을 주고받는 시혜자와 수혜자의 관계는 본질상 불평등한 관계일 수밖에 없다. 그런 관계를 하나의 직업으로 삼는 시혜자라면, 특별한 내면적 수양을 쌓지 않는 한 수혜자를 '자기 밑으로' 볼 가능성이 매우 많다. 그리고 자신보다 열등하다고 의식·무의식적으로 인식하는 '도움의 대상'에게 자신의 의견과 신념을 알게 모르게 강요할 가능성도 많다. 바트자갈에게 이와 같은 강요(특히 종교적 색깔이 있는 강요)는 반말투와 산재보다 훨씬 무서운 것이었다. 그런 강요를 하는 사람에 대해서 그는 깊은 인간적인 실망감을 느끼곤 하였고, 그 실망감은 새로운 아픔을 의미했다. 그래서 바트자갈은 '외국인 노동자 구제'를 목적으로 삼는 종교단체에 대해서 지나치다 싶을 만큼 늘 조심했다. 폭력과 차별을 당하는 것은 학문을 당분간 포기하고 돈을 벌어보겠다는 결심의 불가피한 업보지만, 외부인의 손이 자기의 내면까지 만지작거리는 것은 이미 '지나친 벌'이라고 생각하기 때문이었다.

그는 자신의 판단에 따라 '같은 불교'로 생각되는 일본의 '창가학회'에 몸과 마음을 맡길 각오를 했지만, 죽을 위기에 처하더라도 '외부'로 생각하는 불교 이외의 종교를 자신의 '내부'로 받아들이려고 하지 않았다. 종교단체들의 구제활동에 대한 그의 경계심을, 어쩌면 일종의 과민반응으로 보기 쉽다. 그러나 그 활동의 동기와 구체적인 전개과정을 들여다보면, 이와 같은 과민반응을 자아낼 만한 요소가 없지 않았음을 쉽게 알 수 있다.

일제시대의 암흑기에, 그때 20대 중반이었던 한국의 위대한 종교인 함석헌은 조선의 역사를 고통의 연속으로 보고, 그것이 예수가 쓴 면류관과 똑같은 명예이자 은총이라고 주장했다. 끝이 보이지 않는 고통의 연속이라는 차원에서는 바트자갈은 누구보다 더 한국적이다. 그러나 함석헌이 생각한 조선의 고통이 그랬듯이, 바트자갈의 고통도 결코 헛되지 않았다. 그는 숱한 고생도 했지만, 함석헌이 이야기한 '조선인의 본래적인 상생정신'을 몸으로 느끼는 행복을 맛봤다. 그리고 무엇보다 중요한 것은, 그가 민족과 국경의 상대성을 피부로 느낄 수 있었던 것이다. 외부로부터의 멸시와 폭력, 내심의 죄책감과 불안감 속에서 그는 세계의 모든 분별과 구별을 초월하는 선심(善心)의 존재를 확인했다. 그의 친구가 살아 있는 한, 그는 고통을 이겨낼 용기가 있다. 심성의 차원에서 나는 바트자갈을 단순한 '희생자'로 보지 않는다. 지금도 일정한 직업이 없는 그의 몸은 가혹한 현실에 짓밟혀 있지만, 인간에 대해 더 강한 믿음을 얻게 된 그의 마음은 이미 승리했다.

　　나는 "원수를 사랑하라"고 설교하는 목사, 신부, 승려를 많이 봤지만, 인간으로서 실천하기가 가장 어려운 이 대목을 몸으로 행하는 사람은 많이 보지 못했다. 그러나 고통이 낳은 지혜의 덕분인지, 바트자갈은 그 이상에 상당히 근접했다. 소련에서 그를 '황색인'으로 차별했던 급우와 교수, 한국에서 그를 멸시하고 그의 돈을 빼앗은 기업인과 불량배들에 대해서, 그는 내심 적대감을 갖는 일이 거의 없었다. 그는 그런 일에 대해서 되도록 그냥 생각하지 않으려고 하고, 저질 악덕 기업인들과 불량배들이 차후에 다른 사람에게도 똑같은 악행을 저지를 가능성을 우려할 뿐이었다. 그는 자신의 현실적인 불행을, 생존을 위해서 연구와 교수를 저버린 자신의 그릇된 판단의 소치로만 본다. 그의 고통은 그에게 운명에 대한 철저한 겸양을 가르쳤다. 탓하거나 미워할 일이 있으면, 그는 자기 자신부터 탓하거나 미워한다. 그는 애를 써 피해의식을 가지지 않으려고 한다. 피해의식을 한 번 가지게 되면 결국 복수심이 생겨 자신도 모르는 사이에 나중에 또 하나의 가해자가 될 수 있다는 것이 그의 신념이다.

그는 "원망으로는 세상의 원망의 악순환을 절대 끊을 수 없다"는 『법구경』의 말을 아직도 실천하고 있다.

일그러진 증오와 멸시의 논리

  앞에서 이야기한 바트자갈의 비극이 경제적인 상황으로 말미암아 생긴 것은 틀림없다. 저임금 지대 출신은 인건비 따먹기를 갈망하는 (상대적으로) 고임금 지대의 영세 자본가들에게는 임금 착취의 대상일 수밖에 없다. 더군다나 법적인 신분마저 박탈당한 이른바 '불법 체류자'라면 권리 주장도 못하는 저임금 노동력을 노리고 있는 중소기업인들에게는 그야말로 '절호의 기회'다.

  거시적인 안목으로 봐도, 주변부의 값싼 노동력과 자연자원이 핵심부와 준주변부의 경제적 성장의 원천이 되는 것은 현재 자본주의적 세계체제의 핵심 법칙이다. 몽골과 같은 위성국가들을 자국 중심의 '미니' 세계체제에 편입시켜 자원을 약탈한 과거의 소련처럼, 지금의 한국 영세 자본가들이 몽골 노동력을 '싸게 부리는' 것은 그 핵심 법칙을 그대로 따르는 일일 뿐이다. 경제적 착취를 위주로 하는 세계체제에서 바트자갈이나 그와 같은 처지에 놓인 몽골 지성인들을 지성인으로, 같은 인간으로 대접할 리 만무하다. 준주변부인 한국의 자본가들에게는 그들이 단지 주변부(한국 언론이 잘 쓰는 표현대로 '후진국')의 하나의 값싼 '자원'에 불과하다. 바트자갈을 하나의 값싼 목재나 기름통쯤으로 취급한 주유소나 세탁소 주인의 눈으로 봐서는, 거친 말투나 반말투에 저항하여 작업장을 떠나는 바트자갈의 '일인 시위'는 한없이 우스운 '서커스'로 보였을 것이다. "한푼도 없어서 나에게 빌붙은 머슴 한 놈이 '요'자를 붙여 대하라 하더니, 아이고 가소로워라!"가 그들의 생각이었을 것이다.

그러나 바트자갈을 포함하여 무수한 '불법 노동자'에 대한 멸시를, 과연 노동력 등 주변부 자원의 약탈을 당연시하는 국제 자본주의의 논리만으로 설명할 수 있을까? 현대적 자본주의란, 경제적 우열이 바로 심성적 태도로 직결되는 단순한 체제가 결코 아니다. 자본 소유관계가 사회의식을 결론적으로 좌우하는 것은 자본주의의 변동 없는 기본 논리지만, 자본주의적 세계체제가 존재해 온 최근 500년 동안 누적되어 굳어져버린 몇 가지 주요 의식 패러다임이 또 하나의 '정신적 현실'의 자리를 차지한 지 오래다. 그 패러다임들은 자본주의 발전과정에서 형성됐지만, 나중에 와서 역으로 자본주의적 세계체제의 발전 방향에 상당한 영향을 주기도 했다.

자본주의 세계체제의 사회의식을 지배하는, 이와 같이 고착된 패러다임 중 하나가 다름 아닌 인종주의와 인종차별이다. 한국에서 체류하는 아시아계 '불법 노동자'들도 경제적 우열에 따른 멸시와 차별 외에도 인종적 편견에 근거를 둔 멸시에 시달리고 있다. 위에서 이야기한 것처럼, 똑같은 신분도 돈도 없는 '무일푼 머슴'의 신세지만, 바트자갈이 일한 주유소의 주인과 관리자들은 피부색이 검은 동남아시아 계통 '머슴'들에게는 주먹을 잘 날리면서도 바트자갈과 같은 '황인'(몽골인, 카자크인)들에게는 폭행을 삼갔다. 체격이 한국인만한 '북방인'들의 보복을 두려워한 바도 있었겠지만, '남쪽 검둥이'에 대한 뿌리 깊은 멸시·차별 의식도 크게 작용했으리라고 바트자갈은 관측했다. 사실, 소련인들의 은밀한 인종 차별을 경험한 바 있는 바트자갈이 한국 현실 중에서 가장 불만스럽게 여긴 것이 바로 이와 같은 '인종 질서의 피라미드'였다.

바트자갈의 관측에 따르면, "검둥이는 밟아도 된다"는 의식·무의식적인 인종차별 의식이 동남아시아 계통 근로자에 대한 갖가지 착취를 더 쉬운 일로 만들었다. "사람한테 돈을 떼먹으면 안 되지만, 후진국 검둥이들이야 우리에게 조금 당해도 되겠지" 하는 생각이 많은 공장 주인의 공통된 의식이었기 때문이다. '같은 황인종'인 몽골인까지도 당연한 착취대상으로 생각하는 그들은, 피부색이 다른 '검둥이'들을 아예 사기를 쳐도 때려도 강간해도 무방한 '비인간'으로 취급했다. '검둥이'에게 '정상적' 임금 착취를 넘어선 폭행과 강간, 사기를 상습적으로 자행하면서도 그들은 전혀 죄의식을 느끼지 않았다. '검둥이'에 대한 그들의 태도는 경제적 관계를 이미 떠나버린 무조건적 가치 부정과 멸시 일변도의 그것이었다. 그것이 바로 세계 자본주의 체제의 발달과정에서 굳어져버린, 지금도 경제문제와 무관하게 세계인들에게 절대적인 영향력을 행사하는 인종주의 패러다임이다. 한국에 인종주의 의식이 그만큼 고질적이지 않았다면, 외국인 근로자들은 그래도 현재보다 훨씬 더 자유롭고 행복했을 것이다.

많은 한국인에게 인종주의적 편견이 이미 고질화되어 있다는 말을 할 때, 내 마음은 억제하지 못할 만큼 흥분된다. 바로 한국인들이 세계체제의 기본 논리 중 하나인 인종주의의 최대 피해자였다는 사실을 너무 잘 기억하기 때문이다. 머나먼 변방에 나와 하릴없이 시간을 보내던 러시아 기마병 국경수비대들이 '단순한 재미'로 두만강을 넘어오는 조선 농민들을 사냥감 삼아 사살하곤 하던 것이 불과 100년 전의 일이다. 백의를 입은 이방인을 죽이는 놀이를 그들은 '백조 사냥'으로 불렀고,

'인간이 아닌 황인'을 죽인다는 것을 별다른 죄로 보지도 않았다. 그 살인적인 풍토에 놀란 가린-미카일로브스키라는 러시아 탐험가에게 그들은 "황인들에게 영혼이란 있을 리 없으니 이건 살인도 아니다"라고 자신만만하게 이야기했다. 그 사실을 처음 접했을 때, 나는 워낙 놀라고 부끄러워 다음 생애에 절대로 유럽인으로 태어나지 않기를 빌고 또 빌었다.

그러나 얼마 후에 소련의 주적이 돼버린 미국의 태도가 그 기마병들의 살인적이고 반인륜적인 인종주의와 크게 달랐을까? 1907년에 조선인들을 "썩어빠진 동양문화의 악취나는 분비물"로 묘사한 것은, 일개 무식한 병사도 아니고 당대 미국의 국제관계 전문가 조지 케넌이었다. 소련 고려인들의 중앙아시아 강제 이주, 재미교포들이 1960년대까지 당한 갖가지 핍박, 심지어 미국과 소련군에 의한 한반도의 임의적 군사적 분단 등 모든 폭거가 과연 인종주의라는 이념적인 '밑받침' 없이 가능했을까? 이만큼 인종주의에 피해를 당한 한국인들이 현재 고질적 인종주의적인 편견을 갖는다고 말할 때, 어찌 가슴이 설레고 아프지 않을 수 있는가.

그러나 아픈 사실이긴 하지만, 인종주의의 최대 피해자 중 하나인 한국은 그와 동시에 인종주의적 패러다임을 철저하게 내면화했다. 물론 한국만 그렇다는 것은 아니다. 한국이 속하는 동아시아 문화권의 나머지 두 주요 국가, 즉 일본과 중국은 한국보다 먼저, 한국보다 훨씬 더 철저하게 인종주의를 소화했다. 특히 일본에서는 자국 본위로 재편성된 인종주의 패러다임이 사실상 1945년 전까지 국시였던——그리고 지금도 알게 모르게 상당한 영향력을 행사하는——천황제 이데올로기의 유기적인 일부분으로 자리를 잡았다.

사실 한국 특유의 인종주의적 패러다임 형성에는 일제의 영향이 가장 컸다. 거시적으로 봐서는, 이미 20세기 초에 인종주의――그리고 인종주의와 불가분의 관계를 맺고 있는 사회진화론――는 무너질 대로 무너져버린 중화의식과 화이관(華夷觀)을 대신하여 동아시아 문화권 지성계의 새로운 핵심 이데올로기로 군림하게 됐다. 이와 같은 과정에서 과연 한국만 혼자의 힘으로 인종주의를 배격할 수 있었을까? 인종주의 또는 사회진화론의 수용과 내면화를 매개로, 인종주의를 핵심 논리로 하는 자본주의적 세계체제의 정신계에 편입하려던 100년 전의 동아시아 지성계에서 한국의 지성인들만 예외가 될 수는 없었을 것이다. 이런 의미에서 인종주의를 처음 받아들여 소화한 100년 전 한국 '개화주의자'들의 개인적인 도덕성을 탓하기가 힘들다.

원래 인종주의란 없었다

지금 이 시점에서 100년 전 한국 지성인들이 인종주의를 받아들인 이야기를 장황하게 하는 이유는 무엇인가? 여기에서 나의 논리는 일종의 '무당의 논리'다. 병을 치료하기 위해서는 먼저 인체에 병귀(病鬼)가 들어온 경위를 살펴봐야 하며, 들어왔을 때의 병귀의 모습을 잘 알아내야 한다. 그래야 병귀를 효과적으로 쫓아낼 수 있기 때문이다. 인종주의라는 병귀가 언제, 어떻게, 어떤 모습으로, 어떤 이해관계에 따라 조선 땅에 들어왔는지 잘 알아야 그 병근(病根)을 잘 치료할 수 있기 때문이다. 까만 피부가 열등성의 상징이 돼버린 과정의 본말을 정확하게 파악하면, 지금 많은 한국인이 보여주는 '검둥이'에 대한 의식을 어느 정도 고칠 수 있다고 믿기 때문이다. 적어도 과거를 '만세의 거울'로 삼아온 한국의 지적 풍토 위에서는 이와 같은 고찰이 분명히 주효할 수 있으리라 믿는다.

역사를 공부한 사람이면 쉽게 알 만한 사실이지만, 1876년에 강화조약을 체결하기 전에는 조선에 '인종차별'은 물론 '인종'이라는 말 자체도 존재하지 않았다. 전통적인 '화이관'은 세계 전체를 중화문명을 배운 '화(華)'와 그렇지 못한 '이(夷)'로 크게 대별했고, 그 차이는 피부색과 피의 차이라기보다는 순전히 문화의 차이뿐이었다. 예를 들어 후대에 들어와서야 같은 '황인종'으로 취급하기 시작한 일본인들에 대한 관점은 과연 어땠는가? 김인겸(金仁謙, 1707~?)의 저명한 '일동장유가(日東壯遊歌)'를 보면 당장 느낄 수 있는 것이 '인종적' 관점이 전혀 개입되어 있지 않다는 것이다. 유학자이자 '이용후생(利用厚生)'을 중히 여기는 실학풍 인물이었던 김인겸은 1763년에 통신사의 일원으로 갔다온 일본을 놓고 "진실로 기특하고 묘하디 묘한" 선진적인 기술을 사실대로 묘사하면서도, 근본적으로 유교적 예의에 조선인보다 훨씬 덜 철저한 일본인들을 그만큼 낮게 평가한다.

제 兄이 죽은 후의 兄嫂를 계집 삼아
다리고 살게 되면 착다 하고 기리되는
제 아은 길렀다고 弟嫂는 못한다네
禮法이 바히(전혀―저자) 없어 禽獸와 일반일다

일본을 평가하는 기초적인 기준은 분명히 '인종'이 아닌 '예법'이었다. 사실 이 절대적인 '예법'의 차원에서 북학파 사상가들과 같은 한국의 전근대적인 비판적 지식인들은 조선 자체도 이상적이지 못하다는 것을 지적하곤 하였다. 연암(燕巖) 박지원(朴趾源, 1737~1805)이 지은 『허생전(許生傳)』에서 작가의 사상을 어느 정도 대변해 주는 재야인사

허생은 조선의 정승 이완(李浣)에게 다음과 같이 꾸짖는다.

　　소위 (조선의) 사대부라는 것들이 어떤 것들이냐? 오랑캐 땅에서 나
서 스스로 사대부라고 하니 건방진 놈들 아니냐? 겉옷이나 속옷을
순전히 희게 입고 있으니 이는 상복이고, 상투를 송곳처럼 뾰쪽하게
움켜 매는 것은 남쪽 오랑캐의 방망이와 같은 상투에 지나지 않는 것
이니, 무엇이 (조선의) 예법이란 말이냐?

— 역사학회 편,『실학연구입문』

청(淸)의 선진 문물을 '화(華)'의 새로운 기준으로 인식하기 시작한 북
학파가 보기에는, 그 문물의 전폭적인 수용을 주저하던 보수적 조선 사
대부 사회의 문화적 위치도 매우 의심스러웠다. 과연 문화를 절대시하
는, 이와 같이 예리하고 비판적인 세계의식은 '태생적' 특징인 피부색
과 '피'를 절대시하는 '인종의식'과 질적으로 다르지 않은가? 그런 면
에서 19세기 말의 인종주의 수용은, 비록 불가피한 일이었겠지만, 과연
역사의 진보였는가?
　'오랑캐[夷]'에 대한 전근대적 한국의 의식에는 유럽인(백인)과 비유
럽인의 구분이 존재하지 않았다. 남만인(南蠻人, 유럽인을 일컫는 말)이든
곤륜노(崑崙奴, 전근대적 중국과 한국에서 흑인을 일컫는 말)든, 중국 문명
을 모른다는 차원에서 피부색과 무관하게 똑같은 '오랑캐'였을 뿐이었
다. 그러나 한 번 '검둥이'로 '잘못' 태어난 '타자'에게 '탈출의 기회'를
거의 주지 않는 태생적 논리인 '인종주의'와 판이하게, 중국과 한국의
전근대적인 '문화 지상주의' 논리는 분명히 너그럽게 '오랑캐 탈출'의
기회를 주었다. 일단 중화의 문물을 배운 '오랑캐'라면 그 생김새와 무
관하게 '중원의 선비' 대접을 받을 수 있었다. 사실, 서양 세력의 중국

침략이 한창이던 1860년대에 조선의 지식인들은 "결국 서쪽 오랑캐들도 만주족처럼 중화의 문물에 감동받아 우리 세계의 일부분이 될 것"이라는 낙관적인 '이적관(夷狄觀)'을 끝내 버리지 않았다. 예를 들어 북학파의 전통을 이어받은 환재(瓛齋) 박규수(朴珪壽, 1807~1877)는 말레이시아와 싱가포르에서 중국을 이해하려는 서양인 선교사들이 유교 경전을 학습하고 번역하기 시작했다는 중국인 친구의 이야기를 다음과 같이 해석했다.

> 이단이 유교를 표절함은 옛부터 있던 법
> 제멋대로 꾸미고 잘난 체 뽐내게 두라.
> 오랜 세월 끝에 특출한 인물이 나온다면
> 그들도 사사로운 지식에 집착한 것을 깨닫고 부끄러워할 것이다.
> 이 세계 어느 곳의 인류이든지
> 귀순하여 같은 문자를 쓴다면 夷가 아닌 華로 되리라.
> ─김명호, 「1861년 열하문안사행과 박규수」, 『한국문화』 23

즉, 지금이야 '오랑캐'들이 우리 문물을 탐구하는 목적이 유교를 표절하여 그들의 사교(邪敎)인 기독교를 좋게 포장하기 위함이지만, 차차 우리 것을 잘 배워 서양 풍습의 비루함에 눈을 뜨면 결국 우리와 같은 화(華)가 되리라는 낙관론이다. '백인'의 문명을 잘 배워봐야 '흑인'은 '흑인'일 뿐이라는 인종주의 논리보다는 훨씬 더 인본주의적인 논리가 아닌가.

개항과 인종주의의 수용

그러나 이처럼 오직 '중화의 문물', '중화의 예법'만 중시하던 풍토에 과연 '피부색'과 '인종'에 대한 인식이 언제부터, 어떻게, 누구에 의해서 생겼을까? 사실 인종주의의 수용은 조선의 개항(1876~1884)과 거의 동시에 이루어졌다. 인종주의의 수용이 상대적으로 매우 빨랐던 주요 이유는 두 가지로 생각된다.

첫째, 그 당시에 인종주의는 조선의 지배층이 접촉한 제국주의 국가들의 핵심 이념이었다. '서양 문명의 수용을 통한 자강(自强)'이라는 동도서기론(東道西器論)적 프로젝트에 착수한 당시 조선의 개화적 엘리트는, '스승'격이 된 서구와 북미의 핵심 이데올로기인 인종주의를 무시할 수 있는 입장이 아니었다. 서구에 체계적이며 철저한 현대형 인종주의(백인 우월주의)가 등장한 것은, 대충 18세기 중후반의 산업혁명과 인도 식민화 이후의 일이다. 그 전에 이미 멸종의 길로 가고 있던 미주의 원주민(인디언)과 노예로서 매매의 대상이 된 흑인 등을 '비인간·인면수심의 존재'로 취급하는 것이 관습화됐지만, 중국과 인도의 고급 문화에 대한 낭만적인 흠모의 태도도 강했다. 그러나 미주 약탈과 흑인 매매로 벌어들인 돈으로 산업혁명을 이루고, 1760~1780년대 들어 인도의 완전 식민화로 상징되는 서세동점(西勢東漸)이 뚜렷하고 가시적인 승리를 거두자 주요 제국주의 국가의 태도는 일변한다.

본격적인 '동양멸시론'은 이미 19세기 초반에 상당히 발달했다. 그 당시 오리엔탈리즘(동양 비하론)의 '고전'으로 자리잡은 밀(James Mill)의 『영국령(領) 인도사 History of British India』(1819)는 인도 문명 전체를 "실용적 가치가 전혀 없는 미신과 야만성의 합성물"로 취급하는 한편, 인도의 사제계급인 바라문(Brahman)을 "염치도 재능도 없는 원시적인 가짜 신들의 조작자(造作者)"로 묘사하고 있다. 당대 유럽 지성의 상징이던 철학자 헤겔(1770~1831)에 따르면, 인도와 중국은 "인간의 존엄성도, 자유도, 진정한 문화와 종교도 없는 퇴영적 문화권들"이며, '절대자의 자기 실현'(즉, 역사의 발전)이 전혀 불가능한 '정체성(停滯性)의 영역'일 뿐이다.

그러나 19세기 초반까지만 해도 유럽의 대표적인 지성인들은 '동양 문명'을 "원시적이고 퇴영적이고 자유와 발전이 불가능한", 가치 없는 것으로 평가절하하면서도 '동양 인종/동양 혈통'을 탓하는 데까지는 아직 이르지 못했다. 유명한 영국 역사학자이자 인도 총독의 고문을 역임한 식민지 관료 매콜리(Thomas Macaulay)의 말을 빌리자면, "인도의 원주민들에게 철저한 우리말, 우리 문화 교육을 시킨다면 그대로 지적인 차원의 영국인으로 만들 수 있다"는 것이 '문명화의 담당층'을 자처하던 그들의 신념이었다.

그러나 1857년에 일어난 인도의 대대적 반영 무장투쟁(소위 세포이 항쟁)과 제2차 아편전쟁(1856~1860) 등 식민지/반(半)식민지에 대한 '성공적인' 대량 학살 이후 영국을 중심으로 한 제국주의 세계의 태도는 또다시 일변한다. 이제는 '동양 문명'도 아닌 '동양 인종'과 '동양 혈통', 나아가서 일체의 '비유럽적 혈통'을 '야만성의 원천'으로 파악한다. 다윈(C. Darwin)의 '진화론'에 근거를 둔 영국 철학자 스펜서(Herbert Spencer, 1820~1903)는 1860~1870년대에 자연도태 원칙을 인간사회에 그대로 적용하여, '약한 개인'과 마찬가지로 '약한 부족'과 '약한 인종'을 '문명화'하는 것보다는 단순히 섬멸(도태)시키는 것이 인류의 발전에 훨씬 유리하다고 논박했다. '적자생존(適者生存, the survival of the fittest)'이라는 유명한 표현을 만든 그에 의하면, 집단적 '부적자(不適者)'인 '열등한 유색/원시 인종'들은 '생존과 발달의 능력'

을 '태생적으로' 지니지 못했다.

스펜서의 사회진화론과 인종주의를 대표적으로 발전시킨 사상가는 이광수(李光洙)가 1920년대에 그토록 좋아하고 따른 프랑스 철학자 르봉(Gustave Le Bon, 1841~1931)이었다. 『인간과 사회』(1881)라는 르봉의 명저에 따르면, '인종/민족'의 '성격'(민족성)을 '개량'하는 것은 부분적으로만 가능할 뿐, 기본적으로 '부적자(不適者) 집단의 태생적 열등성'을 인위적으로 극복하는 것은 불가능에 가깝다고 한다. '개량'하기가 거의 불가능한 '열등 인종'에 대한 착취, 학살, 궁극적인 섬멸이 당연히 '적자(適者) 집단의 발달의 원천'이 된다는 것이 그가 주장한 골자였다. 인종주의자로서는 '우등 인종'과 '열등 인종'의 확실한 서열을 확립하는 것도 매우 당연하고 합당한 일이었으리라.

『영국령 인도사』 저자의 아들, 유명한 자유주의자이자 실용주의자인 존 스튜어트 밀(John Stuart Mill, 1806~1873)은 이미 1860년대 초에 여러 '인종'들의 '타고난 자질'과 '문명의 정도'를 서열화했다. 밀 자신도 속하는 '진취적인 앵글로색슨 인종'은 당연히 최고 우위를 차지했으며, 그 다음에 '게르만 인종'과 프랑스를 '맹주'로 하는 '로만 인종', '슬라브 인종', '야만적이며 무식한 동양의 잡다한 인종'의 순서였다.

이 '개화의 등급' 이론은 나중에 일본을 거쳐서 유길준(俞吉濬, 1856~1914)이 조선에 소개함으로써 한국 초기의 인종주의 · 차별주의의 확고한 기초를 이루었다. 유길준이 인종주의를 소개하던 당시, 인종차별론이 이미 학설의 한계를 넘어서 구미 상류 · 중류층의 기본적 집단의식이 됐다. 유길준이 도미(渡美)하기 1년 전인 1882년에 미 국회는 '중국인 추방법(Chinese Exclusion Act)'을 채택함으로써 "인종적으로 열등하고 미풍양속을 해치는" 중국인 노동자의 입국과 체류를 엄금했다. 인종주의가, 단순한 학설이 아닌, 구미 지역에 진출한 한국 개화파가 부딪치지 않을 수 없는 보편적인 현실이 돼버린 셈이다.

둘째, 인종차별론을 처음 수용한 개화파 양반 귀족들의 극심한 엘리트주의를 지적하지 않을 수 없다. 물론 이론상으로 그들은 천부인권 사상을 충실히 받아들여 유길준의 유명한 말인 "凡人이 世에 生함에 人되는 권리는 賢愚 貴賤 貧富 强弱의 分別이 無하니 此는 世間의 大公至正한 原理라"(유길준, 『서유견문』, 109~114쪽)를 새로운 '대의명분'으로 열심히 내세웠다.

그러나 일상생활에서는 자신들과 상한(常漢, 상놈)들을 결코 평등한 존재로 보지 않았다. 사치를 좋아하여 수많은 하인을 부린 참판의 아들 서광범(황현, 『매천야록』, 제1권, 10)도, 미국의 냉대에 실망하여 "미국인들이 양반을 몰라본다. 양반이 어떻게 노동할 수가 있냐?"고 외친 임금의 부마 박영효(『서재필박사 자서전』, 176쪽)도 만인평등의 사상을 제대로 소화하지도 실천하지도 못했다. 그리고 사실 이론상으로도 메이지 시대의 일본 엘리트 계몽주의자의 '우민관'과 일맥상통하는 한국 개화파 엘리트의 기본적인 정치 구상은 역시 계몽군주와 상류층의 '선각자'들이 '우중(愚衆)'을 '위에서부터 계몽'한다는 것이었다. 김옥균의 '지운영사건규탄상소문(池運永事件糾彈上疏文, 1886)'의 표현대로, 계몽군주는 "愚昧의 人民을 文明의 道로써 敎해야"하며, 양반 김옥균이 우매시하는 '백성'은 '위로부터'의 '교화(敎化)의 풍(風)'에 응해야만 하였다. 전통적 양반계급의 무용(無用)을 통렬히 비판하면서도 계몽적 엘리트와 '우매한 백성'을 천양지차로 보는 개화파에게는 '국제적인 계몽엘리트'인 '개화된 백인종'이 '국제적 우중(愚衆)'인 '미개인'을 차별하는 것이 별로 이상하게 느껴지지 않았을 것이다.

서구 세계를 최초로 공식적인 루트를 통해서 접촉한 조선의 관료들은 아직 인종 문제를 그토록 중요하고 핵심적인 이슈로 느끼지 못하고 있었다. 언어능력과 체류기간이 인종주의와 같은 복잡한 문제를 충분히 인식하기에는 짧기도 했을 테지만, 그들의 주요 관심이 아무래도 외교적·현실 정치적 문제에 있었기 때문이다. 조선의 세계 체제에의 무사한 편입이라는 주된 목적을 의식·무의식적으로 머릿속에 두고 서양을 접한 그들은, 일단 조선인을 부(富)와 강(强)으로 압도하는 서양 문물을 긍정적으로 받아들이려고 하였다. 그래서 그들이 비록 '인종'에 큰 관심을 둘 만한 여유는 없었지만, '백인 우월주의'라는 그 당시 서양의 지배적인 패러다임은 그들의 저술 속으로 별다른 여과 없이 그대로 흘러 들어가 버린다.

대표적으로, 나중에 독립협회의 회원, 갑오개혁의 주역이 된 온건개화파 박정양(朴定陽, 1841~1904)의 『미속습유(美俗拾遺)』〔1888년부터 1889년까지 미국으로 간 사행(使行)에 대한 일종의 보고서〕라는 한국 사상 최초의 미국 관련 전문 저술을 보자. 미국의 부강(富强)과 각종 제도를 거의 무조건적으로 찬양하는 데 여념이 없던 박정양은, 인디언에 대해서는 "나체로 살면서 사람들을 잡아먹었다"는 멸시적인 언급 이외에 별 말을 하지 않는다. 그러나 이 말만 보아도, 인디언에 대한 체계적인 학살정책을 바탕으로 한 미국의 건국·팽창이 박정양에게는 충분히 합법적이며 정상적인 일이었음을 알 수 있다. 흑인을 '흑노(黑奴)'로 비칭(卑稱)하던 박정양은, 링컨이 행한 그들의 '면속(免贖, 해방)'을 간단히 언급할 뿐, 더 이상 이 '하찮은' 주제를 건드리지도 않았다.

박정양보다 미국에 일찍 가서 훨씬 더 오래 있었던, 더 나은 영어 실력으로 정규 학교에서 공부까지 한 유길준도 백인 우월주의 논리를 전폭적으로 수용하기는 대략 마찬가지였다. 적자생존·약육강식의 사회진화론을 1870년대 말에 처음으로 도쿄 대학교 강단에서 일본에 소개한 모스(Edward Morse, 1838~1925)라는 동물학자 밑에서, 1883년부터

1885년까지 미국 피바디 박물관과 담마 고등학교에서 공부한 유길준은 자신의 인종관을 다음과 같이 피력한다.

　백색인(白色人)은 (……) 그 족적(足跡)이 육대주에 편(遍)함이라.

　즉, 백인종의 발자취가 육대주에 이르지 못하는 곳이 없다는 이야기다. '백인종'의 이와 같은 비약적인 영역 확장 경위도 유길준이 모르는 바는 결코 아니다.

　적색인(赤色人, 인디언)은 (……) 본래 남북 아미리가(阿美利加)주의 주인이나, (……) 백색인(白色人)의 침탈을 피(被)하여 그 땅을 양여(讓與)한 밖에 그 인종(人種)도 점멸(漸滅)하여 불구(不久)에 쇄멸(鎖滅)하는 탄(嘆)이 있으리라(……)　　　　　　—『서유견문』제2편, 세계의 인종

　육대주에 걸친 '백인종'의 발자취가 타인종의 '점멸', 즉 점차적인 멸종을 뜻한다는 것을, 미국을 자세히 둘러본 유길준은 분명히 알았다. 그러나 그는 분명한 침탈자인 '백인종'의 도덕적인 책임을 묻기는커녕 적반하장격으로 오히려 분명한 피해자인 '적색인'들을 탓한다.

　북(北)아미리가(阿美利加)주의 적종인(赤種人, 인디언)은 누세(屢世, 여러 세대)의 태타(怠惰)한(게으른) 종락(種落, 종족의 타락)으로, 학습하는 성력(性力, 성질과 힘)이 쇄진(鎖盡)하여 합중국(合衆國)의 백인종(白人種)이 학교를 세워도 그것을 제대로 졸업하는 자가 거의 없고 대부분이 교사를 피해서 엽총을 들고 산림으로 돌아가 야만적인 생활을

계속함으로써 그 멸종의 원인을 제공하고 있다는 이야기였다.

―『서유견문』 제3편, 인민의 교육

즉, 유길준이 그리는 '백인종'은 침탈자인 동시에 자애롭고 선진적인 '문명의 선도자'고, 그 침탈의 피해자인 '적색인'은 개량조차 불가능한 '구제불능'의 '천성적 야만인'이다.

한국의 초기 온건개화파를 대표하는 유길준의 세계관에서 볼 수 있는 대단히 재미있는 면은, 이론상으로 그가 "뉴질랜드의 원주민과 같은 야만인이라 해도 교육만 잘 받으면 백인종 못지않은 문명인이 될 수 있다"는(『서유견문』, 제5편, 정부의 시초) 식의, 즉 위에서 언급한 영국 계몽주의자 매콜리식의 '교육 위주의 민족 서열관'을 보여준다는 점이다. 그러나 막상 현실 외교와 정치를 논하는 데서는 '백인종'과 '황인종'이 비슷한 우월한 천질(天質, 천부적인 본질)을 갖고 나머지 '인종'은 그에 전혀 이르지 못한다고 믿었던 유길준은, '개화'를 이룬 유럽/미국과 '반(半)개화'를 이룬 동아시아를 이야기하는 데 그치고 만다. '우월한 백인종'에게 유린을 당하고 만 '흑인종'이나 '적색인'은 그에게는 별다른 긍정적인 모범을 보여주지 못한 탓에 현실적인 관심사가 되지도 못했다. 그에게는 '지혜로운 골(Gaule)족(프랑스)'이 선망의 대상이었고, '사나운 호랑이나 매와 같은 강한 슬라브족의 러시아'가 두려움의 대상이었다.

사실 '황인종의 천질'을 높이 쳐준 점 외에 이와 같은 세계관이 자신들의 '강함과 지혜'를 자부하던 유럽 인종주의자의 세계관과 무엇이 다른가. 인종주의와 함께 매우 강한 국가주의를 주요 신념으로 하는 유길준의 개화관이 근현대 한국인의 집단의식 형성에 크나큰 영향을 미쳤다는 점을 감안한다면, 그의 인종관과 '남쪽 검둥이'에 대한 영세 공장 주인들의 폭력은 결코 무관하지 않다. 다만, 유교적인 '주객(主客) 도리'를 아직까지 완전히 잃지 않은 유길준이 "외국인을 그 귀천과 무관하게 도리와 정의로 대접을 잘해야 개화국의 칭호를 얻을 수 있다"며 '문명의 규범'을 강조했다는 사실만은 망각해서는 안 된다.

한국 지식인의 비극, 윤치호와 서재필의 매판성

유길준의 인종관보다는 윤치호(1865~1945)의 인종주의 수입이 더 본격적인 성격을 띨 뿐만 아니라 더 큰 영향력을 미쳤다. 한국 근대화 과정의 많은 단면을 상징적으로 보여주는 윤치호의 일생 이야기에는 '최초'라는 단어가 많이 나온다. 최초의 본격적인 재일(在日) 유학생, 최초의 재미(在美) 유학생, 개신교 신앙을 본격적으로 받아들인 최초의 조선 지식인, 중국 기독교 여성과 국제 결혼한 최초의 인물이자 자전거를 애용한 최초의 조선인. 그러나 정치적으로는, 식민화가 조선인이 짊어진 '숙명'인 만큼 그 과정을 충실히 거쳐 '실력 양성'을 잘한 뒤에야 독립을 생각할 수 있다는, 그 전의 독립투쟁이란 백해무익한 일이라는 윤치호 평생의 신념은 한국의 '자강운동', '문화적 민족주의' 등 근현대 지배층의 근대화 지향 정치운동의 친일화에 크게 영향을 주기도 했다.

17살의 어린 나이에(1881년) 일본에 가서 어려운 공부도 하고 개화파 정치에 휘말리기도 한, 20대 초반을 미국에서 보내면서 무시무시한 인종차별로 매일 상처를 입던 윤치호는, 힘이 좌우하는 정치와 일상을 많이 겪은 만큼 힘을 너무나 숭상했다. '힘이 센' 일본에 의한 식민화를 '숙명'으로 받아들인 것도, '힘이 약한' 조선의 독립투쟁을 일소에 부친 것도 그 '힘 숭배'의 일환이었다. 가난한 "외국인을 인간으로 대접하지 않는 미국 여성"과, 자신을 거지로 여겨 1달러를 '선물' 하려던 일부 미국 기독교 목사, "너, 오늘 네 동포인 중국 하층민 이민자에게 가겠느냐"고 야유하던 백인 동급생, 심지어 무력한 '황색인'인 자신을 일부러 넘어뜨려 웃음거리로 삼던 백인 불량배(『윤치호일기』) 등 수없이 많은 미국의 차별주의자·백인 우월주의자로 인해서 윤치호의 마음은 일찍부터 만신창이로 돼버렸다. 그러나 그는 자신에 대한 멸시와 폭력을 허용하는 미국 사회를 탓하기는커녕, 그 당시 유행하던 '적자생존'의 논리에 매료당해 '힘이 있는 적자 미국'이 '힘이 없는 부적자(不適者) 동양인'을 마음대로 다루어도 된다는 결론에 도달했다. 『윤치호일기』에서 볼 수 있는, '적자생존' 위주의 사회진화론이 인종차별의 합리화와 교묘히 연결된 윤치호의 '인종 관계관'의 요점은 대략 다음과 같다.

적자생존의 논리는 진리인 만큼, 의식적인 자기 개량 노력을 통해서 적자(適者)가 될 수 있다는 것도 진리다. 모든 인종과 민족은 개량의 기회가 주어져 있다.

그러면서도 실제로 현재와 같은 시점에서는 백인은 황인보다, 황인은 흑인보다 지력 등의 차원에서 우월하다. 이것이 불공정하다고 하나님을 원망할 수도 있지만, 분명히 궁극적으로 인간으로서 이해할 수 없는 하나님의 섭리가 있으니 원망할 필요는 없다.

우월하지 못한 천질(天質)을 가진데다 끝까지 자기 손으로 개량을 하지 못한 인종/민족은 당연히 남에 의해서 식민화 내지 축출·멸종, 또는 일상적인 차별을 당한다. 개량을 못한 약자에 대한 이와 같은 폭력은 자연의 법칙을 따르는 일일 뿐이다. 영국과 같이 개량된 문명국이 인도와 같은 개량되지 못한 야만국을 정복하여 문명화시킨 것은 옳고 진보적인 일일 뿐이다.

마찬가지로, 조선의 개화가 실패할 경우에는 야만국인 중국의 종속국으로 남느니 차라리 영국이나 러시아의 식민지가 됐으면 좋겠다. 반(半)개화의 러시아보다 우수한 앵글로색슨족의 문명국인 영국이 식민 모국으로서 나을 것이다.

일상생활에서 '열등 인종'들을 차별대우하고 멸시하는 것은 어찌 보면 당연하다. 미국인으로부터 박대를 받는 재미(在美) 중국인의 문제에서는 '동양의 석화(石化)된 전통'을 버리지 못하는 중국인 자신들을 먼저 탓해야 한다. 야만국인 청나라의 하층민인 그들은, 문명국 미국에 제대로 적응하지 못한 탓에 당연한 푸대접을 받는다.

솔직한 성격도, 청결 관습도 천성적으로 가지지 못한 '쓰레기 인간'들을 문명국 미국에 보낸 야만국 중국이야말로 마땅히 수치심을 느껴야 한다.

미주의 인디언과 같이, 자유로이 게으름을 택한 열등 인종은, 당연히 멸시받고 멸종돼야 한다.

마찬가지로, 흑인에 대한 일상적 차별을 수시로 목격한 윤치호는 미국인의 '불공정성'보다 '흑인종'의 '결함'을 먼저 탓했다.

조선인들 중에서 미국 생활을 깊이 체험하고 영어를 거의 완벽하게 터득한 최초의 근대적 지식인 윤치호는 어떤 면에서 자가당착의 인물이었다. 한편으로는 고급 미국 교육을 받고 고급 선교사 사회와 어울리는 유럽 중심 세계체제의 '준기득권층'으로서 그는, "더러운 돼지와 같은 악취를 풍기는 중국놈"이나 "민족으로서 미래가 없고 건져줄 만한 점이라고 하나도 없는 조선인"들을 멸시했다. 그러면서도 또 한편으로는 진정한 기득권층인 '백인' 유력자로부터 모멸과 모욕을 당했을 때마다, 일개 약자로서 강한 인종적 적개심과 복수심을 느끼기도 했다. 일본의 '반미(反美)·반영(反英) 대동아전쟁'을 앞장서서 지지한 노년의 친일망동이, 백인 우월주의에 대한 젊었을 때의 충격과 복수 심리와 무관하지 않다는 설도 있다. 세계적 지배자와 피지배자의 중간에 서 있는 일종의 '매판'형 지식인의 이중성이라고 할까? 어쨌든 스펜서·르봉 식의 체계적인 사회진화론적 인종차별관을 가졌다는 것도 그의 수많은 '최초' 중 하나다. 윤치호와, 윤치호의 개화파 선배이자 매우 비슷한 미국 체류의 경험을 가진 서재필(1863~1951)의 1890년대 중반의 언론활동을 통해서, 스펜서와 르봉의 '우등·열등 인종론'이 조선의 젊은 '개화 선각자'의 통념이 되고 말았다. 바트자갈과 같이 주유소에서 일하면서 바트자갈보다 훨씬 심한 멸시를 당한 동남아시아 출신의 비극의 씨앗은, 바로 그때 그들이 뿌렸다고 봐야 한다.

　인종주의·사회진화론의 냄새가 짙은『윤치호일기』는 남들이 잘 몰랐던 '자신과의 대화'의 형식임에 반해서, 서재필과 윤치호(1898년 5월 12일부터)가 경영한〈독립신문〉은 100년 전의 '신지식인'들에게 커다란 영향을 준 공론기관이었다. 구한말의 '개화 담론'이 주로〈독립신문〉의 논설을 통해 형성되었다는 것은 다 아는 사실이다. 그러나 우리가 기억하고 싶지 않아도 기억해야 할 사실은, 〈독립신문〉의 '개화 담론'의 한 맥을 이루는 것이 바로 노골적인 인종주의 사상이었다는 점이다. 이 측면에서〈독립신문〉의 논설들과 외신 보도 칼럼은, 윤치호와 서재필이

여과 없이 받아들인 미국의 인종주의 사상의 '대중적 교과서'였다.

먼저, 미국인들의 야속한 인종차별을 많이 당해본 윤치호와 서재필은 어떤 방법으로든 '조선 인종의 종자'가 서양과 모종의 관계를 가진 '우등 인종의 종자'임을 '입증'하려고 애를 썼다. 예를 들어 그들은 일부 미국 선교사들의 견해를 빌려, 한 '인종'을 구성한다는 조선 · 일본 · 만주 · 몽골이 다 같이 인도의 남방이나 서아시아에서 고대에 극동으로 흘러들어 왔으므로 '우등한 아리아 인종'인 '구라파인'과 '인종의 근본'이 궁극적으로 같다고 주장한 바 있다(〈독립신문〉 1897년 4월 6일자 논설). 일본 침략자들의 '일 · 조 동조론'을 예견하는 한국과 일본인들의 '아리아적 근본' 이야기가 지금도 한 · 일 양국의 우파적 재야 사학자의 입에 많이 오르내리지만, 100년 전에 그것이 서양적 인종주의의 틀 안에서 조선의 '문명화'를 설명하려는 '신지식인'의 지도자들의 태도였다.

〈독립신문〉의 제작에 많이 관여한 서양 선교사들의 편견대로, 서재필과 윤치호는 중국인들의 '인종적 열등성'을 수시로 강조하기도 하였다. "조선 사람들이 동양에 제일 가는 인종인 것이, 청인(淸人, 중국인)들이 느리고 더럽고 완고하여 좋은 것을 봐도 배우지 않고 남이 흉을 봐도 부끄러운 줄 모르고 (……)"(〈독립신문〉 1896년 5월 30일자 논설)와 같은 원색적인 인종 멸시론이 〈독립신문〉의 일반적인 논조였다.

그러나 쉽게 예상할 수 있듯이 서재필 · 윤치호 중심의 친미적 '개화 그룹'에게 가장 야비하게 멸시당한 것은 미국 자본주의 발전의 주요 희생자였던 흑인들이었다. '까만 인종'에 대한 〈독립신문〉의 이야기는 보통 다음과 같았다.

흑인들은 가죽이 검으며, 털이 양의 털같이 곱슬곱슬하며, 턱이 나오고 코가 납작한 고로, 동양 인종들보다도 미련하고 흰 인종보다는 매우 천한지라.　　　　　　　　―〈독립신문〉, 1897년 6월 24일자 논설

'까만' 외모와 '매우 천한' '인종적 본질'이 확실히 연결된 것은, 위의 텍스트가 한국의 '개화'운동 역사상 최초가 아닌가 싶다. 같은 논설에서는 흑인의 '천함'뿐만 아니라 백인의 '귀함'도 '인종적'으로 설명한다.

　백인종은 오늘날 세계 인종 중에서 제일 영민하고 부지런하고 담대한 고로 온 천하 각국에 모두 퍼져 차차 하등 인종들을 이기고 토지와 초목을 차지하는 고로, 하등 인종 중에 백인종과 섞여 백인종의 학문과 풍속을 배워 그 사람들과 같이 문명진보를 위해 차차 멸종이 돼야(……)

　현재와 같은 한국인들의 '백인 콤플렉스'와 '동남아시아 검둥이'에 대한 차별의 뿌리를, 세계 자본주의 체제의 핵심부에 대한 '인종적' 동경과 주변부 희생자에 대한 '인종적' 멸시에 찬 개화기 지식인들의 숭미 사대주의적 사유구조에서 찾아봐야 하지 않을까? 위와 같은 원색적인 이야기를 요즘의 한국 지식인들로부터 듣기가 쉽지 않겠지만, 피부색이 다른 이민 노동자에 대한 무자비한 차별의 저변에 바로 이와 같은 사고가 깔려 있음은 분명하다.
　그 당시에 미국·유럽에서 유행하던 '몽골 인종', '코카서스 인종'과 같은 유사과학적인 '전문 용어'를 한국어에 최초로 도입한(〈독립신문〉, 1899년 9월 11일자 논설 '인종과 나라의 분별') 공로(?)를 세운 서재필은 과연 나중에 과거의 인종주의적인 견해를 수정했는가? 독일 나치의 무한

한 인종주의적 야만과 광기를 지켜보고 있던 노년의 미국 의사 서재필은 결국 1930년대 후반에 "인종적 우열을 가리는 것이 건전치 못한 사상"이라는 결론을 내리기는 했다. 그러면서도 그는 "아프리카의 황야에서 사는 교육을 받지 못한 열등한 종족"과 "세계대전도 불사하면서까지 자기 나라들의 생활수준을 각자가 높이려는 의욕적인 백인종", "형질이 우수한 우리 한국 인종"을 즐겨 비교하는 등 끝내 기본적 인종주의적 관점을 완전히 버리지 못했다. 당대 미국의 경향을 맹목적으로 따르던 그의 지적인 한계가 결국 한국 지식인 사회 세계관의 한계로 돼버린 것은, 한국 개화사에서 가장 비극적인 에피소드가 아닌가 싶다.

친일로 돌아선 자강파들의 초상

1890년대에 뿌려진 '인종적' 의식의 씨는 이미 1900년대에 열매를 낳기에 이르렀다. '자강파(自强派)'의 '지사'를 자처하는 많은 '신지식인'들은, 일제의 어용 선전대로, 러일전쟁을 '백인종'과 '황인종'의 싸움으로 파악하고 일본을 "유일하게 백인들을 제어할 수 있는 동양의 맹주, 동양 평화의 책임자"로 봤다. 지금 대부분의 독자들이 믿기 어려운 사실이지만, 당대의 최고 애국지사 안중근(安重根, 1879~1910)도 당시 대단히 유행한 그 논리에 한때 매료된 일이 있었다. 안중근의 경우에는 1905년의 을사조약 강요와 날조를 계기로 인종 논리와 일제 침략적 야욕의 관계를 깨닫고 그 후에 인종주의에 별다른 관심을 보이지 않았지만, 타협적 성향의 많은 '신지식인'들은 한일합방을 인종주의적 논리로 합리화하기까지 했다. 가령 합방을 앞둔 1910년 1월 15일자 〈황성신문〉은 '인종의 관계'라는 제목의 기사에서 황인종의 숙적인 백인종 러시아를 이겨준 황인종의 맹주 일본과 한국이 서로 "동종(同種)의 상애(相愛)"를 느껴야 한다는 주장을 장황하게 기술했다.

장지연(張志淵, 1864~1921)처럼 합방 이후에 친일로 돌아선 많은 과거의 '자강파'들이 '인종'의 논리를 자신의 행각을 합리화하는 방법으로 자주 이용하기도 했다. 가령 1914년부터 일제의 어용신문 〈매일신보(每日申報)〉에서 글을 쓰기 시작한 장지연은 게르만 인종과 슬라브 인종 간의 전쟁인 제1차 세계대전이 끝나기만 하면 전 백인종이 황인종에 대한 대대적인 침략을 벌일 터이니 일체 황인종이 '맹주 일본'의 지도하에 미래의 인종 전쟁에 대비해야 한다는 주장을 늘 펴곤 했다.

친일적 '자강파'의 전통을 그대로 이은 1920년대 '문화 민족주의'의 이른바 '민족성 개조론'에도 인종주의적 요소가 매우 풍부하다. 예를 들어 '개조파'의 원조 이광수는 1922년 『민족개조론』에서 세계의 일체 인종(여기에서 '인종'이란 말은 현대적 의미의 인종과 종족, 민족을 동시에 같이 의미함)들이 바뀌거나 개량될 수 없는 '기본적 민족성'을 가진다는 프랑스의 저명한 인종주의자 르봉의 주장을 그대로 따른다. 이광수 자신도 지적하듯이, 이 주장은 개량이 전혀 불가능한 '열등한 원시 야만 인종'들도 존재한다는 것을 의미했다. 그 당시 명색이 '조선 민족주의자'이던 이광수는 '조선 인종의 기본적 성격'을 좋게 보면서도 그 가변적인 '부속적 성격'을 갖은 방법으로 헐뜯었다. 그에 비해서 민족주의를 표방하지도 않은 많은 일반 '신지식인'들은 한술 더 떠서 '조선 인종의 본질적인 열등성'과 '백인 인종의 타고난 우월성'을 주장하기도 했다. 서양인들의 인종주의를 비판한 글에서, 그 당시에 상당히 좌파적인 입장에 섰던 김양수(金良洙, 1896~1971)는 미국 선교사 밑에서 일했던 한 조선인 교회 장로의 다음과 같은 말을 인용한다.

야벳의 장막 밑에서 셈과 함의 두 사람은 그 자손에 이르기까지 영

영세세토록 야벳을 섬길 것이라 하였다 하는데, 여기에 말하는 바 야벳은 오늘날 백색 인종의 조상이며 기타의 셈과 함은 즉 일반 유색인종의 조상들이라 한다.

—김양수, 「黃禍냐? 白禍냐? 兩大勢力의 昔今觀」(2), 『개벽』 제68호

야벳(Japheth), 셈(Sem), 함(Ham) 등 노아의 자손에 대한 성경 이야기는, 여기에서 가장 원색적인 인종주의의 근거가 된 셈이다.

이광수류의 '인종 우열·개조론'——즉, 모든 인종이 서로 본래적으로 불평등하나 인위적인 우생학적인 노력으로 '열등' 인종까지도 부분적으로 뜯어고칠 수 있다는 인종관——은 1920년대 후반에서 1930년대 초반에 비좌익계 '신지식인'들의 일반 상식이 됐다. 불량하고 열등한 사람들의 결혼을 제한함으로써 조선 종족의 종자를 개량하자는 취지의 「종족 개량론」이라는 대표적인 글에서, 후일의 고려대 총장 현상윤(玄相允, 1893~?)은 당연하다 싶은 어조로 이렇게 말한다.

다 같은 아메리카에서 동일한 환경을 가지고도 홍색(紅色)인종인 아메리카 인디언이 쇠패(衰敗)하고 백석(白晳)인종인 앵글로색슨이나 라틴계의 여러 인종은 흥왕(興旺)하게 된 것은, 전자의 인적 요소가 후자의 그것보다 못한 관계인 것은 또한 누구나 다 아는 이치다.

—『동광』 제32호, 1932년 4월

인종주의가 누구나 다 아는 당연한 이치가 돼버린 식민지 사회의 슬픈 모습이 글을 통해서 충분히 느껴진다.

일본을 '황인종의 맹주'로, 서구 열강의 '백인종'을 섬김의 대상이나 두려움의 대상으로, 조선을 '부분적으로 열등한 인종'이나 '전체적으

로 열등한 인종'으로 보는 1910년대와 1920년대의 인종주의가 과연 요즘의 동남아시아 출신 노동자에 대한 학대와 무슨 관계가 있느냐고 물어보는 사람이 있을 수도 있다. 물론 장지연과 이광수는 '열등 원시 인종'들을 가끔 언급해도 그들에 대한 멸시를 주요 논지로 삼을 만한 여유를 가지지 못했다. 그러나 '인종'으로 인간의 우열과 가치를 판단하는 일반적인 인종주의적 사고방식이 '백인'·'황인'들을 주요 대상으로 삼는 담론에서 일단 확립된 이상, '백인'·'황인' 밖의 기타 '인종'에 대한 멸시의 고착은 시간문제일 뿐이었다. '백인'과 '황인', '조선 인종'과 '일본 인종' 사이에 정해진 '인종적' 우열 관계를 다른 인종에도 확대 적용하는 것은 이미 인종주의에 감염된 당대 지식인으로서는 극히 당연한 일이었다.

사실 1920년대와 1930년대의 식민지 조선의 잡지에 게재된 조선인들의 각종 기행문에는 '원시 인종', '야만인', '열등 인종', '미개인'과 같은 용어들이 이미 일반적으로 널리 사용된다. 흥미로운 것은, 세계의 식민지정책 문제를 심도 있게 다루는 좌익 계통 필자조차 세계의 피압박 민족 중에서 조선이나 인도와 같은 '약소국'과 '역사·문물이 없는 원시적 종족'을 뚜렷하게 구분했다(박형병, 「근세 식민정책의 경향, 근세 식민정책의 기원과 유래」, 『개벽』 제69호, 1926년 5월). 좌파인 만큼 '타고난 열등성'을 거론할 리는 없었지만, '문명 등급의 차이'를 확실히 인식하고 있다. 물론 1920년대 조선 좌익의 비서구 문명에 대한 인식에 19세기 서구인들의 한계성을 그대로 지닌 마르크스나 무정부주의자 바쿠닌 등의 비서구 문화에 대한 선입견과 편견이 지대한 영향을 끼친 것도 사실이다. 예를 들어서, 무정부주의로 돌아선 신채호의 유명한 소설 『용과 용의 대격전』에서 우주적 혁명의 지도자로 동양적 '미리님'과 대조되는 서양의 '드래곤'이 등장한다는 것은, 신채호가 유럽 좌익 사이에 당연시되던 '진취적이며 진보적인 서양'과 '후진적이며 정체(停滯)에 빠진 동양'의 오리엔탈리즘적 대조를 그대로 받아들였다는 것을 의미한다.

1937년부터 1945년까지, 한반도를 포함한 동아시아가 일본의 발악적인 침략의 광기에 휩싸였을 때를 가리켜, 우리는 흔히 '사회지도층의 매국친일의 시대'라고 한다. 물론 국가·민족 본위의 입장에서 평가를 내린다면, 미숙하고 민족의식이 약한 그 당시 식민지 조선의 고급 부르주아 인텔리들의 행각이 매국·반역임은 틀림없다. 그러나 지금 일반인의 기억에서 이미 사라져버린 그 당시의 주요 '민족지'(사실, 친일 신문)나 '명사'들의 친일 발언들의 내용을 깊이 있게 읽다보면, 친일적 광기의 인종주의적 측면이 뚜렷하게 느껴진다. 가령, '미·영 파괴'를 외쳐대던 그 당시의 불교 조계종의 종정 허영호(許永鎬)는 "영·미 귀신과 결합한 물질의 주구 유태 민족"의 '악질성'을 특히 지적하기도 했다(『신불교』 제36집, 1942년 5월호). '신학문'에 별로 밝지 않은 수행승도 유태인들을 저주할 정도라면, 나치 독일의 동맹국 일본의 식민지였던 당대의 조선에서 나치·일본식의 반유태주의가 그만큼 퍼졌다는 증거가 된다. 특정 민족을 '물질의 주구'로 보는 시각에 한 번 길들여지면, '타고난 인종/민족 성격'이라는 허망을 벗어나기가 쉽지 않다.

친일화한 종교단체뿐만 아니라 〈조선일보〉와 〈동아일보〉 등 주요 친일 일간지들이 1939년부터 1941년 사이에 가장 많이 내세운 표어 중 하나가 "영국·미국·러시아 등의 백인 제국주의로부터 동아시아의 10억 생명을 해방시키는 것이 내선일치의 의미"라는 식의 말들이었다. 이러한 종류의 정치적 슬로건에 내포돼 있는 세계관은, '백인종'이라는 '인종적인 숙적', 중국인을 비롯한 '10억'의 '황인종'이라는 '인종적인 해방의 대상물', '일치된' 일본과 조선이라는 '인종적인 해방의 주체'를 전제로 한다. 한 '인종'을 '원수'로, 또 한 '인종' 대다수 구성원을 무능력한 '해방의 대상물'로, '선택받은' 특정 '민족'을 '인종의 선봉대'로 보는 시각의 일반화는 구조적이며 체계적인 인종주의의 고착을 의미했다. 한 특정 '인종'(소위 백인)에 대한 적대시가 1920년대 기독교계 식의 흠모로, '아시아 10억'에 대한 동정심이 멸시로 각각 바뀌는 것은 정치적 상황의 문제일 뿐이다. 인종주의 '문법'(특정 '인종/민족'의 타고난 우열/성격에 대한 믿음)이 이미 뇌리에 박혀 있는 상황에서는 '어휘'와 '문장구조'의 변동(우등 인종과 열등 인종, 적성 인종의 선택)이 가능하지만, 인종주의 자체를 벗어나기란 극히 어려운 일이다. 더군다나 "백인들을 쳐죽이자. 불쌍한 아시아 사람들을 해방시키자!"고 외치던 광기시대의 '해바라기형' 인텔리 대부분이 1945년 이후에도 남한의 친미반공 체제의 테두리 안에서 계속 번영을 누린 상황에서 인종주의로부터의 정신적인 해방이 과연 가능했을까?

해방과 인종주의의 내면화

해방 이후에 친미반공 체제가 굳어진 남한의 역사에는 미국인 WASP(White Anglo-Saxon Protestant, 백인 앵글로색슨 계통의 신교도들) 엘리트들의 뚜렷한 '유색인종' 멸시의식이 엄청난 영향을 주었다. 따지고 보면, "자치 능력이 없는 한국 땅에 미·소군이 각각 남·북을 분할·점령한 뒤에 장기간의 신탁 통치가 필요하다"는 루스벨트 대통령의 근본적인 한국 문제 처리 방안부터 짙은 인종주의적 편견의 냄새를 풍기지 않는가? 그리고 상당히 미국화해 거의 '준미국인'쯤의 대접을 받던 이승만의 '한국 대통령 만들기'는 '토종' 정치인——특히 김구——에 대한 극심한 불신을 전제로 하지 않았는가? 한국인과 한국 땅을 무한히 경멸하고 열등시하던 관습이 남한 좌익계의 1948~1950년 간의 민중항쟁에 대한 미국측의 무자비한 '초토화'식 진압 지시와 한국전쟁 기간 동안의 무수한 양민 학살·문화재 파괴 등을 낳은 하나의 원인이었음은 분명하다. 그리고 전후의 주한미군이나 미국 외교관들의 한국인을 대하는 일반적인 태도는 '원주민'들을 무조건 '열등 인종'으로 취급하는 19세기 말의 식민지 지배자들의 작태와 과연 많이 달랐을까? 일본 본위의 '대동아 인종' 중심의 식민지 말기의 인종주의적 광기가 WASP에 의한, WASP를 위한 미국 치하의 1950년대의 세상으로 바뀌었지만, '열등 인종'과 '우등 인종'이 존재한다는 기본 '문법'은 옛날 그대로였다.

　미국이 움직여가는, 미군의 불호령이 울려퍼지는 거의 절대적인 대미의존의 1950년대 세상에서, 미국인들을 일상적으로 접해야 하는 한국 엘리트의 반응은 반세기 전에 미국을 최초로 깊이 체험해 본 윤치호의 반응과 상당히 흡사했다. 한편으로는, 짓밟히는 존재의 당연한 자기 방어의 본능으로 윤치호가 이미 보여준 강력한 인종적 적개심이 나타나기도 한다. '나를 괴롭힌 백인'에 대한 윤치호의 젊었을 때부터의 골수에 사무친 원망이 결국 대미·대영 전쟁 때의 자발적인 친일행각으로 나타난 데 반해서, 상황이 이미 달라져 '양놈의 세상'이 영원할 것으로 보이던 1950년대의 새로운 '윤치호'들의 복수심은 단순한 일상적 언어 차원의 '화풀이'로 그치고 만다. 소련군인이나 미국 군인·외교관·교육자에게 두루 창피할 줄 모르는 아첨을 해가면서 대외의존적 현실 속의 '살 구멍'을 열심히 찾아다니는 유명한 소설 『꺼삐딴 리』의 주인공인 모범적 엘리트 기회주의자 이인국 박사가 아첨을 퍼붓는 만큼 속으로 아첨의 대상자를 '코쟁이', '노랑머리', '양키놈'으로 부르는 것은, 언어적 '원망 풀이'의 대표적인 예다. 의존·아첨 대상자에 대한 깊은 마음속으로부터의 원망이야 어느 나라 어느 시대든 언제나 있어 왔던 현상이지만, 이와 같은 원망이 인종적 비하 언어의 형태를 취한 것은 인종주의의 '문법'이 이미 고착된 '해방된' 한국의 현실이었다. 그리고 원망스러운 생각을 떨쳐버리지 못하면서도 '힘센' '백인종'을 '황인종'보다 우월한 존재로 생각했던 윤치호도 그러했듯이, 1950년대의 반식민지 남한의 엘리트는 원망스러우면서도 두려운 '백인'들에게 상당한 열등감을 느끼기 시작했다. 할리우드의 '백인' 배우들이 한국 남녀의 육체미 기준이 돼버린 것은 바로 그때가 아닌가 싶다.

백인 콤플렉스. 자존심이 있는 아시아 사람이면 아주 듣기 거북스러운 말이고, 동시에 윤치호의 '개화 세대', 그 다음의 일제 시대의 '신지식인' 세대의 굴절과 의식 왜곡의 역사를 아는 사람에게는 아주 당연한 것처럼 들리는 결과이기도 한다. 이질감이 짙은 '코쟁이'이면서도 늘 선망의 대상이 되는 '백인'에 대한 비정상적인 정서는, 사회·경제·정치적인 요인에 의해서 형성된 '미국 콤플렉스'나 '서구 콤플렉스'와는 명확히 다르다. 본국보다 '선진'으로 생각되는 사회에 대한 흠모나 선망이야 어디까지나 전근대 한국 사회의 '중국 콤플렉스'이던 소위 '모화사상'의 패러다임을 크게 벗어나지 않는다.

앞에서 설명한 바와 같이, '오랑캐'로 비칭되는 주변 사회도 유교적 '문물'을 잘만 익히면 언제나 '중화'가 될 수 있다는 전제하의 '모화'의 패러다임은, 유전되는 '피부색'에만 집착하는 현대적 인종주의와 그 산물인 '백인 콤플렉스'와는 질적으로 다르다. 같은 '선진국' 미국의 시민이라 해도, '흑인'과의 국제 결혼보다 '백인'과의 국제 결혼에 대한 부모의 승낙을 받는 것이 훨씬 쉽다는 많은 당사자들의 증언을 어떻게 해석해야 하는가? '선진국' 미국의 시민이라면 '후진국'으로 분류되는 비구미 · 비일본권 국가의 시민보다 '신랑/신붓감'으로 높이 평가되는 것까지는 자본주의 국가다운 경제 위주주의와 현대판 '모화사상'으로 취급할 수 있다 해도, 같은 '선진 시민' 중에서도 꼭 '백인'을 가려내는 것은 분명히 노골적인 인종주의다.

사실 이와 같은 인종주의가 가장 강하게 느껴지는 것은, 영어회화 학습의 '붐'에 휩쓸리는 전국의 각급 학교와 학원들이다. 요즘 너무나 흔한 '외국인 회화 선생'들 중에서——특히 '준특권층'으로 분류되는 대학교들의 원어민(native speaker) 객원교수 중에서——과연 비백인 계통의 미국 · 캐나다 · 호주 시민들을 자주 찾아볼 수 있는가? 끝없이 수치스럽고 부끄러운 이야기지만, 같은 '네이티브'라 해도 학생들이 흑인이나 아시아 계통, 심지어 우리 교포나 입양아보다 백인을 무조건 선호한다는 것이 관계자들의 솔직한 설명이다. '체면'이 있는 대학교에서 여자보다 남자를 더 선호하는 것도 설명하지 않아도 알 만한 일이다. 사실 위와 같은 설명이 '인종차별 방지법'이 있는 대부분의 유럽 국가의 대학교 관계자의 입에서 나온다면, 엄청난 사회적 물의를 일으킬 만한 '준소송감'일 것이다. 그러나 '자랑스러운 단일민족 국가' 대한민국에서는 '인종차별 문제'가 과연 공론이라도 제대로 될 수 있을까?

'가난뱅이'라는 '죄'뿐만 아니라 '검둥이'라는, '속죄'도 불가능한 '원죄' 때문에 이중삼중의 고통을 받는 동남아시아 계통의 외국인 노동자들의 하루하루는 그야말로 인종주의로 인한 각종의 좌절과 수모, 번민의 연속이다. '미국인쯤으로 보이는' 백인에게 말을 계속 걸어보려는 젊은이가 자신에게 말 걸기는커녕 옆에 앉지도 않으려는 지하철에서, 몽골 사람에게 고함 · 반말 정도의 '비교적 얌전한' 태도를 보이는 한국인 간부 · 동료가 자신을 때리기까지 하는 공장에서, 러시아인이나 몽골 사람들이라 해도 꼭 고객을 붙잡으려는 상인이 자신에게 "검둥이놈아, 너는 꺼져도 돼!" 식으로 손님 취급도 하지 않으려는 시장에서, 어디를 가나 '잘못 타고난' 피부는 낙인이다. '잘못 타고난' 피부는 폭력 · 욕설 · 멸시를 부를 뿐만 아니라 '잘못 태어난 사람'의 경제적인 '몸값'마저 현저하게 떨어뜨린다. 어릴 때부터 영어를 사실상의 제2국어로 익혀온 스리랑카, 필리핀 계통의 지식인의 영어회화 지도는 그 질이나 수준과 무관하게 '백인 네이티브'의 과외보다 절반 가까이 싸지 않을 수 없다.

그리고 뭐니뭐니 해도, 한국인과 결혼을 하려고 하거나 한 경우에 볼 수 있는 한국인 인척들의 노골적인 반대나 은근한 등한시 등 '정서적 배척'은 출입국 관리사무소 직원의 괄시나 귀화법의 비합리성 못지않게 '잘못 태어난' 사람의 마음을 갈기갈기 찢는다. 조선시대에 조선에 귀화한 '오랑캐'——여진족이나 일본인——가 자식에게 교육을 시켜 출세 가도에 올릴 수 있었던 반면에, 기적적으로 귀화에 성공한 '동남아시아 검둥이'의 자식이 '잡종', '트기'의 딱지를 평생 벗을 수 없는 대한민국의 현실을 생각해 보면, 역사가 과연 진보하는지 회의마저 느끼게 된다.

한국 사회에 머물고 있는 이상 한순간이라도 인종주의의 지옥을 벗어나지 못하는 한국 사회 최대의 희생자인 동남아시아 계통 노동자, 그들은 과연 이와 같은 상황을 스스로 어떻게 인식하고 체감하는가? 이광수의 '스승' 르봉과 같은, 19세기 후반 서구의 '고전적' 인종주의자들은 '열등 인종'인 흑인들이 '인류의 영장(靈長) 백인'과 달리 통증을 잘 느끼지 못함으로써 그들에 대한 학대가 도덕적인 죄가 아니라는, 역사에 길이길이 남을 '과학적인' 견해를 폈다. 별다른 생각 없이 '검둥이'를 입에 올리고 '우리말도 제대로 못 알아듣는 동남아시아 애들'에게 쉽게 손찌검을 하는 우리 곁에 있는 '위대한 보통 사람'들은, 그 견해를 언어적으로 표현하지 못하면서도 꼭 르봉의 부류를 따르는 것 같다.

그러나 내가 3년 동안 한국에서 지켜본 동남아시아 계통 노동자들은 평소 궁핍 탓인지 거의 과민하다고 할 정도로 남의 태도에 예민한 사람들이다. '인간적으로' 대해주는 한국인들에게 그들이 평생에 둘이 없는 절친한 친구가 될 수 있는 반면, 거친 말과 행동으로 오래오래 아물지 않는 상처를 받는다. 그들이 만신창이가 된 마음을 좀처럼 한국인 앞에서 털어놓지 않으려는 이유는, 상대방의 반감을 사지 않으려는 '외교술'이기도 하지만 흉금을 털어놓았다가 자제력을 아주 잃어 큰일을 저지를 우려 탓이기도 하다.

"아니, 백인 미국인 앞에서 절절매고 꼼짝 못하는 사대주의자들에게 왜 우리는 맨날 짓밟혀야 해요? '지렁이도 밟으면 꿈틀한다'는 속담을 가진 민족이 과연 우리들을 지렁이만도 못하는 존재로 보는 것이요 무엇이요?"

1998년에 건국대학교 외국인 노동자 일요대학에서 개최한 외국인 노동자 웅변대회에서 한 방글라데시 노동자가 한 발언 중 일부분이다. 한국에서 약 7년 정도 산, 한국어를 나보다 훨씬 더 완벽하게 구사하던 그가 그 말을 내뱉었을 때 많은 동남아시아 계통 청중이 눈시울을 붉히며 눈물을 글썽였다. 발언하는 방글라데시 노동자는 특별히 감정을 넣어서 말하거나 목청을 높이지 않았다. 그는 끝내 자제력을 잃지 않으려고 노력했고 이에 성공했다. 그러나 그가 발언할 당시 그 말의 톤이나 음색은 이미 '웅변'이 아닌 진실 그대로였고, 청중들은 그것을 너무나 잘 느꼈다. 그 말은 울음도 절규도 아닌, 신에게 구출해 달라고 하는 절망적인 기도와도 같은 것이었다. 그 발언이 1분, 아니 30초 동안이라도 텔레비전에 나올 수 있었다면, 과연 한일합방 못지않은 국치인 인종주의적 차별 문제에 진척이 있지 않았을까? 그러나 하얀 피부의 '세계 석학'들에 대한 특별한 편애를 늘 보여주는 한국 거대 방송사들에게 그 말은 참새의 지껄임에 지나지 않았을 것이다.

바트자갈의 동남아시아 계통 동료들의 마음을 여지없이 파괴하는 인종주의를 키워나가는 데서 보수언론의 철저한 침묵은 '일등공신'이다. 백인 계통의 '석학'과 '명사'들에게 놀라울 정도로 몸을 잘 굽혀서 그 말 하나하나를 대서특필하는 '수준 있는' 보수 일간지, 백인 모델이나 여류 운동선수의 몸을 쾌락의 대상으로 만들어서 파는 스포츠 신문들, '외국인의 의견'이라면 무조건 백인 계통의 '사회인사'를 찾아다니는 방송사들…… '일상적 인종주의'의 문화가 몸에 밴 그들에게 귀찮기 끝이 없는 '외국인 노동자 문제'는 임금 체불이나 인력 송출 시스템의 맹점으로 끝난다.

돈푼이나 조금 더 주면, '검둥이'들이 더 이상 불평하지 않으리라는 무의식적 확신인가? 아니면, 독일과 같은 외국인 혐오주의자에 의한 살해사건도 없는 상황에서 가만히 있어도 된다는 '사건 중심'의 사고방식인가? 그러나 살인적인 반란과 싸움, 광기 중심의 독일의 파시즘과 달리, 순종과 맹종 중심의 한국의 반봉건적인 극우주의가 생명이 아닌 인간적 존엄성을 빼앗는다고 해서 안심해도 되는가? 아니면, 동남아시아 출신의 인간적 존엄성 박탈에 신경을 쓰지 못할 만큼, 언론계의 인간적 존엄성에 대한 감각이 둔한 것인가? 어쨌든 인종주의적 현실에 대한 언론계의 의식과 반성의 부재는 그 현실을 확대 재생산하는 데 결정적으로 기여한다.

'도리'와 '예의'에 통달하면 '남'을 '우리'의 일원으로 삼을 수 있던 전통시대가 가고, 여권과 피부색이 현대판 '노예문서'의 역할을 하여 세계에서의 개인의 위치를 결정짓는 침략과 학살의 시대, 근대가 도래했다. 미국인·서구인들의 살인적인 인종적 광기를 '문명'으로 오인하여 한국에 그대로 수입한 유길준·윤치호·서재필류의 일그러진 '유산'을 어떻게 청산할 수 있을까? 조직에 순응하는 것, 부, 성공, 출세 등과 함께 '미국/서구', '백인종'이 무조건 위에 있다는 단선적인 가치체계의 단조로움에 이미 습관이 된 사람들로서는 아주 힘든 일이지만, 다양성만이 가치가 있다는, 다양하고 다른 것들 사이에 우열을 가리면 안 된다는 다원주의를 마음으로 익히는 것이 첩경이 아닌가 한다.

물론 미국을 절정으로 전세계를 단선적인 서열로 파악하는, '적성 국가'와의 절대적 대립을 생존 조건으로 하는 친미반공 체제의 테두리 안에서 다원주의적 사고방식이 발전하기란 거의 불가능했을 것이다. 철저한 신분사회, 군사문화의 사회에서 '우리/남', '높낮이'를 떠나서 사고하기란 너무 힘든 일이다. 비싼 옷이나 자동차처럼 환심과 선망을 일으키는 하얀 피부, '빈티'처럼 거부감을 일으키는 까만 피부에 대한 고정관념을 바꾸기란 빈부귀천에 너무나 집착하는 사회에서 대단히 힘들다. 그러나 머리라는 일종의 '컴퓨터'에서 서로 다르면서도 동등한 모든 생명이 다 똑같이 귀중하다는 생각을 일종의 '배경 화면'으로 깔지 않은 이상 정상적인 정신생활이 과연 가능할까?

조금 더 구체적인 차원에서, 과학적 역사 이해나 사회 분석의 훈련을 받지 못한 일반인들이 한 사람의 '성공'과 '신분'을 그 '천품이나 능력'과 연결시키듯이 현재의 여러 나라, 여러 민족의 경제적·정치적 우열을 그 '민족성'과 무조건 연결시키려는 경향이 강하다는 것은 오래 전부터 지적돼 온 것이다. '성공'의 신화를 믿고 '성공열'에 불타는, 아직까지 사회과학적인 안목이 일반화되지 못한 사회로서는 '실패'로 생각되는 아프리카나 동남아시아의 빈곤의 탓을 그 '민족성'에서 찾으려는 것이 너무나 손쉽고 당연해 보이는 논리다.

이와 같은 단순한 사고의 함정을 면하려면, 각급 학교의 사회 탐구

수업이 많이 달라져야 한다. 지금과 같은, 서구·미국 시민사회의 형성 과정을 매우 도식적으로 찬양의 어조로 서술하는 교과서 대신, 식민지 획득과 착취의 실상, 19세기의 인종주의 발생, 인종적 사고의 허위성 등을 충분히 묘사하는, 문제의식이 강한 교과서들을 사용해야 한다. 그리고 국사 교과서에서도 식민지 시절 수많은 지식인들의 친일행각에 대한 보다 정확하고 풍부한 서술과 함께, 친일적 문화주의와 민족개조론의 인종주의적 측면에 대해서도 분명한 언급이 있어야 한다.

당신들의 대한민국 1

© 박노자

초판 1쇄 발행 2001년 12월 24일
초판 25쇄 발행 2006년 1월 13일

2판 1쇄 발행 2006년 2월 15일
2판 17쇄 발행 2021년 2월 8일

지은이 박노자
펴낸이 이상훈
편집인 김수영
본부장 정진항
인문사회팀 권순범 김경훈
마케팅 천용호 조재성 박신영 성은미 조은별
경영지원 정혜진 이송이

펴낸곳 한겨레출판(주) www.hanibook.co.kr
등록 2006년 1월 4일 제313-2006-00003호
주소 서울시 마포구 창전로 70(신수동) 화수목빌딩 5층
전화 02-6383-1602~3 **팩스** 02-6383-1610
대표메일 book@hanibook.co.kr

ISBN 978-89-8431-063-6 03810